HEROICA

SAMANTHA DEVIN

HEROICA

ETHOS ANTHROPOS DAIMON
-EL CARÁCTER DE UN HOMBRE ES SU DESTINO-

ARISTEIA PRESS

© Samantha Devin 2016
ISBN: 978-1-913209-10-0

También disponible en ebook

Aristeia Press 2019
London, UK
www.Aristeia-Press.com

Para Francisco
Para los héroes

I

DESTINO

El héroe aspira a la perfecta nobleza, es decir, a que su deber no se le imponga desde el exterior, sino que consista en la expresión más vigorosa y eficaz de su propio ser. [...] Nobleza consiste en no olvidar lo que uno es ni enajenarse por lo que la convención externa considera un bien.

Fernando Savater
La tarea del héroe

EL lobo estaba aullando de nuevo, pero en ningún momento pensó en rendirse. La rendición no era una posibilidad porque sabía que después de ese momento el tiempo y la vida continuarían. ¿Y entonces qué? Un segundo después de tomar esa decisión se abriría un espacio vacío donde las metas ya no existirían. Rendirse significaba dar la espalda a sus aspiraciones, desatender sus obligaciones, y sin ellas no sería más que otro animalillo arrastrándose sobre la superficie de la tierra. Andrea quería vencer sobre las dudas y las adversidades con el coraje que distinguía a los héroes, investida de dignidad y atrevimiento, de valentía y obstinación. Menos que eso no la satisfacía.

Tenía que aprender a señalar y reconocer los rasgos de su carácter hasta los últimos detalles porque lo más importante era cumplir su destino con toda la perfección que fuera capaz, hasta sus últimas consecuencias. Esa era la única tarea que merecía la pena realizar. También la más difícil. Por eso, y a pesar de lo que acababa de hacer, no podía renunciar a su viaje. Si era posible lograr su objetivo en ningún otro sitio sería más natural que cerca de Visconti.

El tenue resplandor de una farola en la calle apenas perfilaba las formas dentro de la celda. El polvo y la arena que durante el día habían viciado el aire de Catania eran arrastrados por un viento seco contra los cristales. Andrea recorrió la celda como un león confinado en una jaula. Sólo le quedaban unas horas para emprender su viaje. Por la mañana abandonaría la universidad y sólo tres días después estaría en casa de Visconti.

Se sentó inquieta en el borde de la cama, los codos apoyados sobre las rodillas, los ojos fijos en las vetas de la madera del suelo. No podía apartar de su mente la cabeza ensangrentada de Pietro. El viento desplazó unas nubes espesas y la empuñadura de plata del revolver de Giovanni esplendió bajo un rayo de luna. Se restregó la frente con las manos crispadas, las arrastró sobre su cabeza y cuando éstas alcanzaron la nuca, apretó los puños y tiró del cabello como si quisiera arrancárselo. ¿Qué hacía todavía con esa melena? Ya no necesitaba ese absurdo disfraz.

Se dirigió al baño, cogió unas tijeras y retorciendo la cabellera dio un corte a la altura del cuello. La porcelana del lavabo quedó salpicada de filamentos dorados. Después de repasar los trasquilones, recogió la maraña del lavabo y la arrojó a la papelera.

Volvió a pasarse la mano por el cabello, ahora corto, y al alcanzar el cuello despejado sintió que se había librado de un peso formidable. De un cajón de la cómoda sacó un frasco de tinte de color castaño claro y en pocos minutos el cabello recuperó su color original.

Enjuagó el vaho que se había formado en el diminuto espejo sobre el lavabo y aguzando sus ojos plateados se examinó sólo un instante. No hizo ningún gesto, pero su semblante se relajó al contemplar que el ser que tenía frente a sí volvía a ser ella misma…

Andrea acababa de matar a Pietro, su amigo de la infancia, su camarada y aliado de aventuras. Había consumado una venganza, postergada durante demasiado tiempo, pero también había llevado a cabo un acto de justicia. Años atrás Andrea había asegurado a Pietro que la próxima vez que se vieran tendría que matarlo. Pietro no la había creído. Seguía aferrado a la idea de que estaban hechos el uno para el otro. Nada quedaba sin embargo de su relación. Sólo unos cuantos recuerdos que no servían para atenuar la repulsión que Andrea sentía ante su malsana obsesión y mucho menos para hacerla olvidar el dolor que esa obsesión había causado.

Su relación había sido perfecta durante años, cuando aún eran niños. No había nadie más osado, nadie que compartiera su espíritu heroico con más pasión y determinación que Pietro. Pero cuando comenzaron a hacerse adultos Andrea había rehusado ser algo más y desde ese momento todo había cambiado entre ellos. Se habían distanciado. Al menos eso era lo que Andrea había intentado. Ella había dejado claro desde el principio que no le quería como pareja, pero él había ignorado sus deseos. Como amigo había sido estupendo. Lo habían pasado bien trepando a los árboles y haciendo cabañas. Pero a medida que crecían él se había vuelto más posesivo y celoso con ella y más brutal y violento con el resto del mundo. Todo lo que la apartara de él constituía una amenaza en su relación. Y si alguien estaba cerca de Andrea era Giovanni. Pietro era el único que sospechaba que la adoración que Andrea sentía por Giovanni iba más allá de la de una simple pupila o protegida.

En unos años, Andrea pasó de querer y respetar a Pietro a odiarle y evitar encontrarse con él. Cuantos más esfuerzos hacía ella por separarse, más apariciones hacía él en su vida. La seguía hasta el restaurante donde trabajaba y se quedaba sentado en una mesa durante horas, siguiéndola con la mirada. La esperaba fuera del convento cuando Andrea sacaba a pastar el rebaño. Ella le veía en la distancia, apostado junto a un árbol, fumando. Una figura odiosa y sombría. Andrea trataba de ignorarle, intentaba olvidarse que estaba allí, pero más de una vez tuvo ganas de volarle la cabeza con el rifle que llevaba consigo cuando salía al monte.

Una noche, cuando regresaba de trabajar en el restaurante, Pietro apareció borracho detrás de unos arbustos y trató de forzarla. Llegó incluso a rasgarle la camisa. Golpeó a Andrea con el revés de la mano y la tiró al suelo. Andrea se levantó al instante y le hizo frente. Le devolvió el puñetazo con todas sus fuerzas y le aseguró que si volvía a acercarse a ella de esa manera le mataría. No bromeaba y Pietro lo sabía. Él contestó que prefería estar muerto a estar sin ella. Ella también le creyó.

El brutal y enajenado deseo de Pietro se transformó en demencia cuando descubrió lo que Andrea sentía por Giovanni. Asesinarlo a sangre fría no apaciguó su odio. Pietro hubiera querido destrozar a Giovanni con sus manos, triturarlo y masticarlo hasta hacerlo desaparecer, no sólo del mundo sino de la mente de Andrea. Pero eso era imposible, porque en la mente de Andrea ninguna otra imagen brillaba con más claridad que el rostro noble y genuinamente masculino de Giovanni. Nada ni nadie podía borrar su adoración por él, ni siquiera la muerte.

Después del asesinato, Andrea se marchó de su pueblo. Salió al mundo y abandonó su convento, un espacio que veneraba, investida con una misión que tenía tintes de penitencia, de prueba, de búsqueda… Lo que más deseaba era olvidar a Pietro. Y a pesar de que antes de marcharse le había asegurado que algún día pagaría por lo que había hecho, Pietro había ignorado su promesa y cuando supo que

Andrea no tenía intención de regresar durante mucho tiempo fue él quien trató de encontrarla.

A simple vista habría podido parecer que él era el cazador y ella la presa. Nada más lejos de la realidad. Hay veces que es la fiera la que se esconde de su víctima. Hay veces que el lobo no desea ser lobo y es la ineludible presencia del cordero la que siempre acaba por traerle a la memoria quién es.

En los meses siguientes a su marcha, Pietro había irrumpido más de una vez en el convento de clausura donde Andrea se había criado para amenazar a Sor Agnes, la madre superiora. Ella era la única que conocía el paradero de Andrea y Pietro lo sabía. A pesar de las amenazas, Sor Agnes nunca se había dejado intimidar por aquella bestia. Jamás le reveló su paradero y durante años Pietro había buscado a Andrea sin descanso y sin éxito.

Hasta que una noche...

Cuando Andrea regresaba al convento después de terminar su último examen en la universidad de Catania, la odiosa figura de Pietro apareció apostada junto a un farola al final de la calle. El humo del cigarro envolvía su cabeza como una telaraña gaseosa. No estaba segura de que él la hubiera visto y detuvo sus pasos, considerando con una rápida mirada lo que la rodeaba. La calle estaba desierta, al igual que la mayoría de los edificios de la zona. Sólo un par de callejuelas más allá estaba la puerta del convento, donde había residido los cuatro años de carrera. A su izquierda se levantaba la apuntalada pared de un teatro que llevaba años a punto de desplomarse.

Pietro arrojó el cigarro al suelo con brusquedad y un borbotón de chispas inflamó la tensa oscuridad. Avanzó hacia Andrea y la farola iluminó su cara desde arriba, dándole un aspecto siniestro. Andrea empujó la mugrienta puerta del teatro y franqueando los escombros se ocultó detrás de una pared medio derruida desde la que podía ver la puerta. Pietro se detuvo antes de entrar.

-Es inútil que te escondas -dijo con su voz rasposa.

La luz llegaba debilitada del exterior, perfilando tenuemente las densas franjas de polvo que flotaban sobre los tablones de madera.

-¿Sales o no? -dijo en un tono que a Andrea le encendió la sangre.

Pietro avanzó entre los escombros, forzando los ojos a través de las franjas de luz y sombra. Andrea salió de detrás del muro y se enfrentó a él.

-¿Qué quieres? -dijo Andrea con su voz reposada y algo masculina.

Pietro aguzó la mirada. No podía reconocerla con aquel pelo largo y rubio, pero sin duda era su voz.

-¡Oh! –dijo al verla aparecer entre las sombras, verdaderamente fascinado-. Estás muy guapa con el pelo largo. Pero ¿tus ojos...? –dijo, tratando de afinar la vista.

-¿Qué quieres? –repitió Andrea, endureciendo el tono.

-Quiero que regreses y que estemos juntos -contestó él como si aquello fuera lo más sencillo de entender.

-No quiero saber nada de ti –contestó Andrea.

-¿Por qué? -preguntó, incapaz de adivinar cuánta aversión le causaba su presencia.

Pietro no sólo estaba enamorado de ella, la admiraba. Admiraba su temperamento y su independencia, sus misteriosos intereses y su carácter reservado e impredecible. Presumía de conocerla en el pueblo, pero en el fondo sabía que nunca llegaría a saber cómo funcionaba su mente. Era testaruda, más incluso que él. Bajo su reservado carácter se escondía un ser extraño, un ser que no compartía las mismas necesidades que el resto. Nunca había llegado a comprenderlo, pero parecía como si ella no necesitara del mundo. Habitaba un territorio que se abastecía a sí mismo. El remoto y aislado ambiente del convento, el bosque y la compañía de las monjas parecían satisfacer todas sus necesidades. Él, sin embargo, no podía imaginar una vida sin ella. Sólo en su presencia se sentía vivo, real. Junto a ella tenía la sensación de formar parte de lo que merecía la pena. Junto a ella él crecía y se hacía visible. Porque de su electrizante órbita irradiaba una energía que penetraba incluso su grosero entendimiento. Cuando ella estaba presente todo adquiría sentido. Lo más insignificante cobraba importancia. No había tiempos muertos ni espacios vacíos. En su presencia era más consciente del tiempo, de los cambios de luz, de la solidez de los objetos; su atención se afilaba, su corazón latía con más fuerza, pensaba más rápido. Pietro sospechaba lo que Andrea escondía tras su misteriosa personalidad y sólo por eso, por poder ser testigo de su reservada superioridad, por ser consciente del halo de excelencia que irradiaba su persona, él se sentía especial.

-Tú no significas nada para mí -dijo Andrea.

El rostro de Pietro se endureció. Apretó los labios y avanzó otro paso.

-¿Qué es lo que pretendes alejándote de mí? Eres cruel y fría -dijo con resentimiento-. Siempre lo has sido. No te importan nada las personas que te quieren.

-No voy a discutir eso de nuevo -contestó impasible.

-¿Crees que puedes abandonarme así como así? –dijo elevando la voz-. ¿Que me voy a quedar de brazos cruzados mientras me dejas plantado?

-Fuimos amigos y ya no lo somos. Esa es la única realidad -dijo Andrea con paciencia.

-¿Amigos? -repitió con desconcierto.

Pietro se abalanzó sobre Andrea y la cogió por los hombros.

-¿Por qué te resistes? -dijo con la mirada nublada, excitado de volver a tocarla. Estaba temblando de emoción. Los ásperos músculos de sus brazos, intrincados como las raíces de un árbol, se tensaron. Andrea se soltó y retrocedió dos pasos. Le repelía su contacto, la enfermiza necesidad que tenía de ella. No quería ser amada ni deseada por semejante ser y detestaba pensar que alguien como Pietro formaba parte de su pasado.

Cuando retrocedió, detrás de ella sólo había una pared infranqueable.

-¿Crees que eres superior a mí, verdad? No soy suficiente para ti -dijo Pietro, quitándose el cinturón y avanzando hacia ella-. Vas a volver conmigo y nos casaremos porque es lo que tiene que ser. Es nuestro destino —dijo con devoción enfermiza-. Y ahora voy a hacer algo que tendría que haber hecho hace mucho tiempo. Algo que seguramente algún desgraciado ha tratado de hacer en el tiempo que has pasado lejos. Pero que si te conozco como creo que te conozco, espero que hayas rechazado.

- Vete, Pietro –dijo Andrea endureciendo la voz.

-No. Me acercaré todo lo que quiera porque eres mía. Nadie puede cambiar eso.

-¿Tuya? —repitió Andrea apretando los dientes-. No eres más que un asesino y un cobarde…

-Nadie puede probar nada -negó Pietro con imprudente complacencia.

-No, nadie puede probar que asesinaste a Giovanni, pero yo lo sé.

Al pronunciar aquellas palabras Andrea se dio cuenta de que acaba de cruzar un punto sin retorno. Se encontraba de nuevo ante Pietro y ya no había ninguna razón para aplazar lo que debía haber hecho hace mucho tiempo. Durante años se había ocultado de él, cambiando su apariencia y manteniendo en secreto su paradero. Había tratado de evitar ese encuentro porque sabía que la próxima vez que se vieran tendría que matarlo.

Pietro levantó el brazo para golpearla con el cinturón. En sus ojos brillaba un deseo trastornado. Cuando su brazo atizó la correa, Andrea cogió el extremo antes de que ésta pudiera rozarla y tiró con fuerza hacia sí. Pietro no la soltó y ambos se abalanzaron hacia delante, tropezando con un tablón de madera que los separaba. Andrea cayó encima de Pietro, pero se incorporó enseguida. Cuando Pietro comenzaba a levantarse, maldiciendo y amenazándola de nuevo, Andrea se apartó unos pasos, sacó de su espalda el revólver de Giovanni y le disparó en la frente.

Pietro la miró un segundo, confundido. Un espeso flujo de sangre manó de su cabeza, oscureciéndole la cara.

-Yo te quiero -le dio tiempo a decir a Pietro, como si eso pudiera justificarlo todo.

-Yo no -dijo Andrea antes de que él se desplomara a sus pies.

Andrea se quedó inmóvil, con el revólver en la mano y la mirada fija en el viscoso cauce de sangre que se extendía entre las hendiduras del suelo. El silencio se elevó como una ola por el espacio vacío del viejo teatro. Levantó la cabeza y aguzó el oído para tratar de escuchar pasos o voces. No había nadie cerca. Volvió a guardarse el revólver en la espalda y se acuclilló junto a Pietro. Vio sus ojos inundados de sorpresa e incomprensión. Andrea respiró hondo y apretó los dientes. Permaneció unos segundos así, mirando el cuerpo sin vida de su amigo de la infancia. Le habría gustado cogerlo, zarandearlo por los hombros y decirle: "Esto es lo que te mereces y lo que pasará si no me dejas en paz".

Pero "esto" ya había ocurrido y no había marcha atrás.

Le vino a la boca un gusto metálico y al llevarse los dedos a los labios vio que estaban teñidos de sangre. Su sangre. Al mirarse la mano se dio cuenta de que no le temblaba. Tan sólo sentía un calor penetrante en los omoplatos que se fue desvaneciendo a medida que el revólver se enfriaba.

¿Y ahora qué? ¿No acababa esto con todos sus planes? ¿No se había salido Pietro con la suya después de todo?

Andrea pensó en Giovanni, en el muro del convento y en el inmenso hoyo que había cavado una fría noche de Noviembre con su ayuda, cuando ella apenas tenía doce años. Allí estaba enterrado Antonino Grasso, una bestia peluda y rechoncha con un cerebro tan atrofiado y malévolo como desarrollada tenía la prepotencia. Durante años había violado mujeres y abusado de un número incalculable de niños del pueblo sin que nadie se atreviera a denunciarle. Su padre no sólo era el alcalde, sino el mayor terrateniente de la zona. Sus fincas de olivos y limoneros proporcionaban trabajo a gran parte de los hombres de la población, en su mayoría analfabetos, hijos y padres de familias numerosas. A eso había que añadir que su hermano era el jefe de policía, la autoridad local. Por eso, cuando Antonino caminaba a media tarde, casi siempre borracho, por las polvorientas calles del pueblo, buscando su siguiente víctima, lo hacía con los pantalones inflados y el pecho henchido de engreimiento, porque en su estupidez pensaba que era inmune, intocable. Lo fue hasta el día en que se acercó a Andrea mientras ella se encontraba sola, pastoreando en el monte el rebaño de ovejas del convento.

Andrea recordó la sensación de culpa que la asaltó cuando vio a Antonino acercarse por aquel paraje solitario e inaccesible, excitado y relamiéndose la sonrisa. Sintió culpa porque súbitamente comprendió que no debía haber esperado hasta ese momento para matarlo. Tenía que haberlo hecho mucho antes. Lo supo como si alguien se lo estuviera diciendo al oído, como si alguien hubiera colocado en sus manos una espada y una balanza invisibles que hasta ese momento no se había dado cuenta era su misión sostener.

Cuando Antonino se desabrochó los pantalones con sus dedos torpes y sudorosos, Andrea le disparó entre las piernas implorando el perdón de las mujeres y los niños de los que Antonino había abusado. Invocó sus desamparadas figuras con amargura, comprendiendo por fin el significado oculto y sagrado que aquel acto encerraba. El hecho de que Antonino hubiera subido hasta el monte a buscarla a ella, era una prueba de su descuido. Pero no volvería a ocurrir.

Antonino desapareció una tarde y nunca más volvió a saberse de él. Desde entonces las mujeres respiraron tranquilas y a los niños se les permitió salir a jugar a la calle. Andrea aún se acordaba de vez en cuando de todos ellos, del sufrimiento que podía haberles evitado de haber actuado antes.

Antonino había sido el primero. Pero cuando sus genitales, henchidos de sangre y codicia, reventaron después de que apretara el gatillo, cuando el sonido del disparo anegó el brumoso aire de la tarde; cuando minutos después el silencio descendió sobre el bosque de nuevo y la quietud otoñal volvió a dominar el paisaje, Andrea sintió por primera vez que en el imperecedero latido que sostenía lo invisible algo quedaba restaurado. Y supo allí mismo, sentada sobre una roca y rodeada por la oscuridad que engullía su pequeña figura, que él no sería el único.

II

MISTERIO

"La idea que tenemos de nosotros mismos
es un componente real de lo que somos.
Lo que creemos acerca de nuestras razones para obrar,
nuestra libertad o esclavitud, es un principio real
de nuestro comportamiento"
José Antonio Marina
El misterio de la voluntad perdida

Andrea caminó despacio por el oscuro teatro. Rodeó el cuerpo de Pietro, se alejó y volvió a acercarse, como si quisiera tomar perspectiva. Después se sentó sobre un montón de escombros, a cierta distancia. Una luz polvorienta y frágil incidía sobre el cadáver de Pietro. Andrea sabía que no había nada peor para solucionar un problema que ensimismarse, que hundirse en el fango de las propias circunstancias. Siempre había oído decir que era en los momentos de verdadera tensión cuando el auténtico carácter afloraba, que era en las situaciones extremas cuando lo que creíamos saber acerca de nosotros mismos se hacía "real".

Como siempre ocurría, un destello de curiosidad la atravesó cuando trató de registrar cuánto había de ella misma en el acto que acababa de ejecutar. Descubrió que una vez más nada se había agrietado dentro de sí. Después de la sacudida inicial, era más ella que nunca. Hacía mucho tiempo desde la última vez, pero no pudo más que extrañarse del dominio y el coraje que la sostenían. En esos momentos estaba al mando del timón. Cuando la ocasión lo requería, algo poderoso e indiscutible tomaba el control, sin turbaciones ni remordimientos; algo consciente de su propia autoridad y obligación. Era ahí donde comenzaba el misterio, donde lo posible y lo imposible se fundían para crear algo completamente nuevo: Un ser que surgía de algo más que la suma de sus partes. Actuaba conscientemente y a la vez algo poderoso la arrastraba: "ethos anthropos daimon", pensó.

Su interés por el carácter tenía su origen en la curiosidad que sentía hacia sí misma. Quería comprender por qué lo primordial acerca de su persona se escondía a su conocimiento. Por qué lo esencial siempre estaba a punto de revelarse. Era un terreno inaccesible, pero se tranquilizó pesando que a pesar de no conocerse tanto como le gustaría tenía algo muy claro: no era una víctima. Ese papel le repelía más que ningún otro. Por eso, y a pesar de sus circunstancias, había tratado de huir de él toda su vida. Cuando las monjas rememoraban con obstinada compasión su abandono y relataban, igual que si se tratara de una fábula, cómo la habían encontrado, con sólo unos días de vida, desnutrida y a punto de morir de frío, envuelta en una raquítica manta en pleno invierno a la puerta del convento; cuando le recordaban la brutal pobreza e insensibilidad de sus padres y cómo habían rechazado hacerse cargo de ella, a pesar de que todo el pueblo sabía que era su hija, Andrea se rebelaba y se defendía de su compasión describiéndoles las vidas de los héroes. Casi todos habían sido abandonados por sus padres, metidos en una cesta, dejados en el bosque, incluso sentenciados a muerte desde su nacimiento. ¿Acaso eran ellos dignos de compasión? No. Ellos habían sabido superar sus circunstancias y alzarse ante las adversidades. Y sólo por eso eran héroes. ¿Quién se atrevía a calificar a Edipo, a Aquiles o a Hamlet de víctimas?

Andrea sabía que no eran las desgracias las que convertían a un hombre en víctima, sino el significado que estuviera dispuesto a dar a sus propias circunstancias. Era cierto que lo frecuente era rendirse, convertirse en mártir, vivir y morir acogiendo humildemente la propia desdicha, haciendo de ella razón y signo de nuestra vida. Dejarse tratar como huérfana por ser huérfana, asumir el papel de criatura pobre e indefensa, era permitir que su pasado, que lo extrínseco, hablara por ella. Ella no podía, no quería permitir que su pasado hablara por ella. Sólo ella podía ser portavoz de sí misma. Quería construirse a imagen de sus ideales y el papel de víctima estaba prohibido. Más que nunca en esos momentos, cuando estaba a punto de emprender el viaje más importante de su vida. Había trabajado duro para conseguir su puesto en casa de Visconti.

Durante cuatro años había recorrido todos los días el mismo trayecto. Por la mañana temprano dejaba su celda en el convento franciscano de las hermanas Clarisas y caminaba por las calles de la ciudad vieja de Catania hasta el antiguo monasterio Benedictino de San Nicoló l'Arena, sede de la facultad de Filosofía y Literatura, donde acababa de terminar la carrera. Se había especializado en la figura del héroe en la literatura occidental y en casa de Francesco Visconti, uno de los más prestigiosos escritores y estudiosos sobre lo heroico, iba a realizar su tesis y ayudarle con la redacción de sus memorias.

Andrea se acercó a Pietro y sintió una punzada en el pecho al verle allí tirado. Recordó el día en que siendo niños ella le había salvado de morir ahogado. Iban a hacer una carrera en la cisterna que había en la casa de los tíos de Pietro. Un tosco depósito de piedra que durante los calurosos meses de verano usaban como piscina. Después de marcar la salida contando hasta tres, Pietro la había empujado hacia atrás. Él llevaba un flotador alrededor de la cintura porque todavía no sabía nadar y al empujar a Andrea para apartarla de su camino, el flotador se le había salido por los pies, impulsándolo hacia el centro de la cisterna. Ella le había visto hundirse casi inmediatamente, con los brazos estirados, sin hacer esfuerzo por salir a flote. Andrea acababa de aprender a nadar y la tarea de lanzarse en su ayuda le pareció absurda durante un segundo. Pero enseguida se dio cuenta de que si ella no le ayudaba, él moriría ahogado. Ella era la única que podía salvarlo. Se empujó con todas su fuerzas y aunque él era más pesado que ella, ambos alcanzaron el borde de la cisterna al mismo tiempo.

Cuando Pietro sacó la cabeza del agua y observó a Andrea jadeante a su lado no fue capaz de decir nada. La vergüenza le oprimía más que el susto. A fin de cuentas eran demasiado pequeños para pensar realmente en la muerte. Pero su acción había puesto de manifiesto no sólo su torpeza y su carácter tramposo, sino la destreza y el valor de Andrea. Y señalaba sin lugar a dudas quién era el ganador de la carrera.

Andrea apretó los dientes como si estuviera amenazando a sus emociones. Se agachó y rebuscó en los bolsillos de Pietro. Encontró un fajo de billetes atados con una goma y su cartera. Se guardó el dinero en un bolsillo y la cartera en otro. No era la primera vez que alguien era robado a punta de pistola. Normalmente la presencia del arma era suficiente para que el robo no fuera más lejos, pero esta vez el agredido no se había achantado y el agresor le había disparado en la cabeza.

Andrea se miró la ropa, pero no vio que estuviera salpicada de sangre, la luz era demasiado tenue para estar segura. Cogió sus cosas y salió del teatro después de asegurarse que nadie la veía.

Cuando llegó al convento era tarde y las hermanas estaban acostadas. Utilizó su llave para entrar y antes de retirarse a su celda, bajó a la cocina y arrojó la cartera en el horno. Después pasó por la capilla y dejó el fajo de billetes a los pies de San Judas Tadeo, abogado de lo imposible.

En el altar de la capilla, la luz del sagrario iluminaba débilmente la cruz donde el Cristo pendía exhausto. Andrea permaneció unos segundos ante la imagen. No tenía palabras, ni siquiera arrepentimiento que mostrar. Miró muy seria al Cristo y cerró la puerta tras de sí.

III

LA FORTUNA

> The Greek word for courage, andreía, (manliness)
> and the latin word fortitudo (strength)
> indicate the military connotation of courage.
> As long as the aristocracy was the group which
> carried arms the aristocratic and the military
> connotations of courage merged.
> Paul Tillich
> *The courage to be*

> ("La palabra griega para coraje, andreia, virilidad, y la
> palabra latina, fortitudo, fuerza, remiten al significado de
> coraje militar. Mientras la aristocracia fue el grupo que
> portaba armas, las connotaciones aristocráticas y militares
> atribuidas al coraje convergían.-El coraje de ser)

Andrea dejó vagar la mirada por el paisaje que se extendía más allá de la ventanilla del tren. El sol iluminó su bronceado rostro durante un instante y sus ojos plateados se inundaron de luz. Hacía sólo unos kilómetros que el tren había comenzado a ascender por la montaña y los perfiles del exterior habían perdido todo rastro de horizontalidad y equilibrio. La luz se hizo entonces más tenue al otro lado de la ventanilla. Los árboles, inmensos, oscurecieron y encerraron los vagones en una especie de útero vegetal que desde dentro parecía inexpugnable. Pero después de una curva pronunciada, el cielo volvió a aparecer y la claridad matinal inundó el vagón con hiriente luminosidad.

La noche que había disparado a Pietro, después de quemar su cartera y dejar el dinero a los pies de San Judas Tadeo, se había desencadenado sobre la ciudad una formidable tormenta que la frágil estructura del teatro no había podido soportar. El techo se había hundido y la parte superior del cuerpo de Pietro había quedado aplastada bajo toneladas de escombros, barro y basura. Habían tardado tres días en descubrirle, pero tardarían muchos más en averiguar su identidad. El cuerpo había quedado en tal estado después del derrumbe y de estar sumergido en el fango, que su rostro era irreconocible. Por la ropa habían averiguado que no era de la ciudad y la policía había comenzado a preguntar en los hoteles. Se sospechaba, le había contado Sor Celia por teléfono, que se trataba de un robo. No habían encontrado ninguna documentación ni dinero en sus ropas, y eso favorecía la hipótesis.

Andrea observó los cambios de luz en el paisaje. Había tenido suerte. La tormenta había caído a tiempo. "Las tormentas borran huellas, destruyen pruebas, arrasan paisajes, desvían responsabilidades" pensó... Andrea bajó la cabeza y leyó una frase anotada en su libreta:

"Fortes fortuna adiuvat". La fortuna favorece al fuerte.

En su tesis, la suerte o destino, *tijé*, representaba un punto importante. La frase con la que estaba trabajando, la máxima de Heráclito "ethos anthropos daimon" planteaba una de las cuestiones más enigmáticas con las que el ser humano podía toparse. Era una frase ambigua que estudiosos de todo el mundo llevaban siglos tratando de descifrar y cuyo verdadero significado ninguno alcanzaba a interpretar indiscutiblemente. Originariamente la frase podía ser leída de izquierda a derecha y de derecha a izquierda, porque era en esa ambigüedad donde radicaba el misterio del hombre trágico, del hombre en definitiva. La frase podía significar: "El carácter del hombre es su destino" Es decir, que es el hombre con su carácter quien elige qué hacer con lo que le toca para definir su vida.

Pero también podía significar que es el *daimon*, una especie de suerte o destino personal adjudicado de antemano por una fuerza divina e imposible de controlar, lo que define la vida y por tanto el carácter del hombre.

¿Somos o no somos dueños de nuestro destino? ¿Podemos o no controlar nuestro carácter? ¿Lo que somos viene dado *a priori* o lo vamos creando nosotros?

Era el primer sentido de la frase el que Andrea consideraba más interesante, porque su opinión era que el control y la autonomía lo ganábamos siendo nosotros los que elegíamos qué hacer con lo que nos tocaba. Lo importante era escoger quiénes queríamos ser a pesar de las circunstancias. Para gobernar nuestro destino, debíamos conocer nuestro carácter.

Pero no podía dejar de lado lo que las monjas del convento le habían enseñado desde niña acerca de los santos, o lo que había aprendido en la universidad acerca de los héroes: que la influencia de esa fuerza divina o *daimon*, según se mirara desde la religión pagana o desde el cristianismo más exaltado, era un elemento ineludible en nuestro destino.

Los héroes estaban expuestos a él de forma más brutal y prodigiosa que el resto de los mortales. Sufrían y disfrutaban de sus reveses y regalos con más frecuencia y crueldad, pero de nuevo, era el uso que hacían de todo eso lo que marcaba la diferencia con el resto.

"Es la suerte o fortuna lo que permite al héroe desarrollar su carácter, ponerlo a prueba", continuó leyendo en sus apuntes. "Pero, ¿no es cierto que para que una vida sea perfecta debe ser autosuficiente e inmune a los ataques de la fortuna? ¿Es que realmente podemos ser autosuficientes?"

Para alguien que tiene como uno de sus objetivos conseguir autonomía, el hecho de saberse favorecida por algo que, como la fortuna, residía fuera de sus capacidades, le producía, a la par que cierto alivio, una comprensible turbación. Andrea tenía que reconocer que una vez más una tormenta la había favorecido y que ese hecho ponía de manifiesto un terreno en el que no podía influir. Un terreno que estaba más allá de las competencias humanas. Su orgullo quedaba al descubierto en ese punto, porque su meta en la vida no era ser elegida, sino elegir.

No pudo evitar sonreír al releer aquellas notas, sonreír ante la estupidez y osadía de sus propios pensamientos. Se rebelaba contra lo inevitable. "Nadie, anotó en los márgenes, está libre de ser asistido por la Fortuna o aniquilado por el desastre."

Se estaban aproximando a la estación y el tren redujo la velocidad. Se levantó del asiento y comenzó a guardar sus cosas. De entre las páginas de su libreta se deslizó un sobre color crema. Era una declaración de amor. Un muchacho de la universidad la había dejado en su taquilla. Miró el sobre con extrañeza. ¿Por qué lo había guardado? Ni siquiera sabía qué cara tenía el chico. Creía recordar que era alto y delgado, silencioso y solitario. Pero no sabía si tenía los ojos claros u oscuros, si era rubio o moreno. Ese tipo de detalles se aprecian cuando uno tiene los ojos orientados al exterior. Y durante los últimos cuatro años ella había evitado "el exterior".

Cogió la declaración de amor y la rompió en cuatro trozos. Era una carta terriblemente empalagosa, pero el chico finalizaba admitiendo que sabía que no estaba interesada en él y que, por lo que había observado, sospechaba que no le interesaba nadie, y que eso, al menos, le consolaba. Ese detalle, que se hubiera dado cuenta de su desinterés, era lo único que le había gustado de la carta y sólo por eso la había guardado.

El muchacho tenía razón. No estaba interesada en nadie. Los únicos aspectos humanos que deseaba comprender eran los del héroe y los del santo. Y a eso estaba dedicando su tiempo y su esfuerzo. Había crecido en un convento de clausura, donde quería regresar después de su viaje para encargarse de los animales, de las tareas domésticas y del mantenimiento de los edificios, del huerto y de los jardines. Para tomar, en definitiva, el puesto que Giovanni había dejado al morir. Lo haría cuando terminara su tesis con la ayuda del profesor Visconti.

Había sido gracias al encuentro, no podía decir si fortuito o predestinado de un libro de Visconti, que sus sospechas y creencias acerca del carácter y el destino habían tomado una dirección nueva y reveladora. Aquel libro había sido el descubrimiento más fructífero de su vida. Lo había encontrado en la mesa del restaurante donde trabajaba, tres años después de marcharse del convento y cuando terminó de leerlo supo cuál era su camino.

Lo supo además porque durante esos tres años había viajado por el mundo y descubierto que no le interesaba nada de lo que éste ofrecía. Había observado y escuchado con atención las razones a las que la llamada modernidad se acogía, por las que se movía y avanzaba y ninguna de ellas le parecía remotamente inteligente o digna de admiración. Los reductos de coherencia eran tan aislados como su convento y las personas que, como ella, tenían hambre de lo esencial, eran islotes en un mar de encrespada estupidez. No le interesaban los conflictos humanos, las carencias de sus ociosas voluntades, las preocupaciones que angustiaban sus limitados intelectos, las razones que adjudicaban a sus pobres necesidades. En esos tres años había asistido a toda clase de situaciones y conocido toda clase de personas. El mundo exhibía en sus escaparates demasiadas opciones y ninguna de ellas ofrecía formas de vida que alimentaran la excelencia. La vida en las ciudades no era más que un tiempo muerto sostenido por el espejismo de un ruido sin fin.

Lo tenía decidido, con el dinero que la iba a pagar Visconti por ayudarle con sus memorias, compraría un caballo y, como Giovanni, viviría en la caseta junto a los establos. Se levantaría antes del amanecer para alimentar a los animales y trabajar en el huerto y dedicaría horas enteras a recorrer los bosques subida en su caballo. Tendría dos perros y sólo vestiría vaqueros, tal y como Giovanni siempre había hecho. Allí viviría rodeada de naturaleza, acompañada de aquellas madres vírgenes que la habían criado con esmero y rigor, seres alegres y alados que conocían el verdadero significado del silencio.

Pero antes de eso quería conocerlo todo sobre los héroes y los santos. Ellos representaban lo excepcional de la naturaleza humana. Su actuar estaba inscrito en un espacio y un tiempo que rompía con los límites de lo cotidiano. Y lo que a ella le interesaba era precisamente conocer los límites de ese espacio y ese tiempo, siempre llenos, donde cada decisión, cada acto y situación tienen sentido, porque lo extraordinario es la norma. En ese ámbito no hay un momento para lo heroico y otro para seguir viviendo: la vida es una aventura continua, sin salida. Y lo que para el hombre normal significaría agotamiento, para el héroe es, simplemente, la actividad de ser.

Quería saber hasta qué punto los héroes se escogían a sí mismos para habitar un espacio que de otra forma permanecería desolado. Porque en el fondo sospechaba que a los verdaderos héroes no les está permitido abandonar su misión y que los santos no pueden cerrar los ojos a las visiones. Antes o después tienen que regresar al solitario espacio que han abandonado. Allí son pocos y el hueco que deja uno de ellos al marcharse marca la diferencia entre la vida y la muerte, la paz y la guerra, el ser y la nada.

IV

LA VILLA

To the town of Agua Fría
rode a stranger one fine day
Hardly spoke to folks around him
didn't have too much to say
No one dared to ask his business
no one dared to make a slip
for the stranger there among them
had a big iron on his hip
Big iron on his hip.
Marty Robbins
Big Iron
Gunfighter ballads

(Al pueblo de Agua Fría llegó un forastero un buen
día, casi no hablaba con nadie, no tenía demasiado que
decir. Nadie se atrevió a preguntarle y cometer un error,
porque el forastero que estaba entre ellos llevaba un
revolver en su cintura.-Baladas del pistolero)

Una voz suave anunció por los altavoces que se acercaban a la estación. Andrea se arrimó al cristal y observó el majestuoso paisaje. Delante de ella se alzaban amplias laderas y colinas de un verdor electrizante, escarpadas pendientes salpicadas por viejas mansiones. En la cima, una espesa niebla atenuaba los relieves, desdibujando las crestas con impenetrable ambigüedad. Momentos antes de ser engullido por la niebla, Andrea vislumbró la silueta de un castillo imposible perfilándose con absolutismo en el cielo.

La Villa era una pequeña y exclusiva población vacacional que la realeza italiana y europea frecuentaba desde hacía siglos. Las residencias, palazzos en su mayoría, estaban diseminadas a lo largo y ancho de una impenetrable sucesión de pendientes y profundas hondonadas. La exuberancia de la vegetación, la corta distancia que la separaba del mar y el microclima del que se beneficiaba convertían el lugar en un espacio único.

Cuando el tren se detuvo en la estación Andrea cogió su rozada maleta del portaequipajes y asegurándose de que nadie la veía, sacó el revólver de la maleta y volvió a guardárselo en la espalda.

Al pisar el andén de la estación miró alrededor con curiosidad. El tren que la había llevado hasta allí estaba vacío. Era la última parada del recorrido y nadie excepto ella bajó del tren. Echó a andar sin prisa. Sus pasos resonaban con eco cadencioso, lejano. El sol apareció un instante entre las nubes y una franja de luz descendió sobre ella, iluminando una delicada cortina de polvo suspendida en el aire. Al fondo, en el vestíbulo, envuelto en luces y sombras, el chófer del profesor Visconti, vestido de uniforme negro, sostenía un cartel con su nombre en sus manos enguantadas. Andrea aminoró el paso y se detuvo. Soltó la maleta y muy despacio, mientras observaba a cierta distancia el gesto impasible del conductor, se arregló la chaquetilla estilo Napoleón que acababa estrenar, se estiró la camisa y ajustó el lazo de su corbata. Aspiró el aire fresco y perfumado de la Villa y reanudó el paso.

-Buenos días -dijo deteniéndose delante del chófer.

-¿Andrea Glaukopis?

-Sí -contestó con seguridad, dejándose observar por aquella inquisitiva mirada. El cartel no tenía sentido teniendo en cuenta que allí no había nadie más que ellos dos.

-Bienvenida -dijo entonces el hombre con cortesía, guardando bajo su brazo la cartulina-. Permítame la maleta. El coche está aquí mismo. Por favor -dijo inclinándose hacia la salida.

Atravesaron en silencio el recibidor de la estación. Las baldosas del suelo crujían desmenuzadas bajo sus pies y las molduras de las paredes colgaban desgastadas y envejecidas. Aún así, el lugar conservaba un aire de elegante decadencia.

En la salida había aparcado un Bentley de los años cincuenta que parecía un coche fúnebre. El chófer abrió la puerta trasera y la invitó a entrar. Andrea se detuvo un instante. La plaza que se extendía delante de la estación estaba desierta. Una leve ráfaga de viento levantó un remolino de polvo y lo sostuvo en el aire como si se tratara de un fantasma curioso. No había nadie en las calles, nadie asomado a las ventanas, no se oían conversaciones ni gritos de niños jugando al sol de medio día, sólo el gorjeo de los pájaros escondidos tras las ramas. Andrea recorrió con su mirada el deshabitado escenario, examinando cada esquina, cada ventana, cada portal y recodo. Después entró en el coche y se acomodó en el asiento de cuero negro.

Un sol radiante se asomaba y desaparecía tras las difusas masas de nubes, agrupadas alrededor de la montaña más alta. Cuando despuntaba entre las nubes, los rayos de sol encendían los tejados y los torreones, las cúpulas y los balcones, abrasándolos como si estuvieran en llamas. El cálido ardor de los reflejos contrastaba con la humedad y el frescor que se alzaba de la tierra. Siglos de sol y lluvia abundante, de tardes envueltas en niebla y mañanas empapadas de rocío habían configurado un paisaje voluptuoso y selvático. La hiedra trepaba alrededor de los árboles y cubría fachadas y muros en las zonas más umbrosas y recogidas. Las escalinatas enterradas, las olvidadas esculturas de los pórticos y las arcadas cubiertas de musgo se sucedían con celeridad ante sus ojos. No atisbó un alma en todo el recorrido. Ni siquiera un perro o un gato perezoso apostado en un porche.

Cruzaron un pequeño puente de piedra y ascendiendo por la ladera se adentraron en una estrecha y empinada carretera, oscurecida por la densidad de los árboles. El paisaje era aún más agreste a esa altura. Detrás de las altas tapias y las herrumbrosas puertas de hierro se divisaban tejados y senderos engullidos por el imparable embate de la naturaleza. Andrea reconoció que era el lugar más extraordinario que había visto nunca.

El chófer redujo la velocidad y se detuvo ante un portón con barrotes de hierro rematados en forma de puntiagudos tridentes. El alto muro que rodeaba la finca se elevaba sobre la línea de arpones. A ambos lados de la puerta dos faroles de gas llameaban entre la maleza. El chófer salió del coche, abrió los portones y cuando estuvieron dentro volvió a bajarse a cerrar. Cuando regresaba al coche sonrió a Andrea con un gesto cálido. Le gustó su expresión llana y asequible. Su sencilla masculinidad le recordó a Giovanni. Andrea giró la cabeza, como si al cambiar de perspectiva pudiera esquivar sus propios pensamientos.

Se adentraron en el estrecho camino ascendente, ahogado y oscurecido por los árboles. Después de casi un minuto alcanzaron un giro pronunciado y la vegetación terminó abruptamente, dando paso a una explanada de tierra y gravilla. Andrea alzó la cabeza y recorrió con los ojos la imponente fachada del palazzo.

Mientras esperaba que el chófer le abriera la puerta, sintió un hormigueo en la nuca. Un presentimiento la atizó cuando miró hacia arriba. Sin ceremonia visible invocó el sacrificio que Alejandro Magno hizo a Miedo antes de la batalla de Gaugamela, donde se midió con Darío, su más enérgico adversario. Y aunque no pudo lanzar un grito para demostrar su bravura, cuando sus botas pisaron la gravilla de la entrada del palazzo, Andrea ya estaba armada con escudo y casco, preparada para la batalla a vida o muerte que sin saberlo iba a tener que librar en ese fastuoso escenario.

V

ZEUS

She has been raised on a mental diet of heroism
[...]
It was as though she were an exile
from a world that saw things her way.
Robertson Davies
Fifth Business
(Ha sido criada en una dieta mental de heroísmo.
[...] Era como si estuviera exiliada de un mundo que veía
las cosas a su manera. -El quinto en discordia)

El chófer acompañó a Andrea hasta la entrada donde una mujer de figura robusta vestida de negro la estaba esperando. Tenía las manos cruzadas sobre su delantal en actitud relajada y sonreía.

-Encantada de tenerla con nosotros. Soy Herminia, el ama de llaves.

Tenía unos ojos mansos y complacientes y despedía un reconfortante olor a limpieza y orden.

-El profesor está esperándola en su despacho, es el último piso. ¿Quiere descansar o refrescarse antes de verle? -preguntó.

-No estoy cansada, gracias -contestó Andrea.

-Entonces sígame, por favor. Luego llevaré el equipaje a su cuarto.

El palazzo era un edificio de planta rectangular que se alzaba alrededor de un atrio central. En la planta baja el recibidor desembocaba en la base del atrio, que hacía las veces de salón. Desde ahí podían observarse las galerías que formaban los dos pisos superiores. En el centro del atrio, el techo de madera a cuatro aguas se perdía en una tenue penumbra. De esa penumbra surgía una inmensa lámpara articulada por decenas de brazos arqueados. Al fondo, detrás los portones abiertos al sol de mediodía se distinguía una terraza ancha y luminosa que desembocaba en el jardín. Al final de una suave pendiente de césped, Andrea vislumbró el azul vibrante del agua de la piscina que parecía suspendida en el aire como por mágico encantamiento. Una alfombra granate, inmensa como una pradera teñida de sangre, cubría las losas de mármol florentino en el amplio espacio del atrio. La escalera, que daba paso a los pisos superiores, ascendía con rigurosa simetría. En el salón, despejado y amplio, la única decoración eran dos frescos de Domenichino y Pietro da Cortona, unos sofás, una mesa baja y la lámpara que colgaba de un cordón de terciopelo rojo.

-Por aquí, por favor -pidió Herminia entrando en un pasillo adyacente. Accedieron a una sala pequeña, sin adornos y cruzaron en silencio un corredor más oscuro. En el centro de la escalera de servicio había un viejo ascensor de madera. Herminia cerró las puertas acristaladas y pulsó el botón del segundo piso.

-¿Ha tenido buen viaje? -preguntó la mujer, mirándola con curiosidad mientras ascendían.

-Muy bueno, gracias -contestó Andrea bajando los ojos. Como la estela de un cometa su mirada arrastraba reminiscencias de sus actos, de sus pensamientos y secretos.

Andrea iba a encontrarse con el hombre que había modificado, no solo su vida, sino la percepción de su vida. Todo aquello en lo que había creído desde que podía recordar, lo que había sospechado y por lo que había luchado, estaba reflejado en los libros de Visconti. Su imponente y homérica figura encarnaba esos atributos míticos que en literatura se codean con la excelencia y la grandeza. Con sus ensayos y novelas había conseguido el mayor triunfo que un escritor podía anhelar. Su trabajo estaba centrado en la relación del héroe con su destino. Era el mayor experto en la materia y gracias al descubrimiento "fortuito" de su libro, Andrea no estaba lejos de convertirse ella misma en una autoridad. Pero a diferencia de Visconti, ella no tenía ningún interés en comunicar sus descubrimientos. Su tarea era una misión personal. Según Legrand, su tutor en la universidad, eso era un desperdicio. Él había seguido de cerca los estudios y trabajos de Andrea y creía posible que un día llegara convertirse en sucesora de Visconti. Sin embargo, Nadier, otro profesor que la había dado clase, opinaba que el conocimiento no era lo único relevante y afirmaba que era imposible que alguien como Andrea llegara a convertirse en sucesora de Visconti simplemente porque sus orígenes eran tan extremos como el día y la noche, y era de suponer que los destinos derivados de semejantes divergencias también lo serían.

El profesor Francesco Visconti, Duque de Verdoni, procedía de una de las familias más antiguas y aristocráticas de Europa. Andrea había sido abandonada por sus padres y criada por las monjas de clausura en un convento de la orden de las hermanas Clarisas y por Giovanni, un mestizo apache que trabajaba en el convento. Había crecido apartada del mundo y sólo gracias a sus capacidades y una beca de la universidad de Catania había logrado realizar sus estudios.

El profesor Visconti, descendiente de italianos y alemanes, tuvo que instalarse en París durante la segunda guerra mundial, desde donde dirigió los negocios que había heredado de su recién fallecido padre, un conde alemán casado con una italiana de sangre real. Su fortuna se había reducido considerablemente desde entonces, pero aún poseían lo suficiente para llevar una vida desahogada. Los padres de Andrea, con quien nunca había tenido contacto, eran un campesino analfabeto que trataba con lechugas y piaras y una esquizofrénica medio ciega para la que nunca había sido hija, sino un problema. O como siempre clamaba: un error de Dios.

La familia Visconti era uno de los últimos bastiones de la aristocracia europea. Andrea no tenía más nombre y apellido que el que le habían dado las monjas. No sabía lo que era el lujo, derrochar, ni siquiera comprar por placer. La orden franciscana en la que había crecido se fundaba en los votos de pobreza, silencio y castidad. Los objetos sin significado emocional le eran tan ajenos como un saco de monedas de oro lo era para una medusa. Lo que Andrea consideraba más importante no se podía comprar, ni siquiera vendiendo el alma.

El profesor Visconti era un escritor reconocido mundialmente por sus novelas, ensayos y conferencias. Andrea acababa de cumplir veinticuatro años y hasta los diecisiete su principal quehacer había consistido en pastorear en el monte las ovejas y cabras del convento, con la única compañía de una escopeta y un par de perros pastores.

Andrea se estiró el cuello de su camisa blanca y observó su ropa recién estrenada en el espejo del ascensor. Normalmente vestía con pantalón vaquero, una simple camiseta de algodón y botas, pero la ocasión requería algo más elegante. La chaqueta que llevaba en esos momentos la había cosido ella misma copiándola de un libro de historia. Era una versión simplificada de la que llevaba Napoleón en una de sus muchas victorias. No era sólo una prenda de vestir, era un emblema. Su trabajo de ayudante era una insignificancia comparado con las empresas de Napoleón, pero llegar hasta La Villa, hasta la casa de Visconti, era para ella una conquista, un triunfo en toda regla al que debía presentarse con sus mejores galas.

Que la estética ejercía una fuerza poderosa sobre el comportamiento lo había descubierto cuando tenía seis años. Había observado que en su pueblo, cuando las personas humildes dejaban sus desaliñadas vestimentas y se vestían con los trajes de las ocasiones especiales, sus comportamientos se modificaban ligeramente. Verse investidos de excepcionalidad les hacía más amables, menos toscos. Hablaban con más propiedad, reían menos alto, se fijaban más en sus movimientos y trataban de actuar como suponían que actuaría alguien que llevara esa ropa a todas horas. Desde entonces había decidido que siempre se vestiría y actuaría con esa idea en mente: La de que "hoy" era un día excepcional

El ascensor se detuvo en un descansillo de limpias paredes enyesadas. El aire estaba impregnado de olor a cal húmeda. Desde un estrecho corredor accedieron a un distribuidor purificado por la resplandeciente claridad del éter en el que volvía a derrocharse esplendor en la decoración. Andrea se acercó a uno de los grandes ventanales. La riqueza ornamental del palazzo no se reducía al interior. El edificio era una obra de arte en sí mismo. Magnificado por el sol de medio día, era un suntuoso tributo a la antigua Grecia. A lo largo y ancho de los dos pisos se alternaban escenas de lucha, bustos de mármol y relieves que representaban escenas mitológicas y batallas.

Herminia se acercó a Andrea y contempló junto a ella la vista.

-Uno nunca se acostumbra a tanta belleza.

Andrea no dijo nada. Se limitó a mirar a la mujer y esbozar una ligera sonrisa.

Se detuvieron ante una puerta de doble hoja. Herminia llamó con delicadeza y la anunció sin elevar la voz.

-Profesor. Ha llegado su ayudante.

-Hágala pasar, Herminia.

El profesor Visconti estaba sentado en un sillón de respaldo alto detrás de una mesa atestada de libros. Durante las múltiples conversaciones que habían mantenido los últimos meses por teléfono, Andrea había tratado de imaginar, analizando las fotos de las contraportadas de sus libros, cuál sería su aspecto en persona. En las fotos tenía el porte de un príncipe: elegancia, orgullo, franqueza... Cara a cara, Visconti conservaba todas aquellas características. Andrea sólo echó en falta algo que en esos momentos no pudo identificar.

El profesor se quitó las gafas de lectura y las dejó sobre un cuaderno. Se levantó y dirigiéndose hacia ella le ofreció su mano.

-Me alegro de que ya esté aquí. ¿Qué tal ha ido el viaje? -preguntó con su tono de voz templado y cadencioso.

Era alto y robusto. La estructura de su rostro, aunque surcada de arrugas, era simétrica y vigorosa y estaba reforzada por una mirada que revelaba una infatigable vitalidad. Su pelo encanecido era aún abundante y en su bigote quedaban rastros furtivos de reflejos rojizos. La frente despejada enmarcaba unas entradas canosas que acentuaban su aire distinguido.

-El compartimiento era excelente. Gracias por las molestias -dijo Andrea.

Visconti recorrió con una rápida mirada la figura de Andrea. La descripción de Legrand no coincidía con la imagen que tenía delante. Su amigo y colega la había descrito como una hermosa muchacha de largo pelo rubio y ojos color avellana. Lo que Visconti tenía enfrente era más un muchacho de edad indefinida. Pero a pesar de aquella discordancia supo que era ella. No era su físico sino los comentarios que había hecho Legrand sobre su personalidad lo que coincidía con lo que tenía delante. Aquellos hombres denotaban disciplina y determinación, en su rostro estaba impresa la marca de una inteligencia innata y su mirada se revelaba nítida y atenta.

Legrand, que durante sus treinta años de enseñanza había tenido la oportunidad de ver toda clase de personajes atravesar sus aulas, le había comentado acerca de Andrea que la forma de estar y considerar lo que la rodeaba no se correspondía con su edad y mucho menos con el entorno y las circunstancias que habían rodeado su vida. Legrand presentía en su presencia algo que siempre parecía estar a punto de revelarse. En sus conversaciones había destacado también cómo le habían sorprendido sus maneras. "Tiene un aire foráneo, había dicho. Es como un extranjero llegado de un continente lejano, equipado con costumbres, gustos, opiniones y creencias muy claras, pero dispuesto a aprender todo lo que el nuevo mundo pueda ofrecerle." Sin embargo, lo que más había fascinado a Legrand, y ahora que la tenía delante Visconti comprendía el motivo, era el aire de autonomía que emanaba su persona. "Es como si viniera de muy lejos, protegida por un código inviolable" le había dicho en una de sus últimas conversaciones por teléfono, "como si portara un mensaje, o ella misma fuera el mensaje…". Visconti también observó que a pesar de su pelo corto y su vestimenta masculina esa singular belleza de la que le había hablado Legrand no pasaba desapercibida. Sus facciones, su fisonomía y sus gestos podían pertenecer tanto a un chico como a una chica, pero lo que la definía por el género femenino era una cualidad extrañamente velada de misterio y sensualidad, tan reservada e indefinible como la que debía poseer la Esfinge de Tebas. Tuvo que hacer un esfuerzo para apartar la mirada de sus ojos plateados, indescriptiblemente brillantes y enigmáticos.

-No ha sido ninguna molestia -Visconti la palmeó el hombro afectuosamente y la invitó a sentarse frente a su mesa –. Es curioso pero la descripción que Legrand hizo de usted es muy distinta...

Andrea se acomodó en su asiento y sonrió ligeramente.

-Vida nueva, aspecto nuevo -dijo solamente.

Visconti la miró sonriendo con curiosidad. Las blancas cortinas que vestían las puertas acristaladas resplandecían y se ondulaban con la brisa estival. El despacho se abría a una enorme terraza desde la que llegaba un intenso olor a verdor.

-Me alegro mucho de tenerla aquí y poder continuar con nuestras conversaciones cara a cara. Mi tarea será mucho más fácil teniendo en cuenta que es usted una experta en mi trabajo.

- ¿Experta? -contestó sonriendo con cierto rubor.

-De los candidatos que se presentaron para el puesto, usted es con diferencia la mejor preparada. He de decir que su currículo académico y sus cartas de recomendación son impresionantes. No conozco mucha gente que haya terminado la carrera y la especialización en sólo cuatro años con semejantes calificaciones. Y no es simple adulación reconocer que su conocimiento y opiniones sobre el tema están muy por encima de la media. No tiene usted nada que envidiar de algunos de mis colegas y si mi orgullo no me lo impidiera- dijo bromeando-, tendría que reconocer que incluso de mí mismo. Pero ya está aquí, así es que dejemos de lado el protocolo y cuénteme de nuevo, pero con sus palabras, por qué se ha especializado en la figura del héroe.

Andrea guardó silencio unos segundos antes de contestar.

-No sé si es posible tratar de encontrar razones lógicas para nuestras pasiones- contestó, apoyando los antebrazos sobre sus rodillas y rascándose ligeramente el lateral de la nariz-. Sólo puedo decir que la imagen del héroe me fascina desde que puedo recordar. Es casi la única certeza que tengo. Una certeza que por otro lado está rodeada de dudas y cuestiones sin resolver-añadió sonriendo-. Por eso su trabajo es el que más me interesa. Desde los antiguos griegos, excepto por el Romanticismo, nunca se había tratado la figura del héroe con tanta pasión y a la vez con tanto realismo como usted lo hace.

-Los románticos trataron de reavivar esa imagen, pero ya era demasiado tarde-dijo el profesor, negando con la cabeza.

-¿Y ahora? -preguntó Andrea con interés-. ¿Cree que también es demasiado tarde?

-Absolutamente. Mis novelas y ensayos hablan de un mundo que ya no existe, de un Hombre que ya no existe. Hoy se lucha por el bienestar, por la comodidad. Nada hay más sagrado que eso. Queremos estar tranquilos, reposar, evitamos la confrontación, los extremos, y ante todo, valoramos el ocio. El tiempo de ocio es hoy para un hombre su santuario. ¿Y qué hacemos con ese tiempo? A veces nada, a veces jugar al tenis, al golf, ir al cine, comer, ver la televisión, quizás leer, pero siempre es un tiempo de evasión, una ruptura con la cotidianidad, un paréntesis en nuestra actividad que por otro lado no es demasiado nuestra porque normalmente no estamos a gusto con nuestro trabajo. Y así vamos de lo mecánico a la evasión y de lo obligatorio al placer del olvido. Ya no hay lugar para grandes ideales. Y quizá es así como debe ser. ¿Quién está dispuesto hoy en día a abandonar su cómoda vida, coger un arma y luchar por una causa? Quizá la falta de valores que hoy vivimos en Occidente es una medida de conservación. No creer en nada nos hace indiferentes y por tanto pacíficos. Son los que todavía creen en algo los que están dispuestos a luchar, a arriesgarse. Y la historia nos ha enseñado precisamente que son los ideales, los dogmas y las creencias los que causan las guerras. Quizá la única forma de conseguir la paz sea por medio de una apatía general y un deseo común de anteponer a cualquier ideología eso que llamamos bienestar.

-Usted estuvo en la guerra… -dijo Andrea.

-Sí y fue durante aquellos años terribles cuando surgió en mí la pregunta de cómo sería el mundo moderno si tuviéramos algo del antiguo heroísmo griego en nuestras venas. Al igual que a usted la idea del héroe me ha fascinado desde que puedo recordar. Hoy es difícil de comprender, usted lo sabe, pero para el héroe griego la guerra era su hábitat natural. -Andrea asintió. Esa cuestión le interesaba más que ninguna otra-. No conocía otra forma de vida. Su día a día estaba rodeado de muerte. Siempre estaba expuesto a extremos, intrigas, al peligro constante de la traición. Cómo decía ¿Quién desea eso hoy?

-Probablemente nadie. Es cierto, pero —dijo, adelantando su cuerpo hacia Visconti-, la literatura heroica nos enseña que la única forma de conocer quiénes somos realmente es por medio de poner a prueba nuestro carácter hasta sus últimas consecuencias.

-Exactamente. Pero el problema es que hoy no se piensa en ser, sino en tener -dijo sonriendo-. La paz y la tranquilidad son una ausencia de conflictos. Los conflictos nacen de opiniones y necesidades opuestas. Si reducimos el espectro de nuestras ideologías reduciremos el tamaño de los conflictos. Para los héroes, sin embargo, lo importante era descubrir quiénes eran realmente y convertirse en eso que estaban destinados a ser. Esa "lucha" era el trabajo de toda una vida, lo que les mantenía alerta. Estaban dispuestos a medir sus fuerzas constantemente, sin importarles que fuera peligroso. Se podría decir que lo que distinguía a los héroes es que no rehuían el peligro. Sin peligro no hay desafío. En cualquier caso cumplir su destino era lo más importante. ¿Pero quién piensa hoy en cosas como el destino, en desarrollar al máximo las capacidades, en alcanzar la excelencia? Hoy, excepto estudiosos como nosotros que tratamos el tema más como una materia teórica que como un hecho real, nadie piensa en semejantes temas.

Andrea le miró con curiosidad. Estudiar el tema teóricamente le parecía tan inútil como aprenderse de memoria un manual de cómo montar en bicicleta sin tener intención de subirse jamás en una.

-¿Usted cree que el hecho de dejar de creer en ciertas influencias hace que esas influencias desaparezcan?

-¿Se refiere usted al *daimon* de la frase de su tesis? -Andrea asintió-. Mi opinión es que el hecho de que cambiemos los nombres de las cosas no significa que las cosas cambien. Podemos dejar de creer que existen fuerzas divinas que dirigen nuestras vidas y puede que nos contentemos con llamar a todo eso casualidades o suerte o mala suerte, pero eso no cambia el hecho de que esas circunstancias sigan teniendo su lugar. Quiero decir, ¿quién puede negar que no controlamos la totalidad de nuestras vidas? Estamos expuestos a fuerzas, *daimones*, circunstancias o como quiera usted llamarlo y lo sabemos. Es cierto que la *téchne*, la técnica, la ciencia, etc., han suprimido muchas de las causas de muerte y mejorado nuestra calidad de vida, pero eso no quiere decir que hayan suprimido ni la muerte, ni los accidentes, ni las enfermedades, ni siquiera los arrebatos de ira…-Andrea le miró reflexiva-. El hecho de que seamos incapaces de leer la frase "ethos anthropos daimon" en ambos sentidos es un signo de que la creencia en lo divino ha desaparecido de nuestras vidas -añadió Visconti.

-¿Porque ahora estamos más ciegos que antes o simplemente porque hemos aprendido a diferenciar qué es real y qué son supersticiones?

-Bueno, ya sabe que incluso para Aristóteles la frase era un problema. Para el hombre siempre ha sido una meta ganar autonomía, liberarse de todo aquello que le domina o coacciona. Por eso librarse del incomprensible poderío de lo divino, o simplemente negarlo, es una forma de creer que somos autónomos -Andrea no podía negar que ese era su talón de Aquiles-. Y sólo por esa razón, las dos lecturas de la frase son excluyentes. Sin embargo, recuerde que para los antiguos griegos no resultaba una inconsistencia creer que las fuerzas que operaban en el hombre eran tanto su propio carácter como una fuerza divina.

-Y como dice, admitir eso es tanto como reconocer que en el fondo no controlamos nuestras vidas…- dijo Andrea.

-Es que en cierta medida no controlamos nuestras vidas -respondió Visconti sonriendo-. La sensación de control es sólo una ilusión. Es cierto que ahora somos mucho más dueños de nuestras emociones, que en nuestro entorno hemos logrado suprimir en gran medida los conflictos gracias a la educación y las reglas sociales, pero aún así tiene que recordar que no estamos hablando del hombre común sino del héroe. Y ese héroe con el que usted está tratando en su tesis es un ser especial, ligado a fuerzas y presiones que nada tienen que ver con nosotros hoy en día. El héroe era un ser excesivo, peligroso e implacable, con un destino propio. El error es querer medir a todos con el mismo baremo. Hay leyes para los héroes y leyes para los hombres. Siempre ha sido así y siempre lo será.

-Cuando usted era joven... más joven-, rectificó Andrea.

-Soy viejo, no tenga miedo de decirlo –sonrió, no del todo cómodo.

-Durante la Segunda Guerra Mundial luchó en el bando de los aliados a pesar de su origen alemán e italiano. Era muy joven y tuvo que tomar muchas decisiones difíciles, pasó hambre y estuvo a punto de morir varias veces...

-Sí, pero hubo muchos otros que hicieron lo mismo que yo o más y por alguna razón no lo consiguieron. No es algo de lo que pueda sentirme orgulloso. La guerra sólo es atractiva cuando leemos La Ilíada. La realidad es de un horror inimaginable. Y en esa realidad hay veces que es necesario tomar decisiones difíciles, decisiones que van en contra de aquellos a los que amamos. Pero es preciso hacerlo si queremos seguir mirándonos a nosotros mismos con respeto. No sé si le es posible comprender algo semejante. Para los jóvenes de su generación es difícil entenderlo. Lo han tenido todo muy fácil.

Andrea percibió que el rostro de Visconti se ensombrecía ligeramente.

-Lo siento. No quería hacerle recordar momentos desagradables.

-No. Recordar es necesario. A veces lo es tanto o más importante que olvidar. No se preocupe, tendremos tiempo de hablar de eso y de todo lo demás. Es casi la hora de comer. Acompáñeme a la terraza. El aperitivo está listo. Ya deben de estar todos a punto de llegar.

-¿Todos?

-Mi familia. Pasamos el verano repartidos por este viejo palazzo -dijo elevando la mirada-. Ya los irá conociendo.

Cuando se levantaban, escucharon unas pisadas enfáticas acercándose por el pasillo. Un joven de pelo rubio y ondulado entró en el despacho con paso decidido. Era alto y estaba muy bronceado. Vestía una camisa blanca abierta hasta el pecho y unos pantalones claros de pinzas. Lanzó una fría mirada a Andrea.

-Papá-dijo en tono altivo con una inclinación de cabeza -. ¿Es tu ayudante? –preguntó sin mirarla.

-Sí. Andrea, este es mi hijo mayor, Ares.

Andrea le estrechó la mano.

-¿De qué va disfrazada? —dijo mirando a su padre mientras encendía un cigarrillo. Y sin esperar una respuesta, preguntó con impaciencia -¿Cuánto se va a quedar?

-No lo sé. El tiempo que sea necesario -dijo el profesor molesto por su impertinencia

Ares se dirigió hacia la terraza. Salió al sol de mediodía y allí se quedó, con los brazos cruzados sobre la ancha balaustrada, la cara vuelta hacia el sol, fumando con los ojos cerrados. A sus pies se extendían colinas y valles, mansiones y arboledas. Sus rasgos eran crueles y hermosos. Su figura majestuosa y soberbia. "Así que esto es lo que puede lograr una buena crianza" pensó Andrea. No había conocido a nadie con un sentido aristocrático tan presuntuoso y arrogante. Era el heredero, de eso no había duda. Tampoco quedaba duda de que toda su persona exigía de aquel que le mirase el reconocimiento de que estaba ante un hombre de sangre azul, ante uno de los últimos vestigios de una hegemonía reservada sólo a unos pocos. Observar al primogénito de su héroe fue una revelación algo decepcionante. Había imaginado que de alguien como Visconti sólo podía nacer un ser excepcional, producto de toda esa sabiduría y experiencia destilada.

El profesor la invitó a acompañarle. En su cara se adivinaba cierta decepción.

-Ares -dijo cuando salieron a la terraza-, ofrécele algo de beber a nuestra invitada. Demuestra que tienes modales -. Lo dijo con más pena que enfado y ya entonces Andrea se dio cuenta de que en su relación había un poso de frialdad, una incompatibilidad profunda que ninguno se esforzaba en disimular.

-¿Qué quieres? -preguntó Ares con el pitillo en la boca, guiñando sus ojos claros para evitar el sol.

Andrea no estaba acostumbrada a tomar el aperitivo. Miró el carro lleno de botellas y una etiqueta le recordó cuantas veces había servido aquello en el restaurante justo antes de la hora de la comida.

-Campari -dijo con seguridad.

Ares se giró, tratando aparentar indiferencia, pero mientras manejaba la botella y la pinza de los hielos sintió una necesidad imperiosa de demostrar su desprecio por aquella desconocida.

Desde la terraza el paisaje cortaba el aliento. Una sucesión de torreones y agujas, de miradores y colinas, de jardines y estanques se entrelazan a medida que la montaña descendía hacia el valle. Andrea se acercó a la baranda y observó el privilegiado reducto. Su concienzuda mirada engullía detalles y perspectivas mientras sostenía una copa de amargo Campari y departía con el profesor Visconti. Participar en un ambiente del que hasta este momento sólo había tenido conocimiento por las novelas del profesor le producía una sensación de irrealidad. Como si ni su inteligencia, ni los intereses comunes con el profesor, ni la impresión que había causado en Legrand, su tutor, ni sus fabulosas calificaciones fueran en realidad más que meras casualidades.

El profesor se acercó a la baranda con la mirada perdida en el horizonte romano y Andrea observó que sus ojos, a pesar de la diferencia de edad y del hecho de que él observaba ese panorama cada día, no expresaban menos admiración que los suyos. Andrea le observó de reojo. Había algo que extrañaba en su persona. Algo que siempre había supuesto innato en su carácter y que en esos momentos no estaba presente: La alegría. Una alegría que siempre había impregnado sus novelas, ensayos, conferencias y entrevistas. Había supuesto que era un atributo de su personalidad. No era posible que alguien triste escribiera como él lo había hecho durante más de cincuenta años. Sin embargo, en esos momentos, Andrea podía sentir que un río de tristeza y preocupación se desprendía de su figura.

Visconti no se dio cuenta de que Andrea le observaba. Estaba sumido en sus pensamientos. El día anterior su abogado le había llamado muy excitado para decirle que tenían que hablar, que era muy importante. "¿Qué ocurre Stefano? Hable claro" le había pedido el profesor. Hacía más de cuarenta y cinco años que se conocían y nunca le había visto tan agitado. "Imposible, no por teléfono", había contestado el abogado, "Acabo de descubrir algo y tengo que verle cuanto antes". Después de tanto tiempo aún continuaban hablándose de usted. "¿Pero de qué se trata?" preguntó el profesor. "No puedo decirle nada por teléfono pero es un asunto muy grave y creo saber quién está detrás de ello." "¿Dinero, Stefano?" preguntó burlón el profesor. "No, profesor, no es sólo dinero. Es algo peor. Mucho peor. Estaré ahí en una hora y media. Tengo que pedirle algo importante, profesor. No comente esto con nadie." "¿De qué está hablando, Stefano?" había preguntado súbitamente preocupado Visconti. "No le comente que hemos hablado a nadie. A nadie," repitió con énfasis, dando a entender que ni siquiera debía hacerlo con Constanza, su mujer. "Sólo hasta que hayamos hablado. Es mejor que nadie sepa nada aún," pidió. "No tardaré en llegar". Después había colgado el teléfono y el profesor no había vuelto a saber de él. Tres horas más tarde Visconti había llamado a su despacho extrañado. Ya sólo quedaba allí su secretaria, Lorenza, que no sabía nada de él, pero que le comentó que durante el día le había notado nervioso. "¿Ha ocurrido algo?" había preguntado Lorenza intranquila. Probablemente no era nada, había contestado el profesor. Se habrá entretenido con algún asunto. Si habla con él dígale por favor que me llame enseguida.

Pero no lo había hecho. Lorenza había llamado a la policía a la una de la madrugada, cuando decidió que ya no podía esperar más. Su desaparición sólo podía deberse a un desgracia porque su jefe era la persona más previsible y minuciosa del mundo. Aún así, la policía le informó de que no se había reportado ningún accidente de coche que correspondiera con sus datos. Los hospitales no tenían su nombre en el registro y nadie había ingresado en las últimas horas sin documentación. No había ni rastro de Stefano.

El profesor había pasado una mala noche. Se había despertado durante la madrugada inquieto, con una sensación indefinida. Incapaz de conciliar el sueño, había salido a la terraza. Bajo el silencio y la sosegada paz que desprendía la cálida noche veraniega presentía algo sombrío. Un murmullo continuo dominaba de forma clandestina el ritmo de lo invisible, como si sólo pudiera escuchar muy lejos lo que le concernía directamente. El profesor se había apoyado en la barandilla tratando de averiguar qué le producía aquella sensación. A simple vista las razones eran claras: las palabras de Stefano, su excitación, su petición de mantener el secreto, su súbita desaparición. Pero no, era algo más, algo amenazante estaba suspendido en el aire que respiraba, algo que se estaba cuajando en las profundidades y que pujaba por salir a la superficie.

En la distancia, envuelto en las sombras y ligeramente perfilado en el horizonte el profesor observó el castillo que había pertenecido a su familia desde hacía más de cuatrocientos años. Ahora era una reliquia, una reminiscencia excéntrica del poder que una vez habían ostentado sus antepasados. Un poder cruel que el tiempo y la rectificación concienzuda de sus últimos antecesores habían logrado relegar al olvido. El castillo había sido abandonado hacía más de cincuenta años. Lo ocurrido entre aquellas paredes, la disposición misma de sus muros, de sus corredores y torreones, de sus pasadizos y antecámaras eran testimonio de lo que el hombre estaba dispuesto a hacer para dominar. Pero allí continuaba, erguido entre las sombras, esperando de nuevo su oportunidad para imponerse. El profesor regresó a la cama preguntándose dónde podría estar Stefano.

Cada hora que pasaba sus misteriosas palabras y su acentuada inquietud le parecían al profesor más significativas y preocupantes. Era ya casi la hora de la comida y aún no había noticias del abogado.

VI

LA FAMILIA

Allí los dioses Titanes
bajo una oscura tiniebla
están ocultos por voluntad de Zeus
amontonador de nubes
en una húmeda región
al extremo de la monstruosa tierra;
no tienen salida posible.
Hesíodo
Teogonía

En la terraza transcurrieron unos segundos de silencio mientras Andrea y el profesor observaban en la distancia la silueta del castillo. Era imposible pasarlo por alto. Andrea le preguntó al profesor si estaba habitado. Con gesto reservado el profesor contestó que no, que no vivía nadie, que llevaba más de cincuenta años cerrado. Cuando Andrea iba a preguntar a quién pertenecía escucharon unos pasos que se acercaban y se giraron.

El sol iluminó una figura y la hizo desaparecer por un instante. Andrea guiñó los ojos y vio la silueta de un joven saliendo del despacho. Tenía el pelo negro, ligeramente rizado, los ojos oscuros y reflexivos. Su constitución, indiscutiblemente masculina, portaba un aire de serena tristeza, de reservada resignación.

-Andrea. Mi hijo Paolo. Andrea es quien va a ayudarme con mis papeles y mientras aprovechará para escribir su tesis.

Paolo asintió sonriendo ligeramente mientras observaba con curiosidad el singular atractivo de Andrea y a la vez se dejaba examinar por su penetrante mirada.

-Paolo podrá ayudarte -dijo el profesor-. Él también conoce mi trabajo bastante bien.

Herminia salió a la terraza:

-Una llamada, profesor.

Visconti entró en el despacho con la esperanza de que fuera Stefano.

Ares, sentado en una tumbona con las piernas abiertas una a cada lado, continuaba robando rayos de sol con una concentración ausente. Andrea buscó alguna similitud pero no podían ser más distintos, observó además que él y Paolo no se habían saludado.

-¿Sois hermanos? -preguntó Andrea.

-Hermanastros -contestó Paolo-. Mi madre y mi padre se conocieron antes de que se él se casara con Constanza.

-¿Dónde está tu madre?

-Murió -contestó Paolo escuetamente, poniendo su mano a modo de visera y analizando atentamente a quien su padre había descrito como una gran experta en su trabajo. Él mismo era uno de los más fervientes y apasionados seguidores de la obra de su padre, pero desde que Andrea había sido recomendada tan enardecidamente por Legrand, la ayuda que normalmente le prestaba en sus ratos libres había dejado de ser tan valiosa. "Dejaremos eso para cuando venga mi ayudante" era la frase que oía últimamente. Andrea había venido a encargarse de "los temas" de su padre porque aparentemente no había nadie que los conociera mejor, que supiera combinar datos, establecer relaciones, memorizar fechas, encontrar similitudes y además aportar nuevas perspectivas como ella lo hacía. Varios de sus trabajos circulaban en el entorno universitario como manuales imprescindibles y según le había comentado su padre era cuestión de tiempo que una editorial se interesara por ellos.

Paolo había imaginado que la chica en cuestión iba a ser una insufrible cuatro ojos, con falda de lana hasta los tobillos y el pelo recogido en un modesto moño en la nuca. El despejado y firme cuello de Andrea le obligó a girarse sin razón aparente.

-¿Y quién es esta joven?

Una mujer rubia de aspecto deslumbrante salió a la terraza. Llevaba una pamela color crema y un traje rosa pálido, vaporoso y ligero. Se quitó unas enormes gafas de sol y extendió sus dedos con coquetería para que Andrea le estrechara la mano. Sus cincuenta años no se dejaban percibir en su rostro, ni en su chispeante mirada.

-Soy Fedra, sobrina del profesor -dijo sonriendo.

Era hermosa, de rasgos suaves y refinados. Llevaba el pelo recogido en un moño holgado y el rostro maquillado con sutiles tonos pasteles.

Mirarla producía un efecto de ligereza, como si caminara envuelta en un halo de luz.

Fedra miró de arriba abajo a Andrea y aquella primera mirada la dejó confundida. Era experta en sacar partido de los más insignificantes atributos femeninos y la imagen de Andrea le produjo una impresión desconcertante. En seguida evaluó sus rasgos y posibilidades y llegó a la conclusión de que a pesar de su evidente belleza, la masculinidad que emanaba su persona era demasiado ambigua y enérgica como para ser disimulada con maquillajes o vestuario. No logró encontrar para ella un estilo más favorecedor.

-Paolo querido, prepárame un Martini- dijo con cierta autoridad. Fedra se acercó a la pared, hizo girar una manivela y un toldo comenzó a extenderse sobre la terraza. Ares abrió los ojos y la miró con aspereza cuando la sombra le privó del sol.

-¿Cómo estás, querido? -dijo ella mirándole con una sonrisa vaga -. ¿No vienes a besar a tu prima?

Ares se levantó con desgana, se acercó a ella y la besó en la mejilla que ella le ofrecía ladeando su cabeza.

-¡Qué de juventud! -dijo mirando alrededor con frivolidad-. ¡Y qué día tan esplendido! -caminó hacia la balaustrada y se apoyó en la piedra con elegancia -. ¿Qué te parece nuestro paisaje? —preguntó, dirigiéndose a Andrea- Tengo entendido que vienes de Sicilia y que eres monja.

-El paisaje es precioso. Y no, no soy monja. He crecido en un convento de clausura pero cuando regrese no será como religiosa.

-¿Se puede vivir en un convento sin ser monja? -preguntó Paolo.

-Sí, claro que se puede -contestó Andrea.

-¿Y qué clase de trabajos hay que hacer en un lugar así? Pensé que allí sólo se dedicaban a rezar -preguntó Fedra.

-Nada de eso. Hay mucho que hacer. El convento está dentro de una finca de varias hectáreas que una Marquesa donó hace siglos a las monjas y nunca falta trabajo en el huerto o con los animales, además de arreglos en los edificios: pintar, encalar, arreglar tejados...

-No te imagino haciendo nada de eso, querida. Eres una belleza. ¡Qué desperdicio encerrarse en un convento con tu juventud y las maravillas que hay en el mundo! -añadió Fedra exagerando su estupor intencionadamente.

-Yo seguiré siendo yo en el convento y las maravillas de las que habla están ahí mismo.

-¿Ahí?

-Es difícil de explicar pero en el silencio y la belleza de ese paisaje está contenido el mundo entero. No, no entero -rectificó Andrea-.

Sólo lo que merece la pena. A fin de cuentas lo que se ve, se percibe mejor si hay menos que ver. ¿No cree?

La mujer no contestó, guiñó los ojos y le dedicó una segunda y más atenta mirada. Paolo se acercó a Fedra y le entregó la copa. Ella la cogió de sus manos despacio, con una lentitud calculada. Andrea vio que sus dedos se rozaban largamente. Paolo se dio media vuelta mientras esbozaba una sonrisa llena de indiferencia en la que Andrea creyó percibir también cierto desprecio y volvió a sentarse en la tumbona.

-¿Estamos todos?

Una mujer alta, de rostro reposado salió a la terraza. Su cuerpo, de formas suaves y redondeadas acompañaba una voz mansa y acogedora.

-Soy Constanza -dijo, acercándose y saludando a Andrea-. La esposa de Francesco. Encantada de tenerte con nosotros -dijo estrechándole la mano.

-Le agradezco mucho su hospitalidad.

-¿Ya has visto tu habitación? -preguntó Constanza.

-No.

-Después de comer Herminia te acompañará. Que alguien vaya a recoger a las titas.

-Yo voy -dijo Paolo dejando su bebida y desapareciendo en el despacho.

-Son las hermanas de mi marido -explicó Constanza-. Pero todos las llamamos titas. Fedra querida —dijo, acercándose a su sobrina-. ¿Cómo estás esta mañana?

-Mejor   -contestó   con   afectación-.   Gracias...-dijo interrumpiéndose.

Constanza apretó su brazo con ternura y Fedra hizo un gesto forzado, como si tratara de controlar sus emociones.

Andrea se apartó a un lado. Cuando giró la cabeza descubrió que Ares la estaba observando desde el carro de las bebidas. Durante unos instantes se miraron sin decir nada. Andrea pasó la mirada por los desiguales tejados que asomaban entre las exuberantes copas de los árboles esparcidos tras la balaustrada.

-¿Cuánto tiempo pasarás con nosotros? - preguntó entonces Ares detrás de ella.

-No lo sé -contestó Andrea-. Supongo que hasta que tu padre ordene la documentación para su libro.

-Creí que venías a terminar una tesis.

-Sí. Espero poder terminarla, pero he venido a ayudar a tu padre con su trabajo -Andrea pronunció aquella frase con seguridad.

-Mi padre me ha dicho que te has especializado como él en la figura del héroe.

-Sí. Y tú, ¿qué haces? -preguntó rápidamente. Tratando de evitar que la conversación se centrara en ella.

-Estudio económicas. Por hacer algo. Papá se empeñó -contestó con la misma altiva dejadez.

-¿Cuántos años tienes?

-Veintidós –contestó- ¿Y tú?

-Veinticuatro. ¿Y Paolo? -preguntó.

-Veintidós, pero es tres meses menor que yo -dijo reivindicativo.

Andrea asintió, como si diera a entender que había comprendido el significado que para él tenía aquel cálculo importantísimo.

-¿Trabajas en algo? -preguntó Andrea.

-¿Qué? -contestó Ares con una sonrisa entre divertida y asombrada-. ¡Desde luego que no! Espero no tener que trabajar en mi vida.

-¿Por qué?

-¿Por qué? -repitió sonriendo-. ¿Para qué? Mi familia tiene suficiente dinero como para no tener que pasar por el trago de aguantar a un jefe pelmazo o tener que levantarme pronto todos los días. ¿Quién crees que sería tan idiota como para desaprovechar algo así?

Andrea no contestó. Le miró en silencio y pensó en Visconti.

-Aquí están las titas -anunció Constanza.

Las dos mujeres aparecieron cogidas del brazo de Paolo. Homara, la menor de los tres hermanos parecía sin embargo la más vieja de ellos. Era ciega. Su rostro arrugado, blanco como la cera, enmarcaba dos grandes ojos sin pupilas. Eran dos esferas gelatinosas salpicadas por una turbia confluencia de venas. Su rostro era antiguo, milenario. Poseía una blancura inquietante, casi traslúcida, que recordaba a una máscara mortuoria. Su memoria era legendaria. Recordaba con extraordinario detalle los textos que había leído antes de perder la visión cuando aún era adolescente, en su mayoría tragedias griegas y clásicos. Su erudición era tan amplia como su memoria. En aquella negrura perpetua en la que estaba sumida, su principal fuente de satisfacción era que la leyeran. Cada palabra quedaba impresa en su memoria con la misma precisión con que las imágenes quedan impresas en nuestra retina.

La otra anciana, muy parecida al profesor, era alta y espigada, de marcados rasgos germánicos. Su frente era amplia y aristocrática. Su talle era estilizado y garboso, tanto que parecía que su rostro arrugado pertenecía a otra persona. Las dos ancianas vestían trajes arcaicos y oscuros, entallados y de cuello alto. A pesar de que sólo se llevaban un año de diferencia las mujeres parecían mayores que Visconti

-Sentaos aquí.-dijo Constanza colocando dos sillas debajo del toldo.

Andrea se acercó a saludarlas.

-Homara, Trisífone -dijo Constanza-. Esta es la joven que ha venido a ayudar a Francesco con su trabajo.

-Acérquese -dijo Homara-. Déjeme que la "vea".

Andrea se arrodilló junto a la ciega y la mujer pasó con delicadeza sus manos con olor a lavanda sobre su rostro. Al alcanzar sus ojos su sonrisa se desvaneció, aunque la mueca permaneció congelada, como si nada hubiera ocurrido. Sus manos temblaron de forma imperceptible, pero enseguida su lúcido gesto de sorpresa volvió a transformarse en una amable sonrisa- Qué muchacha tan guapa-dijo palmeando su mejilla suavemente - y es muy inteligente.

-Si tía Homara lo dice seguro que es verdad. Puede ver lo que no se ve- señaló Paolo.

-Sí que lo es -dijo Trisífone-. Una muchacha muy guapa. Qué ojos tan esplendidos parecen de plata.- dijo la anciana, observando en ellos su propio reflejo - En esta casa todos los chicos son un primor. Ven a darme un beso Ares, no seas arisco-dijo la mujer con tono afable.

Ares apagó el cigarrillo y se acercó a besar a sus tías. Después fue hacia el bar y les entregó el gimlet que acababa de prepararles.

-¡Ah! Los mejores cócteles de Roma -aseguró Homara dando un sorbo.

-Hola tía -dijo Fedra besando a Homara-. Madre ¿cómo se encuentra? -dijo, acercándose a Trisífone.

-¡Nuestra artista! -exclamó Trisífone- ¿Cómo está mi niña?

-Bien, madre... -. Fedra volvió a emplear ese tono resignado que ya había utilizado antes.

-¡Pues ya estamos todos! -anunció Constanza-. Le diré a Herminia que puede servir la comida. Pasemos al comedor.

Homara estiró el brazo hacia Andrea. La "miró" con sus ojos lechosos y le pidió que la acompañara. Andrea sintió un ligero estremecimiento al verse encarada con la mirada viscosa y la sonrisa diamantina de la anciana. La mujer se apoyó en su brazo y le agarró con fuerza la mano. Andrea no estaba acostumbrada a que la tocaran y mientras se dirigían hacia el comedor tuvo la impresión de que sus secretos se escurrían a través de sus dedos como si le estuvieran realizando una transfusión.

Desfilaron por el pasillo con el paso lento y cadencioso que imponían las ancianas. Delante iban Constanza y Fedra seguidas de Homara y Andrea, detrás Trisífone del brazo de Paolo y en último lugar Ares, que miraba el suelo con impaciencia.

Atravesaron el corredor, descendieron la ancha escalera y entraron en el comedor, dónde la claridad velada que difundían las blancas cortinas de hilo otorgaba un resplandor añadido a la sala. Andrea tuvo la sensación de que acababa de penetrar en el éter.

VII

EL BANQUETE

A gun is as good, and as bad,
as the man who carries it.
Remember that.
Jack Schaefer
Shane
(Un arma es tan buena,
o tan mala, como el hombre
que la lleva. Recuérdalo.)

El comedor tenía aspecto de decorado teatral. Sobre la mesa se apiñaba un complicado oropel de brillos. La cristalería y la plata, las bandejas, las jarras y la cubertería resplandecían sobre la blancura reluciente del mantel. Sobre un aparador de líneas sinuosas colgaba un espejo que de puro viejo había olvidado cómo reflejar las imágenes y aparecía velado, enfrascado en sí mismo. Al otro lado de la habitación una chimenea de mármol blanco y boca oscura y un elegante mueble para la cubertería, que se extendía sobre una alfombra rectangular, componían toda la decoración. Los rayos de sol que penetraban a través de las cortinas hacían esplender la plata y el cristal con refinada serenidad.

Visconti entró con semblante circunspecto y se sentó en la cabecera de la mesa. En el otro extremo se acomodó Constanza, atendiendo con su mirada azul pálido que el orden exigido por su marido prevaleciera sobre todas las cosas. Junto al profesor estaban sus dos hermanas, una a cada lado. Junto a Trisífone se encontraba Fedra, frente a esta Ares, junto a Ares, Andrea, y frente a ella Paolo.

-Así es que has decidido escribir por fin tus memorias -preguntó Trisífone cuando todos estuvieron acomodados.

El profesor la miró durante un instante con una seriedad que pareció excesiva y mientras desplegaba con frialdad una servilleta blanca como la nieve sobre sus rodillas, asintió bajando los ojos.

-No estoy seguro de que vayan a interesarle a nadie pero creo que llegado cierto momento corresponde hacer recuento. Puede que sea mi último libro.

-Aún te quedan muchos años, querido tío, muchos libros -dijo Fedra con suavidad.

-No seas modesto -dijo Constanza sonriendo-. La editorial lleva años pidiéndote que las escribas.

-Para mí es más una necesidad de poner las cosas en orden. Un último intento de darle sentido a una vida que sólo se ha preocupado de crear sentido -contestó Visconti.

-Hay que reconocer que tienes valor -dijo entonces Trisífone con aspereza-. Pero claro, siendo el autor, ese orden del que hablas quedará sesgado por tu propio criterio. Al fin y al cabo es la prerrogativa de cualquier escritor.

Visconti la miró en silencio unos segundos. Andrea percibió que Constanza se arqueaba en su silla y Fedra se miraba distraídamente las uñas.

-Sí. Cada cual tiene su punto de vista sobre su propia vida -contestó Visconti visiblemente molesto-. No siempre actuamos a gusto de todos, pero lo importante es saber que estamos haciendo lo correcto, saber que por mucho que nos duela hay actos que debemos llevar a cabo de forma irremediable. Para restablecer la justicia a veces es necesario ensuciarse las manos.

Andrea levantó los ojos de su plato y miró a Visconti con curiosidad. ¿De qué estaban hablando exactamente?

Ares bostezó intencionadamente, se echó hacia atrás en su asiento y dio un largo trago a su vino.

-Ares se aburre con nuestras conversaciones -dijo entonces el profesor dirigiéndose a Andrea-. Él cree que no soy más que un viejo idealista que no sabe nada del mundo.

-Vamos papá no empieces con eso. Estoy cansado. He dormido poco está noche.

-Mi hijo piensa que no merece la pena creer en nada. Que el mundo está terminado, acabado, y el ser humano con él. Piensa que tener ideales es infantil, ingenuo y que desear ser mejor es inútil.

-No creo que a Andrea le interese lo que yo crea o deje de creer -dijo Ares. Esas fueron sus palabras, pero lo que en realidad quería decir y todo el mundo entendió era que una extraña no tenía porque saber nada de él.

-Andrea va a vivir con nosotros el tiempo que sea necesario. A partir de ahora es como si fuera de la familia y de hecho se enterará de todos nuestros secretos, te guste o no -añadió Visconti.

-Tú siempre dispuesto a incluir extraños en nuestra casa -dijo levantando los ojos y mirando a Paolo. Volvió a servirse vino y agarró su copa como si fuera un trofeo.

-Nadie te obliga a permanecer aquí. Si tan poco te gusta no entiendo porque no te has marchado ya -dijo Visconti.

-Porque es el lugar que me corresponde -contestó Ares con soberbia.

-¡Te equivocas! -añadió Visconti-. Los puestos en la vida hay que conquistarlos. Una herencia usurpada no hace más que arruinar la voluntad.

-¡Ah, más frases! Esos ideales no valen hoy para nada, papá -dijo Ares con necesidad de llamar la atención. Andrea percibió que Trisífone trataba de ocultar un guiño orgulloso mientras su sobrino levantaba la voz-. Tu idea sobre lo heroico ¿A quién crees que interesa? Hoy nadie se preocupa de semejantes anacronismos. Tus libros son meros pasatiempos. El escritor hoy no es más que un bufón que entretiene a las masas.

-Eso no es cierto -objetó entonces Andrea, casi pensando en voz alta. ¿Pero qué está diciendo este imbécil? pensó.

Todos la miraron sorprendidos, como si hubiera interferido en un dialogo sempiterno. Su voz irrumpió en el espacio soleado del comedor con una claridad contundente. Andrea tuvo la sensación de haber cometido una terrible indiscreción, pero sus semblantes permanecían en suspenso, fijos en ella y continuó hablando.

-El trabajo de tu padre... -dijo sin amedrentarse, clavando sus ojos en Ares-, es lo que me impulsó a tomar la decisión de emprender una nueva vida. De no ser por él quizá aún estaría sirviendo mesas y no se me habría ocurrido ponerme a estudiar, plantearme ciertas preguntas. El escritor -afirmó con seguridad-, es todavía la voz de la conciencia del ser humano. Y por supuesto que la literatura es capaz de modificar nuestras vidas -afirmó con énfasis-. Conmigo lo ha hecho.

Hubo un silencio pronunciado. Como si estuvieran asimilando el peso de una nueva voz o la contundencia con que la realidad exterior atravesaba los muros de su reducido y exclusivo círculo de opiniones.

-¡Jaajaajaja! -. La carcajada del profesor irrumpió en el silencio y de pronto todos mudaron su expresión fascinada por otra más reflexiva y también comenzaron a reír.

-Gracias, Andrea -dijo el profesor visiblemente satisfecho -. ¿Qué dices a eso Ares?

Ares sonrió con reticencia.

-Digo que me parece cruel alimentar el idealismo de la gente del pueblo.

-¿Gente del pueblo? -repitió el profesor-. Hablas como si fueras un terrateniente de la Edad Media. No vivimos en el siglo XIII sino en el XX por amor de Dios. Hoy todos somos pueblo.

-¡Qué hipocresía! -protestó Ares, sonriendo-. ¿Tú eres pueblo? ¿Rodeado de palacios y cultura, de antigüedades e ideales? Vives en un mundo que se está desintegrando delante de tus ojos. Hoy es el dinero el que mueve el mundo y cualquier ignorante sin escrúpulos puede convertirse en realeza.

-¿Quién te ha enseñado esa idea manida de que los únicos con ideales son los pobres?- preguntó el profesor-. ¿Crees que un hombre que trabaja doce horas con su mente es menos honrado que aquel que trabaja doce horas con su cuerpo?

-No sé por qué siempre buscas la confrontación, Ares -intervino Constanza-. Eso no lo has aprendido aquí. Aquí te hemos enseñado todo lo contrario. ¿Y no crees que ya has bebido bastante? -dijo, haciendo un gesto reprobatorio.

-¿Es que la moralidad puede enseñarse? -preguntó Paolo con sarcasmo.

-¿Quieres decir que es imposible cambiar? -interpeló Ares con desprecio-. ¿Que quién nace bastardo será siempre bastardo?

-¡Ares! -le reprendió su madre -. Discúlpate con tu hermano.

-¿Mi hermano? -contestó sonriendo fríamente. Trataba de parecer relajado pero estaba nervioso -. ¿Cómo puedes ser tan sumisa? -dijo con reprobación. Adoraba a su madre y quería dejar claro que ella era la única señora de la casa.

-¿Cómo puedes permitir que se siente en tu mesa el bastardo que tu marido tuvo con una…?

No acabó la frase a propósito. Paolo hizo un amago de levantarse pero la atronadora voz del profesor irrumpió en la blancura del comedor.

-¡Basta! -ordenó con firmeza mirando a Ares -. ¿Qué es lo que pretendes? ¿No podemos tener una comida tranquila un solo día? Es la última vez que te permito arruinarnos el almuerzo con tu mezquindad. Si no estás cómodo en esta mesa nadie te obliga a sentarte a ella. Y no me contestes que es tu lugar. Lo único que has hecho para estar aquí es nacer y eso, como bien sabes, no es suficiente para mantener una posición en esta casa. Aquí sólo es alguien quien demuestra serlo. Te vuelvo a repetir que no estamos en el siglo XIII. Si quieres impresionar a nuestra invitada -dijo poniendo de manifiesto su interés por Andrea, lo que ocasionó que Ares enrojeciera de ira- te aconsejo que dejes de comportarte como un malcriado.

Andrea escuchaba con interés cada palabra y estudiaba cada gesto sin perderse un detalle. Así es que eso era sentarse a almorzar en familia. Detrás de las miradas afiladas y los hirientes comentarios se escondía un cúmulo de necesidades y carencias, de reproches y desacuerdos sobre las cuestiones más idealistas de la vida. Era curioso pero en el convento se discutía precisamente por cuestiones enteramente materiales: encender la vela a Santa Gema durante todo el día, repetir o no el postre de manzanas para aprovechar la cosecha, encalar las celdas ahora o en primavera...

-No nos pongamos serios -dijo Trisífone con calma-. ¿Qué va a pensar nuestra invitada? No crea que las comidas son siempre tan entretenidas -dijo mirando a Andrea con sus fríos ojos azules -. Pero ya se acostumbrará. Verá que la guerra es parte de la vida de esta casa.

-Ahora eres tú quien te pones seria –dijo Constanza-. No te tomes demasiado en serio todo este teatro querida. En el fondo somos una familia muy unida. Cuéntanos. ¿Qué es eso de que pastoreabas cabras?

-No tiene porque contarnos nada que no desee. No seáis curiosos -intervino Homara.

-No hay mucho que contar -contestó Andrea sin demasiado énfasis-. Me he criado en un convento de clausura. Las monjas tienen unas cuantas docenas de cabras y ovejas y un pequeño corral con gallinas y cerdos. Yo me encargaba de sacar el rebaño a pastar en el monte desde que tuve edad para ello.

-¿Y qué edad era esa, querida? -preguntó Fedra con curiosidad.

-Siete años.

-¿Salía usted sola con esa edad al monte? -preguntó Trisífone.

-No, al principio salía con el pastor que me enseñó el oficio. Fue con diez años cuando comencé a salir sola. Y no estaba sola, llevaba dos perros conmigo y una escopeta que el pastor me enseñó a usar.

-¡Qué barbaridad! -exclamó Fedra-. ¿Y a las monjas no les preocupaba que pudiera pasarte nada?

-El peligro real eran los lobos y esos no iban a por mí.

-¿Y hasta cuando estuvo pastoreando? -preguntó Homara.

-Hasta los diecisiete años -contestó Andrea, recordando con una punzada los sucesos de aquel tiempo.

-Una mujer sola en el monte... -dijo Constanza, negando con la cabeza.

-En realidad... no era una mujer...No a simple vista quiero decir -replicó Andrea, contrariada por el comentario y arrepentida de haber dicho aquello.

45

-¿Ah, no? -preguntó Fedra confundida.

-Siempre he vestido... Vestía con ropas de chico... -dijo simplemente.

- ¿Cómo? ¿Nunca se ha puesto una falda? -preguntó Trisífone.

-Cuando hice la comunión iba de monja si eso cuenta como falda.

Las mujeres se miraron entre ellas.

-¿Has tenido que utilizar el rifle muchas veces? -preguntó Ares interesado.

-Alguna que otra -contestó Andrea desviando la mirada hacia su plato.

-¿Entonces sabes disparar? -preguntó Ares.

-Lo suficiente para alcanzar a un lobo -contestó Andrea con modestia.

-Se ha pasado usted media vida esperando al lobo feroz -dijo entonces Homara sonriendo misteriosamente.

Andrea la miró atentamente.

-¿Nunca ha matado un lobo? -preguntó Trisífone.

-Claro que sí -contestó Andrea tratando de apartar de su mente la cabeza ensangrentada de Pietro, el agujero en el pantalón de Antonino, los ojos en blanco de John Patsley... -. No había más remedio si quería proteger al rebaño. Él rebaño no puede defenderse solo -contestó.

-¿Tienes permiso de armas? -preguntó Ares.

-¿Permiso de armas? -repitió Andrea. Por un segundo temió que en un descuido alguien hubiera visto el revólver en su espalda.

-No. En el pueblo sólo lleva un arma quien la necesita y yo la necesitaba en el campo. No iba armada como Billy, el Niño, si es eso lo que preguntas. Cuando regresaba del campo dejaba el rifle en la alacena del mismo modo que dejaba la vara y el zurrón.

-¿Qué se siente cuando se mata a un ser vivo? -preguntó Trisífone -. ¿No le daban pena los lobos? Son unos animales tan bellos, salvajes, sí, pero a fin de cuentas es su naturaleza, no se les puede culpar por ello. ¿No es cierto?

Andrea pensó en ello con detenimiento. ¿Se podía culpar a Pietro por ser como era? ¿Y a Antonino? El carácter de un hombre es su destino, pero siempre regresaba la misma pregunta: ¿Quién elige ese carácter?

-Sí, claro que me daba pena -contestó Andrea-. Pero hay veces que los lobos entran en los rediles y destrozan una oveja, o varias, y no parece que lo hagan sólo por hambre. Es como si disfrutaran causando horror. No tengo nada contra los lobos pero en ese momento yo estaba con las ovejas.

-¿Y ahora...? Ya no tiene que defender al rebaño ¿No es cierto?

¿Sigue usted de parte de las ovejas? Al fin y al cabo los lobos son más interesantes ¿No cree? -preguntó Homara dirigiendo sus ojos gelatinosos hacia ella.

Andrea guardó silencio unos segundos. En el tono amable y aparentemente casual de la anciana percibió una lúcida intencionalidad. En la mesa todos callaron.

-En cierta manera lo son -contestó Andrea muy seria, casi hablando para sí-. Pero de donde yo vengo las ovejas son necesarias para nuestra supervivencia. Podemos vivir sin lobos pero no sin ovejas. En esos momentos yo era la pastora y mi misión era acabar con todos los animales que pudieran poner en peligro nuestro sustento -aclaró mirando a la anciana a los ojos, como ésta si pudiera captar la intensidad de su mirada.

VIII

HERENCIAS

Era sábado y la comida fue larga y abundante. Después de los entrantes, las ensaladas frías y la vichyssoise se había servido un pescado ligero acompañado de vegetales y de postre un delicadísimo sorbete de frambuesa.

El profesor observaba en silencio la resolución con la que Andrea respondía a la voraz curiosidad de su familia, la naturalidad con que asumía su inusual trayectoria. Venía bien que el holgazán de Ares la escuchara, que se diera cuenta de que no todo el mundo tenía las mismas oportunidades que él. Pensó cuánto le habría gustado tener una hija así, tan dueña de sí misma, tan autosuficiente, tan interesada en el conocimiento por el conocimiento. Pero los hijos no se escogían. Uno podía esforzarse en educarles, en transmitirles unos valores... Era inútil. Ellos traían consigo un paquete debajo del brazo donde llevaban todo lo que les definía y contra eso, poco se podía hacer.

Como palomas en un palomar las servilletas se agitaron a un tiempo cuando el almuerzo tocó a su fin y todos se levantaron. Había llegado el sagrado momento de la siesta. El momento en que el profesor cerraba las celosías y en la casa se imponía un silencio que sólo las chicharras y los perros se atrevían a profanar.

Herminia acompañó a Andrea a su cuarto donde su maleta había sido pulcramente deshecha. En el amplio armario sus ropas colgaban como menguados despojos: faltaba ropa o sobraba armario. Cuatro camisetas de algodón, dos blancas y dos negras, un par de pantalones vaqueros y una chaqueta vaquera, un par de jerséis de lana, varias mudas, un pantalón de chándal, unas zapatillas y un pijama. El resto del contenido de la maleta, libretas, libros y un estuche con llave donde guardaba la armónica de Giovanni, estaban colocados sobre una mesa frente a la que se abría un ventanal que daba a la terraza.

El cuarto era enorme, apacible y austero. En el baño, luminoso y de techos altísimos, se respiraba una pulcritud casi aséptica. Frente al ventanal había un banquito de madera con un albornoz inmaculado doblado en una esquina. Andrea se acercó al lavabo. Sobre el calienta toallas colgaban tres toallas también blancas con sus iniciales bordadas en hilo fino. AG, Andrea Glaukopis. Miró a Herminia, que la había seguido para comprobar que todo estaba en orden y sonrió.

-Espero que todo esté a su gusto -dijo.

Andrea cogió la toalla más pequeña y la miró en silencio.

-Con tanta gente en la casa es imposible no confundirlas -dijo Herminia-. Si necesita alguna más no dude en pedírmela. Le he dejado jabón para el baño y sales junto a la bañera -señaló-. En este armario encontrará lo imprescindible, pero de nuevo, si hay algo que le hace falta, dígamelo.

- Gracias -dijo Andrea sosteniendo la toalla.

-Junto a la cama hay un timbre. Llame cuando quiera. ¿Quiere que le abra la cama? ¿Va a dormir siesta?

-No. Nunca duermo siesta. Creo que iré a dar un paseo por el jardín.

-¿A estas horas? -preguntó Herminia sorprendida.

-Sí.

-Entonces, si no me necesita para nada más…

-No, gracias.

Herminia se marchó y Andrea se sentó en el borde de la bañera sin dejar de mirar la toalla con sus iniciales. Era la tercera vez que había visto su nombre en lugares que nunca antes habría imaginado. Primero en los billetes de tren, después en el cartel que sostenía el chófer en la estación y ahora sus iniciales estaban bordadas en las toallas más blancas que había visto jamás.

Andrea sacó de su espalda el revólver y lo dejó debajo de un cuaderno sobre la mesa. Recorrió la habitación lentamente y salió a la terraza. Una confortable tumbona de madera descansaba debajo de un parasol de lona color crudo. Se tumbó un segundo en la hamaca, luego se levantó y fue a sentarse en la cama, después en la silla frente a la mesa, luego entró en el baño y dejó la toalla en su sitio.

En el armario junto al lavabo había frascos de cristal con perfumes, aceites y crema hidratante, desmaquillador de ojos; una cestita con limas y acetona, algodones, pinzas, tijeras, un cepillo, horquillas y crema de manos. En una esquina había un tubo de crema de sol y otro de "aftersun". Un secador de pelo, un espejo de aumento... "Lo imprescindible", pensó sonriendo en cuclillas. Se sentó en el borde de la bañera y por primera vez comprendió el valor estético de ese atributo divino al que llamaban ubicuidad.

Salió de nuevo a la terraza y miró hacia abajo. En la piscina, bajo una sombrilla, Fedra hojeaba una revista mientras sostenía un vaso con hielo picado. Llevaba una pamela ancha y liviana y un fresco conjunto veraniego con unas sandalias diferentes a las de la comida. Su piel estaba bronceada, brillaba tersa bajo la crema. Andrea trató de imaginar cómo sería la vida de una mujer que como Fedra había nacido en el seno de la comodidad y la riqueza. Pensó en el tiempo que dedicaría cada día a pintar y limar sus uñas perfectas, a hidratar su piel, a escoger el traje y los zapatos adecuados, a marcar sus cabellos, a maquillar su rostro y perfilar sus labios... Pensó en esas decenas de detalles que se habrían vuelto "imprescindibles", como los frasquitos del baño y que seguramente robarían minutos, horas, días, meses y años a una vida que, sino se iba con cuidado, podía terminar llena de nada. Había que escoger con sabiduría, porque, mal utilizado, el dinero podía comprar precisamente todo aquello que robaba verdadero tiempo. Aceptar o rechazar una herencia era mucho más importante de lo que se pensaba. Lo que uno heredaba o desechaba la mayoría de las veces eran hábitos y necesidades creados por una forma de vida que nos precedía. El error radicaba en no cuestionar lo que se nos ofrecía, en no saber que podíamos elegir o rechazar esa forma de vida. La herencias pasaban de unas manos a otras en forma de costumbres, de gustos y manías y lo hacían de generación en generación, perpetuando destinos que se asumían con la misma naturalidad con que aceptamos el color del cabello o la longitud de nuestro dedo índice.

Andrea se dio media vuelta pensando que no tenía bañador, ni zapatillas de piscina, ni siquiera unos pantalones cortos, pero que en realidad poco importaba porque no tenía intención de tumbarse al sol ni de bañarse.

Un resplandor la cegó de pronto. Se cubrió los ojos con la mano y miró al horizonte. El brillo había llegado desde una de las ventanas del castillo. Había sido sólo un instante y fuera lo que fuera ya no estaba allí. Se retiró de la barandilla y se sentó en la hamaca. El aire era cálido y estaba impregnado de verdor y quietud. Después de unos minutos se levantó, cogió el revólver y lo miró dudando. Sabía que no era muy sensato ir armada a todas horas. No estaba en el Lejano Oeste, ese que Giovanni conocía tan bien, pero aquel revólver había sido la posesión más preciada de Giovanni y ahora era la suya. Era su herencia. Había heredado un revólver y la responsabilidad que eso suponía. El arma y ella estaban unidas de forma inseparable, como si la vida de Giovanni y la suya propia no fueran existencias aisladas, sino componentes imprescindibles en un destino que para cumplirse necesitaba de las dos partes. Él le había proporcionado "las armas" para ser ella misma. Como si para llegar a ser lo que tenía que ser, la vida de Giovanni no hubiera podido ser de otra manera. Él estaba en su carácter y en su destino del mismo modo que Quirón estaba en el destino de Aquiles.

Se quitó la ropa con la que había llegado y regresó a sus vaqueros y su camiseta de algodón negra, se ajustó el revólver en la espalda, se ató la cazadora vaquera a la cintura para cubrirlo y salió a dar un paseo.

Desde el segundo piso descendió por la escalera que bajaba hasta el recibidor. La casa estaba en silencio. La atmósfera fresca y vaporosa flotaba como un fantasma bajo el techo abovedado. Andrea respiró el olor a madera antigua y suelos encerados y de pronto sintió la cercanía de una presencia, el peso de una mirada sobre ella. Se volvió esperando encontrar al profesor o a Herminia detrás, pero no había nadie. Estaba sola.

Atravesó el recibidor y salió al jardín. Frente a la casa se extendía una explanada de grava y más allá, en sentido contrario a la piscina, se dibujaba un camino franqueado por una hilera de estatuas. Cuando alcanzó la senda descubrió que las estatuas representaban a los dioses griegos. Allí estaba Hera, esposa y hermana de Zeus, Hermes, el mensajero de los dioses, Ares, dios de la guerra, leyó sonriendo, Apolo, el dios sanador y por supuesto Zeus, dios de dioses, rey del Olimpo y garante del orden universal.

Recorrió el sendero bajo la atenta mirada de sus petrificadas pupilas y cuando llegó al final del recorrido se giró. El palazzo se erguía solemne entre el verdor de los árboles. Andrea vio que una cortina se cerraba cuando pasó su mirada sobre ella. Alguien la estaba observando desde la casa. Se giró y continuó su paseo. La pendiente se intensificó hasta convertirse en una pronunciada curva que se perdía entre la profusa vegetación. El giro, casi un tirabuzón, desembocaba en una explanada donde el verdor fosforescente de un estanque resplandecía bajo el sol. Un pato se deslizaba sobre la superficie. La verdosa capa compacta se cerraba a su paso y producía una extraña impresión, como si el pato no fuera más que un autómata movido por un misterioso mecanismo.

El sol de media tarde mordía la tierra y adormecía el aire con impenetrables oleadas de calor. Andrea se refugió bajo un recodo de árboles y respiró aquel fuego húmedo. Olía bien allí. Necesitaba beber y refrescarse. Caminó pocos pasos antes de encontrarse ante una fuente fastuosamente decorada. En un rellano pavimentado de adoquines se levantaba una pared adornada con mosaicos. De la pared surgía un chorro de agua que caía en picado dentro de un recipiente de mármol con forma de ostra. En el centro de la fuente, entre dos solemnes monolitos se podía apreciar la letra M curvándose y desapareciendo entre el musgo. Andrea se acercó a observar los detalles. El agua brotaba de la frente de un rostro esculpido en la pared. Desde una pequeña cánula se derramaba agua fresca en la pila. Andrea se inclinó para refrescarse la nuca. Dejó que el agua le bajara por la espalda y se escurriera hasta los codos.

Después de varios minutos perdida entre estrechos senderos oscurecidos por los árboles, Andrea avistó en el muro que rodeaba la finca una puerta más modesta que servía de entrada a los garajes. Alrededor de un rellano pavimentado estaban las caballerizas, un poco más allá la caseta del generador y descendiendo una empinada cuesta, una incineradora con una chimenea de proporciones colosales.

La chimenea le recordó una foto que había visto en un libro de geografía cuando era pequeña. Era la imagen de uno de esos hormigueros gigantescos que las termitas hacen en Australia. Una construcción monstruosa si se tiene en cuenta el tamaño de los constructores. Como los hormigueros, la chimenea se iba estrechando a medida que se elevaba. Debía tener más de ocho metros de altura. Andrea entró en aquella enorme boca negra con curiosidad. En el interior se respiraba un tufo intenso y desagradable, como a pelo quemado. Las ennegrecidas puertas de metal del horno estaban abiertas de par en par. Metió la cabeza y vio las espitas de gas distribuidas por las negras paredes. En el centro, una capa de cenizas se deshacía en contacto con el aire que circulaba en la galería. Salió y observó la extraña arquitectura desde fuera. A simple vista parecía un árbol sin ramas sobre un bunker. La superficie, del color de la arcilla seca, estaba formada por protuberancias y masas desiguales. Algo brillante llamó su atención entre unos arbustos junto a la entrada. Se agachó y recogió un gemelo de plata en el que había grabadas dos iniciales SM. Estaba limpio y parecía bastante nuevo. No debía de llevar mucho tiempo allí. Lo guardó en el bolsillo de su pantalón y continuó su paseo.

IX

LA SOSPECHA

"...El lenguaje común con el cual
habla Dios a los píos
es ponerles en la voluntad aquello que hagan,
y después precisarles a hacerlo,
o facilitarles la ejecución de ello"
Juan de Valdes

Cuando se acercaba de vuelta a la casa Andrea supo que el toque de queda había cesado. Desde la piscina llegaba la Mattinata de Enrico Caruso. La música rallada que producía el tocadiscos se extendía por el aire impregnado de aromas estivales. El profesor leía bajo una sombrilla. Constanza jugaba a las cartas con Fedra y Trisífone en el cenador de brezo. Homara descansaba junto al tocadiscos. Ares, tumbado en bañador sobre el borde de la piscina continuaba fumando y acaparando rayos de sol mientras su borrachera se disolvía con su digestión. Paolo hacía largos en la piscina.

-Buenas tardes -dijo mientras se acercaba por el sendero.

Todos levantaron o giraron sus cabezas y en cada uno de los presentes la visión o presencia de aquella pequeña figura vestida en vaqueros que se acercaba por el sendero despertó un sentimiento distinto, pero igualmente intenso, que sobre todo los chicos, se esforzaron en ocultar. Fedra se dio cuenta de que el bronceado de su piel no era el de quien se tumba al sol durante horas. No era un bronceado estético y planeado, ni siquiera uniforme. La manga de su camiseta estaba ligeramente subida y bajo ella podía verse la piel más blanca. Tenía moreno de obrero, pensó. Constanza, que siempre había querido tener una niña, se dio cuenta de que "aquello" no era exactamente la idea que ella tenía en mente al pensar en una "hija".

Puede que la muchacha fuera brillante y desde luego tenía una personalidad curiosa, pero había algo que no acababa de convencerla. Trisífone se dijo que le gustaba su forma de andar y moverse. No era demasiado femenina, pero rezumaba carácter. Nada le gustaba más que las personas con carácter y esa muchacha destilaba carisma por todos sus poros.

-¿Dónde ha ido con este calor, querida? -dijo Trisífone-. Le va a dar una insolación.

-Estoy acostumbrada al calor.

-¡Pero con esos vaqueros! ¿No tienes calor? -dijo Constanza-. ¿Por qué no te pones cómoda?

-Estoy cómoda, gracias -contestó Andrea, sentándose en una tumbona a la sombra.

-¿No te apetece darte un baño? -sugirió Fedra-. El agua está fantástica.

-No me gusta demasiado el agua -contestó guiñando los ojos. "Qué mujeres más pesadas", pensó. Para desviar el rumbo de la conversación buscó en su bolsillo el gemelo que acababa de encontrar, pero cuando estaba a punto de sacarlo Herminia apareció en el arco del jardín.

-Profesor ha llamado Lorenza. Ha dicho que la llame cuando pueda.

-Gracias Herminia -dijo el profesor, quitándose la gafas con gesto grave.

-¿Qué es lo que pasa Francesco? -preguntó Constanza-. ¿Por qué ha llamado Lorenza tantas veces desde ayer?

El profesor se incorporó en la tumbona y dijo con voz grave:

-Stefano ha desaparecido.

-¿Qué quiere decir desaparecido? -preguntó Trisífone.

-Que nadie sabe donde está desde ayer.

-¿Ha llamado Lorenza a la policía? -preguntó Fedra.

-Sí. No hay rastro de él. Ni en los hospitales, ni en las comisarías… Se le ha tragado la tierra.

Andrea guardó de nuevo el gemelo en su bolsillo.

-Se habrá fugado a las Bahamas con una camarera de striptease -dijo Ares sonriendo desde el borde de la piscina-. Siempre sospeché que llevaba una doble vida. No es posible que alguien sea tan aburrido y minucioso las veinticuatro horas del día.

-No seas estúpido -le reprendió Trisífone con nerviosa reprobación-. Puede haberle ocurrido algo.

-Algo bueno -dijo Ares mientras fumaba apoyando la cabeza sobre su brazo.

-Es el abogado de la familia desde hace más de cuarenta años. Es como si fuera familia -explicó Constanza mirando a Andrea.

Andrea asintió levemente.

-¿Dónde le vieron la última vez? -preguntó Paolo desde dentro de la piscina con los brazos cruzados sobre el bordillo.

-En su despacho.

-¿Pero cómo puede ocurrir algo así? -intervino Trisífone- Alguien le habrá visto. ¿No habrá tenido un accidente?

-Ya ha dicho Francesco que no hay noticias de eso madre -aclaró Fedra.

-¿Y nadie sabe dónde iba? -preguntó Constanza.

El profesor negó con la cabeza. No dijo que se dirigía a La Villa. No comentó nada acerca de su estado de nervios, de sus recomendaciones.

-Pobre Medioli -dijo Constanza con preocupación-. Esperemos que sólo se trate de una cana al aire como dice Ares.

"SM", Stefano Medioli. Andrea apretó el gemelo dentro de su bolsillo y miró al profesor. Ese aire circunspecto, esa falta de alegría... Por un lado le confortó saber que había una razón para aquel estado de ánimo. Por otro, sospechó que lo que estaba ocurriendo debía ser lo suficientemente importante como para robar al profesor ese aire de radiante jovialidad que le caracterizaba.

-Habrán sido esos malditos inmigrantes sicilianos -dijo Ares con los ojos cerrados-. Hoy no se puede ir tranquilo por la calle. Te roban, te insultan, te manchan con su suciedad... Es un asco. Habría que...- -se detuvo. Abrió los ojos y levantó la cabeza ligeramente. Todos le miraban en silencio-. Será mentira...-dijo Ares cerrando los ojos de nuevo sin inmutarse y volvió a acomodarse sobre su brazo.

El profesor se levantó y se dirigió a la casa. Quería saber si Lorenza tenía alguna noticia de Stefano. Andrea esperó a que subiera los escalones y cruzara los arcos para seguirle.

-Profesor -le interpeló cuando ya cruzaba el recibidor -Quería hablar con usted, si tiene un momento.

-Desde luego-asintió con cordialidad-. Subamos a mi despacho. ¿Le apetece un café con hielo?

-Sí, gracias.

-Con este calor es mejor coger el ascensor ¿no le parece? Normalmente trato de subir por las escaleras pero en días como hoy no creo que le haga ningún bien a mi salud, ni siquiera a la suya -añadió sonriendo-. Aunque por lo que veo resiste usted bastante bien el calor.

Andrea le devolvió una sonrisa escueta.

-¿De qué quiere hablarme? -preguntó mientras ascendían.

-Mientras paseaba he encontrado esto cerca de la incineradora -dijo sin preámbulos sacando el gemelo de su bolsillo.

El rostro del profesor quedó devastado.

-Acabo de oír que su abogado se llama Stefano Medioli y...

Al ver la cara del profesor, Andrea se dio cuenta de lo que aquel hallazgo significaba. Visconti cogió el gemelo de su mano y lo miró con incredulidad.

-Espere un momento -dijo invitando a Andrea a salir del ascensor.

Cruzaron el largo corredor en silencio. Cuando llegaron al despacho el profesor cerró la puerta y la invitó a sentarse.

-¿Se lo ha enseñado a alguien? -preguntó sentado frente a ella en el sofá.

-No -contestó-. Lo acabo de encontrar. Iba a enseñárselo cuando llegó Herminia y comenzaron a hablar de la desaparición. Pensé que era mejor decírselo a usted... -Andrea calibró lo que sus palabras significaban. Allí sólo estaban su mujer, sus hijos, sus hermanas y su sobrina.

El profesor se echó hacia atrás en el sofá y respiró profundamente.

-Siento mucho tener que inmiscuirla en esto -dijo restregándose la frente con voz reflexiva, como si estuviera pensando el alto-. Puede parecerle absurdo, pero en estos momentos es usted la única persona de la casa con quien puedo hablar francamente. Tiene que prometerme que no contará nada de lo que voy a decirle.

-Por supuesto -asintió Andrea.

-Ayer recibí una llamada de Stefano. Al parecer ha descubierto irregularidades en las cuentas de una de mis empresas. Algo grave. Me dijo que teníamos que hablar cuanto antes y que venía para acá. Me pidió que no confiara en nadie. Lo hizo sabiendo perfectamente lo que significaba su petición. Como ya sabe no he tenido noticias de él -dijo mirando el gemelo-. Sé que es pedirla demasiado y por supuesto está en su derecho si prefiere no verse involucrada en esto...

-Estoy aquí para lo que necesite, profesor -dijo Andrea-. Lo que sea.

-Se lo agradezco -dijo sonriendo con amargura-. El caso es que en una familia como la mía, supongo que en mayor o menor medida en todas las familias, cada cual tiene algún secreto que guardar y tiende, según su propia naturaleza, a adherirse a una de las facciones que, de forma espontánea se crean entre sus integrantes...-. La retórica del profesor ponía de manifiesto cuanto esfuerzo le costaba tener que sincerarse acerca de algo tan delicado-. Siempre hay alguien que se acerca más a nuestras ideologías, a nuestras necesidades y caracteres. En todas las familias existen dos o más bandos. La mía es una familia muy antigua, con mucho pasado y muchos recuerdos. Yo soy ya viejo y pronto tendré que dejar paso a las nuevas generaciones, con sus ideas y sus procedimientos. No soy tan tonto como para no darme cuenta que en mi familia coexisten ideologías opuestas y que hay quien desea verme fuera de juego antes de tiempo. No tengo inconveniente en retirarme cuando llegue el momento pero lo que sí deseo es que aquello por lo que he luchado toda la vida tome el relevo cuando yo no esté. Nos encontramos en un momento muy significativo. Hace unas semanas decidí poner en orden parte de los fondos que controlo personalmente. No voy a vivir siempre y sé por experiencia que es mejor dejar las cosas ordenadas para ahorrar problemas y conflictos legales a los que se quedan. Por eso le pedí a mi abogado que me hiciera un informe detallado del estado de las cuentas que están a mi nombre. Mientras Stefano elaboraba el informe encontró algo que debió sorprenderle. No sé de qué puede tratarse, pero que haya encontrado este gemelo... -se detuvo, calibrando el horror de lo que estaba a punto de admitir-, puede significar que es algo serio, más de lo que incluso Stefano había sospechado. Este gemelo puede ser la prueba de que anoche llegó hasta aquí y de que alguien que estaba al tanto de lo que había descubierto, le estaba esperando... -Se levantó y paseó por el despacho en silencio.

-¿Tiene alguna idea de quién puede estar detrás de su desaparición? - preguntó Andrea.

El profesor se detuvo y la miró con gravedad.

-Creo que sí.

-En ese caso -conjeturó Andrea-. Si esa o esas personas sabían que Stefano había descubierto algo y que venía hacia aquí para hablar con usted, también pueden saber, ahora que ya se sabe que el abogado ha desaparecido, que usted está al tanto de que se está tramando algo y es posible que traten de evitar que usted sepa más...

-Bueno, no creo...-dijo el profesor-. Lo importante es averiguar quién ha estado desviando el dinero y para qué se está utilizando.

Andrea no dijo nada, pero el profesor se dio cuenta de lo que estaba pensando.

-No quiero adelantarme a los acontecimientos y establecer un juicio prematuro, pero... Creo que puedo imaginar para qué lo pueden utilizar. Permítame que por el momento no se lo diga. Puede que esté equivocado y es algo muy serio.

-Desde luego -asintió Andrea.

-Lo siento mucho -dijo de nuevo-. Tener que implicarla en esto. Usted debería centrarse en lo que ha venido a hacer, en su tesis, en mi trabajo...

-Profesor —dijo Andrea con seguridad-, no hace falta que le diga lo que significan para mí su trabajo y sus ideas... Lo que he dicho durante la comida no ha sido un cumplido. Si no fuera por usted no habría descubierto cuánto me quedaba por aprender.-dijo solamente.

-¿Usted cree? -preguntó el profesor-. Yo creo que mi trabajo en sí mismo no significa nada para quien no tiene deseos de conocerse. Si en usted no hubiera existido esa necesidad mis libros no la habrían servido para nada.

No lo dijo abiertamente pero en sus palabras había una velada referencia a su propio hijo. Andrea no podía consentir que un estúpido esnob robara al profesor el orgullo del que era merecedor.

-Tiene razón, pero creo que aparte de la disposición hay algo más.

Andrea sólo comentó:

-Las circunstancias se ordenan a veces de forma curiosa. Si un cliente no hubiera olvidado una novela suya en el restaurante es posible que yo no estuviera aquí ahora.

-¿Usted cree? –preguntó Visconti.

-Guardé el libro en el bolsillo del delantal mientras limpiaba la mesa y después lo dejé detrás del mostrador por si el cliente volvía a recogerlo. Pero no regresó. Cuando ya me iba, volví a toparme con el libro y me lo guardé en el abrigo. El trayecto de vuelta duraba más de una hora y comencé a leerlo. Cuando descendí del autobús era otra persona. O para ser más exactos, era yo misma. Esa noche permanecí despierta leyendo la novela y cuando amaneció ya sabía lo que quería hacer. Después de solicitar los documentos necesarios pedí becas en varias universidades y cuatro meses más tarde recibí una carta de la universidad de Catania, justo donde enseña su viejo amigo Legrand… Y aquí estoy.

-Sí. No podemos negar que a veces las circunstancias se alían para conducirnos donde tenemos que llegar -comentó el profesor pensando también en sí mismo y en su trayectoria-. Pero no se confíe, a veces eso no es lo más difícil. Los problemas comienzan una vez que hemos llegado. Como decía Santo Tomás de Aquino: Permanecer es la verdadera lucha.

X

NOCHE

"Para estar dispuesto a realizar un esfuerzo
considerable que rebase la medida de lo que comúnmente
se practica, sin que la época pueda dar una contestación
satisfactoria a la pregunta -¿para qué?-, es preciso un
aislamiento y una pureza moral que son raros y una
naturaleza heroica o de vitalidad particularmente robusta."

Thomas Mann
La montaña mágica

La noche llegó antes de tiempo. A media tarde el cielo se oscureció repentinamente y una niebla fría y espesa sitió el palazzo. Mientras se preparaba para la cena Andrea salió a la terraza. El azul brillante había desaparecido y el viento arrastraba con lentitud nubes voluminosas y amoratadas. El choque entre aquellas masas enormes producía cardenales en el cielo. A sus pies, el jardín, la balaustrada y las escaleras de piedra parecían los restos de un naufragio. Era como observar desde la cubierta de un buque las ruinas de una civilización hundida. Al fondo del valle no quedaba rastro de La Villa. Suspendido sobre la densa niebla, el palazzo parecía navegar a la deriva. Sólo el castillo era visible. Eran dos barcos aislados en la inmensidad del océano a punto de abordarse. Andrea sintió una ligera nausea en el fondo del estómago, como si en realidad estuviera atravesando un mar en el que se avecina una tormenta. Analizó las cavidades y evoluciones de las masas de nubes que pendían sobre su cabeza y vio que en sus imprecisas estructuras se desplegaban pronósticos difíciles de descifrar. Cada voluta y espiral llevaba impresa una advertencia. Decisiones ineludibles navegaban ante su vigilante mirada. A esas alturas ya sabía que le era imposible quedar al margen de la situación que se estaba creando en la casa.

Esa tarde le había sugerido a Visconti durante su conversación que cuando todos estuvieran acostados ella podía salir de nuevo al jardín para tratar de encontrar alguna otra pista sobre Medioli. Sabía por experiencia que siempre era posible encontrar pequeños detalles, indicios de que el lobo había pasado por allí. El profesor se había negado. Si sus sospechas eran ciertas y habían sido capaces de hacer desaparecer a Medioli podía ser peligroso para ella. Si alguien debía salir era él mismo. Eran él y sus intereses los que estaban en peligro. Ella le había recordado sutilmente que era mucho más joven, que estaba acostumbrada a la oscuridad y a moverse sola en el campo y que su vista y su olfato eran tan finos como los de un animal. Él no salía de su despacho, de sus civilizados dominios, desde hacía años. Visconti accedió a regañadientes. Le convenció con el razonamiento de que nadie tenía motivos para sospechar de ella si la sorprendían en el jardín. Acababa de llegar, era una extraña ajena a cualquier problema. Nadie sabía que había encontrado el gemelo ni que él la había puesto al corriente de lo que sucedía. Siempre podía decir que había salido a caminar porque no podía dormir. En su rutina diaria se levantaba cada día a las cinco y media para hacer ejercicio. Ella era la única que podía ayudar a Visconti porque en esos momentos estaba solo.

Pero ¿Y ella? le preguntó Visconti ante aquel despliegue de generosidad y valentía. ¿Acaso no estaba sola ella? Por supuesto que no, le contestó Andrea. Ella tenía una misión y los que tienen una misión nunca están solos. Visconti bajó los ojos y sintió una punzada en su orgullo. El gusano que roía sin pausa su festín de audacia se retorció avergonzado.

Andrea no tenía por costumbre rechazar retos porque consideraba que todo era una prueba, una oportunidad para saber más de sí misma, de su carácter y capacidades. Evitar conflictos era evitar la vida. Sabía que allí iba a tener la oportunidad que buscaba y no iba a rechazarla por muy peligrosa que fuera. Además, poder ayudar a Visconti no era sólo una aventura sino un placer. Gracias a sus escritos ella había dado nombre y reconocido en sí misma cualidades, casualidades y causalidades que hasta entonces no había sabido localizar ni ubicar en el lugar adecuado. Gracias a él se habían abierto nuevas posibilidades. Sus libros le habían proporcionado el material necesario para atreverse a desentrañar el jeroglífico que era su vida. Aquello no era nada comparado con el obsequio que él la había hecho.

La decisión de ayudarle la había tomado esa tarde, cuando aún era verano y el sol y el calor bañaban el palazzo con una luz dorada y alegre. Pero en esos momentos, con la oscuridad y el frío sitiándoles, se dio cuenta de que estaba penetrando en un terreno delicado. Cuando la lluvia arreció entró en la habitación y apoyada en el marco de la puerta observó el castillo con curiosidad. Se echó sobre la cama con los brazos cruzados detrás de la cabeza y los pies descalzos, uno sobre otro. Pero a los pocos minutos se quitó la ropa y se tumbó en el suelo para hacer sus ejercicios diarios. Ya era demasiado tarde para ir a correr pero dobló las series de flexiones y abdominales para compensar y después estiró sus músculos y se dirigió al baño. Su cuerpo, atlético y compacto era sin embargo invisible para el mundo, jamás lo exhibía delante de otros. Una de las monjas del convento le había preguntado una vez por que se levantaba tan pronto para hacer ejercicio, qué sentido tenía esforzase en mantener un cuerpo atlético si nadie iba a verlo. Si su intención era vivir en el convento, alejada de los hombres y de cualquier relación íntima, el cuerpo era algo secundario. Absolutamente nadie excepto ella misma lo vería durante el resto de su vida. Andrea le respondió que Giovanni le había aleccionado acerca de lo importante que era el cuerpo mientras uno estaba vivo y a merced de "las circunstancias". Para cuidar del rebaño correctamente era a veces necesario emplear la fuerza. Los corderos se metían en zanjas de las que no podían salir, había que levantar verjas caídas, abrir cancelas atascadas, resistir el frío y la lluvia, hacer frente a los ladrones y los lobos. Giovanni siempre decía que sin un cuerpo entrenado el pastor estaba perdido.

Giovanni había contribuido a su educación tanto o más que las monjas. Él había sido su padre y ellas sus madres. Él la había enseñado a disparar, a resistir los elementos, a montar a caballo, a tocar la armónica, a fortalecer sus músculos y su mente. La había enseñado todo lo que sabía. Sus consejos y sabiduría habían sido para ella indispensables. Él había sido el único hombre del que había aprendido algo, el único que la había dedicado tiempo. Gracias a él se había hecho fuerte y había aprendido hasta qué punto debía consentir a su cuerpo para evitar que la tendencia a la comodidad no se impusiera cuando el esfuerzo era requerido.

Un escalofrío le atravesó la espalda al recordar su imponente figura y su siempre inexpugnable mirada, sus manos fuertes y firmes. Giovanni era mitad indio apache, mitad siciliano. Su padre, Santino Puglisi, hijo de emigrantes sicilianos había llegado con cuatro años al condado de la plata en Durango, Colorado, en 1904, y había crecido rodeado de la tensión que siguió a las guerras apaches entre el ejército Mejicano y el de Estados Unidos por un lado, y las tribus indias por otro. Los abuelos de Giovanni estaban a favor del derecho de los indios nativos a permanecer en sus territorios y esto había ocasionado que ellos mismos tuvieran que cambiar varias veces su lugar de residencia.

Santino, el padre de Giovanni, había crecido rodeado de indios y cowboys, de conflictos y búfalos que se extinguían a la misma vertiginosa velocidad que los indios nativos. Había vivido ese momento irreversible en que el Oeste comenzaba a perder su amplitud y magnificencia debido a la distribución de tierras del hombre blanco y a la instauración de cercas; justo cuando sus gigantescas proporciones, más propias de titanes y dioses, se fueron convirtiendo en burocráticas medidas humanas. Había crecido de la mano del hombre blanco pero también de la de los apaches y los navajos. Había aprendido su lengua y adoptado muchas de sus costumbres y para cuando tuvo edad de casarse, hacerlo con una india fue tan natural como respirar. De su unión había nacido Giovanni, impregnado de sangre apache, de pasión por el Oeste y amor por un pasado mítico que había conocido de labios de sus padres. Creció a caballo entre dos mundos, en dos universos opuestos. Pero siempre había conservado el orgullo de su sangre india, su respeto por la naturaleza, su espíritu guerrero, su devoción por el misterio. Era un hombre que atesoraba una forma de mirar el mundo, ungido de coraje y determinación, de orgullo e independencia.

Giovanni había sufrido las consecuencias de la intransigencia y la discriminación con que los blancos seguían atacando a indios y mestizos, en una lucha que a pesar de haber terminado oficialmente, continuaba manchando de sangre los territorios fronterizos. Un caluroso día de otoño de 1962, mientras él trabajaba en el rancho donde se ganaba la vida como vaquero, una pandilla de jóvenes defensores del orgullo del hombre blanco, arrojó a Nezbah, la que iba a convertirse en su esposa, al río de Las Ánimas Perdidas, en la ciudad de Durango. Después de asestarle una paliza la envolvieron en una manta con piedras y la arrojaron al río.

Cuando se descubrió el cadáver no se hizo nada por encontrar a los agresores. Giovanni comenzó a impacientarse ante el desinterés de las autoridades, y entonces fue él quien recibió amenazas. Se dio cuenta de que jamás buscarían a los asesinos y que si quería que se hiciera justicia, tendría que ser él mismo quien la impartiera. Se dedicó entonces a buscar y eliminar a aquellos tres delincuentes cuyos crímenes, como más tarde descubrió, no se reducían al asesinato de su futura esposa. Pero después de ajusticiar a dos de ellos, la ley del hombre blanco comenzó a buscarle a él y tuvo que marcharse. Para entonces sus padres habían muerto y decidió abandonar el país, su país, y regresar al lugar de donde sus abuelos habían partido, Sicilia. Allí fue acogido por la única persona de su familia que quedaba con vida, Sor Agnes, hija de un hermano de su abuelo. Ella le ofreció un espacio y trabajo en el convento y él lo aceptó con gusto y agradecimiento. Y allí, en el convento, había terminado sus días, siempre con el vivo recuerdo de las áridas tierras de Arizona y Colorado impresas en su retina y con un código de honor que no murió con él porque logró trasmitírselo a una niña abandonada de la que se hizo cargo casi sin darse cuenta. Una niña que carecía de origen, herencia y pasado. Una niña sin apellido ni linaje, que había crecido entre seres de otro mundo, cuyos días estaban consagrados a rezar.

Andrea se agarró a los bordes del lavabo tratando de contener el dolor que como tantas otras veces la invadía. Tuvo un acceso de rabia que se convirtió en impotencia cuando pensó en Pietro y recordó a Giovanni con la cabeza reventada de un disparo junto a su caballo.

En realidad no existía la justicia. Ni Pietro, ni Antonino, ni ningún otro habían pagado suficientemente por el daño que habían hecho, ni por cómo lo habían hecho, ni por el horror y la malevolencia con que habían actuado. ¿Cómo devolver a las víctimas lo que habían perdido? ¿La vida, la inocencia, la alegría, la ilusión?

Sacó de su espalda el revólver, un magnífico Smith and Wesson modelo 3 Schofield, con el cañón recortado y empuñadura de plata y abrió el tambor. Con ese mismo revólver, hacía ya años, Andrea había acabado con la vida de John Patsley, el último asesino de la novia de Giovanni que aún quedaba con vida. Había utilizado el dinero que Giovanni le había dejado al morir para terminar la misión que él no había podido cumplir. En su testamento, un simple papel que Sor Agnes guardaba bajo llave desde hacía años, le había legado a Andrea el revólver. Andrea hizo un viaje a Utah y allí acabó con el asesino John Patsley. Fue una tarea fácil. Un viaje rápido del que no se arrepentía. Nunca lo haría.

Levantó la cara y vio en el espejo sus ojos plateados brillando bajo lágrimas de impotencia.

Se guardó el revólver en la espalda. "Un apache, decía Giovanni, siempre lleva consigo sus armas".

Se restregó la cara y se vistió para la cena.

XI

LOS LOBOS

"Guardaos de los falsos profetas,
que vienen a vosotros vestidos de ovejas,
pero que por dentro son lobos rapaces.
San Mateo, 7:15.

—Es una lástima. Teníamos preparada una barbacoa para recibirla pero nadie puede predecir qué tiempo hará en este lugar de una hora para otra. Simplemente es imposible -dijo Trisífone mientras se sentaban alrededor de la mesa del comedor.

Los pasos del profesor se escucharon por el pasillo.

-Se acabó el verano -dijo Visconti entrando en el comedor.

-¡Pero que va! -exclamó Homara sonriendo-. Es sólo una tormenta estival.

Ares entró perfumado y vestido de blanco con un pitillo en los labios.

-¡Qué maravilla de niño! -dijo Fedra cogiéndole de la mano. Ares se la besó con ceremonia y se sentó a su lado -. ¿Dónde vas tan elegante?

-A una fiesta en casa de unos amigos en Roma -contestó mirando de reojo a Andrea.

-No me gusta que conduzcas hasta allí un sábado por la noche y menos si has bebido -desaprobó su madre.

-Pues no beberé -contestó indiferente sirviéndose agua.

Paolo entró con paso reservado y después de saludar se sentó en silencio.

-¿No puedes quedarte aquí y tomar una copa con tu hermano y nuestra invitada? Podemos jugar una partida de parchís después de cenar.

-¡Mamá! -protestó Ares-. Si lo que quieres es matarme de aburrimiento prefiero cortarme las venas directamente.

-Que cosas dices -dijo Homara, riendo-. No estamos muertos. ¿Verdad que no? -preguntó, girando sus ojos blancos hacia Andrea.

-En absoluto -respondió Constanza-. Francesco ¿Se sabe algo de Stefano? –preguntó.

-Nada.

El profesor estaba serio, sentado a la cabecera de la mesa, pero muy lejos de allí. Pretendía aparentar normalidad pero la tensión era palpable. Hablaron del tiempo, del que va hacia delante y hacia atrás y de ese otro que moja y asola. Recordaron tormentas pasadas como si quisieran restar importancia a la que estaba cayendo fuera y repasaron la lista de cosas que debían encargar a Herminia cuando fuera al pueblo. Nadie pareció querer alargar la cena más de lo necesario y cuando se sirvió el postre el profesor pidió que le llevaran el café a su despacho. Se disculpó diciendo que tenía que trabajar y antes de salir pidió a Andrea que pasara a verle antes de irse a la cama. Cuando el profesor se retiró el ambiente pareció relajarse.

-Pondremos unos discos en el salón y tomaremos una copa -dijo Fedra con entusiasmo-. La noche es joven.

-La Noche es vieja desde el principio de los tiempos -dijo Homara inusualmente seria.

-Pues esta noche va a ser joven. ¡Herminia! Lleve el tocadiscos y el carro de las bebidas al salón. Necesitaremos mucho hielo.

-Sí, señora -contestó sonriendo.

-No podemos permitir que nuestra invitada se aburra.

-No me aburro en absoluto.

-¿Qué haces en tus ratos libres? -preguntó Constanza.

-Todos mis ratos son libres.

-Quiero decir cuando no estás trabajando.

-¿Nada de chicos? -preguntó Fedra.

-No seas indiscreta Fedra -le recriminó Trisífone. Pero también se quedó mirándola, esperando una respuesta.

-No, nada de chicos -contestó Andrea, intuyendo que la conversación volvía a centrarse irremediablemente en su persona. No recordaba haber hablado tanto de sí misma en toda su vida y no tenía ninguna gana de hacerlo.

-Una muchacha tan guapa tendrá muchos pretendientes -dijo Fedra.

-La gente ya no pretende, eso era en tu época -dijo Ares.

-Qué grosero eres -contestó palmeando su brazo-. Pero habrás tenido algún novio o romance - insistió-. Tienes 24 años.

-No -contestó Andrea secamente.

-¿No ves que no quiere hablar de eso? -intervino Homara-. Me temo que hasta que deje de ser novedad en esta casa, será usted interrogada sistemáticamente en el almuerzo y la cena.

-No la estoy interrogando -respondió Fedra-. Estamos charlando. Es lo que hace la gente ¿no?

-Es usted igual que nuestro Paolo. A él tampoco parece interesarle el amor -señaló Homara.

-No es eso -contestó Paolo tímidamente-. Es sólo que llegar a ser un buen médico requiere tiempo y trabajo.

Un relámpago iluminó la sala con un resplandor largo y sostenido. La luz parpadeó y amenazó con apagarse. Alzaron la cabeza a la vez y contemplaron en silencio cómo la oscuridad trataba de abrirse paso temblando sobre sus cabezas. Andrea observó que durante una fracción de segundo una expresión de alarma se había apoderado de sus rostros. El estruendo del trueno sacudió los ventanales abiertos de par en par. Cuando la luz se restableció sus semblantes se relajaron. Se miraron sonriendo.

-Qué magnífica tormenta -dijo entonces Homara-. ¿Le gustan las tormentas? -preguntó girando la cabeza hacia Andrea.

-Mucho.

-No es usted mujer de muchas palabras -observó Trisífone molesta por su sequedad.

-No, no lo soy -contestó Andrea sin dejarse intimidar por la dura mirada de la anciana.

-¿Qué no eres? ¿Mujer o de muchas palabras? -preguntó Ares reclinado en su silla y mostrando una sonrisa afilada

-¡Ares! -le reprendió su madre.

-Un poco de las dos supongo -contestó Andrea sin molestarse.

-Pues eres muy bonita, querida. Deberías explotar más todos los encantos que posees. Cuando quieras darte cuenta serás vieja y los hombres no te mirarán al pasar, ni se levantarán cuando entres en una habitación, ni te enviarán costosos regalos, ni tratarán de conquistarte...-dijo Fedra pensando en sí misma.

-Nadie ha hecho nunca nada de eso -contestó Andrea-. No es algo que vaya a echar de menos.

-Parece usted bastante impasible. ¿Es una pose o en realidad está por encima de las circunstancias? -preguntó Trisífone con su malévola sonrisa.

Andrea la miró unos segundos y respondió con más calma de la que realmente sentía. Le molestaba enormemente el tono impositivo de aquella anciana.

-Me gustaría poder decir que estoy por encima de las circunstancias... Pero afirmar tal cosa sería una pose -contestó simplemente.

-Pero tendrás deseos, ambiciones... -comentó Constanza con curiosidad.

-Desde luego. Pero no me pregunte qué es lo que deseo porque no pienso contestar -dijo antes de que alguien lo hiciera.

-¿Lo veis? -dijo Homara riendo-. Somos unos cotillas.

Andrea sonrió algo avergonzada de su rudeza. Todos esbozaron una sonrisa menos Paolo. Él la miro muy serio, como si hubiera descubierto algo íntimo en su persona.

-Tiene que disculparnos -dijo Trisífone con media sonrisa-. Somos curiosos por naturaleza.

-Somos cotillas -se reafirmó Homara-. Pero no creo que Andrea se sienta cohibida por nuestras preguntas. ¿No es cierto? Está acostumbrada a tratar con lobos.

-¿A quién estás llamando lobo? -preguntó Fedra molesta.

-Lobos con piel de cordero... -dijo Homara, sonriendo entre dientes-. Apuesto a que usted sabe distinguir con claridad quién es lobo y quién cordero. ¿No es San Francisco de Asís el patrono de los lobos? —preguntó Homara.

-Sí, así es -contestó Andrea, mirándola sin especificar si su respuesta se refería a que sabía distinguir entre lobo y cordero o a que San Francisco era patrón de los lobos.

-¿Y si bajamos al salón? Ares puede prepararnos unos cócteles antes de irse a Roma -sugirió Fedra.

-¿Pero de verdad piensas salir con esta tormenta? -preguntó Constanza.

-Mamá son cuatro gotas. No seas ridícula.

-Deja que se divierta -dijo Fedra, cogiéndole del brazo mientras abandonaban el comedor-. Es verano, es joven y es el momento. ¿Si no ahora, cuándo? Carpe Diem.

En el salón Fedra se dedicó a poner viejos discos y rememorar su pasado como soprano. Habló de París, de sus pretendientes, de las fiestas que organizaban, de música y antiguos amantes. Homara se levantó para pasearse al ritmo de los compases rallados de Bessie Smith y Beniamino Gigli seguida de cerca por Trisífone que estiraba con precaución los brazos hacia la ciega para evitar que se golpeara con una silla o el borde del carro de la bebidas. Ares se despidió después de preparar las bebidas y Paolo y Andrea se sentaron en el sofá cerca del ventanal. La lluvia entraba oblicua empapando el suelo, las cortinas y el borde del sofá, pero a nadie parecía preocuparle. Las ventanas y balcones estaban siempre abiertos, y ya fuera sol o lluvia lo que luciera fuera, el interior quedaba expuesto a ellos.

Ares le había preparado un Campari con naranja a Andrea asumiendo que era lo que quería y por segunda vez en el día tuvo que lidiar con aquel amargor. Se dijo que tendría que echar un vistazo al carro de las bebidas y escoger otra con más suerte si no quería pasarse el verano "amargada".

Paolo miró a Andrea en silencio. Durante la cena algo le había impresionado más de lo que lo había hecho su aspecto aquella mañana y sentía que no podría hablar sin que esa sensación rebosara en sus palabras. Mientras Andrea miraba la lluvia él observó de soslayo sus ojos plateados y reflexivos, su rostro seguro y el gesto indescifrable de sus labios. Quería saber más de ella, pero le avergonzaba preguntar. Ya había soportado suficiente interrogatorio desde la comida. Andrea se acomodó en el sofá. Le dirigió una mirada seria a Paolo y después miró su copa con estoicismo.

-¿No te gusta el Campari? -aprovechó para preguntar entonces.

-No.

-¿Y por que lo has pedido?

-No lo he pedido. Es que… nunca lo había probado y no sabía que era tan amargo…

-¿Qué bebes normalmente?

-Nada.

-¿Cerveza?

-No.

-¿Qué bebías cuando salías los fines de semana en la universidad?

-No salía.

-¿Nunca?

-No.

-¿No quedaste nunca a tomar algo con tus compañeros? ¿En un cumpleaños, en una fiesta? -preguntó incorporándose en el sofá con incredulidad.

-¡No! -contestó Andrea con firmeza.

-Perdona. No quería interrogarte de nuevo.

Andrea dejó la bebida en la mesa que tenían frente a ellos. Miró a su alrededor con la sensación de que aquella íntima domesticidad no era más que una farsa. Bajo una apariencia de tranquilidad, alguno o varios de los presentes, estaban tramando algo siniestro. "Lobos con piel de cordero" pensó. No se encontraba cómoda en aquel ambiente ocioso. No estaba acostumbrada a sentarse y no hacer nada. No le gustaba perder el tiempo socializando o como quiera que llamasen a aquello. Tenía mucho que hacer, muchas preguntas que formularle al profesor.

-¿Me disculpan? -dijo, levantándose.

-¿Ya te marchas? -preguntó Constanza con sorpresa.

-Sí. Tengo que pasarme por el despacho del profesor antes de acostarme y estoy algo cansada del viaje -mintió.

-Buenas noches, querida -dijo Homara sonriendo.

-Buenas noches -dijo Andrea.

-¡Buenas noches! -contestaron.

Paolo giró la cabeza hacia la terraza mientras daba un sorbo a su bebida. No tenía que haber hecho tantas preguntas. ¡Qué estúpido era!

XII

GENEALOGÍA

En la época contemporánea hay una esclerosis
de los valores paternales que ha llevado a una
desvalorización o sospecha ante lo heroico.
Fernando Savater
La tarea del héroe

Andrea llamó a la puerta del despacho del profesor y esperó su invitación. Visconti estaba de pie frente a la mesa, ordenando unos papeles. Detrás de él había un rectángulo de librería separado de la pared y una caja fuerte abierta de par en par.

-¿Puedo pasar?

-Sí, pase, pase. Cierre la puerta y siéntese.

Visconti terminó de ordenar unos papeles y los guardó en la caja fuerte.

-¿Sigue pensando en salir esta noche? -preguntó Visconti.

-Desde luego.

-No sé si es buena idea…

-Sólo salgo a dar un paseo.

-¿A las tres de la mañana…?

-Estoy en un ambiente nuevo, no podía dormir. No suelo dormir más de cinco horas al día, ya lo sabe.

-Sí. Ya lo sé -dijo Visconti confortado por su seguridad-. Gracias. Es usted muy valiente.

-No, no lo soy. Es sólo que sé que no corro peligro.

Andrea vio que el gesto de preocupación avejentaba el rostro del profesor. Sus arrugas parecían más profundas, sus ojos menos ágiles. Su semblante abatido le robaba carisma y distinción. Súbitamente sintió que la rabia la arrastraba hasta el borde de una impresión con la que no había contado. En sus novelas y ensayos el profesor siempre hablaba de la importancia de defender aquello en lo que creíamos, de hacer frente con coraje a todo lo que quisiera destruir los valores que conforman nuestra existencia. Pero en esos momentos el ideal había dejado de ser el motor que guiaba las acciones de Visconti y una mirada más prudente y mansa había tomado el control. De pronto el héroe se había transformado en hombre. Andrea se puso de pie y se dirigió hacia la terraza. No podía mirarle, no quería verle así, necesitaba conservar su imagen intacta. "La cercanía es el arma más devastadora contra los ideales", se dijo. "Destruye de un manotazo concienzudos años de cimentación e imágenes indispensables."

El profesor la siguió con la mirada. Andrea se apoyó en el borde de la puerta. El castillo apareció en el horizonte cuando un relámpago lo iluminó en medio de la oscura noche.

-¿Qué le ocurre? -preguntó el profesor-. ¿Tiene dudas?

-No, no es eso -dijo girándose.

-Disculpe mi preocupación -dijo entonces él, como si hubiera adivinado sus pensamientos-. Probablemente me estoy haciendo viejo. Es duro contemplar cómo se tambalea lo que hemos creído edificar durante nuestra vida. Uno cree que lo que se ha logrado se sostendrá por si solo cuando no se tengan fuerzas para sujetarlo, que lo logrado, logrado está y que es durante la juventud cuando debemos centrarnos en la lucha para poder descansar y recoger en la vejez. Nada más falso. La vejez es el momento de la verdadera lucha porque es la última oportunidad que tenemos para demostrar que el pasado no ha sido una casualidad. Se lucha contra todos esos miedos secretos que jamás hemos podido dominar, contra nuestra propia decadencia, contra la cercanía de la muerte. No hay mayor lucha que esa.

Andrea le miró de nuevo con otros ojos. No había contado con aquel despliegue de sinceridad y se dio cuenta de que estaba siendo injusta. No podía reducir el ideal a un estereotipo. Le gustara o no, él era humano, igual que ella. Incluso los héroes eran hombres que se esforzaban por superar los miedos y las debilidades.

-Discúlpeme profesor -dijo con sinceridad-. No tiene que darme explicaciones. Comprendo muy bien su preocupación.

-No debe pensar ni por un momento que mi estado es algo inevitable. No lo es ni siquiera para mi mismo -dijo con generosidad-. Ya sabe que siempre es posible escoger. Yo podría muy bien renunciar a mis sentimientos e imponerme una reacción basada en mi propia experiencia, en lo que he escrito y creído durante toda mi vida. Pero por alguna razón hay veces que los sentimientos, aunque sean "negativos", son más reconfortantes que el dominio. Sé que usted no piensa así. Es joven, pertenece a otra generación y lucha contra todo lo que la aparte de su tarea. Hace bien. No renuncie a su fortaleza, a su ambición. Es posible que nunca se vea en mi misma situación, y si se ve, usted podría reaccionar de forma distinta, tal y como ahora piensa que lo haría. En realidad no es tanto culpa de la vejez, como una consecuencia de ella. No hay nada que no podamos superar con nuestra voluntad. Usted lo sabe. Pero verá.- dijo mirándola a los ojos y apelando a su comprensión -Esta debilidad que ve en mi es consecuencia de que yo no deseo comerme a mis hijos.

Andrea supo entonces lo que el profesor trataba de decirle. En la mitología griega, Urano y luego Cronos habían devorado a sus hijos para conservar el poder que les correspondía como soberanos del universo. Zeus había renunciado a la violencia y había establecido un espacio para cada uno de los dioses garantizando un Orden basado en la idea de justicia. El profesor opinaba que la tiranía era un arma del pasado y que evitar la guerra era la responsabilidad del buen soberano.

Pero ella, como bien decía Visconti, "pertenecía" a otra generación, a la de los héroes griegos. Eso significaba que la lucha era para ella la mejor forma de solucionar los problemas. Puede que no fuera la más popular ni cristiana de las soluciones, pero había ocasiones, y Andrea sospechaba que ésta era una de ellas, en las que una actitud pasiva o incluso demasiado comprensiva y conciliadora no sólo eran una desventaja sino un arma en manos de los enemigos. Andrea valoraba más las agallas que la pasividad, y antes que el martirio prefería el ataque. Y a pesar de haber sido criada en un convento, no comulgaba con la idea cristiana de poner la otra mejilla. Si como parecía probable "alguien" había hecho desaparecer al abogado, no era absurdo pensar que el mismo Visconti corría peligro. Por eso le parecía que adoptar una posición contemplativa o simplemente defensiva no era suficiente.

-Hay veces que para mantener la paz es necesario hacer la guerra -dijo Andrea con seguridad-. No sé qué está ocurriendo pero si encontrar ese gemelo significa lo que creemos que significa es de suponer que quien está detrás de esto no está pensando precisamente en conversar -dijo con contundencia.

-Tiene razón -contestó el profesor disgustado-. Pero podemos estar hablando de mi familia.

-Lo sé. No crea que no me doy cuenta de lo que eso significaría para usted.

Visconti se acercó a ella. Ambos se colocaron frente al ventanal, observando el castillo en la distancia. La lluvia oblicua empapaba sus ropas. Estaban erguidos, uno junto a otro, formando, casi de forma tácita y por primera vez, un frente común. En un tono sumamente grave, tanto que Andrea confundió su voz con la vibración de un trueno el profesor dijo:

-¿Qué me está pasando?

Cuando Andrea le miró tuvo la sensación que el profesor no había abierto la boca. Su mirada estaba fija en el horizonte, los labios cerrados, el gesto impasible. Quizás no había hablado.

-Tenga cuidado esta noche. Tome las llaves y coja esta linterna, le hará falta -dijo Visconti un momento después, sacándola de un cajón de su escritorio. Cuando le entregó la pequeña linterna Visconti tuvo un pensamiento que le impactó. Andrea acababa de llegar y por alguna razón no le parecía grotesco enviarla a investigar en su jardín la desaparición de Medioli. De una forma que no era fácil comprender sabía que aquella muchacha era, más que ninguna otra persona, heredera de su trabajo y de sus ideales. Su juventud y valentía representaban el fruto de su obra, que podría decir sin exagerar, constituía su vida.

-Me preocupa que salga usted así, sin nada con lo que defenderse, pero no creo que sea muy buena idea llevar el rifle con usted... -dijo señalando el arma que colgaba sobre la chimenea.

-No se preocupe por mí -contestó Andrea, guardando las llaves y la linterna en los bolsillos de su pantalón.

-Sea la hora que sea avíseme si necesita algo. Estaré despierto.

XIII

EL JARDÍN

La paz del bosque es para él la paz del alma.
El bosque es un estado de alma.
Gaston Bachelard
La poética del espacio

Andrea pasó un par de horas en su cuarto, sentada en el suelo frente al ventanal, soplando muy bajo en su armónica las melodías antiguas que Giovanni le había enseñado y escuchando cómo se alejaba la tormenta y regresaba el silencio; escudriñando en la oscuridad las sombras que los árboles formaban en el suelo. Estaba acostumbrada a vigilar, a sentarse en una roca a solas con sus pensamientos mientras aguzaba sus sentidos al máximo para defender al rebaño. La suya era una interioridad que no se perdía en elucubraciones. Era capaz de estar a la vez dentro y fuera de sí, alerta.

A las tres de la madrugada hacía más de una hora que la música del tocadiscos había cesado y que todos se habían acostado. La noche se había quedado tranquila. Del jardín subía un aroma húmedo y dulzón. Ladera abajo se volvían a divisar las titilantes luces del pueblo que se extendían como estrellas en un cielo despejado. Tuvo la sensación de que el orden se había invertido y el firmamento yacía a sus pies. Se calzó las botas, se guardó el revólver en la espalda, se puso la chaqueta y salió con cuidado al pasillo.

Antes de bajar las escaleras se detuvo. Aguardó unos segundos, barriendo con sus ojos cada esquina y recodo. La casa soportaba en silencio una oscuridad opresiva. Cruzó el recibidor con paso ágil. Giró la llave y salió al jardín.

Tranquilo y vaporoso, el jardín exhalaba un suave e inofensivo olor a tierra húmeda. Delante del edificio se extendía el sendero de grava

75

de los dioses. Dioses de piedra con los ojos sellados, vueltos hacia una eternidad que sólo ellos conocían y compartían. La niebla era ahora un reguero de humedad condensada que se arrastraba a ras de suelo. No encendió la linterna. Avanzó con confianza entre aquellas miradas de piedra; un punto diminuto en el paseo Olímpico.

Hacia la mitad del camino, cuando pasaba delante de la estatua de la diosa Atenea, detuvo su paso. Había sentido el aliento cálido de una respiración en su oreja. Armada con escudo y casco la diosa sostenía una lechuza en una mano y una imagen de Nike, la Victoria, en la otra. Andrea se acercó a la estatua y miró hacia arriba, hacia aquellos ojos misteriosos, tan reposados e indescifrables como los suyos. Atenea era la diosa de la sabiduría, la estrategia y la guerra justa. Hija de Zeus, soberano del Olimpo, había surgido de su cabeza. No había nacido del útero de una mujer sino de la mente del dueño y señor del universo. Y lo había hecho ya crecida y armada para la guerra. Su misión era defender el Orden y la Justicia representados por Zeus.

La luna asomó entre las nubes e iluminó el rostro impenetrable de la diosa que vigilaba el horizonte con expresión templada y firme. Andrea volvió a sentir un cosquilleo en su oído derecho, como si una palabra tratara de materializarse en el aire húmedo. Se quedó inmóvil, con los músculos en tensión.

"Caos se acerca". Escuchó.

Miró la impasible imagen de la diosa. El lánguido y enigmático canto de un pavo real se elevó entre los árboles del jardín y quedó suspendido en la oscuridad como un presagio. Se acercó aún más a la estatua. Cuando había escuchado "Caos se acerca" no sólo lo había oído, había sentido cómo la desolación y el desorden en estado puro avanzaban hacia ella y hacia todo lo que conocía. Había sido una sacudida de devastación, de locura, de pérdida de control. Había sentido cómo todo lo que amaba era barrido con una violencia enfurecida y un sentimiento de vacío e impotencia tomaba el control. Era el fin de la esperanza, el fin de la posibilidad, el fin de la elección; una condena a vivir sin sueños, atacados por pesadillas, desahuciados en la enfermedad y el dolor. No era el infierno, era la vida sin Orden. Era el horror en estado puro convertido en Ley.

Se alejó de la estatua con paso lento. Si había algo que le contrariaba, y desde que había comenzado a estudiar las biografías de los héroes lo había encontrado a menudo, era lo poco específicas que eran las visiones y lo confusos que eran los Oráculos. Se suponía que los héroes y los santos tenían un vínculo especial con las fuerzas que rigen el universo. Si así era ¿Por qué los dioses lanzaban mensajes que la mayoría de las veces eran mal interpretados? Si los dioses eran todopoderosos y lo sabían todo ¿por qué no enviaban mensajes claros y completos en vez de lanzar señales confusas que lo único que conseguían era provocar catástrofes?

De pronto se detuvo. La respuesta la alcanzó con una simpleza inaudita. Al instante supo que aquella información tan obvia era un paso de gigante en su tesis:

"La razón por la que las visiones son siempre tan confusas, por la que los Oráculos son tan poco específicos y los fantasmas nunca se ven más que a medias, es porque lo que se ofrece no es información, sino la posibilidad de actuar. No se nos dice, gire usted a la derecha sino: la dirección que tome decidirá su destino. Porque es un jeroglífico, un mensaje personal que sólo nosotros podemos resolver. El que lleguemos a ser aquello para lo que estamos destinados, depende de que seamos capaces de descubrir ese significado oculto y actuar en consecuencia. Por eso, en la entrada del Oráculo de Delfos había una inscripción que decía "Conócete a ti mismo".

Andrea guardó aquella respuesta en su mente para transcribirla tal y como la había "recibido" porque no tenía desperdicio. Se giró hacia la diosa y la observó en la distancia con curiosidad. Era así como llegaban las respuestas, de forma imprevista y casi distraída. Cuando menos pensaba uno en la solución, una voz se materializaba en nuestra oreja y nos hacía entrega del regalo. Era imposible excluir a la fortuna de nuestras vidas. Si otra cosa debía reconocer y admitir a medida que avanzaba en su trabajo era eso.

Continuó caminando y cuando abandonaba el sendero de los dioses una violenta ráfaga de viento la azotó por la espalda como si estuviera empujándola a seguir adelante. Andrea escogió un sendero distinto al de esa mañana y continúo su paseo sin dejar de vigilar cada sombra y recodo. Sus pasos crujían sobre la gravilla del camino, solitarios, sin eco. Caminó entre oleadas de verdor, exhalaciones orgánicas de la propia tierra, que parecía descansar junto con los hombres bajo el manto de oscuridad que la cubría. Después de un giro suave se abrió ante ella una pequeña explanada de arena. Una capilla diminuta se erguía entre los árboles, cubierta de un verde y mohoso abandono. Desatendida desde lo que parecían siglos, la capilla replicaba en sus erosionadas líneas el estilo arquitectónico del palazzo. Era una construcción solemne y acogedora casi engullida por la humedad boscosa.

Se acercó un poco más y entonces creyó ver algo moviéndose tras un ventanal triangular en el primer piso. Algo, una mano quizá, se agitaba temblorosa, golpeando el cristal con agonizante desesperación. ¿Estaría Medioli encerrado allí? Se acercó a la puerta y la empujó con el hombro. La hiedra estrangulaba las columnas y sofocaba la entrada. Un montón de hojas se apilaban en el rellano. Cuando abrió la puerta un olor a humedad podrida escapó por el hueco como un fantasma liberado. Apartó de su cara una telaraña que se había llevado por delante y siguió avanzando. Encendió la linterna y subió la empinada escalera de caracol que llevaba al primer piso. Sobre su cabeza escuchó un correteo espantado, ratones quizás.

En el piso superior, pequeño y de techo bajo había un altar de piedra y dos hileras de bancos con la madera inflada. En las paredes, envejecidos lienzos de Dios Padre rodeado de santos vigilaban desde las nubes las vidas de los mortales. Se acercó al ventanal. Apretujados en los bordes del cristal triangular, que representaba al Espíritu Santo, las cabezas de cuatro querubines glorificaban el ojo que todo lo ve. Enmarcado por un triangulo anaranjado que despedía rayos de sol sobre el cristal amarillento, los querubines miraban hacia el centro, hacia el misterio mismo. En la cúspide del triángulo, una paloma de cristal, imagen del Espíritu Santo se alzaba victoriosa sobre una masa de nubes esmeriladas. Andrea se acercó un poco más y apuntó con la linterna. Lo que había visto desde fuera era una paloma real atrapada entre las dos ventanas. Estaba boca abajo, como si hubiera caído en picado del cielo. Enredada en hojas y excrementos, plumas y telarañas, aleteaba impotente bajo la impasible mirada de los ángeles. "El Espíritu Santo atrapado en la realidad", pensó Andrea impasible. Caído del cielo y hecho carne, el Espíritu Santo era una paloma rodeada de excrementos. Por eso lo divino debía permanecer en su sitio.

El ojo redondo e impotente de la paloma la miró espantado al encararse con la luz de la linterna. Andrea se preguntó qué pasaría si también el padre y el hijo cayeran en picado del cielo y tuvieran que lidiar con la realidad. Se detuvo. El hijo ya había bajado hacía dos mil años del cielo y era conocido cómo había acabado su contacto con la realidad. En ese caso, se dijo, sólo queda el Padre.

Andrea se incorporó e inspeccionó el lugar. La pintura estaba desconchada y mohosa, el suelo sucio y cubierto de musgo y los bancos podridos, pero el altar de mármol permanecía intacto y las esculturas que custodiaban las hornacinas, aunque ennegrecidas, se conservaban enteras. Echaba de menos su convento, la paz que se respiraba entre sus muros. Le gustaba arreglar las flores de la capilla, limpiar la cera derretida de las velas entre los hierros de los altares, llenar las pilas de agua bendita, encerar los suelos hasta que las imágenes de los santos se reflejaban invertidas en ellos. Echaba de menos el olor del incienso y el de la llama extinguida de los cirios.

Era una pena que aquella capilla estuviera abandonada. Con algo de trabajo podía quedar como nueva. No le gustaba ver un lugar sagrado desatendido. Era triste observar cómo el olvido se materializaba en las piedras, en las pinturas, en el frío que invadía el espacio. Quizá no era un buen momento, pero le preguntaría al profesor si le importaba que en sus ratos libres se dedicara a arreglar la capilla. Prefería eso a tener que contestar preguntas, jugar a las cartas con las mujeres o tragar amargo Campari.

Se arrodilló sobre un apolillado reclinatorio, cerró los ojos y cruzó las manos delante de su cara. Su interioridad coloreó de luz el lugar sin que ella lo supiera. Una luminosidad dorada bañó las paredes húmedas. El poder de sus plegarias dio lustre al mármol y los suelos, y aquel pequeño santuario tomó vida durante unos instantes cuando ella, la primera desde hacía muchos años, formuló una oración llena de devoción. No pudo verlo con sus ojos, pero Dios Padre y los santos que enmohecían las paredes, brillaron por un segundo como si hubieran sido bañados con el agua de la vida. Andrea se santiguó, abrió los ojos y la oscuridad y el polvo volvieron a tomar posiciones. Se acercó al altar e iluminó con la linterna las esculturas. Las caras de los santos vacilaron bajo el tenue resplandor. Se sacudió la suciedad, aplastó unas cuantas arañas con los dedos, apartó las telarañas de las esquinas y después de echar una última mirada descendió los escalones. Antes de cerrar la puerta retiró las hojas y la hiedra que cubrían la entrada.

Después de la capilla Andrea se paseó por las caballerizas y registró el abandonado garaje. No encontró nada. Si había quedado alguna marca que pudiera confirmar que Medioli había estado allí, había sido borrada por la lluvia. El terreno estaba lavado y aún húmedo. Tormentas, siempre tormentas, pensó.

Cuando rodeaba los abrevaderos escuchó el ruido del motor de un coche detenerse junto a la puerta, el chirrido de los goznes al abrirse la cancela y unos pasos que se acercaban por el camino de grava a toda prisa. Andrea entró en el establo y se ocultó detrás de uno de los boxes.

Poco después Ares entró en el establo, tambaleándose. Encendió la luz y miró alrededor frenético. Su camisa blanca estaba manchada de sangre. Se la quitó, hizo una pelota con ella y la escondió en el fondo de un barril de madera. Rebuscó atropelladamente dentro de un armario repleto de botas de agua, chaquetones e impermeables hasta que encontró algo que ponerse. Sacó una fina chaqueta de color verde oscuro y se la abotonó mientras abandonaba el lugar. Apagó la luz y desapareció del establo. Andrea permaneció allí unos minutos, hasta que escuchó cómo el coche se alejaba en dirección a la puerta principal. Después se acercó al barril y sacó la camisa salpicada de sangre. Despedía un fuerte olor a alcohol. Probablemente Ares había tenido una pelea y aquella camisa era la prueba. Buscó alrededor algo con lo que envolverla.

En el fondo de un armario encontró un rollo de bolsas de basura negras. Cogió un par de ellas, metió la camisa dentro y dobló las bolsas varias veces asegurándose que quedaba bien protegida. Después salió a buscar un sitio seguro donde esconderla. Se alejó aún más de la casa, hacia el norte de la finca. Caminó a través del bosque durante casi un cuarto de hora, respirando oscuridad y el aliento fresco que subía del suelo hasta que encontró un árbol con la corteza hueca. Metió la camisa y después echó hojas sobre ella para ocultarla. Tardó todavía media hora en regresar a la casa. Se dejó llevar por la negrura y el silencio mientras paseaba tranquilamente entre los árboles. "Qué simple era todo en la naturaleza, qué limpio y qué tranquilo cuando los hombres desaparecían", se dijo. Muy cerca escuchó un chillido gutural y se detuvo. Algo se movía delante de ella. Muy despacio Andrea cogió la linterna de su bolsillo y la encendió apuntando hacia aquel crujido. Una lechuza blanca destripaba una cría de conejo aún más blanca. Las vísceras que la lechuza sostenía en su pico, como un cordón umbilical entre la vida y la muerte, eran de un rojo intenso. La lechuza se detuvo cuando la luz la alumbró. Miró con intensidad a Andrea y sus ojos se encontraron en la noche. Dos resplandores bruñidos en la inmensidad. El animal no echó a volar y durante unos instantes Andrea se hizo partícipe de aquel ritual sangriento y familiar. Los ojos del conejo permanecían impávidos de horror, saturados de muerte y aquiescencia. Andrea apagó la linterna y se acuclilló. Permaneció inmóvil hasta que la lechuza se olvidó de ella y continuó desgarrando a su presa sin remordimientos, con la elegancia de un cirujano que cumple una tarea vital. Sus ojos se acostumbraron de nuevo a la oscuridad y allí permaneció, embriagada por la liturgia que se estaba representando ante ella; verdadera imagen de vida y muerte en todo su esplendor que la reconciliaba con lo esencial. Era ahí donde ella pertenecía, donde encontraba respuesta a su naturaleza. La necesidad, el equilibrio, el verdadero trueque de responsabilidades. La ausencia de contriciones. Nada le era tan necesario como esa comunicación silenciosa con los ciclos de la vida. Olores y sabores que hablaban por sí mismos, sólo de sí mismos. El justo intercambio de competencias, la lucha por lo verdaderamente esencial. El depredador que se convierte en víctima y la víctima que es depredador. Una coreografía necesaria, perfecta y sagrada.

Cuando consideró que había pasado suficiente tiempo se puso en pie con cuidado de no perturbar a la lechuza y reanudó su reconocimiento. Se dirigió a la incineradora donde esa mañana había encontrado el gemelo. Se internó en aquella torre de ennegrecido vientre y escudriñó la puerta que había debajo del horno. Era una trampilla que se comunicaba con el centro del horno por una rampa. Apretó el botón que había a la derecha y en la base del horno se abrió un compartimento. Una trituradora comenzó a hacer un ruido estridente. Volvió a apretar el botón y la trituradora se detuvo. Andrea se quedó inmóvil durante unos minutos, aguzando el oído.

Dentro del horno, una fina manta de cenizas se había elevado por el aire a causa de la corriente que había creado la trituradora. Aquel proceso debía hacerse con ambas puertas cerradas. Andrea introdujo el brazo en el horno y rebuscó a ciegas en sus esquinas, manoseando con los dedos los montoncitos de cenizas que habían quedado dispersos. Palpó una masa dura en el borde de una de las aberturas. Sacó el brazo y al iluminarla con la linterna vio que era el otro gemelo. Se había convertido en un amasijo requemado pero aún podían reconocerse una S y una M enroscadas una sobre la otra. Andrea se miró la mano cubierta de cenizas y salió de la incineradora. Buscó en la oscuridad un pedazo de musgo contra el que restregar el brazo y limpiarse de la piel lo último que quedaba del abogado. Se sentó en el suelo. Dirigió la linterna hacia la incineradora y vio una columna de polvo ascendiendo en el aire nocturno. "Medioli", pensó.

Entró en la casa sin hacer ruido. Era demasiado tarde y el silencio ya estaba demasiado asentado como para hablar con Visconti sin que el resto de la casa se enterara. Se metió en la cama a las cinco y media de la madrugada. Antes de acostarse sacudió su ropa y se duchó para quitarse de encima las cenizas de Medioli. Ennegrecidas, se escurrieron por la blanca e inmaculada superficie de la bañera, mezcladas con jabón y agua caliente.

Al meterse entre las sábanas, con su revólver debajo de la almohada, fatigada por el viaje y las novedades que había traído el día, sintió como si aterrizara en un esponjoso lecho de nubes. Era la cama más blanda en la que había dormido nunca. El interior del techo del dosel estaba tallado con figuras mitológicas. Sobre su cabeza se desplegaba una familia de seres monstruosos: un unicornio, un ave fénix, una hidra. Y en el centro de todos ellos, Medusa, observándola desde sus ojos ciegos sin pupilas, con sus cabellos erizados de serpientes. Cerró los párpados y se durmió instantáneamente.

XIV

LOS ELEGIDOS

"Pese a todo, desde un punto de vista
puramente humano,
el fenómeno de la gracia parece demasiado
extraordinario, eminente y raro,
tanto por su naturaleza como por sus efectos
como para merecer un estudio más profundo.
Porque el alma llega así
a un estado equilibrado e inexpugnable;
un estado que es genuinamente heroico
y desde el cual se realizan los hechos más grandes..."
William James
Variedades de la experiencia religiosa

Cuando despertó eran casi las diez y el sol resplandecía a través de los ventanales en un cielo despejado. Al elevar los ojos se encontró con la cabeza vigilante de la Gorgona atestada de víboras, coagulada bajo el barniz brillante. No se entretuvo entre las sábanas. Se levantó y lo primero que hizo fue buscar en el bolsillo de su pantalón el gemelo. No lo encontró. Rebuscó en el suelo pero allí tampoco estaba. No lo había perdido de camino a la casa. Recordaba haberlo tocado en el bolsillo cuando comenzó a desnudarse para meterse en la ducha. Inspeccionó cada rincón de la habitación y el baño. Nada. La puerta estaba cerrada por dentro. Nadie había entrado por allí. Salió a la terraza. Las puertas de las dos habitaciones que había a ambos lados tenían las cortinas echadas pero como la suya estaban abiertas de par en par. Una era la de Fedra, la otra la de Ares. Se puso una de sus camisetas blancas, su pantalón y su chaqueta vaqueros, se guardó el revólver en la espalda y bajó a desayunar.

En una mesa junto a la piscina estaban sentados Visconti, Constanza, Homara y Trisífone. Habían terminado de desayunar hacía sólo unos minutos y las mujeres charlaban relajadamente.

-¡Ah! Nuestra invitada -exclamó Trisífone al verla aparecer en la terraza.

-Buenos días -dijo Andrea, permaneciendo de pie junto a la mesa. No tenía claro si debía desayunar en la cocina con el servicio o si esperaban que se sentase con ellos. Herminia la había empujado fuera después de preguntarle si prefería té o café pero no quería cometer una indiscreción.

-Siéntese -dijo el profesor extendiendo su mano-. ¿Ha visto a Herminia? ¿Qué prefiere té o café?

-Sí, ya le he pedido una taza de té -dijo tomando asiento en un extremo.

-¿Qué tal has dormido? -preguntó Constanza, acercándole el azúcar y una bandeja de dulces y pan caliente.

-Bien -dijo lanzando una rápida mirada al profesor para que supiera que tenía algo que decirle.

-Cuando termine de desayunar podemos ir a mi despacho para que se vaya familiarizando con todo -dijo entonces Visconti.

-¡Es domingo! -protestó Homara-. ¿Vas a hacer trabajar a la pobre muchacha un domingo?

-Sólo si le apetece empezar. Si no podemos dejarlo para mañana. Como quiera -señaló el profesor.

-Por mi podemos empezar cuando quiera -contestó Andrea

-Tendría que oírte el holgazán de mi hijo -dijo Constanza con una amarga sonrisa.

-No le vendrá mal tener un ejemplo como el de Andrea cerca -dijo Homara.

Paolo salió a la terraza y dio los buenos días con su explicita y característica circunspección. Se sentó frente a Andrea dedicándole un escueto saludo mientras se servía café.

-Si no tienes nada que hacer vamos a empezar después de desayunar con el trabajo -dijo el profesor a Paolo.

-Me parece muy bien. Pero me temo que frente a Andrea no seré de demasiada ayuda -contestó Paolo.

-Claro que sí, va a necesitar entender mi orden. Tu sabes dónde está todo.

-Tu orden es tan ordenado que necesitará de un código para descifrarlo -bromeó Constanza.

-Es simplemente orden -dijo el profesor tratando de parecer despreocupado. Lo cierto es que estaba deseando hablar a solas con

Andrea.

-El orden es necesario -contestó Homara-. Si no existiera un orden yo no podría dar un paso sin tropezar con las cosas. Y la memoria. La memoria es amiga del orden. Sin ella no podría recordar dónde están las cosas y el orden no valdría para nada.

-Hay quien parece no necesitar el orden -añadió Constanza-. Sólo tienes que entrar en la habitación de Ares. Es imposible moverse sin tropezar con algo, pero si tratas de poner orden te echa diciendo que él sabe dónde está todo. Puro caos.

Andrea la miró muy seria.

-Deberíamos prepararnos para bajar a misa -dijo Trisífone, mirando el reloj.

-¿Van ustedes a misa? -preguntó entonces Andrea.

-Desde luego, querida. ¿Por qué? ¿Quiere usted acompañarnos?

-No, gracias. Es sólo que... -dudó-. Ayer dando un paseo vi una pequeña capilla en el jardín.

-¡Ah! La antigua capilla familiar. Lleva casi cien años abandonada -contestó Homara.

-¿Por qué abandonada? -preguntó Andrea.

-Durante un tiempo nadie vivió en el palazzo y cuando lo recuperamos nadie se preocupó de arreglarla. El párroco es mayor y no es fácil convencerlo de que suba hasta aquí a dar misa. Dejadez, supongo -contestó Constanza.

-Es una pena- añadió Andrea-. Es un lugar muy bonito.

-Sí que lo es -afirmó Visconti-. Llevo años diciendo que tendríamos que arreglarla. Es una vergüenza tenerla así.

-Si quieren yo puedo hacerlo -se ofreció Andrea.

-¿Usted? -preguntó Trisífone sorprendida.

-¿Pero sabe usted algo de pintura o carpintería... -preguntó Homara.

-Algo -contestó mirando al profesor-. En el convento me encargaba de hacer arreglos.

-Pídale a Herminia lo que necesite -asintió el profesor.

-Es usted un primor. Acaba de llegar y ya está dispuesta a cambiar cosas que llevan siglos desatendidas -dijo Homara sonriendo.

-Eso está bien -intervino Constanza-. ¡Ah! ¡La juventud! El impulso y la energía no tienen precio.

-Sí -añadió Homara con cierta tristeza-. ¿Qué no haría yo con cincuenta años menos y un par de ojos?

-La juventud no es por sí sola más que una facilitadora. Sin voluntad ni interés da igual la edad que tengas -dijo Visconti.

-Francesco me ha dicho que terminaste el colegio muy joven, que has terminado la especialización en sólo cuatro años y que has sido la mejor de tu promoción -inquirió Constanza.

-Terminó el colegio con catorce años -dijo Visconti.

-Pero ¿cómo? Tengo entendido que no fuiste al colegio con otros niños -preguntó Constanza

-No. El convento estaba bastante lejos del pueblo y no era fácil ir y venir cada día. Estudiaba por mi cuenta con la ayuda de las monjas. A final de curso me examinaba de las asignaturas.

-Todavía no tengo claro por qué razón ha crecido en un convento, querida -preguntó Trisífone.

-Mis padres me dejaron allí… -contestó-. Eran, son, muy pobres.

-¿A qué se dedica su padre? -preguntó Trisífone.

-Era jornalero.

Andrea se dio cuenta de que era mejor contestar sus preguntas de una vez por todas porque sabía que hasta que no tuvieran la información que querían no iban a dejarla en paz.

-¿Y se gana tan poco siendo jornalero? -preguntó Fedra afectada por la idea de una pobreza irresoluble.

-No demasiado poco si puedes trabajar dieciséis horas al día, pero cuando tenía cuarenta y ocho años mi padre tuvo un accidente que le afectó la espalda y se quedó casi inválido. Sus posibilidades de ganar dinero se redujeron aún más. Para colmo, después de veinticinco años de matrimonio, cuando ya creían que no podían tener hijos nací yo. Mi madre tenía mal los ojos. Ha pasado media vida casi ciega y no podía cuidar de mí. Desde que se quedó embarazada comenzó a tener problemas mentales. Por eso me entregaron a las monjas -concluyó Andrea.

En la mesa hubo un silencio incómodo.

-Y sin embargo aquí está usted -dijo Homara con deleite.

-Lo que prueba que más importante que las circunstancias es el carácter de las personas -dijo Visconti-. "ethos anthropos daimon", que decía Heráclito. El carácter de un hombre es su destino. Ese es el título de su tesis -explicó Visconti.

-¿No has tenido mucho contacto con tus padres entonces? -preguntó Paolo, pensado en su madre.

-Ninguno.

-Querida, es usted una joya demasiado rara y perfecta -señaló Trisífone con cierta malicia-. Su trayectoria es intachable. No es que no crea en el ser humano, pero es difícil encontrar personas como usted. Todo el mundo tiene algún que otro esqueleto escondido en el armario por muy pequeño que este sea.

-¿A qué llama usted un esqueleto? -preguntó Andrea, arrellanándose en su silla y mirándola de frente.

-Algún pequeño secreto inconfesable que deba mantener escondido para seguir manteniendo ese halo de perfección que la envuelve -comentó Trisífone sonriendo.

-Sí -contestó Andrea sin dejar de mirarla a los ojos-. Claro que lo hay. Pero no creo que la palabra perfección se adapte en absoluto a mi persona.

-Además es modesta -añadió Fedra.

-Ni mucho menos -contestó Andrea.

-De cualquier forma no puede ser nada demasiado terrible -dijo Homara-. Si como usted cree, el carácter de un hombre es su destino, y parece ser que usted es la prueba viva de esa sentencia, sus pasos han debido ser bastante acertados. Puedo sentir una especie de continuidad, de coherencia en su trayectoria. No la imagino yendo en contra de sus propias convicciones.

-¿Qué quieres decir tía? -preguntó Fedra.

-Que no hay nada que ensucie lo que es. Sea lo que sea lo que ha hecho en su vida es parte de su destino. No crea que esto es tan fácil de encontrar -dijo la anciana despacio, como si tuviera un interés especial en hacerse entender-. Muchas veces actuamos en contra de nuestra propia naturaleza, ya sea por cobardía, comodidad, codicia... Hay quien puede cometer un crimen, aplastar, digamos, la cabeza de un hombre desamparado o disparar a una ancianita indefensa y seguir estando en gracia de Dios.

Andrea miró a Homara con la respiración contenida.

-Habría que saber a qué llama usted "cometer un crimen" y también desde que posición juzga lo que son un hombre desamparado o una ancianita indefensa. Las cosas nunca son tan simples -dijo Andrea reclinada en su silla, amasando entre sus dedos una miga de pan sin pizca de sarcasmo en su voz. Cada vez que Homara hablaba tenía la sensación de que trataba de decirle algo.

-Tiene razón -intervino Constanza-. Muchas veces es difícil saber quién es la verdadera víctima. Las apariencias engañan.

-Sea como fuere es usted alguien con un destino propio -dijo Homara más seria-. Eso puedo verlo hasta yo. Hay veces que los obstáculos no son más que acicates para ciertas personas. Mientras unos se ahogan en un vaso de agua, otros se crecen con las tempestades. Uno de los misterios que ninguna religión puede comprender y que la ciencia sólo puede aceptar como un hecho es el problema de los Elegidos: Por qué Dios decide otorgar la Gracia a unos y no a otros. Por qué unos nacen con estrella y otros estrellados, que diría Herminia. No hay explicación posible. Dios elige y cuando Él llama no se puede evitar que quien es llamado llegue a su destino. Ese tipo de misterios han existido desde siempre y los héroes y los santos son los ejemplos más claros. La mayoría de las profecías y oráculos están destinados a nombrar a los elegidos.

-Así es -contestó Andrea-. Pero no hay que olvidar lo cauteloso que se debe ser con las profecías y no digamos con los Oráculos, el error que puede sobrevenir en caso de interpretarlos mal. Si Macbeth no se hubiera dejado influir por el vaticinio de las tres brujas, su destino habría sido muy distinto.

-No habría sido rey -contestó Paolo.

-Pero habría seguido siendo Macbeth -subrayó Andrea.

-¿Y quién puede decir quién era Macbeth? -preguntó Homara-. ¿Cómo saber si el asesino que dormía dentro no habría despertado de todas formas? ¿Cómo saber si no son precisamente las circunstancias las que definen un carácter? -dijo mirando hacia donde estaba Visconti-. ¿Cómo saber si quien es honrado lo es porque no ha tenido la oportunidad de ser otra cosa? Y al contrario, si quien es malvado no ha podido elegir ser de otra forma.

-Por supuesto que es posible elegir -contestó Trisífone con acritud-. La única razón por la que se elige cometer un asesinato es porque la muerte de esa persona satisface una necesidad a la que no estamos dispuestos a renunciar. No seamos hipócritas -dijo mirando a Visconti.

-¿Estamos hablando de héroes, verdad? -preguntó Constanza, mirando a Trisífone con cierto nerviosismo.

-Desde luego, querida -respondió Visconti con firmeza-. Pero me temo que es uno de esos temas sin respuesta. O mejor, uno en el que cada cual tiene que elegir la suya. Lo que no podemos olvidar es que desde Edipo a Juana de Arco, lo heroico siempre ha estado relacionado con la muerte. Es casi imposible separarlos. Sin la presencia de la muerte, los términos no podrían considerarse ni heroicos, ni trágicos… -dijo Visconti.

Andrea miró a Trisífone. Su tono de voz encubría un timbre de reproche hacia Visconti. Al mirarle, advirtió en sus ojos un brillo lleno de antipatía hacia la anciana. Fue un gesto casi imperceptible, pero Andrea comprendió al instante.

-Si no nos damos prisa, no llegamos a misa -apuntó Fedra, poniéndose en pie y zanjando la conversación.

XV

EL ORDEN

Hey, look me over
Tell me do you like what u see?
Hey, I aint got no money
But honey I'm rich on personality
Prince
Baby I'm a star
(Hey, mírame y dime lo que ves.
Hey, no tengo dinero,
pero cariño soy rico en personalidad.)

Cuando las mujeres se marcharon Visconti pidió a Paolo que subiera al despacho y les avisara desde la terraza si Herminia había terminado ya de limpiarlo y podían subir. Entonces aprovechó para preguntarle a Andrea sobre la noche pasada.

-Regresé a la incineradora y encontré el otro gemelo -dijo Andrea, observando la mirada llena de estupor del profesor.

-Enséñemelo.

-Ha desaparecido. Anoche lo guardé en el bolsillo de mi pantalón y cuando esta mañana he ido a buscarlo no estaba.

-¿Desaparecido?

Desde la terraza Paolo se asomó para decirles que podían subir. Miraron en silencio hacia arriba y el chico regresó al despacho.

-Alguien ha entrado esta noche y lo ha cogido de mi pantalón -continuó Andrea.

-¿Está segura? ¿No puede haberlo perdido por el camino?

-No. Lo tenía cuando me quité el pantalón -contestó Andrea.

-¿Dejó la puerta de su cuarto abierta?

-No. Estaba cerrada con cerrojo, pero las puertas que dan a la terraza estaban abiertas.

-Así es que... están dentro de la casa... -murmuró el profesor con consternación-. Y saben que usted sabe... Ya no queda duda de que Medioli estuvo aquí.

-¿No cree que debería llamar a la policía? -le aconsejó Andrea.

-¿Y decirles qué? -dijo de pronto Visconti-. ¿Qué hemos encontrado un gemelo?

-Por supuesto -afirmó sorprendida.

-Medioli ha estado aquí cientos de veces. Eso no significa nada. Antes necesito tener más información... -dijo con evasivas.

Andrea se dio cuenta de que para él era una situación difícil. Visconti se resistía a aceptar que alguien de su familia pudiera estar detrás de semejante intriga. Herminia salió a la terraza y se acercó hasta la mesa.

-Profesor hay dos policías que desean hablar con usted.

-Gracias Herminia. Voy enseguida -contestó, visiblemente nervioso.

Herminia desapareció y el profesor se levantó y se acercó a Andrea.

-Deben de estar aquí por Medioli, ayer llamaron para decirme que pasarían... -dijo con preocupación en su voz-. ¿Puedo pedirle que no diga nada sobre lo que ha encontrado en la incineradora? Al menos hasta que sepamos algo más sobre lo que ocurre.

-Claro -asintió Andrea.

El profesor la apretó el hombro y antes de marcharse le dijo:

-Si quiere puede subir al despacho. Paolo está arriba.

-Ahora mismo subo.

Visconti entró en el salón y Andrea se quedó sentada con la mirada fija en el horizonte. Acababa de vislumbrar la magnitud de lo que estaba ocurriendo en la casa. Hasta ese momento no lo había considerado seriamente quizá porque estaba centrada en sus propias impresiones, en las novedades y el entusiasmo de conocer a Visconti. Pero si a la reticencia de Visconti a llamar a la policía y a la tensión que se respiraba en la mesa, sumaba la rabia contenida que destilaba Ares hacia él, y a eso añadía la desaparición del gemelo de su pantalón, era más que suficiente para ponerla sobre aviso. Ahora se daba cuenta de que Visconti estaba en peligro por partida doble porque no quería aceptar el hecho de que dentro de su propia casa se estaba fraguando una traición, de que era su propia sangre la que se revelaba contra él. A pesar de que él creía conocer cuál era el peligro que acechaba su soberanía, ayer mismo se lo había explicado con gran parafernalia y lujo de detalles, Andrea acababa de descubrir que su orgullo no le permitía que ese conocimiento se hiciera evidente. No quería reconocer que su voz y su poder se estaban debilitando, que había fuerzas reales que pujaban por salir a la superficie e imponer su orden particular. En el fondo seguía creyendo que era un rey a salvo de insurrecciones y que su reputación, esa de la que disfrutaba de puertas para fuera, le protegía. No quería admitir que en su casa no era el gran escritor, el gran hombre. Era fácil darse cuenta de que su hijo le veía como a un anciano testarudo que se agarra a su trono, que impone sus reglas, que castra cualquier atisbo de independencia. En su Olimpo particular Visconti estaba sitiado, a merced de un motín.

Andrea se dijo que la ayuda que Visconti necesitaba no era exactamente la que le estaba pidiendo. Se dio media vuelta, arrojó la servilleta sobre la mesa y subió al despacho por la escalera trasera.

Cuando entró en el despacho, Paolo estaba sentado en un sofá leyendo un libro. Al verla lo dejó sobre una mesa baja y se puso de pie. Se miraron en silencio. Paolo estaba cada vez más interesado en la invitada, en su inusual trayectoria, en su peculiar carácter e intereses. Definitivamente no era como las chicas que conocía. Estaba acostumbrado a ser abordado por enfermeras sonrientes, conscientes de su belleza y encanto. Demasiado conscientes para su gusto. Aquellas armas de seducción femenina eran tan obvias que le causaba embarazo cuando una de ellas se le acercaba haciéndose la encontradiza y con fingida ingenuidad trataba de entablar conversación. Por muy guapas que fueran, y ninguna lo era tanto como Andrea, no encontraba nada en ellas que despertara su atención o curiosidad. Pertenecían al mundo y el mundo las había moldeado. Deseaban lo que el mundo les ofrecía y se comportaban tal y como creían que era propio de su clase social y sexo. Todas querían ser parte de la modernidad, tener una carrera de éxito, casarse, tener hijos, una casa bonita. ¿Qué había de malo en ello? Nada, se respondía Paolo. Todo era normal, legítimo y comprensible. Y quizá era eso lo que rechazaba, la falta de misterio que exhalaban sus metas y sueños; la falta de sorpresas, de milagros. Porque él, a pesar de querer ser médico, creía en los milagros. En su profesión eran el pan nuestro de cada día. Los había visto ocurrir muchas veces durante las prácticas, delante de sus ojos y por eso no podía negar su existencia. Había visto gente que se curaba sola de una enfermedad mortal, gente que en la mesa de operaciones regresaba después de permanecer muerta durante varios minutos con visiones insólitas y una esperanza desbordante en la vida.

El destino y la fortuna, lo mismo que en la tesis de Andrea, tenían una importancia enorme en su profesión, mucho más de lo que nadie estaba dispuesto a admitir. A veces se preguntaba por qué una persona con una operación relativamente menos arriesgada que otra moría y en cambio, esa otra, cuyas posibilidades todos reconocían como mínimas, salía del quirófano con una nueva vida.

Ellos hacían lo que podían pero había algo que en último término decidía el resultado. No es que su trabajo fuera inútil, salvaban muchas vidas cada día. Pero en casos extremos y puntuales, podía verse una mano invisible haciendo y deshaciendo detrás de sus propios actos.

Lo que Andrea le hacía sentir era sorprendente porque apenas la conocía pero se había dado cuenta de que en su presencia sentía ganas de hablar de cosas de las que nunca hablaba con nadie. Tenía la sensación de que ella era capaz de entenderle.

Paolo se adelantó y la invitó a acercarse a la mesa de su padre. Herminia acababa de terminar de limpiar y junto con el olor a cera se mezclaba el aroma de los libros, el de la madera y el del frescor húmedo que subía del bosque.

-El orden -empezó diciendo Paolo, aclarándose la garganta-, como comentaba mi tía, es quizá excesivo, pero no creo que eso sea un problema en estos momentos. Al contrario. Creo que el celo que pone mi padre en que cada cosa esté en su sitio nos vendrá muy bien a la hora de trabajar. Por ejemplo, -dijo acercándose a una de las altas librerías que recorrían las paredes del despacho.- Aquí, en su despacho, se encuentran los libros que siempre conserva cerca y que conoce casi de memoria porque los ha utilizado durante años como referencia. En esta pared están los libros que leyó de pequeño, le siguen los que le marcaron durante su juventud, los que leyó durante la carrera... En esta otra librería están las biografías, ordenadas según el nombre del biografiado y no del biógrafo porque quien nos interesa es el que hace, no el que cuenta. En esta otra pared están los ensayos, los hay sobre las virtudes heroicas, sobre el carácter, sobre la personalidad, sobre psicología... Si queremos encontrar libros que hablen de la voluntad los encontraremos después de los que hablan del valor. En esta otra están las novelas o poemas que tratan el tema de lo heroico desde el principio de los tiempos hasta la actualidad. Y en esta otra están sus propios trabajos.

Al encontrarse en aquel entorno, Andrea olvidó al instante el mundo exterior. Estar ahí era como descubrir el refugio desde el que Dios había creado el mundo, su mundo. Estar en el despacho de su maestro era tan revelador como regresar al útero materno y descubrir los ingredientes que nuestro creador ha mezclado para hacernos existir. Libros, cuadernos, lápices, plumas, gomas de borrar, papeles, tarjetas, rotuladores, clips, novelas, abre cartas, ensayos, poesía, valor, voluntad, coraje, entusiasmo... Aquello era sólo la parte material del proceso, parte indispensable pero no principal de la creación. La verdadera creación se había fraguado dentro del profesor, en su cabeza, a partir de sus experiencias, sus recuerdos, sus ideales, sus metas, sus motivaciones, sus valores. Allí, en aquel orden inmaculado donde cada objeto tenía un lugar dentro del proceso, se había gestado su propia consciencia. De ahí procedía la leche paterna que la había alimentado y que quizá la ayudaría a revelar el sentido último de su destino.

Hechizada, Andrea pasó la mano sobre una fastuosa edición de la Ilíada que descansaba a la derecha de la mesa. Una ola de sensualidad atravesó su espalda. Levantó la cabeza y vio a Paolo mirándola con curiosidad.

-Bonita edición -dijo Andrea con pudor, como si la presencia de aquel libro pusiera a la vista alguna de sus partes secretas, sus vísceras o su corazón.

-Puedes cogerlo cuando quieras. Todo lo que hay aquí está ahora a tu disposición -dijo Paolo, subyugado por su inescrutable mirada. Sintió entonces un escalofrío y tuvo la impresión de que se había producido un cambio en las dimensiones de la sala. Sintió que las palabras adquirían peso, como si de pronto poseyeran un doble significado, como si nada más ser pronunciadas quedaran impresas en algún lugar eterno. Quería acercarse más a Andrea pero algo se lo impedía. Estaba allí, junto a él y sin embargo era inalcanzable. Le habría gustado estirar la mano y tocarle la cara pero temió que al hacerlo se desvaneciera.

Andrea levantó los ojos y le miró. Y entonces Paolo tuvo una extraña y dolorosa revelación: Supo que nunca llegaría a poseerla. Estaba tan lejos de su mundo, tan lejos de lo que él podía ofrecerla que tuvo un acceso de angustia. "Apenas la conozco", pensó, "es ridículo." "Pero sí", le dijo otra parte de sí, "claro que la conoces, la conoces perfectamente. Llevas esperando que aparezca toda tu vida. Es ella."

Paolo se apartó con un peso en el pecho y aparentó que ojeaba un libro. Andrea observó su reacción y al instante supo lo que ocurría. Le había pasado otras veces. Y como todas las demás no podía hacer nada por él, porque aquel muchacho no tenía nada que pudiera interesarla. Es cierto que era inteligente, guapo, educado y sensible, pero era sólo un muchacho. Hacían falta años, muchos años para que él pudiera darle lo que necesitaba. Años y experiencia, vida y pasado y una mirada que venía de esa época en la que los hombres eran Hombres. Pensó en Giovanni, su maestro, su padre, su amigo... y también ella cogió un libro y aparentó que lo ojeaba.

XVI

ENVENENADO

"¿Qué locura, cuitado, te atacó?
¿Qué demonio fue el que saltó una zancada
superior a las más largas para sumarse a tu endemoniado destino?
¡Ay, ay, desventurado! Ni siquiera soy capaz de mirarte a la cara,
pese a querer preguntarte mucho,
enterarme de mucho y examinarte mucho.
¡Hasta tal punto me espantas!"

Sófocles
Edipo Rey

La policía había llegado justo antes de que las mujeres salieran de la finca con dirección al pueblo. Se habían encontrado junto al portón y uno de los policías, Massimo Verga, un hombre moreno y espigado de ojos despiertos y rostro amable le había pedido a Constanza que les acompañara en su coche de vuelta a la casa. Tenía que hablar con ella y con Visconti a solas había dicho.

Cuando Visconti llegó al salón lo primero que hizo Massimo, después de estrecharle la mano, fue elogiar su trabajo. Durante un par de minutos comentó con entusiasmo cuánto le habían inspirado e influido sus libros en su juventud e incluso recitó de memoria algunos de los pasajes que más le gustaban de sus novelas y ensayos. Massimo era un hombre de amplia cultura, con intereses y capacidades singulares. Había nacido en Catania, Sicilia, y con sólo siete años había visto morir a su padre frente a él. Un asesino convicto llamado Lorenzo Parisi había huido de la cárcel y se había ocultado en la barca de pesca del padre de Massimo. Era Navidad y Massimo acompañaba a su padre a pescar los días en vacaciones. Cuando Massimo y su padre llegaron de madrugada a la playa para iniciar su jornada de trabajo, descubrieron a Lorenzo oculto bajo la lona que cubría la barca. En el pueblo ya se sabía que Lorenzo debía estar por los alrededores, la policía lo buscaba desde el día anterior y estaba prácticamente atrapado. Al verse sin salida se ocultó en la barca y cuando el padre de Massimo, del mismo nombre, le descubrió allí, supo al momento que se trataba del preso huido. Cuando Massimo padre comenzó a gritar para alertar a los vecinos y a la policía, Lorenzo salió de la barca, cogió un remo y le golpeó en la cabeza repetidas veces hasta que quedó aplastada sobre la arena. Lorenzo fue abatido a tiros segundos después, cuando corría por la playa.

Massimo siempre se había preguntado por qué aquel hombre se había demorado en aplastar la cabeza de su padre. Con un simple golpe le habría dejado sin sentido y habría tenido más tiempo para huir. Massimo había crecido con una idea muy clara: Existían personas violentas, crueles e insensibles, capaces de llegar a extremos impensables para conseguir lo que querían. Y también personas con el valor necesario para detener a esos individuos execrables. Él había elegido dedicar su vida a detener a esos individuos.

Después de presentar sus respetos a Visconti, Massimo les comentó que seguían investigando la desaparición de Medioli y que les informarían si hacían algún avance. Después se sentó frente a ellos.

-Anoche tuvo lugar un incidente en Roma -dijo con tiento-. Un hombre fue golpeado en una de las calles que da a la Piazza Navona. Creemos que uno de sus hijos estaba allí.

-¿Qué hijo? -preguntó Constanza conteniendo el aliento.

-Ares -contestó el policía sin dudar.

-Mi hijo estaba ayer en casa de unos amigos en una fiesta -informó Visconti, endureciendo su voz.

-Sí, es cierto -contestó el policía-. Pero después de esa "fiesta"- dijo haciendo hincapié en la palabra-, salieron a dar una vuelta por la ciudad.

-¿Por qué cree que nuestro hijo tiene algo que ver con eso? -preguntó Constanza con voz trémula.

-Por uno de sus amigos. Por suerte estaba demasiado borracho y pudimos cogerle cuando salían corriendo.

-¿Por qué iba mi hijo a apalear a nadie? -preguntó Constanza.

-Porque -contestó Massimo-, su hijo pertenece a una organización neofascista.

Visconti se puso en pie con el rostro encendido.

-¿Cómo se atreve a afirmar semejante barbaridad?

-Sabemos quién es cada cual y lo que hacen, señor Visconti. Hasta ahora les hemos vigilado de lejos porque pensábamos que no eran más que una pandilla de rebeldes inofensivos. Pero esto cambia las cosas. Tenemos un testigo que dice que su hijo pertenece a ese grupo y que fue él quien asestó los golpes al hombre que dormía en la calle.

-Se está confundiendo con otra persona -dijo Visconti tratando de creer en sus propias palabras.

-¿Dónde está su hijo ahora? -preguntó Massimo.

-Durmiendo imagino -contestó Constanza.

-¿Pueden ir a avisarle por favor?

-Desde luego -dijo Constanza poniéndose en pie-. ¡Herminia!- llamó mientras se dirigía a la cocina-. Herminia vaya a la habitación de Ares y despiértelo, por favor.

-Sí, señora -contestó Herminia mientras se quitaba el delantal.

-Estoy segura de que es sólo un error -dijo Constanza con la voz menguada.

-¿No tienen más que el testimonio de un joven borracho para acusar a mi hijo de algo así?-preguntó Visconti.

-Por ahora sí.

Desde la balaustrada del primer piso, ataviado con una bata color burdeos y un cigarrillo en la boca, Ares se quejó en voz alta y tono malhumorado:

-¿Por qué me habéis despertado?

Levantaron la cabeza y le observaron desde abajo. Ares les lanzó una mirada llena de desdén y sin moverse dio otra calada a su pitillo. Tenía el pelo revuelto y su pecho ancho y bronceado quedaba a la vista bajo la bata entreabierta.

-Baja ahora mismo -ordenó su padre.

-¿No podéis decirme qué narices pasa? -dijo sin inmutarse, tratando de poner a todos tan nerviosos como sólo él sabía hacerlo.

-¡Baja ya! -ordenó su madre.

Sólo para que quedara claro que de la única persona que estaba dispuesto a recibir órdenes era de su madre, se cruzó el batín y con paso lento y calculado descendió el ancho tramo de escaleras mientras expulsaba el humo.

-Ya estoy abajo. ¿Qué es lo que pasa?

-¿Dónde estuviste anoche? -preguntó su madre con visible nerviosismo.

-En una fiesta. Ya te lo dije.

-¿Con quién?

-¿Quieres que te haga una lista de mis amigos? Ya los conoces a todos desde hace años. Son los mismos de siempre.

-¿A qué hora llegaste?

-No lo recuerdo. Sobre las dos, creo. ¿Se puede saber qué pasa?

Massimo preguntó:

-¿Conoce a Mario Furino?

-Sí, claro que le conozco. ¿En qué nuevo lío se ha metido ese borracho?

-Ayer atacaron a un hombre llamado Salvatore Bellini de la región de Agrigento -dijo el policía leyendo de su libreta -mientras dormía en una calle de Roma y su amigo dice que usted fue quien lo hizo.

-¡Ajajajajajajjaaj! -. La carcajada de Ares fue relajada y divertida-. ¿Y usted le cree?

-No veo por qué no -contestó el policía.

-Porque ese chico tiene problemas con el alcohol, porque es un envidioso y un paranoico y porque me odia a muerte. Por eso.

-¿Dónde estuvo después de las 3?

-Aquí, ya se lo he dicho. Mis amigos se fueron a la calle a tomar una copa pero a mí no me apetecía seguir la fiesta y regresé pronto.

-¿No les acompañó a la Piazza Navona?

-¿Tengo que repetírselo cien veces? -contestó con aspereza.

Massimo miró a Visconti frunciendo los labios y alargó su mano.

-Volveremos cuando tengamos algo más claro.

Visconti le estrechó la mano. Después Massimo cogió la mano de Constanza con caballerosidad e inclinó la cabeza. Miró a Ares sin esconder su desprecio y antes de irse añadió:

-Si estuviste allí lo sabremos antes o después. No me impresiona tu arrogancia. Sé quién eres y a tu pandilla le quedan dos días.

-Yo me preocuparía de cuántos le quedan a usted señor policía -amenazó Ares levantando la voz y señalándole con el cigarrillo.

-¡Ares! -le reprendió Visconti. Le cogió del brazo e hizo un amago que enseguida contuvo. Le habría gustado darle un bofetón, pero nunca había pegado a sus hijos y ya era demasiado tarde para solucionar nada.

-¿Me estás amenazando? -preguntó Massimo regresando sobre sus pasos.

-¿A quién le importa un inmigrante más o menos? -continuó Ares sin apartar del rostro su pérfida sonrisa-. Usted debería cuidar de la gente que paga sus impuestos... Nosotros somos los que le mantenemos a usted... y no preocuparse de esos apestosos sicilianos que sólo vienen a ensuciar nuestras calles.

Visconti no pudo soportar durante un segundo más aquel despliegue de arrogancia y malevolencia y le asestó un bofetón con el revés de su mano. Ares palideció instantáneamente y dejó caer su cigarro al suelo.

-Gracias -dijo Massimo a Visconti, mirando a Ares con una sonrisa-. Volveremos a vernos pronto.

Ares se llevó la mano a los labios y un rastro de sangre manchó sus dedos. Constanza le cogió por los hombros con la intención de que contestara a sus preguntas pero se sentía demasiado humillado para decir nada. Visconti le miro un segundo, se dio media vuelta y sin decir una palabra subió a su despacho. Mientras ascendía sintió que un gran peso tiraba de él hacia abajo. De pronto sintió un calor intenso en la nuca que le nubló la vista y tuvo que agarrarse a la barandilla para no caerse. Hasta ese momento había tratado de engañarse a sí mismo con respecto a su hijo, pero los últimos acontecimientos no dejaban lugar a dudas. Ponían de manifiesto que había cometido un error irreparable. Había creído que los desplantes de Ares eran sólo formas de llamar la atención, de vengarse de sus exigencias como padre. Ahora se daba cuenta de que estaba equivocado. Ares tenía vida propia, una vida que, no podía negar que lo sabía, se había alimentado de las ideas de su hermana Trisífone. Había sido ella quien le había prestado la atención que necesitaba, esa que él no había sabido darle. Le había fallado como padre y ahora era demasiado tarde para recuperarlo, para deshacer lo que hubiera hecho. Cuando alcanzó el rellano de su despacho se sentía cansado, enfurecido e impotente.

Entró con el rostro encendido de ira. Nunca había utilizado la fuerza con sus hijos y ahora, cuando ya estaban lejos de poder ser influidos por su ejemplo y eran inmunes a sus consejos, cuando ya se habían hecho a sí mismos haciendo uso de lo que violenta y rebeldemente rechazaban en él, se daba cuenta de que a veces la fuerza podía ser un instrumento más saludable y provechoso que la confianza. Tuvo que reconocer que asumir la integridad de los que amaba denotaba más una debilidad en su orgullo que un acto de generosidad para con ellos. La idea imposible de que sus hijos pudieran salir distintos a lo que él deseaba y el peso innegable que otorgaba a la capacidad del ser humano para escoger el bien, eran flaquezas que estaba comenzado a pagar. Su orgullo estaba herido por partida doble. Incluso su trabajo le pareció en esos momentos un serial inútil de proposiciones teóricas e inservibles.

Tardó unos segundos en mirar alrededor, en ver a Andrea y Paolo. Al verlos, sintió aún más rabia contra sí mismo. No podía olvidarse de ellos, ellos eran los que daban sentido a su vida y a su trabajo. Olvidarse de su existencia y otorgar el único valor a Ares, era negar todo aquello por lo que había luchado y en lo que había creído. Y sin embargo, la presencia de su hijo Paolo y de Andrea sólo consiguió exacerbar aún más su mal humor.

-¿Qué ha pasado? —preguntó Paolo al observar el inusual gesto de cólera de su padre.

-Ares -dijo, sentándose tras la mesa-. Dios quiera que la policía esté equivocada. Han golpeado a un inmigrante en Roma y... Sólo faltaba esto -dijo mirando a Andrea con complicidad. Paolo captó la mirada y sintió una punzada en su orgullo. ¿Qué podía compartir su padre con aquella desconocida que él no podía saber?

-¿Lo dices por Medioli? -preguntó entonces Paolo tratando de participar en lo que fuera que ellos sabían.

-Sí -le contestó escuetamente Visconti.

-¿Se sabe algo de él?

-No demasiado. La policía sigue buscándolo.

-No puede habérselo tragado la tierra. Antes o después aparecerá -añadió Paolo.

-No, imagino que no -contestó Visconti mientras se ponía las gafas.

Andrea le observó en silencio y confirmó su certeza: Visconti estaría indefenso hasta que decidiera hacerse cargo del asunto. Y ahora Ares. Andrea pensó en la camisa que había escondido, que sin duda era la prueba de que Ares era culpable, y se dijo que lo más sensato era ir a por ella y entregársela a la policía. Pero entregar a Ares, aunque fuera lo justo, no solucionaba nada en ese momento, pensó, porque la vida de Visconti podía estar en peligro. Si Ares había golpeado a un hombre, y no le extrañaba en absoluto que lo hubiera hecho, también podía haber asesinado a Medioli. No es que no le importara la vida de aquel o la de Medioli, pero le preocupaba más la de Visconti. Y si con esa camisa podía tener atado a Ares quizá era mejor utilizarla como seguro hasta que supiera qué estaba pasando.

-Paolo ya la ha puesto al corriente del despacho ¿verdad? -preguntó Visconti con pocas ganas de ponerse a trabajar. Andrea asintió. -Es domingo. Quizá sea mejor empezar mañana por la tarde, por la mañana tengo que ir a Roma. Tome contacto hoy con todo, rebusque, póngase cómoda. Pídale lo que necesite a Paolo. Él le será de mucha ayuda.

XVII

ARES

Gotta find me an angel, to fly away with me
Gotta find me an angel, ooh and set me free
Aretha Franklin
Angel
(Tengo que encontrar un ángel que vuele de aquí
conmigo. Tengo que encontrar un ángel que me libere.)

Después de la visita de la policía y de recibir el bofetón de su padre, Ares regresó a su habitación con el rostro encendido de odio y vergüenza. Cuando el policía se hubo marchado, su madre le había acosado con preguntas sobre qué era eso de pertenecer a un grupo neofascista. Llorando, Constanza le había preguntado qué tenía que decir sobre las acusaciones del policía. Había querido calmarla con sus frases cortantes pero ambos estaban demasiado aturdidos.

Su padre no había dicho nada, le había mirado un segundo a los ojos con un gesto de pena y derrota que le había quemado más que cualquier reproche y después se había marchado.

Ares había regresado a su cuarto dando un portazo y, corriendo el cerrojo, se había dirigido directamente a mirarse al espejo. Cuando vio la marca de los dedos de su padre impresa en su rostro tuvo un arrebato de rabia, ganas de destrozar algo. Miró alrededor con los dientes y los puños apretados pero todo lo que había allí era suyo y extenuado, se dejó caer en el suelo y comenzó a llorar. Las lágrimas ardían al descender por su cara. No sabía si era porque tenía la piel enrojecida pero le quemaban. Se levantó sin ganas y regresó al espejo del baño. Ahora su rostro estaba verdaderamente horrible, la nariz roja y los ojos enrojecidos y llenos de venas. Y allí seguían los dedos de su padre, como un estigma que jamás conseguiría quitarse de encima. Tocó con delicadeza la marca de un dedo y los ojos se le llenaron de lágrimas de nuevo. Acarició el dedo impreso con impotencia, como si estuviera observando una estrella inalcanzable a través de un telescopio. Eso era lo más cerca que había tenido a su padre desde hacía años. Desde que podía recordar no se había dejado abrazar por él. Cuando él se le acercaba con su sonrisa sincera y sus grandes manos para estrecharle un apretón o palmearle la espalda, él siempre se apartaba con gesto incómodo. Después de rechazar su abrazo durante años su padre había dejado de intentar acercarse a él. Sabía que no era por desdén sino porque asumía que le molestaba y no quería que se sintiera incómodo. Y desde luego que le incomodaba su tacto. Le horrorizaba que su padre pudiera sentir su mezquindad y su eterno odio hacia todo, que percibiera su egoísmo y su cobardía para luchar por superarse a sí mismo. Le habían dejado por imposible y no se lo reprochaba. Sabía que se habían esforzado en educarle, en inculcarle los valores en los que creía. Sabía que su padre le había observado desde lejos y después de muchos años había llegado a la conclusión de que no podía hacer nada por él. Sí, le había abandonado, pero se lo merecía.

Se apoyó en el lavabo y lloró en silencio. Estaba condenado, preso de su propio carácter. Su padre siempre usaba una frase de Heráclito que él odiaba y que decía: El carácter de un hombre es su destino. ¿Por qué? Quería saber, ¿quién le había cargado con aquel carácter? ¿Por qué había nacido maldito, marcado por el odio y la intolerancia, por el orgullo y la apatía? ¿Por qué actuaba como si creyera que merecía algo, cuando sabía perfectamente que era un inútil sin cualidades? Lo único de lo que podía sentirse orgulloso era de ser hijo de sus padres. Ellos eran lo único bueno relacionado con él. Y después de todo su esfuerzo y cariño ¿qué les había dado él? Nada, sólo malas contestaciones y problemas. Se habían hecho mayores cargando con un poso de tristeza, creyendo que habían hecho algo mal y culpándose de su fracaso. Le habría gustado decirles que ellos no habían hecho nada mal, que la culpa era toda suya. Si al menos pudiera quitarles ese peso de encima.

Pero ya era demasiado tarde. Ya no podía echarse atrás y borrar años de desprecio y frialdad. Y menos en esos momentos. ¿Por qué había apaleado a ese hombre que dormía tranquilamente en la calle? ¿Por qué necesitaba demostrar a todas horas que era alguien superior? ¿Superior en qué? Se preguntó mirándose en el espejo, con más odio del que nunca había dedicado a nadie. La realidad era, él lo sabía, que se odiaba a sí mismo. Nadie entendía lo que significaba abrir los ojos cada mañana dentro de aquel cuerpo, ser él a todas horas. Vivir era un infierno y su padre tenía la culpa. Él era perfecto y a su lado nadie podía aspirar a alcanzarle. Si hubiera nacido en otra familia quizá habría tenido alguna posibilidad. Una familia donde no se fijaran tanto en uno, donde no existiera un listón sino simplemente libertad para ser. Quizá en esa familia él no habría sido tan "él". Sin alguien como su padre, los extremos se habrían limado y habría podido expresar lo que fuera que llevara dentro sin miedo ni vergüenza. Pero su padre... Él nunca iba a dejar de ser él, se dijo arrebatado de nuevo de rabia. ¿Por qué tenía que medirse todo según sus parámetros? ¿Quién creía que era?

El recuerdo del rostro de Medioli, su cara de sorpresa cuando le golpeó le laceraba. Era como una pesadilla de la que no podía recordar más que algunos detalles. Había bebido y los recuerdos flotaban en su mente desordenados, magnificados algunos, como el peso de Medioli cuando estaba metiéndole en la incineradora, como el olor de su carne chamuscada o el ruido de la trituradora cuando después de arder la había encendido y con un terrorífico crujir de engranajes había desintegrado todo lo sólido que quedaba del abogado. Nunca había ido tan lejos. Nunca antes había matado a nadie.

A ese recuerdo se superpuso el de la noche pasada mientras golpeaba al inmigrante poseído por el odio y el alcohol. El recuerdo llegó investido de toda la violencia que él había ejercido y tembló ante la imagen de su propio delirio. Recordó los gritos aterrados del hombre, el ruido seco del bate fracturando sus huesos, su indefensa mirada llena de incomprensión y miedo. Ares abrió la taza del inodoro y vomitó desde el fondo de sus entrañas. Vomitó hasta hacerse daño en el estómago y cuando ya no quedaba nada que echar se metió los dedos hasta el fondo de la garganta para expulsar de sí lo que llevaba dentro. Quería librarse de sí mismo, arrojar lo que le infectaba, dejar de ser él y empezar una nueva vida siendo otro. Pero era imposible.

Se sentó en el suelo agotado. Sobre el lavabo vio la cuchilla de afeitar. Se incorporó despacio y la cogió entre sus manos. ¿Sería tan fácil como eso? No. Nada era tan sencillo. Se apartó el pelo de la cara y pensó que debería dejar de llorar e ir a tumbarse al sol si no quería estropearse la cara y perder su atractivo color. Se lavó con agua fría y enseguida se sintió atraído por lo que vio en el espejo. No estaba acabado. De hecho era ahora cuando empezaba a disfrutar de algo de autonomía. No iba a dejar que aquel funcionario mediocre le arrestara. Nadie podía inculparle. El imbécil de Mario estaba sentenciado. ¿Quién iba a creer a un borracho con un historial de arrestos semejante? Ayer había demostrado a sus amigos quién tenía el poder, que no tenía miedo de llevar a término sus ideales. En casa no era nadie, pero fuera iba a convertirse en uno de los líderes del futuro partido neofascista. El dinero que estaba desviando sin que su padre lo supiera financiaría el partido y cuando tuviera poder ¿qué padre iba a poder detenerle? Él sería el líder de todos esos hijos hastiados por la perfección de sus progenitores. Todos esos hijos que como él no habían podido florecer y dar sus frutos. Ellos limpiarían las ciudades de suciedad e introducirían un nuevo orden donde los verdaderos aristócratas estarían a cargo del poder. Eran ellos los que debían gobernar y dirigir a esa panda de borregos que hoy se llamaban a sí mismos ciudadanos. La democracia era un error. El mundo se estaba vulgarizando, estaba siendo tomado por la mediocridad y la chabacanería. Sólo hacía falta encender la televisión y ver aquellos programas, o salir a la calle y ver cómo cualquier pelagatos entraba con su traje de domingo al teatro o a un restaurante donde ni siquiera sabía cómo utilizar los cubiertos. Ya no se podía salir de casa y pasar un rato entre iguales porque ahora todo el mundo podía ir a todas partes. Lo único que hacía falta para entrar en un hotel o en un restaurante de lujo era dinero. Pero eso iba a cambiar, se dijo. Todo sería tal y como había sido en ese pasado que su tía Trisífone conocía tan bien, donde la aristocracia se encontraba en el lugar que le correspondía y a la chusma le era dictado lo que podía o no podía hacer.

Quizá ya habían regresado de misa, se dijo. A la hora de la siesta subiría a quemar la camisa y todo estaría solucionado. Se echó una última mirada en el espejo y sonrió al comprobar que su gesto de arrogancia volvía a estar instalado en su cara.

No podía flaquear, tenía que luchar por lo que creía. Tenía que olvidarse de lo que el mundo juzgaba como bueno o malo y seguir a su corazón. Eso también se lo había enseñado su padre. Puede que después de todo no hubiera fracasado en su misión como padre, ni él en su papel de hijo. A fin de cuentas estaba siguiendo sus enseñanzas: Estaba dispuesto a luchar hasta el final para hacerse un lugar, para conseguir sus sueños. No eran los mismos sueños que los de su padre, pero él no era el único dios del universo. Existían otros órdenes, otras formas de organizar el mundo. Crear un orden nuevo era su misión, y ahora que lo pensaba, no estaba tan lejos de conseguirlo.

XVIII

TRAICIÓN

I believe there are monsters
born in the world to human parents.
Some you can see, misshapen and horrible,
with huge heads or tiny bodies. . . .
And just as there are physical monsters,
can there not be mental or psychic monsters born?
The face and body may be perfect,
but if a twisted gene or a malformed egg
can produce physical monsters,
may not the same process produce a malformed soul?
John Steinbeck
East of Eden
(Creo que existen monstruos nacidos de padres
humanos. Algunos puedes distinguirlos por sus
deformidades, sus grandes cabezas y cuerpos enanos... Y
del mismo modo que hay monstruos físicos, ¿no podría
haber monstruos mentales o psicológicos? La cara y el
cuerpo puede ser perfecto, pero si un gen retorcido o un
huevo mal formado puede producir monstruos físicos, ¿no
podría el mismo proceso producir un alma deforme?
-Al Este del Edén)

–¡Ha desaparecido! -dijo Ares en voz baja, con el rostro desencajado y la mente incendiada.

Estaba en la habitación de su tía Trisífone donde, después de buscar la camisa por los alrededores del establo, había regresado atacado por un miedo incontrolable. A su tía era a la única que podía contar todos sus secretos sin sentirse un monstruo. Ella le comprendía y le animaba, era ella quien le había enseñado el lugar que verdaderamente le correspondía en la vida. Ella sabía que era un príncipe y que como tal debía comportarse. Ella compartía sus ideas e ideales. ¿O era al revés? El caso es que con ella no tenía necesidad de fingir. Era una mujer fuerte e inteligente que desde pequeño le había tratado con cariño y confianza. Ella había sido quien le había descubierto aquellos tiempos en que existía una clase de hombres que no tenían miedo a perseguir sus ideales. Unos hombres que no se dejaban amedrentar por una ley que otros habían constituido basándose en unos términos tan ridículos como la igualdad y la democracia. Como ella siempre decía, esos tiempos tenían que volver. La aristocracia necesitaba representantes para que su voz se oyera. Si querían que las cosas cambiaran debían comprometerse y actuar. Es cierto que a veces se requerían acciones extremas que podían juzgarse con severidad, pero Trisífone consideraba que la situación se asemejaba a una guerra en la que luchaban por su supervivencia y derechos, y es bien sabido que en las guerras siempre hay que esperar víctimas.

-Ha podido cogerla un animal -dijo Ares paseando de un lado a otro del cuarto-. ¿Qué voy a hacer como alguien la encuentre?

-Ante todo tranquilizarte -le aconsejó Trisífone-. Si actúas de esa forma, todos sabrán que tienes algo que esconder, incluso si no encuentran la camisa. Mostrar los sentimientos es el peor error que se puede cometer. Nunca debes dejar que nadie sepa lo que estás pensando. Te lo he dicho miles de veces y sigues siendo un libro abierto. Si tu padre te ve en este estado no dudes que sabrá que tienes algo que ocultar.

-Creo que ya lo sabe -contestó Ares.

-Puede que lo sospeche pero de ahí a que pueda probar algo hay mucha distancia.

-Puede haber descubierto que hemos cogido el dinero…

-De tu padre no te preocupes. Déjamelo a mí. Tú crees que no tiene nada que esconder… Te sorprendería saber que hasta un hombre como él tiene secretos.

-¿Qué secretos? -preguntó Ares con ojos codiciosos.

-No te lo diré. En tus manos no tendría ningún valor. No sabrías cómo utilizarlos.

-Enséñame-, pidió.

-Estás aprendiendo, pero hay cosas que por el momento son más grandes de lo que eres capaz de manejar. Lo primero que debes hacer es aparentar que no tienes nada que esconder.

-Pero hay gente que sabe que golpeé a ese hombre.

-Llevabas la cara cubierta ¿no? Esa gente es tu gente. No dirán nada si saben lo que les conviene. Y tú se lo habrás dicho. ¿No?

-Sí, pero el bocazas de Mario me ha implicado para salvar su cuello.

-Te dije que tuvieras cuidado con la gente de la que te rodeas. Es importante escoger bien, sobre todo al principio.

-Es amigo de la infancia.

-Es un lastre y de los lastres hay que librarse cuanto antes o te arrastrarán con ellos al fondo.

-¿Quién puede haber cogido la camisa? -repitió torturado.

-Olvídate ahora de la camisa. Lo que tienes que hacer es reunir a tu gente y decirles que no se les ocurra hablar con la policía. Tienen que saber lo que os estáis jugando.

En la puerta se oyó un suave golpeteo. Los dos se miraron en silencio.

-¿Quién? -preguntó Trisífone en voz baja.

-Fedra -contestó en el mismo tono.

Ares fue a abrirla y la mujer entró como una exhalación en el cuarto con su bata de satén rosa y sus diminutas zapatillas de raso.

-¿Alguien me puede explicar qué significa esto? -dijo sosteniendo el gemelo retorcido en la palma de su mano.

Ares lo cogió y lo observó con los ojos agrandados por la sorpresa. Trisífone se levantó y se lo quitó de las manos.

-¿Dónde lo has encontrado? -preguntó la anciana.

-Anoche. En el pantalón de Andrea -dijo mirándoles con reprobación-. ¿Qué estáis tramando?

-¿El pantalón de Andrea? ¿Y qué hacía allí? -preguntó Trisífone mirando a Ares.

-Anoche me desperté de madrugada -explicó Fedra-. Ya sabéis que últimamente no duermo bien, estaba fumando en la terraza y la vi llegar por el sendero. Tuve el presentimiento de que escondía algo importante. ¿Y no me equivocaba, verdad? -dijo exigiendo con su mirada una explicación.

-Eres un inútil -sentenció Trisífone, mirando a Ares con desprecio-. ¿No te dije que tuvieras cuidado? No sé por qué pensé que estarías a la altura. Yo no puedo hacer todo el trabajo por ti. Te pasas el día borracho y así no se pueden hacer bien las cosas. Primero la camisa y ahora el gemelo de Medioli. ¿Y tu pretendes llegar a algo? ¿Y el coche? ¿Hiciste lo que te dije?

-Sí, lo arrojé al lago. Está en el fondo y nadie me vio. La zona está desierta.

-¿Pero y la camisa? Tenías que haberla quemado. Si Andrea estaba fuera anoche pudo verte llegar y esconderla. Puede que ahora la tenga ella.

-No, no- contestó Ares-. No había nadie anoche. Me fijé bien -contestó temiendo que su tía tuviera razón. La realidad era que la noche pasada estaba demasiado borracho para darse cuenta de nada.

-¿Me podéis decir qué pasa? -ordenó Fedra.

-Ya sabes que Medioli descubrió lo del dinero... -dijo Trisífone-, bueno pues Ares tuvo que encargarse de él.

-¿Así es que de verdad ha... desaparecido? ¿Habéis sido vosotros? ¿Y no pensabais decírmelo? -preguntó Fedra, llevándose la mano a la boca para parecer afectada.

-No ha habido más remedio que hacerlo -contestó Ares-. Estaba a punto de contarle todo a mi padre. Lo sabía todo. Estaba nervioso y con las prisas...

-¿Dónde está el otro? -preguntó Trisífone.

-No lo sé -contestó Ares.

-Tiene que estar en algún lado. ¿Miraste bien alrededor del horno para asegurarte de que no dejabas nada atrás?

-Sí -mintió Ares. -Puede que se haya quemado completamente. Si no ha sido así, la trituradora lo habrá destrozado.

-Puede, pero eso es algo que debías haber comprobado en su momento.

-Cuando me marché aún estaba caliente -contestó disculpándose.

-¿Y qué es eso de la camisa? -preguntó Fedra.

-Ayer un inmigrante fue atacado en Roma -dijo Trisífone con severidad-. La camisa de Ares estaba manchada con su sangre...

-¿También un inmigrante? -preguntó Fedra con gesto de repulsión-. ¿Madre es necesaria tanta violencia?

-Tú quieres tenerlo todo y seguir vistiendo de rosa inmaculado -contestó Trisífone.

-Y vosotros creéis que la violencia es la única solución -señaló Fedra.

-¿Qué sugieres que hagamos? ¿Deberíamos haber permitido que Medioli hubiera hablado con Francesco? Si hubiera sido así en estos momentos todo estaría perdido.- añadió Trisífone.

-¿Y ahora cómo está?- preguntó Fedra.

-Ahora, y a pesar de la estupidez de Ares -respondió Trisífone-, puede que tengamos alguna posibilidad de seguir con nuestros planes.

-No te entiendo madre, explícate.

-Constanza no va a permitir que su hijo vaya a la cárcel -dijo Trisífone.

-¿Quieres contarle todo a mi madre?

-No hay que contarle todo pero ella es la única que puede hacer de intermediaria con tu padre. Ella no va a permitir que te ocurra nada.

-¿Y qué hacía Andrea anoche en la incineradora? ¿No habéis pensado que ya sabe que Medioli estuvo aquí y que se lo habrá dicho a Francesco?

-Es posible -contestó Trisífone-, pero no puede hacer nada por ahora. No tiene pruebas. Gracias a ti, tenemos el gemelo y él figura como administrador único de las cuentas. Si se hiciera público el destino final del dinero, parecería que es él quien está financiando el partido. No le interesa en absoluto delatarnos. Y respecto a la chica, no os preocupéis. No es nadie -añadió nerviosa-, ni tiene capacidad para hacer nada. Puede que lo encontrara por casualidad o puede que Francesco sospechara algo y la enviara a investigar, pero eso no importa demasiado. De Francesco me encargaré yo si Constanza no consigue apaciguarle. Tú deberías hablar con Constanza -le dijo a Fedra.

-Supongo que ha llegado el momento que tanto temíamos -dijo Fedra.

-No hay que desperdiciar nada. Bien utilizado todo puede servir para hacernos avanzar.

-¿Y yo qué hago? -preguntó Ares circunspecto.

-Tú ya has hecho suficiente -contestó Trisífone en un tono menos severo-. Habla con Andrea y entérate de lo que sabe. Recuerda que no es más que una campesina más pobre que las ratas. Si sabe algo siempre podemos ofrecerle dinero. ¿No?

-No todo el mundo está en venta -comentó Fedra.

-Te equivocas -añadió Trisífone con los ojos encendidos de odio y ofuscación -. Todo el mundo tiene un precio. Para uno puede ser dinero, para otro fama, para otro tranquilidad... ¿No os habéis fijado en sus ojos? Esos ojos plateados, vigilantes y observadores como los de una lechuza. Estoy segura que ven de una forma muy especial. Decidme: ¿Qué sería de ella sin esos ojos?

XIX

HOMARA

Reaching your head with the cold,
sudden fury of a divine messenger
Let me tell you about heartache and the loss of god
Wandering, wandering in hopeless night
Out here in the perimeter there are no stars
Out here we *is* stoned immaculate.
The Doors
Stoned immaculate
(Alcanzando tu cabeza con la fría y repentina furia de
un mensajero divino. Deja que te cuente acerca de la pena
de la pérdida de Dios. Vagando, vagando en una noche sin
esperanza. Aquí, en las afueras, no hay estrellas. Aquí afuera
estamos inmaculadamente colocados)

Homara estaba en tensión. Sentada a oscuras en su cuarto, en un sillón colocado frente al balcón, oteaba espacios invisibles con sus ojos viscosos. En su rostro se dibujaba una expresión de pánico. Se cubrió la cara con las manos, como si la visión fuera a desaparecer con aquel gesto, pero ¿cómo cerrar los ojos cuando la percepción llega a través del alma? Se preguntó. La "visión" que su ceguera le había proporcionado era tanto una bendición como un castigo, porque cuando los ojos quedan abiertos están a merced de una corriente que es aún más potente que la luz. Al perder la vista dejó de ver lo que todo el mundo veía y comenzó a adivinar lo que escondían los hombres, sus aspiraciones y secretos.

Había comenzado a conocer realmente a aquellos que la rodeaban. No podía taparse los ojos y obviar lo invisible. Pero con el tiempo había aprendido a aceptar que la oscuridad era una parte inseparable de la inteligencia. "La inteligencia ilumina los espacios más remotos de la creación. Su poder es la base del progreso y la causa de nuestra destrucción. Nada es sin su permiso porque para que algo exista tiene que haber pasado por su filtro", se dijo.

Era terrible ser ciega y estar a merced de otros, pero gracias a Dios tenía a su hermana que no la había abandonado un solo día desde su "accidente". Trisífone le leía, le lavaba, le ayudaba a vestirse y a comer… Era como una madre generosa y entregada que jamás había pedido nada a cambio. Era paciente y elegante en sus maneras y muy pocas veces había dejado vislumbrar el esclavismo al que estaba sometida por su presencia. Ella trataba de darle los menos problemas posibles pero había cosas que no podía evitar. Sus destinos estaban unidos desde sus nacimientos. Habían crecido juntas y vivido juntas. Sabían todo la una de la otra.

Todo excepto quienes eran en realidad. El espanto que le causaban las visiones que recibía era un secreto que no podía compartir con nadie. En esas visiones, su hermana aparecía investida de oscuridad y sangre, de violencia y conspiración. En sus visiones era Medusa, con el pelo encrespado de serpientes, una Erinia de garras afiladas sedienta de sangre. Y sin embargo, era ella quien la limpiaba cada día, quien soportaba y aguantaba su torpeza con resignación y cariño.

Sabía que algo terrible se estaba desplegando alrededor, que Trisífone estaba conjurando sin saberlo fuerzas que iban más allá de su entendimiento, que estaba cooperando con su actuar a que la oscuridad se cerniera sobre todos ellos. Se suponía que ella no sabía nada. No era más que una vieja ciega y fantasiosa que había abandonado todo contacto con el mundo visible a los diecisiete años…

Aún podía sentir el dolor, no físico, sino emocional, que sintió al descubrir quién era su padre. Su muerte era lo último que había visto y no había un solo día en que no se representara ante ella. Ella fue quien descubrió su cuerpo entre los arbustos con la cabeza destrozada e irreconocible; una masa de sangre y huesos triturados que no se asemejaba a nada humano. Después había venido lo peor de todo y su vida se había hundido en la más profunda oscuridad. Porque ella había querido a su padre y descubrir quién era le había dolido más que su muerte. Dicen que no se puede elegir a los hijos, pero es más terrible no poder elegir a los padres. Descubrir que nuestro creador, que el ser que veneramos es un monstruo, arrasa nuestro sistema emocional y de creencias. Nos deja a merced de una oscuridad perenne, incapaces de albergar cualquier tipo de seguridad, reacios a todo lo que implique admiración incondicional. Descubrir que se ha estado adorando al diablo con rendida devoción le convierte a uno en el creyente más amargo y ridículo de la creación.

Cuando supo lo que había ocurrido no pudo resistir el dolor y tampoco la humillación y como Edipo se sacó los ojos. ¿Cómo podía haber estado tan ciega con respecto a su padre? Si sus ojos no servían para nada ¿Para qué los quería? En realidad deseaba matarse pero Trisífone se lo impidió y las agujas no le dañaron el cerebro.

Desde la distancia de los años, veía aquel acto como un extravagante despliegue de adolescente dramatismo. Pero en esa época aún respiraba y veía el mundo a través de la ilusión. Estaba inmersa en el estudio de los clásicos y aquella reacción no sólo no le pareció absurda sino la única posible. Porque el dolor que sentía no podía ser apaciguado más que con la muerte. Trisífone había evitado que se matara, pero con su acto había quedado errando entre dos mundos.

Cuando supo que viviría pero que jamás volvería a ver sólo le quedó un último deseo: poder conocer cómo eran las personas por dentro para que nunca más le ocurriera lo mismo que con su padre. Y sin saber por qué su deseo se había cumplido. Pero aquel regalo había traído consigo verdad, más de la que cualquier ser humano podía soportar. Aún así, nunca se había permitido ser portavoz de esa verdad. Perder la vista la había vuelto cobarde. Verse privada de autonomía la había convertido en un parásito. "¡Qué egoísta se vuelve uno cuando no puede valerse por sí mismo! ¡Qué egoísta es la necesidad! Si fuera independiente mi valentía estaría al frente de mis actos y tendría libertad para elegir lo correcto. Podría permitirme ser justa", se dijo.

En su vida había encontrado personas honestas y bondadosas, justas y razonables, pero había perdido la fe. La única persona que consideraba excepcional era su hermano Francesco. De él admiraba su sentido de la justicia y del orden, su entusiasmo y compromiso con sus ideales. Sus debilidades podían disculparse porque todas ellas estaban relacionadas con el amor que sentía por su familia. A fin de cuentas no se podía recriminar que alguien rebajara sus estándares para estar a la altura de los que amaba. Sin esa admirable renuncia, su existencia habría sido aún más solitaria de lo que ya era. Sus ideales eran su orgullo pero también un motivo de desunión. No podía exigir a los demás el mismo grado de compromiso que él estaba dispuesto a ofrecer sin que se creara una distancia insalvable entre ellos. Francesco no temía ponerse a prueba cada día, esforzarse en estar a la altura de aquello que admiraba. Ares, por ejemplo, pensaba que la admiración era un signo de debilidad. Creía que reconocer la excelencia en los excelentes y admitir que teníamos carencias que ellos derrochan, era rebajarse; que era mejor ocultar las imperfecciones tras una fachada de superioridad y desprecio. Los mayores complejos siempre vienen envueltos en ironía y desdén. Sólo hace falta observar a un hombre para darse cuenta de cuáles son sus carencias. La grandeza es siempre generosa, y estar orgulloso de uno mismo se refleja en una paz interior que no se alimenta de menospreciar el merito de los demás. Conservar la felicidad y la autoconfianza cuando llegamos a cierta edad es un signo de nobleza. Había llegado a pensar que ya no quedaban seres excepcionales.

Por eso le había sorprendido tanto encontrar alguien como Andrea. Contemplar a esa muchacha le producía tal desconcierto que cada vez que la tenía delante tenía que hacer esfuerzos para controlar su turbación, para acallar todo lo que presentía. Nada más verla había descubierto que su presencia en la casa no era casual. La había visto brillar, armada con un escudo de luz de pies a cabeza, sostenida por sus propios ideales y valores. Llegaba investida de seguridad y coraje, de voluntad y ambición. Una ambición que jamás había percibido porque no se alimentaba de lo material, sino de un deseo infinito de superación. Era una necesidad irreprimible por alcanzar la excelencia, una voluntad inexpugnable para estar a la altura de sus propias aspiraciones. No había en ella un solo resquicio por el que atacar su integridad. Era terrorífica. Sí, el ser humano más peligroso con el que se había topado. Insobornable e inconmovible. Era una guerrera, un ángel exterminador que no dudaría en actuar cuando la ocasión lo exigiera. Y había llegado hasta allí, hasta esa casa, ella lo sabía, para hacer frente a lo que estaba por venir.

Habría querido contarle lo que percibía porque estaba segura de que ella también podía ver lo que estaba ocurriendo en la casa, pero eso significaría traicionar a su hermana, o más honestamente, perder su comodidad. "¿Cómo es posible que me haya vuelto tan mezquina? Se recriminó. ¿Qué hay en esta pobre y absurda vida que llevo, que merezca ser conservado? ¿Qué clase de persona soy, si el don más importante que me ha sido entregado lo utilizo para mantener mi comodidad de gato casero?"

Era terrible tener que reconocerlo pero no quería renunciar a sus comodidades, estar a expensas de cuidadores despreocupados cuando más necesitaba de atenciones. Constanza podía atenderla junto con Fedra, pero ellas tenían otras preocupaciones y estaba segura que su solicitud no iba a complacerla. Las lágrimas rodaron por su arrugado rostro llenas de vergüenza y amargura. ¿Iba a permitir que su hermano sufriera semejante traición sin hacer nada? Tenía que decidirse y sabía que ir a favor de unos significaba ir en contra de otros. Si favorecía a Francesco perjudicaba a Ares, a Trisífone, a Constanza y a Fedra. Sabía que lo que se estaba jugando no era sólo su comodidad sino el Orden, la justicia y el mantenimiento de las leyes básicas y necesarias para la vida. Porque un nuevo orden, que en realidad era el más viejo, quería recuperar el poder.

¿Hasta cuando podría mantenerse neutral? ¿No era esa neutralidad el pecado más grande cuando sabía cuáles eran las intenciones de cada bando, cuando no tenía duda de quién luchaba por el sostenimiento de la vida y de los valores y quién por el terrorismo y la destrucción? No intervenir en un conflicto alegando que la violencia es un mal absoluto no era más que la excusa de los débiles. Y ya no tenía excusas. Ahora "veía" con claridad. No la pillaba por sorpresa, como había ocurrido con su padre.

Ese pensamiento la llevó a hacerse otra pregunta aún más dolorosa. "¿Si hubiera sabido quién era mi padre, habría tomado la misma posición cobarde que estoy adoptando en estos momentos o habría estado del lado de Francesco, que arriesgó su vida y su seguridad para librar al mundo de semejante ser? ¿O quizá habría ayudado a mi padre a salir con vida de la emboscada que le había tendido?" No podía confiar en su propio sentido de justicia. Si contemplaba la situación de forma objetiva sabía que Francesco era quien merecía su apoyo. Pero la necesidad sabía relativizar lo indiscutible hasta convertirlo en circunstancial.

Estaba presa de sus propias acciones. Un solo acto la había convertido en lo que era: una ciega dependiente de los cuidados de un monstruo. Ella era la culpable. No podía cargar sobre otros hombros su absurda decisión. La única forma de librarse de su responsabilidad era acabar con su vida, pero esa era la salida más cobarde de todas. ¡Qué vida tan miserable sostenía!

Se vio a sí misma desde arriba, una arrugada figura sentada como un muñeco abandonado en un sofá, a oscuras, debatiéndose entre la valentía de hacer lo correcto y una pasividad que podía justificarse por el miedo a quedar abandonada. Una nueva visión la impactó. Quizás era demasiado tarde para tomar una decisión. Se acurrucó aterrorizada en el sofá y con los ojos inundados de lágrimas fue viendo cómo madejas de oscuridad iban tomando posiciones.

XX

UN ZARPAZO

> Y es que, contra todo lo que suele decirse,
> nuestra época es insoportablemente matriarcal;
> hay algo asfixiante en esta atmósfera de invernadero
> que ha dejado Dios padre al morir.
> Fernando Savater
> *La tarea del héroe*

Visconti y Constanza discutieron aquella noche sobre Ares. Durante todo el día habían tratado de mantener la calma y ocultar a las tías por qué la policía había querido verles a solas. Hasta que no tuvieran más datos lo mejor era aparentar que no pasaba nada. Les habían dicho a las titas que era sobre una supuesta pelea que había tenido Ares, pero no habían dado detalles. No tenía sentido preocuparlas hasta saber la verdad. Y la verdad, pensaba Constanza, era que estaban equivocados. No podía creer que su hijo hubiera tratado de asesinar a nadie, era ridículo. Ni tampoco esa historia de que pertenecía a un partido fascista. Es cierto que era un chico difícil, pero todo eso eran palabras mayores.

-¿Por qué no crees posible que haya golpeado a ese hombre? -preguntó Visconti quitándose la bata antes de meterse en el baño - ¿Simplemente porque es nuestro hijo?

-¡No vas a decirme que tú sí lo crees! -exclamó ella desde la cama donde trataba de concentrarse en la lectura.

-Todo el mundo es hijo de alguien y la historia está llena de atrocidades.

-Ares no puede haber hecho algo así -dijo con el estómago hecho un nudo.

-¿Sabes que ha desaparecido dinero de una de nuestras cuentas?

-¿Dinero? ¿Cuándo? ¿Cuánto dinero?

-Mucho dinero. Llevan desviándolo desde hace meses.

-¿Quién?

-No estoy seguro, pero empiezo a sospechar quién puede ser.

-¿No creerás por un momento que es Ares?

-Financiar y organizar un partido requiere muchos medios.

-¡No puedes hablar en serio! -dijo Constanza saliendo de la cama.

-Me temo que Medioli ha desaparecido porque averiguó quién estaba detrás del fraude del dinero y sabía para qué se estaba utilizando.

-¿Quieres decir que le han hecho desaparecer? ¿Tú sabes algo?

-No es casualidad que haya desparecido después llamarme para decirme que tenía que hablar conmigo.

-¿Sabías eso todo este tiempo y no me lo has dicho?

-Me dijo que no confiara en nadie, dando a entender que alguien de la familia estaba detrás de ello.

-¿Y tu le has creído?

-Sabes cómo era Medioli. Nunca hablaba de algo a no ser que estuviera completamente seguro.

-¿Era? ¿Por qué hablas de él en pasado?

-Puede que esté muerto -dijo sin atreverse a confesar sus miedos.

-No seas catastrofista por favor -dijo con los nervios a flor de piel.

-He estado investigando por mi cuenta y puede que la policía no esté tan equivocada como creemos con respecto a Ares -dijo con cuidado.

-Estás hablando de mi hijo -contestó indignada.

-También es hijo mío, pero eso no quita que pueda estar equivocado.

-Me destrozaría la vida. ¡No, no puedo siquiera pensarlo! -dijo paseando por el cuarto frotándose las manos.

-¿Tu no sabías nada?

-¿Yo? ¿Qué tengo que saber?

-Necesitamos tener más información que la policía, así es que yo que tú trataría de hablar con él para que te diga si tenemos que preocuparnos o no.

-Ya te lo digo yo. No tenemos nada de que preocuparnos.

-Claro... Porque es nuestro hijo -dijo cansado.

-Exacto. No sé lo que ha hecho, pero sea lo que sea continuará siendo mi hijo y si puedo evitarle pasar un mal rato lo haré.

-¿Sabiendo que ha podido agredir a un hombre?

-¿A cuántos hombres mataste tú durante la guerra? -preguntó ofensiva, mirándole con ojos que revelaban una complicidad acusadora.

-¿Verdaderamente crees que es lo mismo? -contestó Visconti

-No -respondió consternada-. No es lo mismo, pero si puedo

ayudarle lo haré.

-De lo que tu hablas no es de ayudar sino de encubrir.

-No sería la primera vez que lo hago -contestó severa-. Ya lo hice una vez contigo. ¿Por qué no iba a hacerlo esta vez por mi hijo?

-Porque las circunstancias son completamente distintas.

-Desde luego que lo son. Esta vez se trata de mi carne.

-¿No vas a ayudarme?

-¿A qué? ¿A que le metan en la cárcel?

-Si ha hecho lo que dicen que ha hecho, lo justo es que pague por ello.

-¿Quién lo dice? ¿Tú?

-Lo dice la ley.

-¿Y quién es la ley?

-¿Me estás diciendo que estás de acuerdo con Ares? ¿Qué habría que echar o matar a todos los inmigrantes? ¿Qué el fascismo es un valor a seguir? ¿Es eso lo que le estamos enseñando?

-Estoy diciendo que mi hijo tiene su vida por delante y que si ha hecho algo malo puede arrepentirse, cambiar…

-Pero no pagar por su error.

-Pagará con su arrepentimiento, sabiendo que lo que ha hecho es horrible. No pienso perder a mi hijo, Francesco. Espero que no te estés planteando siquiera anteponer tus ideales a tu familia. ¿Crees que esos ideales te harán compañía cuando los necesites?

-¿Compañía?

-Si se te ocurre entregar a tu hijo me marcharé, y te aseguro que tus hermanas y Fedra harán lo mismo. ¿Qué clase de hombre prefiere ser fiel a unas ideas pasadas de moda antes que a su propia sangre?

-¿Ideas… pasadas de moda…? -repitió Visconti perplejo-. ¿También…?

-Sí, también yo -contestó excitada-. ¿Serías capaz de renunciar a tu familia por "hacer justicia"? ¿Qué clase de justicia es esa? ¿A quién le importa esa maldita justicia cuando la vida de tu hijo está en peligro?

Visconti la miró a los ojos y sintió que un abismo les separaba.

El amor más cruel del mundo, se dijo mirando a su mujer. El amor que hace que el mundo siga adelante es el amor incondicional de una madre. Sin ese amor todos estaríamos perdidos. Y sin embargo, no existe un amor más egoísta y sórdido, un amor más ciego e indiferente a la justicia. Son las madres las que primero ven los errores y defectos de sus hijos. ¿Quiénes sino ellas, que los han llevado dentro, presienten antes que nadie que están criando a un asesino, a un violador, a un ladrón, a un pederasta? Y sin embargo, no hacen nada, los alimentan con amor y dedicación; nutren sus monstruosidades trasformadas por sus ojos comprensivos y solícitos en simples defectos. ¿Cómo aceptar que el ser que has creado en tus entrañas, que ha respirado contigo y crecido de tu propia sangre es un asesino? Es normal que se culpen, que traten de desviar la mirada. Ellas son las creadoras, se dicen, por tanto ellas son las responsables. Y no hay forma de que lo vean de otra manera, pensó Visconti metiéndose en el baño.

No hay que subestimar el amor de una madre. La naturaleza las ha preparado para defender con uñas y dientes a sus cachorros. Y ya se sabe que no hay nada más peligroso que una leona enfadada.

XXI

PURGATORIO

Listen poor sinner; you're driftin' away
From the Dear Saviour; who's pleading to-day
What will you do; when the Saviour ain't nigh
When the Pale Horse and his rider goes by?
Won't you redeem; your poor wicked soul
You can't pay your way; with Silver and Gold
If you're not saved; you'll be lost in the night
When the Pale Horse and his rider goes by.

Hank Williams
The pale horse and his rider

(Escucha pecador; te estás alejando del Salvador; que
está suplicando hoy. ¿Qué harás cuando el Salvador no esté
cerca? ¿Cuándo el caballo pálido y su jinete se acerquen?
¿No redimirás tu pobre y perversa alma? No puedes pagar
tu salvación con plata ni oro. Si no eres salvado; te perderás
en la noche, cuando el jinete pálido se acerque.)

Aquella misma noche Homara se dejó desvestir con dejadez. A simple vista su cuerpo estaba laxo y flexible pero la tensión interna estaba a punto de despedazarla. Trisífone se esforzaba tal y como hacía siempre para que su apariencia fuera correcta. Homara a veces no sabía si sus cuidados para con ella nacían del amor o de la necesidad compulsiva que tenía de controlarlo todo, de estar rodeada de cosas estéticamente agradables.

Homara no podía soportar la angustia que la invadía. Haciendo un esfuerzo recompuso su ánimo y habló.

-¿Qué te parece la muchacha? -preguntó cautelosa mientras Trisífone la peinaba.

-Es una buena chica supongo.

-Es mucho más que eso -contestó Homara-. Y creo que tú también lo sabes.

-¿Qué quieres decir?

-Que no es difícil darse cuenta de que hay en ella algo especial. No es una chica normal.

-No, no lo es -contestó Trisífone con cierta reticencia.

Trisífone no quería que Homara supiera nada acerca de lo que estaba planeando con su hija y con Ares. Sabía que no lo entendería porque ¿qué podía saber ella después de todo? Se había pasado la vida sentada en una silla, dejándose alimentar y vestir como una muñeca de trapo. Sin sus cuidados su vida habría sido un infierno y no era descabellado afirmar que ella la consideraba su ángel de la guarda. Y así quería que continuara siendo. Le gustaba tener aquella responsabilidad porque la hacía sentir humana, porque podía hacer uso de su paciencia y su capacidad de sacrificio. Le era necesario tener este tipo obligaciones. Saber que alguien la tenía en alta estima confirmaba sin lugar a dudas que era una persona generosa y con corazón. Nadie podría juzgarla como una mujer fría y egoísta. Cuando se viera el cuadro completo, cuando hubiera muerto, si su plan triunfaba, nadie podría afirmar que sus ideales estaban basados en el odio y la crueldad, en la intransigencia y el orgullo, porque todo el mundo podía ver que su generosidad no tenía límites. ¿Por qué negarlo? Ella necesitaba a Homara tanto como Homara la necesitaba a ella. Necesitaba de su presencia, del agradecimiento que sus actos exigían. Nunca se había atrevido a echarle en cara todos aquellos años de cuidados. Era un signo de la persona elegante no hacer alarde de las virtudes.

Pero no podía contarle lo que estaba planeando porque sabía que Homara no estaría de acuerdo. En realidad Homara no poseía aquel orgullo de sangre que tanto significaba para ella. Homara era más como Francesco. Creían que era posible sobrepasar barreras tales como la educación y la sangre, los genes y las influencias familiares y sociales y convertirse con esfuerzo y voluntad en un ser excepcional. Ella sabía que la mayoría de la gente era estúpida y egoísta, que no poseían la inteligencia necesaria para saber lo que les convenía y que nacían atados a sus genes y esclavos de lo que sus padres, a su vez estúpidos, les habían enseñado. Sólo unos pocos estaban preparados intelectual y moralmente para dirigir sus destinos y por eso, con sus años, aún seguía luchando cada día para ver cumplido su sueño. Haría lo que estuviera en sus manos para recuperar ese tiempo que le habían robado y que tanto añoraba, para morir dejando un mundo mejor y más perfecto.

-Creo que no está aquí por casualidad -se atrevió a sugerir Homara.

-No entiendo una palabra de lo que estás diciendo -repuso Trisífone nerviosa.

-Ya sabes que a veces puedo ver "cosas".

-Eso dices -afirmó con sequedad.

-Y es cierto-contestó con seguridad-. Puedo ver cómo es la gente.

-Yo también puedo verlo y no soy ciega -dijo, tirando del peine con irritación.

-Nunca había visto a nadie como ella, Trisífone. Sabes que había dejado de creer en el mundo, en la posibilidad de que existiera alguien así, y de pronto…

-Tú y Francesco siempre habéis sido unos idealistas insensatos. Pero hasta para ser idealista se tiene que ser práctico. Está claro que creer en ciertas cosas a cierta edad no puede ser tachado más que de ridículo. Creéis que esos héroes de libro que tanto admira Francesco o los santos que tu venerabas de niña son reales. No os dais cuenta de que nunca han existido y nunca existirán. Son ficción, creaciones literarias o políticas que la iglesia y los gobiernos utilizan para tener bajo su yugo a las masas. No existe nada parecido a un héroe o a un santo, nunca ha existido -dijo con saña, como si estuviera metiendo la mano en una herida abierta.

-Claro que han existido. Puede que ahora sea más difícil encontrarlos pero existen -contestó Homara cada vez más segura de sus palabras-. Y esa chica es uno de ellos. No es siquiera juicioso enfrentarse a ella.

-¿Enfrentarse a ella? ¿Quién la considera siquiera? Esa chica es una campesina, aparte de una metomentodo.

-¿Por qué metomentodo? Sabe lo que estáis planeando y está de parte de Francesco, ¿verdad?

Trisífone detuvo su mano y la apretó con rabia sobre la cabeza de Homara. ¿Qué demonios sabía esa vieja sobre sus planes? Se colocó delante de ella y la miró en silencio. Homara movió la cabeza en el aire sin saber qué se proponía su hermana.

-¿Qué sabes tú de eso? -preguntó Trisífone.

-Todo lo que hay que saber y no puedo callármelo por más tiempo. Aunque no lo creas, todo lo que hacemos tiene un significado en el mundo invisible.

-¿El mundo invisible de los ciegos? -se mofó Trisífone.

-No. El mundo invisible de la realidad ¿O habías pensado que lo único que existe es lo que fanáticos como tu podéis ver?

Trisífone sintió que la sangre subía hirviendo desde el fondo de su vientre.

-Puede que yo sea ciega pero tú no ves nada -continuó Homara-, ni sabes nada de lo que pasa en la realidad. No te das cuenta de lo que tus ideas y tus planes mezquinos están creando. No sabes que estás al servicio de algo siniestro y que antes o después todo eso se volverá en tu contra.

-¿Pero de qué me estás hablando? ¿Es que te has vuelto loca de remate?

-Llámame lo que quieras pero tienes que saberlo. Quiero prevenirte y a la vez decirte que no pienso callar por más tiempo. Esa chica está aquí para algo más que ayudar a Francesco en su trabajo. Y deberías escucharme y hacerme caso porque no creo que te convenga enfadarla. Y por otro lado, no pienso quedarme callada viendo cómo destruyes lo que mi hermano ha creado con esfuerzo y honestidad durante su vida. ¿Crees que no existen héroes ni santos? Allá tú. Eso es tu problema, porque subestimar el poder de tu enemigo solamente servirá para hacerte caer antes.

-No sé qué crees que sabes pero esa muchacha no tiene nada qué ver con nada. Lo único que me importa es mantener el honor de nuestra familia, recuperar su nombre y su posición. No sé lo que significo para ti, pero después de toda una vida de dedicación y de demostrarte que soy una persona en la que puedes confiar podías darme algo de crédito. Veo que has perdido la cabeza -dijo Trisífone roja de ira, sus ojos estaban encendidos de odio, incredulidad y sorpresa-. No sabes nada y aunque lo supieras ¿Qué crees que podrías hacer? -dijo acercándose a su cara-. No puedes valerte por ti misma. Sin mi no eres nada.

-Lo sé, pero prefiero ser lo que sea sin tu ayuda. Te agradezco tus cuidados todos estos años. Sé muy bien que sin ti estaría muerta, pero ya no puedo callarme, porque lo que está ocurriendo es demasiado importante como para anteponerlo a mi agradecimiento y comodidad. Te lo pido por favor, Trisífone. No sigas.

-No tienes ni idea de lo que estás hablando -dijo, espantada ante la visión de que todos sus planes estuvieran en peligro. Pero su sentido práctico se impuso a su miedo. No podía permitirse que Homara contara lo que pensaba. Todos sabían que tenía más imaginación que otra cosa, pero podía despertar sospechas y entonces todo se iría por la borda. Controló su genio, dándose cuenta de que no iba a poder convencerla por las malas. Suavizó su tono y le cogió una mano-. Nunca te he pedido nada. Te lo pido ahora. Guarda silencio. Si me ayudas tendrás todo lo que deseas, te gusta vivir bien y ya eres mayor para renunciar a ello. ¿Qué crees que será de ti si yo no estoy aquí?

-Probablemente me pudriré en un rincón, pero lo haré sin vergüenza -dijo con humildad.

-No, no lo harás. Guardarás silencio porque me lo debes. Somos familia. Más que nadie, tú y yo, somos familia. Y para una vez en tu vida que te pido algo ¿vas a negármelo?

-¿Me estás pidiendo que te ayude a envenenar a nuestro hermano? -gritó Homara

Trisífone se abalanzó sobre ella y le tapó la boca con las dos manos.

-¡Cállate! -susurró con voz amenazante-. No te atrevas a levantarme la voz. Tu querido hermano mató a nuestro padre y entonces no tuviste ningún reparo en guardar el secreto familiar. Tú, que tanto decías querer a papá.

Homara trató de hablar y Trisífone apartó despacio las manos.

-Si gritas te mato -dijo Trisífone amenazante.

-Y lo quería hasta que descubrí quién era. Mi hermano nos libró de un monstruo. Sabes que nuestro padre era un asesino, un nazi dispuesto a entregar la vida de personas inocentes a cambio de dinero y una posición. Era un megalómano, un hombre cruel que mató a nuestra madre a disgustos... Lo sabes tan bien como yo, por eso tú también has guardado el secreto.

-No tienes ni idea. La única razón por la que encubrí a Francesco era porque él tenía información que podía perjudicar a mi marido. Acordamos que no le denunciaría si se marchaba y por su culpa perdí un padre y al hombre que amaba y me quedé sola con una niña cuando más necesitaba a alguien. Todo por su culpa.

-Nunca nos ha faltado nada.

-Estaría bueno. Él se hizo cargo del negocio familiar y eso nos pertenece a los tres. Pero está visto que no sabe mantener alto el origen de su sangre. Pertenecemos a la aristocracia -dijo, golpeándose el pecho con el puño-. Es el lugar que nos corresponde.

-¡No puedes matarle! -dijo Homara con lágrimas en los ojos.

-¿Quién quiere matarle? -dijo sonriendo forzadamente-. Lo único que quiero es quitarle de en medio durante un tiempo para que podamos tener nuestro momento sin que él lo estropee todo con sus monsergas.

-¿No quieres matarle? -preguntó confundida.

-Pues claro que no -susurró suavemente-. Pero toda nuestra vida hemos vivido bajo el reinado de su Orden y ya está bien. El resto también tenemos ideales y planes que no tienen porque coincidir con los suyos. ¿Acaso no tengo derecho a ver realizados mis sueños como todo el mundo?

-Tus sueños están teñidos de sangre y odio. No son sueños sino pesadillas. Ares ha matado a Medioli ¿verdad? ¿Y ha golpeado a un hombre? ¿Por eso ha estado aquí la policía? ¿Es eso lo que le has enseñado a escondidas desde que era pequeño? Has ido deshaciendo todo lo que su padre ha hecho y le has llenado de rencor. ¿No te da vergüenza?

-Le he abierto los ojos. Él es joven y tiene la posibilidad de cambiar las cosas. El mundo es un estercolero de chusma. Él puede limpiarlo y lo hará. Eso le dará a nuestro querido hermano un golpe que no podrá olvidar. Se dará cuenta de que su hijo es mío- dijo con un brillo demencial asomando en sus ojos.

-Le has envenenado. Le has robado a su hijo como venganza- dijo Homara comprendiendo finalmente-. ¿No es suficiente el horror del pasado? Tú eres la idealista. Ese mundo de aristocracia que tanto añoras ha desaparecido porque los que estaban en el poder eran unos asesinos. Ningún orden basado en la coacción y el horror puede subsistir por mucho tiempo. No te haces a la idea de que la aristocracia no se hereda sino que se conquista. Quieres mantener unos privilegios que nunca te pertenecieron. Ser aristócrata no significa tener poder, sino escoger la excelencia como forma de vida. No significa beber en copas de plata sino colmar la sed con lo que llena el espíritu de plenitud y justicia. No hay excelencia en el asesinato y la tortura, por amor de Dios, nunca lo ha habido y nunca lo habrá. Y por eso, por mucho que te empeñes, tú y los tuyos estáis condenados a desaparecer.

-¡Escúchate! ¿No ves que no hay una pizca de fundamento en tus ideas? ¿Cuándo ha confiado el mundo en la paz y en la excelencia para seguir avanzando? La paz es para los débiles. Sólo los borregos pueden creer algo así. Borregos que no tienen ni voz ni voto y que no saben ni pueden defenderse.

-Defenderse de los lobos como tú.

-Me aburren tus monsergas. Estoy harta de oír todas esas elevadas ideas vuestras durante años. Ahora nos escucharéis a nosotros.

-No, si puedo impedirlo -dijo, tratando de ponerse en píe.

Trisífone la empujó en el sillón y la retuvo por la fuerza. Cuando Homara dejó de forcejear Trisífone cogió un fino chal de cachemir y se acercó a ella por detrás.

-Ponte el chal que empieza a hacer fresco -dijo, arreglándolo con varias vueltas alrededor de su cuello. Homara tembló al sentir las frías manos de su hermana alrededor del cuello. Fue suficiente para hacerla comprender y lloró en silencio.

XXII

UNA AMENAZA

"...it should help him to become the best
he is capable of becoming,
to become actually what he deeply is potentially."
Abraham H. Maslow
Religions, values and peak-experiences
("... Debe ayudarle a ser lo mejor que pueda, a
convertirse realmente en lo que es potencialmente en el
fondo"-Religiones, valores e iluminaciones)

Andrea pasó la mañana del lunes en el despacho, ojeando los libros y apuntes de Visconti, tomando contacto con su espacio mientras él estaba en Roma. Comenzó con los libros que habían representado sus primeras lecturas serias de adolescente y que supuestamente le habían marcado. El orden, como había dicho Paolo era impresionante. Era muy útil porque podía trazarse una línea de influencias, proyectar la trayectoria, el efecto que las lecturas habían causado en su joven alma. Andrea se acercó y cogió Rey Lear. En la primera página había una fecha y el nombre de un lugar, dónde lo había comprado, o quizá leído. Andrea abrió el libro por la mitad y comenzó a leer al azar. Subyugada por la lectura, llevaba ya cuatro páginas cuando vio que había algo escrito a lápiz en el borde de una de ellas. La nota, casi borrada, estaba escrita en una letra pequeña y enrevesada. Andrea se acercó a la terraza y trató de leer lo que ponía. Las letras estaban difuminadas, como vistas a través de niebla, como si el tiempo que les separaba desde que fueron escritas estuviera flotando delante de sus ojos. "P...t...r volo v... occided..."

Era latín. Algo ilegible, luego, quiero, algo ilegible de nuevo y después ¿matar?

Andrea dejó el libro en la estantería y cogió Edipo Rey. De nuevo ojeó el libro y comenzó a leer al azar. Leyó unas páginas y luego lo ojeó, buscando notas en los márgenes. Encontró varias escritas con pluma, claras y relativas a la traducción. Cuando iba a dejarlo, vio unas huellas, algo que había estado escrito con lápiz y había sido borrado. De nuevo esa letra apretada y retorcida. Andrea se acercó de nuevo a terraza y aguzó la vista. Cogió un lápiz de un cubilete y lo pasó suavemente por las letras borradas. Logró leer "Pater, utin... mortui esse..."

Padre... algo ilegible, muerto y... ¿ser, fueras, estuvieras?

Utin..., podría ser, utinam. Si era así era "ojalá". ¿Podría ser: Padre me gustaría que estuvieras muerto? Andrea cogió de nuevo Rey Lear y vio que esa primera palabra ilegible podía ser también "padre".

Se acercó a la librería y buscó otro libro. Cerró los ojos y estiró el brazo. Teogonía de Hesiodo. Ojeó el libro en busca de algo pero no encontró nada. Se sentó en la mesa y pasó las páginas despacio. De nuevo apuntes de la traducción, notas... Cuando iba a dejarlo en su sitio, de la última página se escurrió una hoja seca de laurel. Andrea la recogió, iba a meterla de nuevo en el libro cuando vio que había algo escrito. "Telum secretum" Arma secreta...

Mientras estaba sumida en sus pensamientos, Ares entró en el despacho. Echó el cerrojo y se giró lentamente, haciendo hincapié en la insidia que sus movimientos revelaban. Al escuchar el cerrojo Andrea se giró.

-¿Interrumpo? -dijo Ares caminando hacia ella con lentitud.

Andrea no contestó. Cogió los libros y los devolvió a su sitio.

-Quería preguntarte algo, de hombre a hombre -dijo, tratando de hacer que aquello sonara gracioso -. ¿Has venido por casualidad a meter las narices donde no te llaman?

-Eso depende de lo que consideres casualidad -contestó.

-Has venido a ayudar a mi padre con su trabajo, así es que cíñete a eso. Lo digo por si crees que sabes algo o has encontrado algo y consideras que es valioso -dijo torpemente, tratando de sonar amenazador. Andrea le miraba con sobriedad, analizando el significado de su presencia más que atendiendo a la fanfarronada de sus palabras-. Tu no existes y lo que puedas o no saber no le importa a nadie.

Andrea concluyó que con aquella visita Ares estaba reconociendo sin darse cuenta su culpabilidad.

-Mira, hay muchas cosas que no entiendes y que no espero que entiendas -continuó diciendo Ares con condescendencia-. Venimos de ambientes muy distintos y tenemos necesidades distintas. Tus ideales son... ¿como diría? patéticos. Por supuesto no espero que comprendas desde tu nivel la medida de mis posibilidades. Lo único que he venido a decirte es que no te metas en donde no te llaman. Lo que hayas encontrado no tiene ningún valor.

-Yo creo que sí lo tiene -contestó Andrea-. Y estoy segura de que la policía pensaría lo mismo.

Andrea dedujo que había sido él quien había cogido el gemelo de su pantalón y que ya había descubierto que la camisa no estaba en su sitio y sospechaba que había sido ella quien la tenía. Ares a su vez la miró atentamente. ¿Le habría contado su padre lo del dinero? ¿Y ella? ¿le habría dicho ya a su padre que había encontrado el gemelo?

-Lo que quiero decir es que si sabes lo que te conviene –continuó Ares-, y quieres seguir con tu trabajo en esta casa, no debes importunar a mi padre con tus "hallazgos".

Andrea le miró y tuvo ganas de echarse a reír, pero le siguió el juego.

-Es decir que no le cuente a nadie lo que he descubierto porque eso te perjudicaría -indicó aburrida de su estupidez.

-Exacto.

-¿Y por qué crees que haría algo así? ¿Qué te hace pensar que puedes intimidarme?

Ares se acercó a ella con aire amenazante. Frente a frente, respiraron sus alientos. Sus rostros casi se rozaban pero Andrea no retrocedió. A Ares se le erizó el pelo de la nuca cuando el olor limpio y fresco de Andrea le entró en los pulmones. Se encaró con sus ojos plateados y al instante se sintió perdido en un fascinante jeroglífico. Verse reflejado en su brillante superficie le hizo estremecer. En esos momentos necesitaba un trago más que nunca. Aquel pensamiento le asaltó con vehemencia y una ola de vergüenza, como la que había sentido aquella mañana a solas en el baño se levantó contra él. Parpadeó confundido y retiró la mirada, poniendo de manifiesto su rubor y revelando sin cuestionamientos que había sido derrotado.

-Nunca vuelvas a acercarte a mí o a amenazarme -dijo Andrea con una voz tan serena y una mirada tan templada que Ares se estremeció-. La única razón por la que no le he entregado todavía la camisa a la policía es porque creo que tu padre debe saberlo antes, y antes de eso tengo que estar segura de que es lo correcto y de que no le va a perjudicar a él.

Ares se puso pálido. Retrocedió con un gesto de incredulidad y se apoyó en la mesa. No podía apartar la mirada de aquellos ojos. Tuvo que contener las nauseas que le subían desde el fondo del estómago. No sólo había encontrado el gemelo, también tenía escondida la camisa. Deseó salir corriendo porque en esos momentos no podía pensar con claridad. Había algo que interfería en su mente. No podía gritarle, ni sentir odio, ni siquiera mostrarse arrogante. Estaba desarmado. Como si le hubieran desnudado y su escudo y su espada hubieran sido arrojados lejos de él.

-Hay una cosa que no entiendo -dijo Andrea-. ¿No eres capaz de darte cuenta de la suerte que podrías tener si quisieras? Sólo si quisieras... -preguntó.

A Ares le habría gustado contestar que "lo que quería" era precisamente el problema. ¿Cómo podía sugerir que era posible escoger el querer? No, eso era lo más difícil. Uno no podía escoger lo que quería querer. Uno nacía con unas "querencias", preso de ellas y el éxito de la vida dependía de si lográbamos o no lo que queríamos.

-No siempre podemos tener lo que queremos -dijo, tratando de parecer duro.

-No estoy hablando de tener sino de ser. No se trata de conseguir lo que quieres, sino de querer lo que quieres. Que tu querer sea una elección tuya y no de otros... -sugirió Andrea.

Ares la miró muy serio. En ese momento habría querido sincerarse, confesarle sin pudor la opinión que tenía de sí mismo, revelarle las dudas que le recomían a veces acerca de si él era un juguete de su tía Trisífone y sus ideales. Quería saber por qué actuaba como lo hacía y por qué parecía que no tenía otra opción más que ser odioso. Habría querido consultarle cuáles consideraba ella que eran sus expectativas con un padre como aquel. Había algo en ella que estimulaba su necesidad de sincerarse. Nunca antes había tenido tantas ganas de contarle a alguien lo que pensaba de sí mismo. Pero no dijo nada. Apoyado sobre la mesa se agarró al borde para no caerse.

-No creas que me importaría que pasases el resto de tu vida en la cárcel, pero tu padre no se lo merece. No importa que me hayas quitado el gemelo de Medioli. Tengo el otro. Y si eso no fuera suficiente, en la incineradora podrán encontrar todo lo que necesitan-. Andrea no le dijo que pensaba que su "trabajo" era bastante chapucero y que era obvio que no tenía ni idea de cómo hacer desaparecer a alguien sin dejar rastro. -Lo único que me importa es tu padre y su trabajo. Él se niega a reconocerlo, pero está en peligro. Es bastante obvio que tu tía Trisífone y tú le odiáis, que estáis detrás de lo que está pasando -se arriesgó a decir. El rostro de Ares se puso aún más pálido y entonces supo que no se equivocaba. Está vez fue ella quien se acercó y muy cerca de su cara dijo-: Si algo le ocurre a tu padre entregaré la camisa a la policía y les diré que mataste a Medioli. Tienes que hacerte a la idea de que nada de lo que estás planeando va a salir adelante porque estoy aquí y no pienso permitirlo. ¿Entendido?

Ares se sentía incapaz de abrir la boca. Miraba a Andrea y la oía, pero tenía la sensación de estar en un sueño, atrapado, sin fuerzas, inmovilizado. Andrea apartó sus ojos de él, se dirigió a la puerta, abrió el cerrojo y le invitó a salir del despacho. Él no pudo hacer otra cosa más que seguir sus instrucciones.

-Márchate -dijo Andrea, sujetando la puerta.

Ares se estaba viendo desde fuera y desde dentro una voz le gritaba que reaccionara, que no se dejara humillar de aquella forma. Pero era como si su voz interior estuviera desconectada de su voluntad. Había entrado con la misión de amenazarla y había sido ella quien había cumplido aquella tarea.

Salió del cuarto atravesado por un temblor incontrolable. No podía enfrentarse a su tía en esos momentos, contarle lo que había ocurrido porque ni él mismo lo entendía. Sin detenerse, caminó hasta el final del pasillo y se encerró en su habitación.

XXIII

DEBILIDAD

The writer is delegated to declare and to celebrate
man's proven capacity for greatness of heart and spirit
—for gallantry in defeat, for courage, compassion and love.
In the endless war against weakness and despair,
these are the bright rally flags of hope and of emulation.
I hold that a writer who does not believe in the perfectibility of man
has no dedication nor any membership in literature.
—John Steinbeck Nobel Prize Acceptance Speech

(Al escritor le está encomendado declarar y celebrar la
capacidad probada del hombre para la grandeza de
corazón y espíritu-para la cortesía en la derrota, para el
coraje, la compasión y el amor. En la guerra sin fin contra
la debilidad y la desesperación, estas son las brillantes
banderas de la esperanza y la emulación que hay que seguir.
Sostengo que el escritor que no cree en la perfectibilidad
del hombre, no tiene vocación ni pertenece a la
hermandad de la literatura.-Discurso de aceptación del
premio Nobel de John Steinbeck)

Visconti estaba desvitalizado. Había comenzado a aceptar en su fuero interno la gravedad del asunto, a considerar seriamente que Ares podía haber asesinado a Medioli, y que el hombre que estaba en el hospital podía morir a causa de la paliza que probablemente su hijo le había propinado. A primera hora del lunes se había marchado a Roma para poner en orden sus cuentas e impedir que nadie sacara más dinero. Había ordenado a su banco que cualquier movimiento mayor de un millón de liras debía confirmarlo él mismo por teléfono. Con la persona de confianza que trataba en el banco, había hilvanado el destino final del dinero y aunque no había dado señales de preocupación para no alertar a nadie, ya no le quedaba duda de que estaba siendo utilizado para un propósito siniestro.

Cuando por la tarde regresaba de Roma, se sentía viejo y cansado. Mientras el chófer le conducía de nuevo a La Villa sintió, por primera vez en su vida, que había fracasado. Había comido con sus editores y había visitado una importante librería del centro que en esos momentos realizaba un homenaje a su carrera. Había pasado la tarde rodeado de lectores, firmando ejemplares y charlando con personas desconocidas que le agradecían fervorosamente su trabajo y le referían cómo sus novelas y ensayos habían cambiado positivamente sus vidas. En cualquier otra ocasión aquel baño de multitudes le habría aportado una inyección de vitalidad, pero durante toda la velada, cuanto más se acercaban a estrecharle la mano y felicitarle, más abatido se sentía. El aliciente que aquellos lectores agradecidos le habían proporcionado durante años y la necesidad de aportar algo valioso a las generaciones venideras le resultaba ahora un empeño absurdo y pretencioso. Aquellos extraños eran fantasmas, no seres reales. Era su vida, su día a día, su familia, lo único que importaba. Y en ese sentido había fracasado rotundamente. ¿Qué pensarían de él esas personas que tanto le admiraban si supieran que su hijo, al que él había educado, era un fascista y un asesino? ¿Qué dirían si supieran que en su casa le robaban y que su propia esposa había amenazado con abandonarle si denunciaba a su hijo?

Visconti entró en su despacho con paso cansado. Allí estaba Andrea, sentada en vaqueros, ojeando un libro. Tenía los nudillos despellejados y las uñas negras. Esa mañana había comenzado a limpiar la capilla de rastrojos, y para cuando subieron del pueblo los materiales que el sábado le había pedido a Herminia, el interior de la capilla estaba limpio y listo para empezar a trabajar. A mediodía, después de su encuentro con Ares había empezado a raspar las paredes.

-Buenas tardes -dijo Visconti dejando su chaqueta sobre el sofá.

-Buenas tardes -contestó Andrea, advirtiendo su estado de ánimo al instante. Su abatimiento la indujo a pensar que por fin estaba asumiendo la idea de que eran Trisífone y Ares los que estaban detrás del complot-. ¿Todo bien? -preguntó mirándole desde la escalerilla de madera junto a la librería.

-¿Bien? -contestó restregándose la cara-. ¿Bien...? -repitió como si el sonido de aquella palabra le resultara extraño.

Andrea dejó el libro, se acercó al sofá y se sentó frente a él.

-¿Qué piensa hacer profesor? -preguntó directamente.

Visconti la miró fatigado. En esos momentos deseaba que aquella extraña criatura desapareciera de su vista. ¿Qué hacía en su casa preguntándole qué iba a hacer? ¿Quién era o quién creía que era para preguntarle a él semejante cuestión? Pero después del agotamiento inicial reconoció que no podía ser injusto con ella. No había hecho más que ayudarle y sabía que lo seguiría haciendo si él se lo pedía. Sí, se dijo. Hará lo que le pida porque soy su maestro, pensó con arrogancia.

-Ya he hablado con el banco. Al menos no podrán mover más dinero... - dijo, por decir algo.

-¿Y con Ares? ¿Con Trisífone?

-¿Ares y Trisífone? -repitió irritado-. ¿A qué se refiere?

No podía permitir que una desconocida le dijera cómo debía tratar con su familia. De pronto se dio cuenta del error que había cometido al inmiscuirla en el asunto. Era inconcebible que el destino de su trabajo y de su familia estuviera en otras manos más que las suyas. Él decidiría qué hacer con su hijo y cómo tratar con Trisífone. Tenía que proteger a Ares de sus errores, no sólo porque era su hijo y era su responsabilidad, sino porque si permitía que le detuvieran, Constanza no se lo perdonaría nunca. Además, si se llegaba a descubrir lo que había hecho, su trabajo y su reputación quedarían destruidos.

Trisífone sería más difícil de controlar porque estaba realmente loca. Hacía años que no se hablaban más que a las horas de la comida y la cena porque ambos se detestaban. Sólo él sabía que bajo aquella presencia altiva y sesuda se escondía el alma de una bruja fanática y sin escrúpulos. Desde el momento en que había hecho público que estaba trabajando en sus memorias ella le había amenazado veladamente, como era su estilo, con contar que él había matado a su padre. Él no podía permitir que algo así saliera a la luz. No sólo estaba en juego su reputación también su vida privada. No quería perder a su familia. En esos momentos la necesitaba más que nunca.

-Le agradezco mucho su ayuda -dijo Visconti fríamente-. Pero si no le importa a partir de ahora yo me haré cargo de la situación.

Andrea percibió su tono y se puso en guardia.

-Perdone que la haya distraído de su trabajo pero es mejor que se dedique a hacer lo que ha venido a hacer -continuó.

-¿Y qué he venido a hacer? -preguntó Andrea.

-Escribir su tesis y ayudarme con mis memorias.

-¿Y no es eso lo que estoy haciendo? ¿Ayudarle a recuperar la memoria de quién es, de lo que ha creado y de lo que debe sostener? -preguntó.

-No le permito que me hable en ese tono.

-No me lo permita. Pero no me puede impedir que le diga lo que pienso y que reitere que corre peligro.

Visconti la interrumpió.

-¿Que corro peligro? ¿Quién lo dice? ¿Usted que acaba de llegar? ¿Usted qué sabe?

-Su hijo ha matado a Medioli y lo sabe. Ha golpeado a un hombre que puede morir en cualquier momento y también lo sabe. No me equivoco al afirmar que han sido su hermana y su hijo quien han desviado el dinero de sus cuentas. Pero esto también lo sabe. ¿No le parecen suficientes motivos para hacer algo al respecto?

-Todo eso no son más que suposiciones suyas -contestó incómodo-. No tenemos ninguna prueba de que sea como usted dice -mintió.

-Sí que la "tenemos" -contestó Andrea.

-¿La tenemos? -preguntó Visconti estupefacto.

-El sábado cuando salí no sólo encontré el otro gemelo. Vi llegar a Ares con la camisa manchada de sangre. La escondió en un barril en las caballerizas y se marchó. En esa camisa está la sangre del inmigrante y la prueba de que fue él quien le golpeó.

Visconti la miró horrorizado.

-¿Quién demonios es usted? -preguntó.

Andrea no contestó.

-¿Dónde está esa camisa? Entréguemela ahora mismo -ordenó atacado por un repentino pánico.

-No -contestó Andrea-. Esa camisa es lo único que tiene para impedir que sigan con sus planes. No he venido hasta aquí para contemplar cómo su trabajo y todo lo que ha creado se convierte en cenizas.

-Mi trabajo... -dijo hastiado de oír aquello.

-Sí, su trabajo. No puede olvidar lo que supone para mucha gente. No tengo ninguna intención de entregar la camisa, ni de contar lo que sé, porque si se descubriera lo que está ocurriendo en esta casa ¿qué cree que harían con usted? Le despedazarían. Se mofarían de toda su obra. Todas y cada una de las palabras que ha escrito se volverían contra usted. Visconti, el filosofo, el escritor moral, el defensor de la justicia y el heroísmo es padre de un asesino fascista, con el dinero que ha ganado escribiendo estos libros su familia está financiando un partido...

Visconti se puso en pie y asestó una bofetada a Andrea. Volvió a sentarse y la miró con aversión.

-¡Márchese! -dijo ofuscado-. No quiero que permanezca un minuto más en esta casa.

Ser testigo de la debilidad de quien hasta ese momento había sido su maestro la enfureció, pero ya estaba dentro de aquella "teogonía", y sabía demasiado bien lo que estaba en juego como para volverse por donde había venido.

-No -contestó muy seria.

-¿Qué?

-Que no pienso irme. No pienso dejarle aquí mientras se hunde, mientras permite que su familia destruya lo que ha creado, mientras se deja convencer de que la lealtad a semejantes seres es su deber y su única opción. No le pido que entregue a su hijo, sino que recupere su orgullo, la claridad mental. No se convenza de que la lealtad familiar está por encima de la lealtad que tiene que mantener con usted mismo.

-¿Lealtad...? ¿Usted que sabe? Usted no tiene familia. No tiene a nadie y no puede entender lo que significa que las personas de tu propia sangre necesiten tu ayuda, que tú necesites de la suya.

-No, tiene razón. No he tenido una familia como todo el mundo y no sé lo que es -contestó Andrea-. Pero no estoy tan lejos de comprenderlo. Usted me ha ayudado a conocerme mejor y sólo por eso podría decir que es lo más parecido a una familia que tengo.

-Yo no soy nada suyo, ¿no lo entiende? -dijo Visconti con crueldad-. Usted no es nada para mí.

Aquellas palabras dolieron a Andrea más de lo que hubiera imaginado.

-¿Por qué no se va y nos deja tranquilos? No la necesito -reiteró Visconti. Había renegado de su filosofía y había escupido sobre Andrea porque eso era una misma cosa y lo sabía. No quería tenerla delante porque ella le recordaba todo aquello que estaba perdiendo. Quería que se marchara y le dejara lidiar a solas con su "guerra familiar". Él sabría qué hacer con todos ellos.

Andrea le miró en silencio. Si se iba, Visconti se quedaría solo, lo supiera él o no.

-Mi familia es lo único que tengo -dijo Visconti-. El resto de la gente son extraños que pelean únicamente por sus propios intereses. La familia, la sangre, es lo único que nos salva de la soledad.

-¿Qué hay de malo en la soledad? -dijo Andrea, plantándose frente a él en el sofá donde estaba sentado y apoyando sus manos en ambos reposabrazos-. ¿Quiere decir que prefiere estar rodeado de personas que no le gustan? ¿Personas que si se las encontrara en la calle cruzaría de esquina para no tener siquiera que hablar con ellas? ¿Eso es la familia? Se agarra a la compañía de seres que le engañan, le roban, le cuestionan... ¿De qué tiene miedo, profesor? - preguntó Andrea enfurecida.

-¡De la vejez! -dijo por fin-. ¡De la muerte, de la soledad, del fracaso...! ¿Qué significan para mi todos esos libros, todos esos lectores que no conozco, si en mi día a día estoy sólo, si me siento viejo y no tengo a nadie a mi lado?

Aquello era lo más triste que Andrea había escuchado y desde luego jamás esperó que lo escucharía de boca de Visconti. Sentirse solo con uno mismo debía ser lo peor del mundo, y preferir la compañía de seres a los que despreciamos o malamente soportamos con tal de evitar esa soledad, lo más digno de compasión que Andrea podía imaginar.

-Yo estoy a su lado -dijo con sinceridad.

-No sé quién es usted -contestó fríamente.

Andrea apretó los labios y se incorporó.

-No pienso marcharme -dijo frente a él con obstinación-. No le dejaré solo.

-No estoy solo. Estoy con mi familia.

-No -contestó Andrea con seguridad.

Él estaba sentado en su trono pero la contemplaba desde abajo, los ojos alzados, las manos aferradas como garras a los bordes de una posición que ya no le pertenecía por derecho propio.

-Ahora está deprimido y ofuscado y no ve las cosas con claridad. Quizá ahora no lo recuerde, a pesar de que usted mismo lo ha escrito, pero: "La familia no es con quien compartimos la sangre sino los ideales. No somos hermanos de aquellos con quien hemos crecido, ni hijos de nuestros padres a no ser que nuestros pensamientos, sentimientos y valores sean hermanos".

Visconti escuchó aquellas palabras con aversión porque era consciente de que con su rendición estaba despojando de sentido su vida y su trabajo. Pero en esos momentos no tenía fuerzas para hacer frente a todo lo que de repente tanto temía. La vejez era un hecho, una realidad ineludible. La soledad ya no le parecía un acto reivindicativo de integridad e independencia, sino una maldición. La enfermedad y la muerte aparecían de pronto en toda su espeluznante y poderosa omnipotencia; una realidad inevitable contra la que ninguna voluntad, por muy férrea que fuera, podía revelarse. Sus propias palabras le parecían absurdas, vacías de contenido. Ares tenía razón, era sólo palabras. ¿Por qué no se había dado cuenta antes?

-No me iré -dijo Andrea-, y si insiste, le diré a la policía dónde está la camisa y que Ares mató a Medioli -mintió-, pero no me gustaría tener que hacerlo. Me quedaré porque aunque ahora no se de cuenta, me necesita.

Visconti la miró estupefacto.

-Está usted completamente loca.

-¿Usted cree? -dijo antes de abandonar el despacho.

Cuando Andrea llegó a su cuarto salió a la terraza a tomar aire. Estaba temblando. Lo que acababa de ocurrir en aquella habitación había transformado la idea que tenía de Visconti de forma definitiva. Su héroe acababa de morir en el despacho desde el que él mismo había creado todos aquellos libros, que a su vez la habían ayudado a crearse a ella. El Visconti que ella admiraba se había desvanecido como por arte de magia y un anciano vacío de ilusión y entusiasmo había tomado posesión de su cuerpo. Quería comprender por qué un hombre que llevaba toda su vida escribiendo sobre lo heroico se comportaba como un chiquillo asustado. El poso de tristeza que había percibido nada más llegar se había convertido en una montaña y los últimos acontecimientos habían minado con una velocidad apabullante su dignidad y su orgullo.

Era él quien había escrito que no eran las desgracias, sino lo que hacíamos de ellas y cómo moldeábamos nuestro carácter a partir de las decepciones que sufríamos en nuestra vida, lo que nos convertía en héroes o en víctimas. Él, quien había escrito que era la autonomía lo que nos hacía fuertes, que era mejor, en definitiva, estar solo que mal acompañado. ¡Maldita sea! Era él quien había creado aquel vocabulario. ¿Cómo era posible que después de toda una vida aquello no significara nada?

Andrea se aferró a la barandilla de la terraza con rabia. El aire era fresco. Las nubes, oscuras y amenazantes, se posicionaban alrededor de un rescoldo de sol incandescente. Azulado y ondulante, el horizonte se tornaba más oscuro y misterioso a medida que el sol desaparecía. Había pasado los últimos cuatro años de su vida rodeada de libros, trabajando noche y día con una sola meta. Había conseguido convertirse en la ayudante de Visconti porque creía que junto a él iba a encontrar las respuestas que le faltaban. Pero acababa de descubrir que Visconti no podía enseñarle nada más.

Y sin embargo… se dijo, lo que acababa de ocurrir era una lección en toda regla. Acababa de aprender que nada estaba ganado para siempre, que la lucha por ser quien queremos ser es constante y dura hasta el mismo momento en que abandonamos este mundo. Si el presente no corroboraba el pasado es que habíamos retrocedido. No podía permitir que Visconti olvidara quién era, ni lo que había creado. No podía dejar que envejeciera, que olvidara lo que realmente tenía valor.

Si Visconti estaba a punto de perder su poder sobre la realidad, ella debía recuperarlo. Si Visconti estaba a punto de ceder ante su familia, ella debía demostrarle que ser fiel a sus ideales era más importante. Si su hijo era la principal causa de desilusión para él, ella debía rescatarlo. Ella debía defenderle, extirpar el veneno infiltrado en su casa, limpiarla de arriba abajo y devolverle el coraje y el lugar que le correspondía.

Nada estaba decidido, todo podía modificarse.

Por su mente cruzó la pregunta de cómo demonios iba a hacer todo eso, y del mismo modo que cuando Pietro estaba ahogándose en la cisterna y la idea de salvarlo le pareció en un primer momento absurda, supo que la única forma de conseguirlo era actuando. Hasta que no se tirara al agua no sabría cómo iba a hacerlo. No tenía miedo. Ella tenía el poder porque no tenía nada que perder. La simple posibilidad de actuar era su recompensa.

¿Pero? Se preguntó ¿Y la victoria? ¿No era la victoria también una recompensa? Sí, se dijo, ahora no sólo es importante actuar sino vencer. La victoria es la meta

Andrea escuchó unos golpes en la puerta. Entró en la habitación y abrió la puerta.

-Buenas tardes, señorita -dijo Herminia con tono incierto-. El profesor me ha enviado para que la ayude a hacer su maleta.

Andrea miró a la mujer en silencio.

-No sabía que se marcharía tan pronto… Como acaba de llegar -dijo.

-No me marcho. Sólo me traslado -contestó Andrea.

-¿Trasladarse? ¿Dónde? -preguntó Herminia aún más confundida.

Andrea guardó silencio, se apoyó en el marco de la puerta y dijo:

-A la capilla.

Herminia la miró sin comprender una palabra.

-¿Se traslada a la capilla?

-Así es -contestó Andrea con seguridad.

-Pero ese lugar está casi en ruinas. No hay cama, ni cuarto de baño…

-Me apañaré con una manta y una toalla -dijo Andrea girándose, y sacando su vieja maleta del armario comenzó a meter sus cosas-. Tengo el río. ¿Cree que podría coger las toallas del baño? Ya tienen mis iniciales…

-Desde luego… -contestó Herminia-. Me alegra que no se marche -dijo solamente.

XXIV

ARPÍAS

Se mostraron negras, pequeñas, encorvadas,
inmensamente recelosas e interesadas,
calculadoras, rencorosas,
con un celo consciente y premeditado
Yannis Ritsos
La casa muerta

Andrea había pasado de ser una invitada a convertirse en una amenaza. Sabía que mientras ella estuviera allí, Visconti estaba relativamente seguro porque tenía la vida de Ares en sus manos y ya había dejado claro que si algo le ocurría iría a la policía. Aún así no podía confiar en que Visconti estuviera completamente a salvo. Desde la cocina, donde Herminia le dio a escondidas una manta, una botella de agua y algo de fruta, cargó con su maleta y las demás cosas y se desvaneció con el crepúsculo camino de la capilla. Al llegar, soltó todo en el suelo del piso superior, se cambió de ropa y continuó haciendo arreglos a la luz de una lámpara de parafina que había encontrado en el fondo de un armario en el garaje. La luz anaranjada brillaba con acogedora serenidad a través de las largas vidrieras. La capilla estaba resucitando. Sus mohosas paredes estaban siendo rescatadas de la oscuridad y el olvido. La piedra recuperaba su sólido y fresco grosor, las estatuas, su lustre. Como un corazón que comienza a latir de nuevo el santuario se desperezaba de su abandono. La alegre luz de la lámpara se agitaba jubilosa.

Andrea trabajó hasta bien entrada la noche. Rodeada de oscuridad bajó al río a lavarse y refrescarse y después subió al tejado y desde allí, envuelta por un silencio sacrosanto y el frescor que exhalaba el bosque, se comió una manzana mientras observaba en la distancia la silueta del palazzo que dormitaba sumergido en una oscuridad sombría. Desde allí podía ver parte de las habitaciones y parte de la piscina. Todo parecía en calma en la casa. En el cuarto de Visconti vio su silueta y la de Constanza tras las blancas cortinas, preparándose para irse a la cama. También la de Homara y Trisífone. Vio la entallada figura de la anciana entrar en su cuarto después de arropar a Homara.

Extendió la manta en el tejado, sobre una superficie horizontal que previamente había limpiado de hojas, musgo y excrementos de ratones y palomas y se tumbó sobre su espalda con las manos detrás de la nuca, la vigilante inmensidad pendiendo sobre su cabeza. Se durmió con la brisa fresca acunando su sueño, tal y como tantas veces acostumbraba a hacer durante los meses de verano en el convento.

Allí estaba mucho mejor que en aquella cama palaciega, rodeada de barrotes y monstruos mitológicos acechando sus sueños. No era tan cómodo pero descansaba sobre techo sagrado. Se durmió casi al instante y despertó cuando el sol asomaba en el horizonte arbolado. Se incorporó y contempló cómo la luz se iba haciendo un hueco en aquel nuevo día, cómo los aleros de teja rojiza se incendiaban y se desprendían de la oscuridad que se les había pegado durante la noche. Andrea sacudió la manta, entró por el ventanal que había dejado abierto, se comió un plátano, bebió agua y se puso su pantalón de deporte y sus zapatillas. Salió a correr por el bosque y cuando regresó se puso a trabajar en la capilla mientras los pájaros aún se desperezaban en las ramas.

-¿Qué hace? -dijo una voz detrás de ella.

Eran casi las nueve y Constanza estaba en el borde de la escalera con gesto arisco y los ojos adelgazados de odio y desconfianza. Andrea estaba raspando la pared junto al altar y sudaba copiosamente. Se detuvo, pasándose el antebrazo por la frente.

-Lijando la pared para poder pintar luego -contestó Andrea.

-Mi marido le ordenó ayer que se marchara. ¿Por qué no se ha ido?

-Tengo cosas que hacer aquí -dijo cogiendo la botella de agua y dando trago.

-No la queremos aquí -dijo con aversión-. Márchese…

-¿O? -preguntó Andrea, apoyándose sobre el respaldo de uno de los bancos-. ¿Llamarán a la policía?

-¿Qué es lo que quiere? ¿Dinero?

Andrea la miró atentamente, pero no contestó.

-¿Es eso verdad? -preguntó con furia contenida-. Para usted es la oportunidad perfecta. Imagino que piensa sacar provecho de esta situación.

Andrea no respondió. Por qué la imaginación de aquella mujer era tan limitada no lo sabía, pero le sorprendía enormemente que la esposa de Visconti no pudiera suponer otra razón más que el chantaje.

-Es igual. La vida de mi hijo es más importante -añadió-. Le daré cien millones de liras si se marcha y no dice a nadie lo que sabe.

-No quiero su dinero -dijo Andrea, sacudiéndose el pelo de virutas, aburrida de aquel despliegue de mezquindad.

-¿Cómo que no? No tiene donde caerse muerta.

-¿Sabe que su marido está en peligro? -dijo, ignorando las palabras de Constanza.

-¿En peligro? -repitió con incredulidad.

-Su hijo ha asesinado al abogado Medioli -dijo sin rodeos.

-¿Cómo se atreve?

Su rostro se encendió, los ojos se le salían de las órbitas.

-¿No se lo ha dicho su marido? Él lo sabe. Encontré sus gemelos medio quemados en la incineradora. Los tiene su marido -dijo apuntando hacia la casa con la botella.

Constanza la miró y su conclusión fue que Andrea le estaba diciendo que con cien millones no iba a ser suficiente.

-¿Cuánto quiere? -preguntó con los ojos llenos de lágrimas.

Andrea la miró y sintió lástima. Se dijo que la comunicación era imposible porque en el plan cósmico, la justicia estaba excluida cuando se trataba de maternidad. Constanza sólo tenía un pensamiento en mente. Su misión era defender a su hijo de todo aquello que pudiera dañarlo, y por supuesto evitar que se lo arrebataran de su lado. ¿Quién podía culparla por actuar según los condicionamientos de su propia naturaleza? Si así era como las madres habían sido creadas ¿no era lógico concluir que al plan cósmico o a ese Dios que nos había diseñado no le interesaba la justicia? ¿Que prefería el sostenimiento de la vida al cumplimiento de la ley? A Constanza no le interesaba tampoco hacer justicia. Desde el "partido" que militaba, ese código rojo activado en el momento de convertirse en madre era lo único importante. Pero a diferencia de un soldado, ella ni siquiera había tenido necesidad de un entrenamiento, de un lavado de cerebro patriótico, tan necesario para justificar sus atrocidades. Las madres militaban en un ejército que todo el mundo justificaba porque todos somos hijos de alguien. Ese actuar, llamado amor maternal, venía de fábrica y era un imperativo categórico, una regla moral. Ser mala madre era precisamente desatender lo que venía dictado de más arriba o de más dentro. Era luchar contra el *daimon*, revelarse contra el misterio, desatender una orden divina. Andrea comprendía su situación pero no por ello participaba de su ideología.

-No quiero delatar a su hijo, sólo evitar que su marido sea asesinado.

-Nadie quiere asesinar a mi marido -dijo, cogiéndose la garganta con aprensión.

-¿Está segura?

-Completamente. ¿Quién querría hacer semejante cosa?

-Su cuñada Trisífone y su hijo.

-Está usted loca de remate -dijo apartando los ojos incómoda.

-Usted lo sabe... -dijo entonces Andrea, mirándola con más atención.

-Yo... no sé nada -contestó.

Andrea se acercó, la agarró del brazo y la forzó a mirarla a los ojos.

-Es así: Usted no lo sabe, eso es cierto, pero sospecha algo... -concluyó Andrea sorprendida-, y no va a hacer nada porque prefiere perder a su marido que a su hijo. Ya ha elegido.

-Nadie quiere hacer daño a mi marido. Es usted una intrigante.

-Aún no puedo probar nada pero lo haré. Y si entretanto algo le ocurre a su marido, iré a la policía. Y en caso de que me pasara algo a mí, he mandado una carta con todo lo que sé a una persona -mintió-. No sé qué están planeando, pero créame que no pienso irme hasta que el peligro haya desaparecido.

-Usted es el peligro.

-Puede ser. Depende de a quien pregunte -contestó regresando a lijar con calma la pared.

Constanza se dio media vuelta y bajó los escalones despacio, como si estuviera tratando de pensar en algo más que decir pero no se le ocurriera nada. Andrea escuchó que cerraba la puerta y continuó lijando la pared.

A media mañana Andrea decidió subir a arreglar el techo de la capilla. Desde allí además podía observar el palazzo. Antes de comer vio que Fedra salía a llevar al chófer a la estación. Al parecer el hombre cogía las vacaciones cuando los Visconti estaban en La Villa porque sus servicios eran menos necesarios. A la hora de la siesta, aprovechando que todos estaban en sus habitaciones o tirados en la piscina Andrea detuvo el trabajo. Bajó al palazzo y entró en la cocina por la puerta trasera. Allí estaba Herminia, terminando de arreglar la cocina.

-¿Puede ofrecerme algo de comer? -preguntó.

Herminia miró hacia arriba y dudó un segundo.

-He venido aquí a hacer un trabajo y la comida está incluida.

-Desde luego. No creo que...- contestó solamente-. Siéntese.

-Gracias -dijo Andrea, lavándose las manos despellejadas bajo el agua del fregadero-. ¿Tiene un paño limpio?

Herminia se lo entregó y Andrea lo mojó y se lo pasó por la cara y por los brazos cubiertos de virutas de cal reseca y pintura mohosa. Se mojó el pelo y lo peinó con sus dedos hacia atrás. Después se sentó en la mesa. La camiseta negra estaba blanquecina, llena de polvo, y las botas sobresalían bajo los vaqueros cubiertas de una fina capa blanca, como botas fantasmas.

-¿Y Homara?-preguntó minutos después, mientras comía los restos de una deliciosa paletilla de cordero guisada con patatas.

-Está enferma -contestó Herminia susurrando.

-¿Enferma?

-Algo así -contestó escabulléndose.

Andrea miró a Herminia mientras comía, calibrando cuánto sabía acerca de lo que ocurría en la casa.

-¿De parte de quien está? -preguntó Andrea.

-¿De parte…?

-No se haga la tonta, Herminia.

-Yo… sólo soy la sirvienta.

-Usted es una persona, Herminia. Ni más ni menos. No se excluya porque lo que ocurre aquí le concierne tanto como a cualquiera.

-No sé de qué habla -dijo la mujer mientras limpiaba la encimera.

-Usted quiere a Visconti. Si se entera de algo me lo dirá ¿No es cierto?

-¿De qué podría enterarme?

-Cuando llegue el momento preferirá haber hecho lo correcto.

-Momento. ¿Qué momento? -preguntó confundida.

Andrea no contestó. Con un trozo de pan rebañó lo que quedaba de salsa.

-Hágame caso -dijo poniéndose en pie cuando hubo terminado.

Cogió del frutero varias piezas de fruta y atravesó la puerta. Se detuvo, y con la mosquitera abierta tras ella, miró hacia el cielo despejado guiñando los ojos, mordió una manzana y se marchó.

A media tarde ya había comenzado a encalar la pared. El sol estaba descendiendo entre las montañas y la luz sostenía sin esfuerzo aparente los últimos rayos de sol y el gorjeo de los pájaros.

-¿Se puede? -preguntó Fedra desde el piso inferior.

Andrea la vio parada en la puerta con un vestido rojo vaporoso, casi transparente y una cesta en las manos.

-Te he traído algo de comida -dijo sonriendo-. ¿Puedo?

-Estás en tu casa -contestó Andrea, dándose la vuelta y regresando a su trabajo.

-Cómo ha cambiado esto en nada -dijo, mirando alrededor con

afectada sorpresa.

Todo lo que Fedra hacía o decía parecía forzado: su delicadeza, su curiosidad, sus cumplidos, su indignación… Como si le costara esfuerzo aparentar que algo más allá de su propia persona le interesaba. Lo cierto es que se consideraba por encima de lo que la rodeaba. Su mundo real oscilaba a varios metros del suelo, flotando en una frágil órbita donde el peso y los trabajos para sobrevivir eran meras groserías de las que no quería saber nada. Asumía que con su luminosa presencia pagaba por todo aquello que jamás se había ganado y que eran los demás quienes debían estar agradecidos del estilo con que llevaba sus sombreros y sus sandalias, sus uñas inmaculadas y el perfecto brillo de sus labios. Era hermosa, un regalo para la vista. ¿A quién no le gustaba tener seres bellos alrededor? Eran necesarios. Ella era necesaria. Lo merecía todo, mucho más de lo que tenía y sin embargo no se quejaba de nada. Era una princesa de cuento de hadas viviendo entre la plebe, obligada a aceptar los despojos que le ofrecían. Había nacido para ser aristócrata y todos lo sabían. ¿Qué podía hacer ella? Era su destino. ¿O quizá su carácter? El caso es que se sentía orgullosa de aparentar que estaba cómoda, teniendo en cuenta su situación. Era un esfuerzo enorme que realizaba con gracia y elegancia. Y aunque prefería no saber lo que estaba ocurriendo en la casa, le parecía una falta de consideración que la excluyeran de las novedades.

-Te he traído esto -dijo, alargando una pequeña cesta-. Pensé que tendrías hambre.

Se paseó con agilidad, esquivando con sus diminutos pies los restos de pared desmenuzada y polvo que cubrían el suelo.

Andrea la miró, se sentó en un banco pero no recogió la cesta que le ofrecía.

-No estoy de acuerdo con que te hayan echado -dijo Fedra haciendo un rotundo gesto horizontal con la mano. Se paseó frente a Andrea dejando que su vestido rojo flotara a su alrededor-. Pero no tengo voz ni voto…

-Coge la cesta y vete por dónde has venido… Caperucita -dijo Andrea, sonriendo por dentro ante aquel ridículo despliegue de forzada femineidad. No tenía ganas de soportar una nueva tentativa de echarla de allí. Fedra detuvo su alborozado paseo bruscamente, sujetó las ondulaciones de su vestido rojo y la miró más seria.

-Si yo soy Caperucita, ¿tú eres el lobo? -dijo con media sonrisa.

Andrea respiró hondo.

-No sé si lo sabes pero la cal es terrible para el cutis -dijo Fedra sonriendo, observando el rostro de Andrea cubierto de briznas de cal. Sus brazos, bronceados y fibrosos, también estaban cubiertos de un fino polvo blanco. Fedra se acercó despacio a ella, como si en realidad se estuviera aproximando a una fiera y tratara de calibrar su grado de brutalidad. Estiró una mano y le tocó la cara con suavidad. Andrea percibió el empalagoso perfume de sus dedos.

-Tienes una piel magnífica -dijo Fedra suavemente.

Andrea le cogió la muñeca con fuerza y la miró con los dientes apretados. Fedra se contorsionó ligeramente, sin dejar muy claro si le estaba haciendo daño en el brazo o si su roce le producía un placer exquisito.

-Lárgate -dijo Andrea, asintiendo con vehemencia. Fedra se apartó, frotándose el brazo.

-Eres más fuerte de lo que parece a simple vista.

-Vete.

-¿Por qué quieres que me marche? -dijo Fedra sin rendirse. Comenzó a acercarse de nuevo con movimientos sensuales mientras se acariciaba tontamente el antebrazo.

¿De verdad creían que iban a convencerla de abandonar su misión con estas patéticas tácticas?, pensó Andrea. ¿Esa era la conclusión que habían sacado acerca de ella? ¿que le gustaban las mujeres?¿Qué quería dinero? ¿Es lo único que eran capaces de entender? Estaban dispuestos a todo con tal de alejarla de allí y poder acabar con Visconti. Andrea se levantó con un arranque de violencia. Agarró del cuello a Fedra con una mano y la empujó contra la pared.

-¡Vete! -gritó.

El rostro de Fedra quedó transformado por el miedo. Sus ojos se agrandaron sobrecogidos ante la inesperada fuerza de aquella mano.

-¡Bestia! -sollozó restregándose el cuello cuando Andrea la soltó. Se detuvo en medio de la capilla y comenzó a llorar muy bajo. Se dejó caer teatralmente en un banco, cubriéndose la cara con las manos. Andrea la miró sin paciencia, con ganas de estamparla contra la pared.

-Perdona -dijo Fedra entre suspiros-. Sólo he venido porque me lo han pedido mi madre y mi tía. Yo les dije que no serviría de nada, pero insistieron. Creían que... -se calló. Levantó la cabeza y se pasó las manos por el rostro con movimientos calculados, como si se estuviera dando un masaje-. Dicen que no te gustan los hombres y...

-No me gustan los hombres -contestó Andrea-. Y tampoco las mujeres. No me gusta nadie. Y de esta casa menos.

Fedra se arregló el pelo aunque estaba perfecto.

-No me extraña -dijo-. Somos odiosos ¿verdad?

-Bastante.

-Me das envidia.

Andrea no preguntó por qué y Fedra continuó hablando con

suavidad, tratando de que pareciera una confidencia entre amigas.

-Eres muy afortunada. No dependes de nada ni de nadie. No sabes la suerte que tienes.

-Te equivocas. Lo sé perfectamente.

-Ya lo suponía. Era sólo un decir -contestó Fedra-. Pero lo que no sabes es lo terrible que es hacerse dependiente de un tipo de vida que en el fondo ni siquiera te satisface.

-¿Se supone que tienes que darme pena? -preguntó Andrea sin compasión.

-Sí, es cierto que lo he elegido yo, pero fue hace tanto tiempo que ya lo he olvidado -dijo tratando de que sonara a confesión-. Es sólo que... saber que existe alguien como tú...-dijo conteniendo las lágrimas-. Preferiría no haberte conocido.

-Yo también -contestó Andrea.

-Pero no por las mismas razones. Es un golpe duro a mi edad... Condenada a una vida que detesto, y tú, libre como un pájaro -dijo con aquel tono adulador que no sospechaba sonaba terriblemente artificial y afectado-, sólo tú, sin nadie a quien rendir cuentas, sin obligaciones. Ya no recordaba lo feliz que se puede ser sólo con lo que conoces de ti mismo. Será porque he tratado de olvidar quién soy y me he aferrado a aquello con lo que me gusta que me relacionen... Fedra, igual belleza, lujo, glamour... -dijo sonriendo amargamente.

Entonces se calló un segundo y su expresión perdió ese aire pulido que la revestía. Como si estuviera hablando para sí misma dijo-: Estoy condenada por mi propio carácter. No me importa lo que creáis mi tío ni tú, estamos presos de lo que somos. Las fuerzas con las que nacemos, o las desperdiciamos o las agotamos, pero son contadas, y eso no te lo dice nadie, que un día se acabarán, que no crecen y se multiplican infinitamente. No sé de dónde... sacar... -dijo mirándose las manos y después a Andrea con unos ojos llenos de pavor, desprovistos de todo amaneramiento.

Andrea supo que estaba hablando desde el lugar más genuino que quedaba en ella y que sin embargo, en cuanto saliera de allí correría a retocarse el maquillaje y cambiarse de vestido. Andrea detestaba aquel teatro, aquella farsa revestida de sinceridad con la que se había encontrado más de una vez en su vida: La mujer que se convierte en víctima porque no quiere renunciar a la comodidad que su supuesta debilidad le reporta. Esa supuesta represión que muchas mujeres habían utilizado durante la historia para justificar su falta de derechos, había sido muy útil para todas aquellas que nunca habían deseado más que vivir de lo que los hombres conseguían. Porque las luchadoras, las que de verdad habían querido ser distintas, lo habían hecho. Había ejemplos a lo largo de toda la historia: Cleopatra, Diotima, Hypatia de Alejandría, Juana de Arco, Lady Godiva, Cristina de Suecia, Santa Teresa de Jesús, Catalina de Erauso, Hildegard von Bingen... ¿A quién pretendía engañar?

-Lo interesante de esta vida -dijo Andrea poniéndose en pie-. Es que somos libres.

-¿Libres?

-Como pájaros.

-¿Pero dónde puedo ir yo a mi edad?

-Donde quieras.

-¿A hacer qué? No he trabajado en mi vida. Sin el dinero de mi madre no tengo nada. Lo tendré, pero para eso debo ser una buena hija, supongo que ese es mi trabajo.

-Entonces será ese -contestó Andrea con indiferencia.

-No me guardes rencor. No podía negarme a hacerles el favor.

-No, nada de rencor -contestó Andrea-. Pero no sé si sabes lo que estáis haciendo.

Fedra la miró con turbación.

-¿Yo? Yo no hago nada.

-No, esperas que lo hagan los demás.

Se puso en pie con las lágrimas otra vez asomando a sus ojos, haciendo estúpidos e infructuosos pucheros.

-Me marcho.

-Sí- dijo Andrea desde el banco-. Vete. Y dile a tu madre que sé lo que está pasando.

-Tú no sabes nada.

-Más de lo que imagináis.

XXV

UNA REVELACIÓN

Parecióle a la esposa
que antes de la noche en que se reunieron
en el tálamo nupcial, habiendo tronado,
le cayó un rayo en el vientre,
y que de golpe se encendió mucho fuego, el cual,
dividiéndose después en llamas, que se esparcieron
por todas partes, se disipó.
Plutarco
Vidas paralelas

A la mañana siguiente, Andrea recogió un ramo de lavanda y se
encaminó a la casa. Se había despertado pensado en Homara y
en lo que Herminia le había comentado sobre que estaba enferma.
Llevarle un ramo de lavanda era una excusa para visitarla tan buena
como cualquier otra.

Hacía dos días que Homara no salía de su habitación. Trisífone
había anunciado que su hermana no se encontraba demasiado bien
y que necesitaba descansar. Y ¿quién mejor que ella conocía las
necesidades de Homara? Todos habían pasado a hacerle una visita y
se habían quedado tranquilos al verla cómodamente instalada en su
cuarto, perfumada y acicalada por Trisífone, quien desde que había
dado síntomas de cansancio permanecía aún más tiempo con ella.

Andrea entró por la cocina y al encontrarse con Herminia, la mujer
se llevó un dedo a los labios y la llamó a la despensa.

-Ha tenido una llamada pero no han querido avisarla -dijo en un
susurro.

-¿Una llamada?

-Han llamado del convento de Santa Fe -se calló un segundo y

145

entonces dijo-: Su madre ha muerto.

Andrea miró a Herminia y por un momento estuvo a punto de contestar: Pero si yo no tengo madre. Sin embargo, al escuchar aquellas palabras se dio cuenta de que lo quisiera o no, la mujer que la había abandonado, la que había renegado de ella, la había parido.

-Sor Agnes ha dicho que la llame cuando pueda. Puede utilizar ese teléfono -dijo, señalando el que colgaba de la pared de la cocina-. La dejo sola unos minutos... - dijo saliendo.

Andrea se sentó en el taburete que había junto al teléfono con el ramo de lavanda en la mano. Se puso en pie de nuevo, cogió el auricular y marcó los números que tan bien conocía.

-Convento de Santa Fe -contestó la hermana Marisa al otro lado.

-Hermana Marisa -dijo Andrea reconociendo su voz gangosa y adormilada-. Soy Andrea.

-¡Andrea! ¿Cómo estás?

-Bien hermana -respondió, sonriendo, contenta de escuchar aquella voz querida.

-Te echamos de menos.

-Yo también.

-Te hemos llamado tres veces.

-Me lo acaban de decir...

-Lo siento...

Andrea guardó silencio.

-Te paso con la madre superiora.

Después de unos segundos la voz pausada y serena de Sor Agnes se escuchó al otro lado del teléfono.

-¿Andrea?

-Hola Madre.

-¿Cómo estás?

-Perfectamente. ¿Qué tal todo por el convento?

-A falta de alguien que se haga cargo de todo. Somos unas inútiles sin remedio -dijo sonriendo.

-Estaré allí antes de lo que piensas.

Hubo un breve silencio.

-Murió hace dos días. Tu padre subió ayer a decírnoslo -dijo Sor Agnes-. Estuve hablando con él. Ha dejado una carta para ti. ¿Quieres que te la envíe?

-No -contestó-. No creo que me la dieran. Es mejor que me la leas.

-No la he abierto. Es para ti.

-¿Puedes abrirla y leérmela?

-Si a ti no te importa...

-No tenemos secretos -contestó sentándose otra vez.

146

-¿Todo bien? -preguntó mientras rasgaba el sobre con su abre cartas-. Leí en el periódico lo de... -dijo, refiriéndose a Pietro.

-Sí. No puedo decir que lo sienta.

-Lo sé. ¿Por qué dices que estarás de vuelta antes de lo que creo y que no crees que te dieran la carta? ¿Pasa algo?

-Nada.

-¿No tendrás "problemas" con esas personas? -preguntó Sor Agnes, refiriéndose en realidad a sí ellos lo tendrían con ella.

-Aún no lo sé -contestó Andrea.

-Puede ser peligroso... -comentó Sor Agnes.

-Siempre lo es.

-No puedes pretender acabar con todas las injusticias del mundo.

-No pretendo nada.... Sabes que no podemos hablar de esto ahora. Léeme la carta, por favor.

Sor Agnes desplegó las hojas y comenzó a leer:

-*"Querida Andrea* -comenzó a leer Sor Agnes-. *Sé que es muy tarde para cualquier disculpa pero tu madre acaba de morir y creo que es mi deber de contarte las razones por las que hicimos lo que hicimos hace veinticuatro años. Ya sabes que tu madre,- te "suenara" extraño que la llame así pero es lo que era-, tenía problemas en los ojos desde antes que tu nacieras. Eso la hizo en una persona tímida y retraída. Pasaba mucho tiempo sola y encerrada en la oscuridad. Una noche hace veinticuatro, años mientras yo estaba fuera de casa y en el bar supongo, cayó una fuerte tormenta en el pueblo. En cuando regresé a casa ..."*- Sor Agnes se detuvo-. Lo siento, tiene una ortografía terrible y una caligrafía apretadísima - *"tu madre estaba en el suelo, y sin sentido, y con la ropa toda revuelta. En la casa había un aire eléctrico, y un olor a humedad que aún recuerdo. Cuando despertó sólo podía dar manotadas al aire, y sus ojos estaban abiertos pero era como si hubiera perdido definitivamente la vista y no me viera más. Días después conseguí de hacerla de hablar. Lo que me contó lo hizo de forma toda confusa. Desde ese momento perdió la razón. Según ella, la noche de la tormenta sintió un fuerte olor a humedad y a ozono en la casa. Se levantó a tientas y abrió una ventana para respirarla. La lluvia caía con fuerza y enseguida fue a cerrarla, pero un relámpago entró por la ventana, y eso decía, y la..."* - Sor Agnes se quedó en silencio un segundo- *"...y la poseyó. Yo creí que eran sólo las locuras de una persona enferma, de alguien que acaba viendo fantasmas de por pasar tiempo en las sombras. No le di más importancia. Sólo me preocupaba que había perdido el juicio. Desde ese momento fue a peor. Se pasaba el día con las ventanas cerradas, arrebujada en la cama, aterrorizada. Tres meses después me di cuenta de que estaba embarazada. Ella no dejaba en repetir que había sido el relámpago, que le había penetrado. No la sacabas*

147

de ahí. *Yo no tuve nada que ver porque no había relaciones de ese tipo entre nosotros y pensé que alguien la había forzado. Pero ella no dejaba de insistir en que era la tormenta y de que no podía de hacer nada porque si se atrevía a quitarse el bebé, el relámpago vendría de nuevo a por ella. Por eso no abortó, pero nueve meses los pasó aterida, llena de pánico. Cuando naciste, y vimos cómo eras, tu cuerpo la asustó y trató de...*"- Sor Agnes volvió a detenerse- "*... de estrangularte. No eras hija nuestra decía, no te quería decía, tenía miedo decía. Lo intentó una vez y sabía que si la dejaba sola contigo lo haría de nuevo. Por eso esa noche te cogí mientras ella dormía y te dejé en el convento. No es disculpa, es lo que ocurrió y no espero comprensión, sólo que sepas por qué. Había perdido el juicio y es posible que nunca sepamos quién fue el que entró esa noche. Ahora está muerta y puedo contarlo, porque no estuvo bien, pero ella no podía ser madre y yo no tenía fuerza para ser padre y madre. Egoísmo, miedo y quizá celos de que otro le diera lo que yo no había podido darle. Tampoco eras cosa mía, pensé entonces. No es una razón suficiente, pero es la que fue. Ha sido mejor que te criaras con las monjas que con nosotros. Nada más. Firmado: Genaro.*

Sor Agnes se quedó en silencio unos segundos. Andrea sujetaba el teléfono sin apartar la mirada de la pared que tenía delante.

-¿Estás ahí? -preguntó Sor Agnes.

-Sí -contestó Andrea, poniéndose en pie-. Aquí estoy.

-¿Qué piensas?

-Que es triste que esa mujer haya tenido una vida tan pobre... -dijo sólo. Y haber nacido de esa forma, de una violación tan sórdida...

-Pero... lo que dice sobre la tormenta...

-No es nada que no esperara de una mujer que había perdido la razón.

-Sí... -dijo Sor Agnes en voz baja-. Pero ¿y si...? -comenzó a decir- ¿Y si no estaba loca? -se atrevió a señalar Sor Agnes.

-Pero lo estaba. Ya lo sabíamos.

-Sí, eso es lo más sensato pero... ¿Y las tormentas? ¿Y tu cuerpo? -insistió Sor Agnes-. Hay cosas que no podemos entender y si tu madre tenía razón... confirmaría lo que siempre he pensado... sabes que no te habría... apoyado si no lo creyera a ciegas... ¿Qué más pruebas necesitas?

-No necesito nada -dijo Andrea con obstinación-. No puedes creer que haya una pizca de sentido en eso... ¿Sabes lo que estás diciendo?

-No sabemos nada sobre el misterio, todo es posible.

-No podemos hablar de esto por teléfono.

-Tienes razón. ¿Cuándo regresarás?

-No lo sé. Pronto. Pero todavía tengo cosas que hacer aquí.

-¿Necesitas algo?

-No necesito nada.

-Nunca necesitas nada -dijo Sor Agnes sonriendo-. Llámame otro día.

-Lo haré. Gracias madre... - dijo y colgó el teléfono.

Andrea se quedó unos segundos contemplando el ramo de lavanda que había cogido para Homara. Reunió las ramas y se dirigió a su cuarto. Golpeó la puerta con los nudillos y entró cuando escuchó: Adelante. En la habitación estaba Herminia arreglando el cuarto. Se acercó a la cama de Homara con el ramo y se lo entregó directamente en las manos.

-Lo he cogido para usted cerca de la capilla -dijo Andrea-. Ya he retirado todas las malas hierbas y limpiado de rastrojos los muros. El interior también está limpio y he encalado la pared -le informó.

Homara estaba entusiasmada con la idea de que la vieja capilla fuera restaurada y le había pedido a Andrea que la mantuviera informada de los cambios. Al recoger el manojo de lavanda de las manos de Andrea, Homara se las apretó con una desesperación contenida que no pasó desapercibida para Andrea. En cuanto Trisífone escuchó su voz entró en el cuarto a través de la puerta que comunicaba con el suyo.

-Me gustaría tanto poder ver la capilla -dijo Homara con todo el entusiasmo de que fue capaz para demostrar que no estaba enferma, ni débil. No podía resistirlo más. Sabía que Francesco estaba en peligro. No era sólo que se sintiera deprimido, Trisífone le estaba envenenando y necesitaba hablar con Andrea- Quiero decir olerla.

Andrea se dio cuenta que la mujer estaba lanzando un SOS y sugirió:

-Pues venga conmigo esta tarde. ¿Nunca sale a pasear al jardín?

-No está en condiciones -contestó rápidamente Trisífone desde la puerta-. Es peligroso. Ya paseamos cerca de la casa y por la piscina.

-No tiene porque ser peligroso si se va con cuidado -dijo Andrea, mirando a Trisífone.

-Es evidente que no tiene ni idea de lo que es bueno para mi hermana. Una mujer de su edad y ciega... No tendría sentido arriesgarse a romperse algo.

-No tiene porque pasar nada -volvió a repetir Andrea, mirando a Trisífone desafiante.

-¿Me llevará esta tarde a la capilla? -preguntó Homara esperanzada al registrar el silencio de su hermana.

-Desde luego.

-Yo te llevaré -dijo Trisífone.

-No -contestó Homara-. Descansa un poco. Llevas varios días

sin separarte de mí. Debes estar harta. Queríais recuperar las partidas de cartas ¿no? Pues hacerlo esta tarde. Me encuentro mucho mejor -aprovechó a decir-. Aquí la espero.

Después de comer, Homara pidió a Herminia que acompañara a Andrea hasta su cuarto cuando llegara. Quería que alguien más estuviera presente cuando viniera a buscarla. No estaba segura de que Trisífone fuera a permitir que hablara con Andrea a solas y de ese modo iba a ser más difícil que le impidiera dar el paseo. Homara estaba nerviosa. Llevaba dos días comiendo sólo fruta y pan tostado porque si Trisífone estaba envenenando a su hermano también podía envenenarla a ella. Era difícil que lo hiciera porque se había resistido a beber el agua, el té y el café que le subía su hermana y se mantenía con la que tomaba por la noche cuando a oscuras se levantaba a beber del lavabo del baño o la que directamente le subía Herminia.

Bajaron las escaleras acompañadas por Herminia y una vez en el jardín se adentraron solas en el sendero de los dioses. Andrea sentía que el brazo de la anciana la apretaba con demasiada fuerza.

-¿Por qué me agarra de ese modo? No voy a dejarla caer. No se preocupe.

-¿Quién es usted? -preguntó Homara sin girar su cabeza, sin dejar de caminar.

-Ya sabe quien soy -contestó Andrea.

-¿Conoce la tragedia de Edipo en Colono?

-Sí, claro -contestó Andrea sorprendida. Era una de las tragedias más misteriosas que había leído.

-¿No se ha dado cuenta de que nadie habla de Edipo en Colono? La historia que todo el mundo conoce es Edipo Rey, en la que se cuenta que descifró el enigma de la esfinge, le nombraron rey de Tebas, se casó con su madre, descubrió que había matado a su padre y después se sacó los ojos... Pero nadie se acuerda que después de eso, Edipo se retiró y se fue a Colono a pasar su vejez. Ese tiempo que Edipo vivió en Colono era ya tiempo mortal, tiempo humano. Después de ser héroe y rey, salió del tiempo sagrado de lo heroico y regresó al mundo. Lo hizo ciego y consciente de que ya estaba fuera de ese estado de ser que podríamos llamar mítico, en el que es posible modificar el futuro. Ya no sería su vida, sino su muerte la que tendría sentido, la que significaría algo. Pues bien, yo, como Edipo, estoy fuera de ese tiempo, pero puedo ver que usted está dentro y como el propio Edipo tengo cierta habilidad para reconocer a una esfinge cuando la tengo delante. Le he hecho una pregunta y no me ha contestado pero ahora que puedo "sentirla" creo que la pregunta correcta no es ¿Quién es usted? Sino ¿quién cree que es?

-Me temo que tampoco puedo contestar a ésa -respondió Andrea, pensando en la carta que acababa de leerle Sor Agnes-. Lo único que sé es quién quiero llegar a ser.

-Sí, eso es precisamente lo que la define. Pero lo crea o no... Usted ya es.

Andrea la miró.

-Hágame caso. Soy vieja y veo cosas que están escondidas. Quizá no con la claridad ni todo lo a tiempo que quisiera, pero sé que no me equivoco. Trisífone está envenenando a mi hermano -dijo entonces bajando la voz.

Andrea se detuvo y la miró con vacilación.

-Siga caminando. Está acabando con él poco a poco y no sé cuánto tardará en hacerlo conmigo. Ares la está ayudando. Debe estar a punto de llegar. Por eso necesitaba hablar con usted... Es un chico peligroso, no puedo negarlo, pero está tan confundido. En el fondo le gustaría poder cambiar, pero está atrapado por el hechizo de mi hermana. Puede que sea hijo de Constanza y Francesco pero en realidad pertenece a Trisífone. Él es sólo el brazo ejecutor de una mente enferma. Si pudiera llegar a él...

-¿Sabe donde guarda Trisífone el veneno?

-En su cuarto o en el de Ares. Si Francesco muere, Ares heredaría todo. Y ella controla a Ares. Es un milagro que haya venido usted hoy -se interrumpió-. Yo no sabía qué hacer. Trisífone no se separa de mí. Todos creen que no soy más que una vieja loca que dice ver cosas, pero Trisífone es una bruja real. ¿Usted me cree, verdad?

-Sí -contestó Andrea.

-Sí, claro que sí. Sabía que vendría -dijo entonces con cuidado, como si dudara en contarle su indiscreción-. No pensaba decirle esto pero... He escuchado la conversación que ha tenido con la madre superiora.

-¿Qué?

-Le pedí a Herminia que me avisara cuando usted viniera a la casa. Sé que su madre ha muerto y sé que no significa demasiado para usted, pero le dije que se lo comunicara en cuanto la viera. No me parece que sea muy cristiano negarle eso, ni siquiera en estas circunstancias. Subió a avisarme cuando la dejó a usted en la cocina y escuché por el teléfono de mi cuarto. Siento haber sido tan cotilla pero tenía una corazonada acerca de usted. Ya no tengo dudas.- dijo apretando su brazo.

-¿Corazonada, qué corazonada?

-Sobre quién es... No creo que su madre estuviera loca, no como usted cree.

-Se equivoca. Mi madre estaba loca.

-Sí, puede que lo estuviera, pero según su padre enloqueció a partir del momento en que la concibió a usted. ¿No es cierto? Es lo que ha dicho su padre. ¿Y qué quería decir con "al ver su cuerpo"? ¿Qué le produjo tanto miedo?

Andrea trató de soltarse de su brazo, pero Homara se lo impidió. Su arrugada cara adquirió una rigidez terrorífica. Sus ojos viscosos estaban cargados de emoción contenida, como si estuvieran observando algo extraordinario.

-Usted sabe cuáles son las leyes inapelables que gobiernan el mundo de los santos y de los héroes. Francesco dice que lleva usted años estudiando y aprendiendo sobre ellos. No creo que sea casualidad. Creo que usted misma quiere descubrir algo que se escapa a su entendimiento.

-*Todo* se escapa a mi entendimiento.- contestó Andrea.

-Puedo verla perfectamente. Lleva años devorando todas esas lecturas ávidamente, tratando de encontrar en ellas una respuesta a su propia naturaleza. Tiene respuestas para los demás, teorías para todos esos héroes que han muerto hace siglos. Pero apuesto a que usted sigue siendo el mayor enigma. El mayor misterio no está en los libros, querida, sino en usted. Hay algo en usted... No sé qué es... -dijo, agarrando su brazo con fuerza, manoseándolo como si tratara de leer braille en él-. Veo muerte en usted, pero no es una muerte triste sino triunfal. En usted la muerte es victoria.

-Suélteme.

-Creo haber entendido lo que Sor Agnes trataba de decirla y quisiera pedirla que tuviera compasión. Sólo esta vez.

Andrea la miró en silencio.

-Sé que no es casualidad que esté aquí en estos momentos... Sé que mi familia está en peligro porque usted no dudará en hacer lo que tenga que hacer cuando llegue el momento, lo sé, pero... Le pediría que tratara de pensar como lo haríamos cualquiera de nosotros. Que cediera en su inmutabilidad y tratara de comprender.

-No sé de qué está hablando -contestó Andrea.

-No, ni yo misma lo sé. Es sólo que a veces puedo ver lo que está por pasar, lo que está escondido, pero no sé por qué no lo veo con más claridad... ayudaría tanto... no sé por qué es todo tan confuso...

Andrea sabía la respuesta.

-Porque no es una dirección sino una sugerencia -dijo escuetamente-. Somos nosotros los que tenemos que escoger.

-Usted lo sabe. ¿Verdad?

Andrea no contestó.

-Sólo prométame que pensará en ello cuando llegue el momento...

-dijo, palmeándole el brazo, dándose cuenta de que no iba a conseguir hacerla hablar-. Sé que esto le va a resultar odioso de escuchar pero piense que Ares no posee una inteligencia como la suya, que ha sido manipulado desde que nació, y que a pesar de sus actos, de ser tan arrogante y de hacer tanto mal, es sólo un ser necesitado de cariño, de atención, sin una idea clara de su identidad.

-Nadie le ha obligado a matar o a golpear a un hombre indefenso.

-Sí, tiene usted razón, pero verá, usted lo sabe también, las cosas son siempre más complicadas de lo que parecen. Es cierto que a simple vista él es el causante de todos los males pero...-dijo con voz suplicante.

-Dejaremos la visita a la capilla para otro día si no le importa.

-Sí, será mejor. Pero...-insistió Homara-. Hable con Ares. Él es quien puede acabar con todo esto. Y verá usted, estoy segura de que si mi hermano pudiera recuperar a su hijo recuperaría la ilusión. Trisífone se lo arrebató hace años, como venganza.

-¿Venganza?

-Francesco mató a nuestro padre. Todo quedó como un accidente de caza y nadie pudo demostrar nada. Mi padre era un asesino, un hombre ambicioso y cruel que estuvo a punto de cometer una atrocidad enorme-. Andrea recordó las frases en latín que había encontrado en los libros antiguos-. Francesco le detuvo, pero aliado con nuestro padre estaba el marido de Trisífone, un hombre igual de peligroso. A condición de no delatarle, Francesco le obligó a marcharse, a desaparecer y dejar tras de sí su dinero y su posición. Trisífone no se lo perdonó nunca a Francesco. Ha sido su misión en la vida arrebatarle lo que ama. Primero a su hijo y a través de él ha ido minando su seguridad en sus ideales y en su trabajo. Ha esperado pacientemente y ahora está todo preparado para arrebatarle a su familia, su prestigio, su legado, todo. Lo quiere débil y enfermo, incapaz de defenderse. No me extrañaría que si se viera acorralada incluso estuviera dispuesta a delatar a Ares para quitar a su hermano su reputación, para involucrarle en la desaparición de Medioli... Ares debe estar a punto de llegar. He oído que hablaban esta mañana -dijo con el aliento entrecortado, temblando de satisfacción-. No subestime a mi hermana. A simple vista es una anciana pero tiene la mente incendiada, llena de odio y rencor. Está realmente loca. Tiene usted que hablar con mi hermano.

-Ya lo he intentado. No quiere saber nada de mí.

-Depender de los demás nos hace cobardes. Se lo ruego, no sea dura con él. Por primera vez en su vida se siente viejo y cansado. Le entiendo tan bien...

XXVI

EL JINETE

Cuando abrió el cuarto sello, oí la voz del cuarto ser viviente,
que decía: Ven y mira. Miré y he aquí un caballo pálido,
y el que lo montaba tenía por nombre Muerte, y el Hades le seguía;
y le fue dada potestad sobre la cuarta parte de la tierra,
para matar con espada, con hambre,
con mortandad y con las fieras de la tierra.
Apocalipsis. 6:7

Andrea dejó a Homara en la casa y fue hacia la entrada de la finca
para encontrarse con Ares. Cuando alcanzó la puerta oteó el
camino que subía hasta la casa y descendió por él hasta encontrarse lo
suficientemente lejos de la entrada. Se apostó en una curva desde la que
podía ver el ascenso y aguardó sentada en una piedra. Media hora más
tarde el Ferrari rojo de Ares apareció remontando el camino. Andrea
se colocó en el centro de la carretera como si viniera dando un paseo y
cuando tuvo delante el coche, en vez de apartarse se detuvo y sonrió.
Ares nunca la había visto sonreír y aunque sus recelos eran mayores que
su fascinación, detuvo el coche. Andrea se acercó y entró por la puerta
del pasajero.

-Es un camino largo hasta la casa. ¿No te importa llevarme verdad?
-dijo, acomodándose en el asiento.

Ares se quedó sorprendido, sin saber cómo interpretar aquella
sonrisa. Había estado bebiendo y estaba excitado y lleno de valor.
Sólo cuando estaba borracho se olvidaba del desprecio que sentía
por sí mismo. Era una persona distinta, sin remordimientos, llena de
seguridad.

-Se supone que somos enemigos -dijo bobamente, mirando a
Andrea con cierta esperanza. Por un momento llegó a pensar que sus

fantasías no eran una locura, que le gustaba. ¿Por qué no? Era guapo y rico. Era el hijo de Visconti y tenía… Andrea sacó el revólver y se lo apoyó en la cabeza.

-Conduce.

La sonrisa se borró de su cara y sus propios pensamientos le hicieron enrojecer de vergüenza.

-¿Dónde? -preguntó aturdido.

-Más allá de la casa. Por el bosque.

-No puedo meter el coche por el bosque estropearé los bajos y…

-Sí que puedes -dijo Andrea, empujando el revólver contra su sien.

-Maldita seas. ¡Maldita seas! -gritó con rabia golpeando el volante con las manos-. En qué hora se le habrá ocurrido a mi padre invitarte a esta casa.

Andrea no le prestó atención. Tenía muy claro lo que iba a hacer y nada de lo que pudiera decir iba a hacerla cambiar de opinión. Cuando casi dos kilómetros más allá de los lindes de la casa el camino se terminó, el sendero se hizo más abrupto y empinado. Después de conducir apenas veinte metros, los árboles les impidieron el paso.

-Baja del coche -dijo Andrea.

-¿Qué vas a hacer? -preguntó Ares, mirando alrededor, asustado por primera vez. Se le ocurrió que quizá su tía Homara tenía razón y Andrea era peligrosa. Ares nunca había contradicho su teoría pero él tenía otra que no se atrevía a compartir con nadie porque se suponía que aquella chica era un peligro para él y tenía su destino en sus manos.

-Camina hacia arriba. Delante de mí -dijo Andrea, señalando con el revólver hacia el bosque.

-¿Vas a matarme? -preguntó sin mirar hacia atrás.

-Es muy posible -contestó Andrea.

-A mi padre le destrozaría... -dijo rápidamente-. Sé que tú no quieres hacer daño a mi padre, que quieres ayudarle-. El alcohol corría chispeante por sus venas. Sentía la cabeza ligera y las piernas le pesaban como si fueran de lodo.

-Pero que estúpido eres -murmuró Andrea casi para sí misma.

-No me llames estúpido -dijo girándose y apuntando el dedo índice amenazante.

-Sigue caminado -contestó Andrea.

-Vas a matarme -dijo convencido-. Si no, no me habrías traído hasta aquí- señaló con la voz gastada-. ¿De dónde has sacado ese revólver? ¿Se lo has robado a mi padre?

-No, no se lo he robado a tu padre. Es mío.

-¿Has venido a nuestra casa con un arma?

-Sí. Párate aquí -dijo Andrea, mirando alrededor.

Ares se detuvo y se giró despacio.

-Si me matas todos sabrán que has sido tú.

-¿Dónde escondes el veneno? -preguntó Andrea.

-¿Qué?

-El veneno que estáis dando a tu padre. ¿Quién lo tiene?

-Sí que estás loca -dijo sorprendido con media sonrisa.

Andrea le asestó un golpe con el revólver en la cabeza y Ares se desplomó sin sentido en el suelo. Cuando lo recuperó estaba atado de pies y manos. Andrea estaba sentada en una piedra junto a un árbol mirando el bosque con un gesto de relajada concentración. Tenía las rodillas dobladas y los brazos rectos apoyados sobre ellas. Sujetaba el revólver con la mano izquierda. Es zurda, pensó Ares absurdamente. Al ver que se movía, Andrea se acercó y le miró desde arriba.

-¿Dónde está el veneno? -volvió a preguntar en tono relajado, casi amable. Ares supo que no debía creer que aquel tono significaba algo, simplemente ese era su estilo. Trató de moverse y sintió un dolor punzante en la cabeza. Andrea le ayudó a incorporarse. Apoyó la espalda contra un árbol. La cabeza le daba vueltas.

-Te mataré -dijo entonces Ares al percibir por primera vez su situación. El efecto eufórico del alcohol había pasado y la rabia y de nuevo la vergüenza volvían a asaltarle. No iba a permitir que aquella chica le pusiera en ridículo otra vez-. Pero antes les diré a mis amigos que te violen uno por uno. No tienes ni idea de con quién estás tratando.

-No, no la tengo. Dímelo tú -dijo Andrea con calma.

-Te mataremos y nadie te echará de menos porque no tienes a nadie -dijo con rencor.

-Sólo te lo preguntaré una vez más -dijo Andrea.

Ares sintió un escalofrío en la columna. No sabía hasta dónde podía llegar y empezaba a creer que realmente era peligrosa. Vio que Andrea se agachaba y cogía un palo fino del suelo. Le empujó con la bota y Ares rodó boca abajo. Andrea se sentó a horcajadas sobre él cogió una de sus manos e introdujo el palo profundamente entre la uña y la carne. Ares soltó un agónico grito de dolor contra el suelo. La sangre comenzó a brotar de su dedo. Su respiración se agitó. Andrea le aplastó la cabeza contra el suelo. Apenas podía respirar con la cara pegada a la tierra. Trató de levantar la cabeza pero la mano de Andrea, pequeña y delicada, parecía tener una fuerza asombrosa. No entendía, pensó fugazmente, de dónde demonios sacaba esa fuerza. Andrea aflojó la cabeza y Ares cogió aire. Tosió y escupió las hojas y el barro que se le habían pegado a la boca. Andrea cogió de nuevo otro dedo y volvió a clavar entre la carne y la uña el afilado palo. Ares aulló de dolor y Andrea volvió a empujar su cabeza contra la tierra.

-Podemos pasarnos aquí todo el día, toda la noche. No tengo nada más que hacer -dijo con su voz apaciblemente grave.

Ares comenzó a sollozar cuando se convenció de que decía la verdad. ¿Cómo había sido tan estúpido? ¿Por qué le había dejado subir al coche? Necesitaba un trago. ¿Cómo era posible que volviera a encontrarse ante Andrea en esta situación? Se había marchado avergonzado para alejarse de ella y nada más llegar había caído en la trampa. Andrea l o y lo miró desde arriba. Sus ojos se clavaron en los suyos y en un segundo Ares se perdió en su fascinante brillo. Deseó suplicarle que le soltara pero sabía que ella no lo haría hasta que le dijera lo que quería. El dolor era tan insoportable que apenas podía pensar con claridad.

-Ares -dijo Andrea, poniéndose en cuclillas junto a él-, no quiero hacerte daño. Dime dónde escondéis el veneno.

-¿Sabes lo que haré cuando me sueltes? -dijo con la vista nublada de dolor y rabia.

-¿Quién ha dicho que te voy a soltar? Si después de lo que te voy a hacer no me dices nada, que lo dudo, traeré la camisa, la colocaré junto a ti y te disparé -dijo-. Todos creerán que te has suicidado.

-¿Y a quién crees que le importaría? -gritó entonces, quebrado de dolor-. Estoy seguro de que les harías un favor. Incluso a mí me harías un favor. ¡Hazlo!

Andrea le miró a los ojos y el sufrimiento que le traspasaba franqueó su propia conciencia. Había un grito de desesperación atrapado en aquel carácter odioso que suplicaba ayuda. Había una necesidad torturada de escapar de sí mismo. Era como un condenado en el infierno. Un infierno donde nadie podía entrar, donde por mucho que gritara nadie escuchaba sus aullidos. Andrea percibió el horror de aquella existencia, llena de horas, de días y meses sin esperanza, sumidos en un caos total y absoluto del que no había escapatoria. Andrea nunca había imaginado que se pudiera vivir en semejante abismo. Ares acababa de tocar fondo. Estaba expuesto en toda su vulnerabilidad y entonces entendió lo que Homara le había dicho sobre él. Era arrogante y altivo, violento y cruel, había asesinado a un hombre y sin embargo, ¿Quién estaba detrás de aquellos actos, de aquel carácter, de aquel odio? ¿Podía decirse que era dueño de sus odios, de sus prejuicios? Homara tenía razón, lo que a simple vista se mostraba no era la verdad. Andrea se dio cuenta de que Ares era como un revolver. Él era sólo quien escupía la bala, pero la mano que apretaba el gatillo estaba detrás.

Andrea aprovechó aquella ocasión sin dudarlo. Si hubiera una oportunidad de que Visconti recuperara a su hijo, de que Ares pudiera demostrar que podía ser de otra forma... Si ese milagro era posible, ella debía intentarlo.

-Le importaría a todos -respondió entonces con franqueza-. ¿Eres tan estúpido como para no darte cuenta de que el estado en que se encuentra tu padre es por ti? Le has quitado la ilusión, la confianza en sí mismo. Nadie en este mundo tiene el poder que tú tienes sobre él. Nadie podría hacerle más daño del que tú le estás haciendo. ¿No te das cuenta?

Ares se mordió los labios, su rostro enrojeció y sus ojos se humedecieron. Andrea continuó hablando.

-Saber que no ha conseguido darte a ti lo que le ha dado al resto del mundo le hace sentirse inútil. En estos momentos de nada le sirve saber que ha cambiado la vida de millones de personas. Si pudiera te cambiaría por todo lo que posee. ¿Es que es tan difícil de comprender?

-Es demasiado tarde -negó Ares.

-Nunca es demasiado tarde -dijo Andrea-. Si tu padre desea algo es recuperarte, pero tampoco sabe cómo hacerlo. También él cree que es demasiado tarde. Esa incomunicación es la causa de todo. Si no haces algo destrozarás tu vida y la suya.

-¿Qué puedo hacer? Es demasiado tarde- insistió Ares -Está Medioli, el hombre del hospital, el dinero, el partido... No. He cometido demasiados errores. A veces no sé cómo he llegado hasta aquí pero no tiene sentido arrepentirse. ¿De qué serviría mi arrepentimiento? No puedo devolverle la vida a Medioli, no puedo echar marcha atrás...

-No puedes deshacer lo que has hecho, pero puedes cambiar.

-¿Cambiar? -repitió espantado-. No se puede cambiar así como así. La gente no cambia.

-Claro que cambia. Tienes solo veintidós años ¿Dónde has dejado la esperanza por Dios Santo?

-Yo no soy tan idealista como tú o mi padre. Aunque quisiera salir de lo que estoy metido estaría condenado. Uno no escapa de sus errores con tanta facilidad, sobre todo si son errores como los míos.

-Yo te ayudaré -dijo Andrea.

-¿Tú?

-Yo soy la única fuera de tu familia que podría delatarte y no lo he hecho. Sé donde está la camisa y que mataste a Medioli. Lo sé todo. Pero no diré nada si de verdad quieres abandonar todo esto.

-¿Por qué harías eso?

-Por tu padre -contestó Andrea.

Ares la miró sorprendido, tratando de comprender aquella lealtad inconmovible. Su padre la había echado, ni siquiera le hablaba.

-En cierta forma -añadió Andrea-, él también es mi padre.

Se miraron durante un instante y Ares sintió un estremecimiento al contemplar la posibilidad que de pronto se abría ante él. Llevaba años odiándose a sí mismo, queriendo acabar con todo cada vez con más frecuencia. A veces, cuando iba conduciendo borracho deseaba que un camión se cruzara en su camino y lo aplastara, que acabara con aquella demencial existencia que llevaba. Andrea tenía razón. Esta podía ser la última oportunidad que tuviera. Si su padre moría todo estaría perdido para él. Si era cierto que él quería recuperarle, estaría dispuesto, no, dispuesto no, ansioso de abandonar su odio, su altivez, su orgullo... Todo eso le pesaba cada vez más. No sabía cómo había llegado a semejante situación, a convertirse en un ser tan odioso y cobarde. ¡Medioli, por amor de Dios! Él le había regalado un coche de bomberos de juguete unas Navidades, hacía más de quince años. Aquel regalo era uno de los que más le habían gustado. Sin duda era el que recordaba con más cariño porque cuando era pequeño quería ser bombero. Pensaba que debía ser magnífico ser un héroe, salvar gente y que todo el mundo admirara tu valor y tus agallas. Al entregarle el juguete Medioli le había dicho: "Si de verdad lo deseas, algún día serás un héroe". ¿Qué había ocurrido desde entonces?

-Hacía tanto que nadie creía que podía cambiar...-sollozó Ares- que ni siquiera yo mismo lo considero una posibilidad. Eres la primera persona en mucho tiempo... Supongo que todos me han dejado por imposible, yo el primero -dijo amargamente. Se quedó callado unos segundos, mirando el suelo con excesiva concentración.

-Lo creas o no, tu odio y tu fanatismo no te pertenecen del todo. Tu tía te ha envenenado del mismo modo que ahora está envenenando a tu padre. Si no estuviera convencida de ello, puedes creerme, ya estarías muerto.

Al escuchar aquello, Ares sintió un miedo repentino seguido de una tremenda curiosidad. ¿Quién era aquella chica para declarar con semejante naturalidad y sin una pizca de odio que de no ser por su convencimiento él estaría muerto? ¿Se podía matar sin odio? Se preguntó confundido. ¿Se podía matar sin estar encendido de frustración y vergüenza? ¿Qué clase de asesinato era ese? Presentía que ella era capaz de hacerlo, que no estaba hablando figurativamente. Miró el revólver y sintió que en el brillo pulido y vetusto de aquel cañón se escondían más misterios de los que él podía imaginar. Levantó la cabeza y observó el rostro impenetrable de Andrea, su gesto sereno y casi atemporal y tuvo la sensación de que acababa de adivinar algo. Algo que no podía entender ni explicar con palabras, pero que le incitó a confiar en ella.

No pidió a Andrea que le desatara antes de contarle dónde estaba el veneno y cómo lo estaban utilizando. El detalle no pasó desapercibido para ella y lo aceptó como prueba de su compromiso.

-Dentro de unos días el veneno habrá alcanzado una concentración suficiente como para postrarle en cama. Entonces llamarán al médico. El médico es un viejo amigo de Trisífone, es quien le ha proporcionado el veneno. Él prescribirá algún preparado que no hará sino empeorar su salud, mientras, seguirán administrándole veneno sin saberlo y dentro de unas semanas tendrá un fallo cardiaco y... morirá -concluyó con la voz menguada de escucharse decir aquello en voz alta-. Eso, a grandes rasgos, es lo que ocurrirá.

-No- contestó-. No ocurrirá porque tú vas a impedirlo.

-¿Yo?

-Sí. Vas a ir a contarle todo a tu padre ahora mismo -contestó Andrea.

Ares estuvo a punto de echarse a reír pero al mirarla a los ojos supo que no estaba bromeando.

-No puedo presentarme delante de mi padre y contarle que estamos envenenándole.

-¿Por qué?

-Por qué me denunciará a la policía.

-No. No escuchas. Está deseando tener una razón para demostrarte que no te ha abandonado.

-¿Cómo lo sabes?

-¿Por qué crees que no me habla? ¿Por qué crees que me ha echado? -explicó Andrea con paciencia-. Porque le dije que debía denunciarte, que debía mantener intactos sus valores, que eso era lo único realmente importante. El resto ya lo conoces.

-¿Mi padre está de mi parte?

-No, no te confundas. Pero tu padre también necesita una oportunidad, los dos la necesitáis. Recuperarte le daría una nueva vida. Está dispuesto incluso a olvidar lo que has hecho, a traicionar sus ideales por ti -concluyó Andrea.

Sí, Visconti tendría que hacerse hombre para ayudar a su hijo, descender de las alturas que habitaba si quería recuperarlo. ¿No era ese uno de los mayores sacrificios que un padre podía hacer por su hijo? ¿Abandonar el Olimpo, convertirse en mortal y vivir una vida de mortal cerca de unos seres que jamás habrían podido ascender a las cimas que habitaba?

Andrea se arrodilló junto a Ares y le desató sin mediar palabra.

-Cuando lleguemos coge el veneno y ve a hablar con tu padre.

-¿Dónde estarás tú?

-Fuera. Si me necesitas, avísame —dijo, guardándose el trozo de cuerda en el bolsillo-. Acerca de ese médico -preguntó Andrea-. ¿Quién es?

-Es un viejo amigo de mi tía Trisífone.

-¿Por qué haría algo así? ¿Por qué está dispuesto a envenenar a tu padre?

-Por dinero. ¿Por qué sino? -contestó Ares con obviedad.

-¿Cómo lo sabes?

-Trisífone le conoce desde hace muchos años, dice que lo ha hecho más veces… Que podemos confiar en él. Yo le conozco desde que era pequeño.

Andrea no dijo nada. Ayudó a Ares a incorporarse. Cuando se sentó ante el volante Ares sacó de la guantera unos pañuelos y se limpió las manos y la cara. Tenía las uñas amoratadas, su ropa estaba sucia y arrugada y tenía barro y restos de vegetación pegados a su cara y pelo, pero no le dio importancia. Se sentía más limpio que hacía mucho tiempo.

De camino a la casa Ares preguntó:

-¿Cuántas veces has utilizado el revólver que llevas en la espalda? -dijo, tratando de comprender el secreto de su masculina frialdad mental, de su claridad emocional y de aquella falta de compasión hacia sí misma.

-Más de las que me hubiera gustado -contestó Andrea, dándose cuenta del peligro que suponía que Ares conociera la existencia del arma.

XXVII

TIRANÍA

"El hermano entregará a muerte a su hermano y el padre a su hijo.
Se levantarán los hijos contra sus padres y los harán morir.
Y seréis aborrecidos de todos..."
Mateo, 10:21

Paolo entró en el despacho de su padre para hablar con él. Siempre había respetado su opinión y sus decisiones. Sus palabras y sus acciones habían sido para él un modelo a seguir desde que podía recordar. Pero desde hacía dos días no podía dejar de lado la idea de que estaba cometiendo un terrible error al echar a Andrea. No era sólo su interés romántico, su fascinación por ella lo que le movía. Sabía que se estaba cometiendo una injusticia. Y no sólo eso, sospechaba que era una injusticia peligrosa, porque ella estaba de parte de su padre y era la única suficientemente desinteresada y valiente como para decir lo que tenía que ser dicho.

Paolo se sentó frente a su padre con la difícil misión de hacerle entender que trataba de ayudarle. Él, que siempre había creído que su padre no necesitaba la ayuda de nadie y que tenía todas las respuestas.

Comenzó preguntándole por el enrarecido aire que se respiraba en la casa y ya entonces Visconti respondió con evasivas, lo que hizo que Paolo se sintiera herido una vez más. Que el resto de familiares no le aceptara había aprendido a sobrellevarlo, pero que su padre le evitara, que le excluyera de los problemas y secretos de la casa le hacía sentir realmente un bastardo.

Excepto por Ares no tenía una queja concreta acerca del resto. No le recriminaban nada, ¿quién podía culparle a él de que Visconti y su madre se hubieran conocido? Pero entendía que su presencia ponía de manifiesto la existencia de un desacuerdo pasado entre Visconti y Constanza, de un alejamiento que, con él en la casa, era imposible olvidar.

Paolo había sido concebido en un momento difícil para Visconti. A pesar de estar enamorado de Constanza había cuestiones que Visconti no llegaba a aceptar en la mujer que amaba. Eran diferencias que los separaban irremediablemente pero que ambos tuvieron que esforzarse en limar cuando decidieron que el amor que sentían el uno hacia el otro era más fuerte. Uno de los puntos en los que estaban en desacuerdo era la cuestión de los hijos. Visconti no deseaba tener hijos y Constanza, que hasta ese momento había aceptado la idea como irrebatible, había comenzado a hacerse consciente de su edad y a asumir que estaba alcanzando un punto sin retorno. Aquel tema les llevo a replantearse su matrimonio y se separaron durante un tiempo. Visconti, un escritor que ya poseía una reputación y un nombre en el mundo universitario y literario, conoció a Fosca durante la presentación de uno de sus libros. La relación no duró mucho porque Fosca era una mujer desequilibrada y frágil que conseguía ocultar su inestabilidad tras el efecto que producía su asombrosa belleza y su descomunal sensualidad, pero la relación fue lo suficientemente apasionada como para comprometer a Visconti. Cuando Constanza le llamó tres meses después de su separación para decirle que estaba embarazada de Ares, Visconti regresó a su lado. Un mes después Fosca le llamó para decirle que también estaba embarazada. Visconti no se lo ocultó a Constanza y durante dos años se hizo cargo de ellos y visitó a su hijo regularmente. Pero desde el momento en que Visconti la abandonó, Fosca comenzó a beber y tomar pastillas. Su frágil estado de nervios empeoró cuando se vio sola con un niño.

Un domingo lluvioso y solitario como tantos otros, Fosca se tomó una caja de somníferos con una botella de Grappa. Durante cuatro días Paolo permaneció solo en la casa junto al cadáver de su madre. Visconti se presentó en la casa el jueves como de costumbre, para pasar el día con ellos y encontró a Paolo junto su cama, deshidratado, débil y extenuado de tanto llorar.

Cuando Paolo fue introducido en la casa, era un niño de dos años sin nadie más que su padre y ni siquiera Constanza se atrevió a rechazarlo. A pesar de todo Paolo sabía que nunca sería aceptado en la familia. Ares se encargaba de recordarle cada día que era el hijo de una alcohólica que no había tenido reparos en abandonarle a su suerte y que estaba allí gracias a la caridad de su madre. Pero todo eso no eran más que anécdotas porque quien realmente le importaba era su padre. Él era la única persona que consideraba familia y dependía de su cariño y atención como un perro depende del amor de su dueño.

Paolo reclamaba atención acerca de Andrea, cuando lo que en realidad estaba haciendo era exigir que su padre escuchara su opinión, que le tuviera en cuenta. Pero Visconti estaba confundido y enfermo y por primera vez en su vida era incapaz de reconocer que estaba equivocado. Quizá porque era la primera vez que era consciente de sus debilidades y sospechaba que su seguridad y fortaleza no regresarían, del mismo modo que no lo harían ni la juventud ni la vitalidad. Todo lo que le exigiera valor o requiriera imponerse ante Constanza le parecía en esos momentos una tarea imposible. El veneno que Trisífone le estaba dando había comenzado a hacer efecto y se sentía débil e irritable, confundido y destemplado.

Cuando Paolo se sentó frente a él para, desde su punto de vista, exigirle explicaciones acerca de su comportamiento, su reacción fue sacar la zarpa y herir a su cachorro sin miramientos para imponer de forma torpe una hegemonía que ya no poseía.

-No tengo por qué darte explicaciones -respondió Visconti con malhumor.

-¿Por qué? -preguntó Paolo-. ¿Sólo soy un invitado?

-No digas tonterías. Simplemente no tengo obligación de responder a tus preguntas.

-No, no tienes ninguna obligación pero no estaría de más que por una vez me hicieras sentir que pertenezco a esta familia -le recriminó Paolo-. Nunca me cuentas nada, me mantienes apartado como si fuera un extraño del que no estás seguro si puedes fiarte.

-Simplemente trato de mantenerte alejado de las cosas desagradables… Deberías agradecérmelo en vez de echármelo en cara.

-Quiero participar de las cosas que te afectan -dijo Paolo-, quiero saber qué te ocurre y si puedo ayudarte.

-No puedes. Son cosas que no te incumben.

-Si están relacionadas contigo me incumben más que cualquier otra cosa.

-Son líos de familia que no tienes por qué saber.

Líos de familia. Una familia a la que él no pertenecía. Pero él era su hijo. Hizo un esfuerzo para pasar por alto aquel comentario. Quería que supiera que él estaba allí. Que su familia no se reducía a aquellos seres exigentes y problemáticos.

-Papá, te encuentro cansado y tienes mal aspecto. Entiendo que no te fíes de que yo te examine ¿Por qué no vienes conmigo al hospital para que te hagan un reconocimiento?

-Estoy perfectamente -contestó Visconti, atribuyendo el cansancio y malhumor a sus preocupaciones. En esos momentos tenía demasiadas cosas en la cabeza como para tener que cuidar además de los sentimientos de Paolo. No podía tolerar que también él cuestionara sus decisiones. Sólo le faltaba eso, pensó malhumorado-. Sólo te lo diré una vez más -dijo con menos crueldad de la que percibió Paolo-. No te metas en lo que no te importa. Lo que menos necesito en estos momentos es un hijo entrometido. Vete a Roma hasta que todo esté solucionado. Aquí no pintas nada.

El momento que tanto había temido desde niño había llegado. "Aquí no pintas nada" se repitió Paolo con un nudo en la garganta. Nunca se había atrevido a poner a su padre en una situación semejante, porque en el fondo sospechaba que si le hacía escoger entre su familia y él, escogería su familia. Por eso siempre había tratado de portarse bien, de no dar problemas. Estaba en esa casa gracias a la generosidad de Constanza y no podía engañarse. Ellos siempre ganarían. Ellos siempre serían su familia y él tendría que conformarse con haber sido aceptado, con ser tolerado.

Paolo se levantó con el nudo que le atenazaba la garganta a punto de salírsele por la boca y miró a su padre con lo que podría haber sido odio, si no hubiera estado tan lleno de necesidad y veneración.

-Ya sé que no soy nada para ti. Siempre lo he sabido -dijo muy bajo, tratando de que las lágrimas no le traicionaran-. Me gustaría que te preocuparas por mi sólo una décima parte de lo que lo haces por ellos. Pero es imposible. Nunca me he atrevido a hacer nada que pudiera molestarte por miedo a que me echaras de tu vida. ¿Y de qué ha servido? Jamás he estado realmente en ella. Quédate con tu familia. Me marcho -dijo con toda la dignidad que pudo pero esperando en lo más recóndito de su ser que su padre se levantara, le pidiera perdón y le abrazara.

Pero Visconti no hizo tal cosa. En lugar de pronunciar unas palabras para confortarlo, giró su silla y le dio la espalda sin decir nada. El veneno estaba haciendo mella en su entendimiento, en su juicio y en sus fuerzas y sólo deseaba que aquel muchacho desapareciera de su vista. Ya hablaría con él más adelante, cuando todo estuviera solucionado. No podía luchar en tantos frentes a la vez.

Paolo apretó los labios y salió del despacho sintiendo un calor intenso en el pecho. Entró en su habitación metió unas cuantas cosas en su maleta, se montó en el coche y salió de la casa. Sólo unos minutos antes de que Ares y Andrea regresaran del bosque.

Cuando Ares llegó del bosque con Andrea no fue directamente al cuarto de su tía. Primero se dio una ducha y se puso ropa limpia. Se curó las uñas, se miró al espejo y respiró hondo. Iba a romper con su maestra, con quien le había ayudado a crearse a sí mismo, y no podía hacerlo llevando visibles las marcas de su encuentro con Andrea. Tenía que aparentar que aquella decisión la había tomado por sí mismo. Si su tía sospechaba que Andrea había tenido algo que ver en su cambio lo utilizaría en contra suya. Sabía exactamente lo que diría, porque ella le conocía bien, mejor que nadie. Sus palabras habían sido el alimento del que sacaba consuelo ante su necesidad de reafirmar y justificar su carácter. Ella era la voz que le recordaba no sólo quién era, sino quién podía llegar a ser. Pero tenía que decirle que ya no estaba seguro de querer seguir siendo de ese modo. Quería cambiar y esa era la oportunidad perfecta. Antes de que las cosas fueran más lejos, antes de que su padre enfermara y muriera y ya no pudiera dar marcha atrás a su destino. Aún tenía una posibilidad.

Trisífone estaba sentada en la terraza, cosiendo. Nada más ver la cara de Ares supo que tenían problemas.

-Tenemos que hablar -dijo Ares en voz baja.

Entraron en su cuarto y cerraron las contraventanas. La luz se desvaneció y ambos quedaron envueltos por una lúgubre e incómoda oscuridad.

Durante varios minutos, casi susurrando desde las sombras, Trisífone puso en juego todas las armas que conocía, todos los mecanismos y palabras que hacían que Ares actuara como un autómata, según sus deseos. Le habló como sólo ella sabía hacerlo acerca de quién era y lo que merecía. Acerca de sus posibilidades, de lo que le esperaba si su plan triunfaba. Le dijo que no podía rendirse cuando ya estaban a punto de conseguir sus sueños. Le instó a pensar en sí mismo como dueño de una gran fortuna, sin su padre recordándole a todas horas que no estaba a su altura. Le hizo imaginar los años venideros, llenos de poder y recompensas. Trisífone no era tonta. Les había visto llegar juntos en el coche y no hacía falta imaginar a quien se debía aquel cambio. Pero no podía permitir que una extraña, alguien que no le conocía en absoluto, le dijera qué era mejor para él. Sólo ella se había preocupado toda su vida de lo que necesitaba, de lo que merecía. Todo lo que hacía, lo hacía por él. Era difícil, sí, pero lo que verdaderamente merecía la pena requería sacrificios, trabajar duro. ¿Creía que era tan sencillo cambiar? Le preguntó ¿Si no era él mismo, quien iba a ser? ¿Qué creía que podía esperar de su vida a esas alturas? ¿Creía que su padre iba a perdonarle? No. Iría a la cárcel, pasaría su vida en prisión. Una vida perdida. Su vida.

Al escuchar las palabras de Trisífone, con su tono envolvente y sus mensajes irresistibles, Ares sintió nauseas en el fondo del estómago. Todo le daba vueltas. ¿Por qué la idea de Andrea le había parecido durante unos minutos tan posible? Su tía tenía razón ¿cómo iba a cambiar? Él era él y no podía ser otra cosa. Estaba destinado a ser así. ¿Acaso estaba dispuesto a realizar el esfuerzo que suponía ser otra persona? ¿Qué persona?

Ares abrió las puertas de la terraza y salió a tomar aire. Se apoyó en la barandilla, oprimido por una confusión que no le dejaba respirar. Si Ares hubiera vuelto la cabeza en ese momento habría visto a su tía estrangulado su trapo de costura entre sus nervudos dedos en lo que era un esfuerzo inhumano por contener la rabia que la consumía.

Hubo un silencio entre ellos y en ese momento escucharon el timbre del teléfono. Unos segundos después la voz de Herminia, estremecida y sofocada, subió desde el recibidor. Entró en el cuarto de Homara con los ojos llenos de lágrimas y Ares escuchó con estupor sus palabras.

-Paolo ha tenido un accidente a la salida del pueblo. Se lo acaban de llevar a Roma en ambulancia.

Ares se giró y vio la cara de Trisífone, que permanecía en el cuarto, oscurecida por las sombras, mirándole con complicidad. Cientos de veces le había repetido que Paolo era un intruso, que si su padre moría tendría que compartir su fortuna con él, que no podía dejar que un bastardo le robara lo que le pertenecía. Trisífone sonreía desde las sombras y Ares tuvo un acceso de pánico. Estaban a punto de lograr sus propósitos y Paolo era un obstáculo más. Ares se restregó la cara con las manos, como si quisiera despertar de una pesadilla. Todo le daba vueltas.

-Estás a salvo mi niño -dijo entonces Trisífone con un arrullo espeluznante.

Ares negó con la cabeza y salió tambaleándose del cuarto. Trisífone quiso detenerle, pero él la arrojó de su lado con horror, como si se estuviera quitando de encima una sanguijuela. La mujer se encendió de ira y le siguió hasta el rellano en silencio. Ares descendió las escaleras corriendo, salió al jardín y vio a Andrea sentada junto al sendero de los dioses. La miró un segundo con los ojos brillantes y antes de que Andrea pudiera hacer nada se subió en su coche y desapareció.

En la casa, Fedra, que en ese momento regresaba del cuarto de Constanza, lo hacía con la boca cubierta bajo sus estilizadas manos y los ojos llorosos. Miró a su madre con una interrogación pero Trisífone sólo le respondió haciendo un gesto para que se fuera con ellos a Roma. Ya había planeado lo que iba a hacer. Sin mediar palabra Fedra entró sumisa a cambiarse de zapatos a su cuarto y bajó las escaleras corriendo.

Andrea avanzó desde el sendero de los dioses hasta el rellano de grava. Vio salir a Fedra a toda prisa, abrochándose la chaqueta. Se acercó a ella y sin que preguntara nada Fedra dijo:

-Paolo ha tenido un accidente. Nos vamos a Roma.

Un par de minutos después Visconti y Constanza salieron vestidos de sus habitaciones y descendieron a toda prisa la escalera. Trisífone les acompañó hasta la entrada.

Andrea vio el rostro desencajado de Visconti, pálido y sudoroso mientras se metía en el coche. Visconti se detuvo, le lanzó una mirada llena de ira y amenazándola con el dedo dijo a voces:

-No se le ocurra entrar en mi casa. ¡Márchese de una vez! ¡Maldita sea!

Andrea no dijo nada. Retrocedió de nuevo hasta el sendero de los dioses mientras el coche desaparecía por el camino de grava.

Cuando se hubieron marchado Andrea volvió a mirar hacia la casa y vio que Trisífone la observaba desde la puerta con un gesto de aborrecimiento. Imaginó que Ares había tenido tiempo de hablar con ella, pero era evidente que no había tenido tiempo de hacerlo con su padre. Andrea sostuvo la mirada de Trisífone y supo que al menos había logrado su propósito: Ares se había alejado de ella. Entonces intuyó lo que iba a ocurrir. En la casa sólo se habían quedado Herminia, Homara, Trisífone y ella. Andrea se dio media vuelta y se encaminó a la capilla.

XXVIII

LA BELLA DURMIENTE

El hombre que se impone la tarea de reconocer
el hilo conductor del orden de entre el tapiz
habrá asumido por esa sola decisión la responsabilidad del mundo
y es sólo mediante esa asunción que producirá
el modo de dictar los términos de su propio destino.
Cormac McCarthy
Meridiano de sangre

Andrea entró en la capilla, cogió la espátula y subió al último piso a continuar con los arreglos. Era posible que no le quedaran más de un par de días en la casa pero arreglar la capilla era una tarea que se había impuesto y era lo mejor que podía hacer con su tiempo. Salió al estrecho bordillo que rodeaba el piso superior de la iglesia por uno de los ventanales y vio que por el oeste se acercaba un cúmulo de oscuras nubes que presagiaban tormenta. Se arremangó y empuñando la espátula comenzó a raspar la pared exterior mientras se cuidaba de no resbalar.

Media hora después se detuvo a tomar un respiro. Levantó la cabeza, se pasó el antebrazo por la frente y vio que las nubes estaban casi a punto de engullir el sol. Entonces recibió un fogonazo de luz que la cegó durante unos instantes. El resplandor llegaba desde una de las ventanas del castillo. Se cubrió los ojos con la mano y pudo distinguir una silueta. La figura apuntó de nuevo directamente a sus ojos, sosteniendo el resplandor unos segundos. Esta vez no era un reflejo fortuito. Soltó la espátula y caminó por el estrecho bordillo hasta la esquina que estaba más cercana al castillo. El resplandor volvió a iluminarla. Pero entonces, las nubes cubrieron definitivamente el sol.

El resplandor cesó y el retumbar profundo de un trueno llenó el aire súbitamente oscurecido. Andrea descendió los escalones de la iglesia y se encaminó a su cita en el castillo.

El bosque olía ya a tormenta. Del suelo se levantaba un intenso olor a verdor. Los árboles se cerraron sobre su cabeza, agitando sus espesas ramas en largas oleadas siseantes, amplios movimientos circulares que asemejaban una marea. Andrea tuvo la sensación de estar caminando bajo el océano. Al llegar al fondo del valle salvó de un salto el riachuelo que separaba las dos pendientes. Sobre su cabeza el cielo se incendió con el primer relámpago de la tormenta y todo desapareció durante un instante bajo una blancura cegadora. Unos segundos después el bosque entero tembló cuando el trueno descargó su furia. Ascendió la pendiente que conducía al castillo con paso firme, entre rocas y arbustos, maleza y troncos cubiertos de musgo. El bosque se interrumpió bruscamente cuando alcanzó la cima del valle. La imponente pendiente de piedra que bordeaba el castillo estaba sumida en una luz grisácea y espesa y una fina niebla rodeaba los muros abandonados, enredándose en las almenas y los torreones. La gigantesca estatua de un demonio marino, escamoso y barbudo, presidía el inmenso y ancestral pórtico. Cruzó la arcada de piedra vigilada por aquel monstruoso ser acuático y escuchó entonces una música misteriosa que provenía del interior del castillo. Se detuvo y aguzó el oído. El sonido llegaba desde una puerta lateral entornada. Avanzó despacio, sin dejar de escudriñar cada rincón y cada ventana por encima de su cabeza. Al asomarse por el hueco oscuro de la puerta vio un interminable tramo de escaleras que descendían hacia la negrura más absoluta. La música sonaba más cerca, más suave y atrayente. Andrea sacó de su bolsillo trasero la pequeña linterna que Visconti le había dado y alumbró sus pasos mientras descendía. Cuando alcanzó el rellano vio ante sí un corredor arqueado que de nuevo se perdía en la distancia. La música llegaba magnificada por el eco, rebotando en las impenetrables paredes de piedra. Caminó por el túnel hasta toparse con una escalera que se hundía aún más en las profundidades y desde la que subía un intenso olor a humedades perpetuas.

La escalera finalizaba frente a una sala de techos altos y abovedados. Al fondo de la sala, dentro de una chimenea oscura, se entreveía una abertura de sólo un metro de altura que daba paso a un oscuro pasadizo. Andrea cruzó la abertura y descendió por una nueva escalera de caracol, estrecha y escurridiza. La música sonaba alta ahí dentro, sus notas se multiplicaban con estridencia sobre las cavernosas paredes y Andrea no pudo escuchar que en un recodo alguien se movía detrás de ella. Al final de la escalera sólo había una pequeña celda. La puerta, de gruesos barrotes enmohecidos estaba abierta. Andrea apuntó su linterna hacia el interior y vio que había alguien arrebujado en el suelo. La música llegaba de un radiocasete junto al bulto. Manteniendo la distancia sacó de su espalda el revólver. Avanzó despacio y apagó la música.

-Trisífone- dijo apuntando al bulto.

A su espalda una sombra se abalanzó sobre ella. Andrea sintió un dolor intenso cerca del cuello, en el trapecio derecho. Se volvió con rapidez y disparó. Trisífone cayó de espaldas sin soltar la jeringuilla que llevaba en la mano. Andrea se tocó la espalda y notó que la aguja y el cabezal se le habían quedado clavados. En el suelo, Trisífone jadeaba con una mueca de sorpresa en su ajado rostro. Andrea le había alcanzado en el hombro y la herida no era mortal. La anciana se apoyó con esfuerzo contra la pared sin dejar de sonreír. Su mirada rebosaba odio y contrariedad.

-Sabía que acudiría a nuestra cita -dijo resoplando mientras hablaba rápida y ahogadamente-. La música… es fascinante ¿verdad? -comenzó a decir. Quería entretener a Andrea y hacer tiempo para que el veneno que le había inyectado hiciera efecto-. Es de la bella durmiente… Síííííííí. ¿Ha visto la película? -preguntó con el rostro convertido en una máscara terrorífica-. ¡Ah!... Se me olvidaba que no ha tenido una niñez como todo el mundo. Es la historia… la historia de una princesa que vive retirada del mundo en una cabaña en el bosque. Sus padres la entregaron a unas hadas para protegerla… porque una bruja había lanzado un maleficio cuando nació… Ella no sabe quién es, no sabe que es hija de reyes… y crece aislada del mundo sin sospechar nada. Cuando las hadas creen que la maldición ha caducado la envían de vuelta al mundo. Pero Aurora, así se llama la princesa, acude a la llamada que le hace Maléfica… entra en el pasadizo del castillo y se pincha con una rueca, que por supuesto representa su destino ineludible, y muere -dijo Trisífone, mostrando la jeringuilla-. Sí… yo también escuché la conversación que tuvo con Sor Agnes.

-No muere -contestó Andrea sintiendo una nausea invadiéndole el estómago-. Sólo se queda dormida.

-¿Así es que conoce la historia? ¿Las monjas le leían cuentos en el convento? Quizá le interese saber que lo que acabo de inyectarla es un veneno mortal. Le quedan apenas veinte minutos de vida. Así es que sea buena chica y dígame por favor dónde está la camisa.

Andrea no respondió. Se acercó unos pasos y la apuntó de nuevo con el revólver.

-¡Ah, sí! Qué contratiempo -dijo Trisífone-. No contaba con que tuviera usted un arma… Pero aún así, no tiene escapatoria… Puede matarme pero usted ya está muerta -reiteró con odio-. Ninguna saldremos con vida de este lugar -dijo apretando los dientes-. Nadie habita este castillo desde hace más de cincuenta años. He cerrado la entrada secreta que conduce a esta cámara, sólo yo conozco su existencia y tengo la única llave -dijo, sosteniéndola entre sus dedos temblorosos-. Nadie nos encontrará jamás. Parecerá que nos ha robado y ha huido con nuestras joyas -dijo apuntando al bulto de la celda. Andrea se dio entonces cuenta de que toda aquella conversación no era más que una forma de entretenerla para que el veneno hiciera efecto y no tuviera fuerzas para salir de allí-. Va a morir. ¿No le gustaría hacerlo con una buena acción?

-Sí -contestó Andrea-. ¿Qué mejor que una buena acción antes de morir?

Hizo retroceder el martillo del revólver con su dedo pulgar, apuntó directamente al pecho de la anciana y apretó el gatillo. Trisífone lanzó un grito lleno de rabia al sentir el impacto de la bala atravesar su corazón. Miró a Andrea con una mezcla de miedo y odio y después de un espasmo su cuerpo se relajó.

El ruido sordo del disparo quedó suspendido durante unos segundos en el aire. Andrea cerró los ojos y respiró hondo mientras el intenso calor que sentía en los omoplatos se desvanecía para dejar paso a un dolor punzante bajo su cuello. Se arrancó la aguja y la tiró al suelo. Recogió el manojo de llaves y ascendió por la escalera agarrándose a la pared hasta la entrada del pasadizo. Allí se colocó la linterna en la boca y con las manos temblorosas buscó la cerradura. La pared se abombaba y retraía bajo sus manos, las sombras se agrandaban sobre su cabeza. No iba a morir allí dentro, se dijo. Un calambre le atizó la espalda y el dolor la obligó a encorvarse. La linterna cayó al suelo y parpadeó unos instantes amenazando con apagarse. Andrea suplicó en silencio. Sintió un frío afilado cristalizando sus músculos. En sus entrañas, un calor intenso invadía su estómago subiéndole hasta la nuca. Apenas podía sujetar las llaves, las manos le temblaban y sus ojos parecían exudar una sustancia grasienta y ardiente.

Entonces, en un extremo de la pared, palpó la esquina de una piedra redondeada, pulida y uniforme. Allí estaba la cerradura. Se restregó la frente con el antebrazo y comenzó a probar la rueda de llaves una por una. El cuarto intento entró en la cerradura y con un clic algo cedió en el mecanismo. La piedra se retiró unos centímetros. Andrea empujó la pared y salió por la abertura de la chimenea por la que había entrado. Volvió a cerrar la entrada y un ruido seco, como si se hiciera el vacío resonó en las abovedadas paredes de piedra.

La oscuridad que la rodeaba temblaba con su respiración. El frío comenzó a congelar su cuerpo. Sentía una presión en el pecho, como si sus pulmones se hubieran cerrado y se negaran a tomar más aire. Alumbró las escaleras que tenía delante y el ascenso le pareció una tarea imposible. Apenas veía. Alumbró su mano derecha y vio que sus dedos se contraían con crispados espasmos. Se puso a cuatro patas y ascendió los escalones resbalando a cada paso sobre el verdín.

Cuando alcanzó el exterior la tormenta estaba descargando toda su furia sobre La Villa. Miró hacia el cielo, arrebatado de enormes nubes negras que entrechocaban con ruidosa violencia y dejó que la lluvia le empapara la cara. El viento soplaba con fuerza, alzando en el aire remolinos de arena y hojas alrededor suyo. Las copas de los árboles se vencían sobre sí mismas como si sus propias ramas les fueran extrañas y quisieran sacudírselas. El aire estaba electrizado, incendiado. Parecía como si incluso la luz fuera arrastrada; fluctuaba entre oleadas de negrura y resplandores deslumbrantes. Andrea cerró la puerta del castillo y temblando, casi sin aliento, se impuso a sí misma la tarea de salir de allí. Tenía que llegar a la capilla.

Pensó que era curioso que jamás se le hubiera ocurrido pensar en la muerte. En la suya. Esa idea le parecía lejana, casi vergonzosa. Morirse era lo menos autosuficiente que podía imaginar. Se arrastró colina abajo, deslizándose sobre la vegetación hasta el riachuelo. Se echó agua sobre la cara pero apenas sintió su frescura sobre la piel. Se tocó la espalda para asegurarse que su revólver continuaba allí y al verse en aquella desesperada situación, preocupada por el revólver cuando estaba a punto de morir, tuvo ganas de echarse a reír. Avanzó a trompicones bajo la manta de agua que había comenzado a arreciar y en ese momento un rayo descendió en picado atizando un árbol cerca de ella. Andrea sintió su vertiginoso resplandor penetrando su piel. El retumbar ensordecedor de los truenos le impedía escuchar su respiración. Detrás de los árboles entrevió la fachada blanca de la capilla y abrazada a su propio cuerpo para mantener durante unos segundos más el calor que la abandonaba en oleadas caminó dando tumbos hasta el santuario.

Alcanzó la puerta y la abrió de par en par, pero cuando estaba a punto de entrar se dio cuenta de que en realidad prefería quedarse en la entrada. Allí estaba a la vez en la capilla y en el bosque. Se dejó caer en el umbral, consciente de que la vida la abandonaba, consciente de que su cuerpo se iba enfriando. La visión le falló y todo quedó envuelto en sombras. En sus oídos, el ruido de la tormenta se alejó hasta convertirse en un susurro. "La muerte" pensó con curiosidad. Ya no sentía dolor, ni escalofríos, sólo una lejanía concluyente y absoluta de todas las cosas. El convento, pensó entonces. Nunca volveré a mi convento. Mientras sus ojos se cerraban su mente recorrió esos espacios que tanto amaba. La quietud y el silencio, el olor a paja húmeda. Vio el huerto fresco y crecido entre los árboles frutales y a las hermanas rezando mientras paseaban por el claustro, las campanas repicando en el aire despejado, los hermosos cuervos de alas negras y brillantes graznando sobre el campanario. Todo eso lo perdería para siempre. Olores y sabores, luces y sombras, momentos de indescriptible belleza.

Su corazón latió irregularmente durante un par de segundos, quedó suspendido, se expandió de nuevo con una contracción relajada y por fin se detuvo.

XXIX

SUEÑO

Faith is not an opinion but a state.
It is the state of being grasped
by the power of being
which transcends everything that is and
in which everything that is participates.
He who is grasped by this power
is able to affirm himself
because he knows that he is affirmed
by the power of being itself.
In this point mystical experience
and personal encounter are identical.
In both of them faith is
the basis of the courage to be.
Paul Tillich
The courage to be

(La fe no es una opinión sino un estado. Es la
sensación de ser arrebatado por un poder que transciende
todo lo que es y en el que todo lo que es, participa. Quien
es arrebatado por este poder es capaz de afirmarse a sí
mismo, porque sabe que ha sido arrebatado por el poder
mismo de ser. En este punto, la experiencia mística y el
encuentro personal son idénticos. En ambos, la fe es la base
del coraje de ser.
El coraje de ser)

La lluvia empapaba su cuerpo laxo. El agua le chorreaba por la frente, por las pestañas, por la nariz, y de ahí hasta los labios, por el cuello... Hubo un segundo de nada. Un segundo durante el cual sólo imperó la ausencia. Después de ese instante Andrea volvió a sentir que había un "ella", porque algo continuaba latiendo. No era el corazón, eso lo sabía. Fue el sonido de la tormenta lo que regresó poco a poco hasta volver a hacerse abrumador. Andrea pensó que soñaba. El último estertor, se dijo. Quizá un túnel... una luz al fondo y después... la nada.

Entonces, desde lejos, y al mismo tiempo justo donde estaba, sintió que un relámpago la atravesaba, que atravesaba su cuerpo con una descarga de fuego y toda ella se hacía participe de la tormenta. Creyó que abría los ojos y que veía un árbol en llamas junto a ella y el cielo encendido de ira y poder, y lo que le pareció un amor insoportable la traspasó junto con la luz. Algo o alguien estaba allí, controlando aquella vorágine inflamada en un estado de ser y querer tan potente y tan sublime, que Andrea se sintió arrebatada. Aquel control, aquel poder y la certeza que lo sostenía rebasaban cualquier idea que ella hubiera podido sospechar. Entonces sintió cierta vergüenza ante lo reducido de su imaginación y su orgullo se vio herido, como tantas otras veces, por no haber sido siquiera capaz de sospechar una grandeza y una convicción semejantes. Y mientras el poder se hacía presente, mientras era penetrada por la consciencia que empapaba lo visible sintió unos ojos sobre sí, que alguien la miraba. Y a pesar de que ella ya no podía ver nada, lo vio todo. Alguien cercano, alguien que era todo lo que ella era y más, estaba allí, sosteniendo su vida y su aliento. Y pensó que si estiraba la mano podría tocar "aquello". Pero no podía moverse. Fue la potencia suspendida ante ella quien se acercó aún más y Andrea sintió que le hablaba, que le comunicaba algo. Un mensaje que no podía descifrar pero que ya estaba dentro. Y la potencia la sostuvo entre la vida y la muerte, la sostuvo en la palma de su mano como se sostiene a un ratón recién nacido. Sintió que aquello estaba allí por y para ella. Presintió una pujanza que podría haber llamado amor pero que nada tenía que ver con un sentimiento suave y consentido. Era más bien una influencia cargada de coraje la que la sacudía de arriba abajo. Era un manotazo lleno de confianza y orgullo, como el que el caballo da con su hocico a su potrillo recién nacido para empujarle a andar por sí solo. Era amor a primera vista entre el creador y lo creado. Amor como siempre lo había imaginado. No embarazado de un sentimiento blando y conciliador, sino arrebatado de voluntad y osadía, un amor exigente que no acariciaba los defectos con compasión sino que los exponía, mostrando a la vez con generosidad la posibilidad de superarlos. Un amor que no estaba sujeto a la necesidad sino a la elección. Siempre elección.

Aquella misteriosa potencia era su padre y su madre, su hermano y su hermana, era ella y lo que siempre había deseado ser; lo que jamás

176

había sospechado y lo que siempre había sabido. Se supo hija, criatura, ser. Y se vio de dentro a fuera. Su vida y sus razones, su sentido y su destino, todo era lo mismo. Y supo que era posible ser y elegir y cambiar cosas y a la vez cumplir su destino. Porque todo era una misma cosa. Y supo que el silencio de Dios no era otra cosa que un regalo que el Misterio nos hacía. Supo, con toda la certeza que la invadía que era en el silencio de Dios donde comenzaba nuestra libertad.

Antes de volver a la nada Andrea sintió que no estaba sola, que nunca lo había estado, que aquella potencia había permanecido siempre detrás de ella, sosteniendo su coraje, abasteciendo de razones su carácter, incluso sus dudas y miedos, nutriendo de obstinación e independencia sus elecciones. Supo que nada era casualidad. No lo era que sus padres la hubieran abandonado, que las monjas se hubieran hecho cargo de ella, que hubiera crecido apartada del mundo, que Giovanni la hubiera entrenado y trasmitido su sabiduría apache, que encontrara el libro de Visconti… Todo aquello era ella, parte de su carácter, parte de su destino. Lo supo con una certeza indestructible.

Supo también que no necesitaba del consentimiento de aquella potencia para ser como era, porque la potencia y ella eran una misma cosa y pedir permiso para ser sólo lo hacían quienes estaban separados de sí mismos. Supo que ese *daimon*, al que se resistía, ese destino que perseguía y el carácter al que aspiraba eran una misma cosa.

Todo eso supo, pero pensó que ya no iba a servirla de mucho porque estaba a punto de morir y todo ese conocimiento moriría con ella. Eso era lo malo, pensó, sólo conocemos todas las respuestas en el momento de morir. ¿Y de qué nos sirve entonces?

El fragor de la tormenta volvió a alejarse. Se alejó hasta que el silencio se posó sobre su cuerpo inerte. Del pelo de Andrea continuaba escurriéndose agua sobre su rostro. Los ojos cerrados, la boca ligeramente abierta, el cuerpo exhausto. En el exterior, sin embargo, el bosque continuaba enloquecido.

Como las estatuas de mármol del sendero, el cuerpo de Andrea adquirió una dureza pétrea. Sus ojos vueltos hacia dentro reposaban más allá de lo visible. El paisaje, el tiempo y el espacio que habitaba eran ahora una eternidad sin fronteras

XXX

EL PRÍNCIPE OSCURO

When I look back upon my life
It's always with a sense of shame
I've always been the one to blame
For everything I long to do
No matter when or where or who
Has one thing in common, too
It's a, it's a, it's a, it's a sin
It's a sin
Pet shop boys
It's a sin

(Cuando miro hacia atrás en mi vida,
lo hago siempre con un sentimiento de vergüenza.
Siempre he sido el único a quien culpar porque todo lo
que ansío hacer, no importa cuándo, dónde o a quién
tiene una cosa en común: es pecado)

Unas horas antes, mientras Andrea estaba aún raspando el tejado de la capilla, antes de su encuentro con Trisífone en el castillo, Ares cruzaba el tramo de carretera donde Paolo había tenido el accidente. Llegó allí minutos después de que la ambulancia se lo llevara a Roma. La carretera era una estrecha vía de dos sentidos que comunicaba La Villa con una carretera regional que conducía hasta la autopista. La grúa estaba sacando del terraplén el destrozado coche de Paolo, tan pulverizado que parecía imposible que un ser humano hubiera podido salir entero de aquel amasijo. Al ver el coche el estómago se le subió a la garganta y una nausea repentina le invadió junto con las lágrimas. Con un brusco volantazo se detuvo en el arcén. Salió del coche tropezando y fue a vomitar a la cuneta.

Junto a la grúa, sólo varios metros detrás de él, estaba aparcado un coche de policía, controlando el escaso tráfico que circulaba por la carretera. Uno de los agentes se acercó hasta donde estaba.

-¿Se encuentra bien? -preguntó el policía aún a cierta distancia.

Ares levantó la cabeza y vio al hombre aproximándose despacio.

-¿Está bien? -volvió a preguntar el policía.

Ares se limpió la boca con un pañuelo y se reclinó, apoyando ambas manos sobre el lateral del coche con la cabeza entre los hombros.

-El hombre del accidente... -resopló Ares, haciendo esfuerzos para detener las lágrimas -... es mi hermano.

-Lo siento -contestó el policía-. No ha sido tan grave como parece -señaló-. El enfermero ha comentado que no parecía que tuviera daños internos. Creo que ha dicho que tenía la pierna derecha facturada por dos sitios, la clavícula rota y bastantes golpes. Yo le he visto y estaba consciente. Ha sido un milagro.

Ares se cubrió la boca con la mano incapaz de contener las lágrimas.

-Gracias -dijo tragándose un gemido.

-¿Necesita ayuda?

-No... -contestó Ares mirando el rostro despejado y atento de aquel hombre, sólo unos años mayor que él.

Pensó en lo orgulloso que debía sentirse cada mañana cuando se despertara, sabiendo que su misión ese día sería salvarle la vida a un muchacho, ayudar a una mujer que está siendo asaltada o impedir un robo... Y recordó cuando él, siendo niño, soñaba con ser bombero... ¿Qué esperaba él cada mañana? Hacía sólo un par de días cuando todos dormían había salido al jardín cegado por el odio y el alcohol y había hecho un agujero en el coche de Paolo... Ares miró al policía. Ni siquiera tenía valor para entregarse, para confesar que era un asesino, un ser despreciable. Las lágrimas volvieron a inundarle los ojos.

-No se preocupe -repitió el policía, apretándole el hombro con amabilidad-. Su hermano vivirá. Esta noche pasará alguno de nuestros hombres por su casa para hablar con ustedes. ¿Por qué no regresa a casa? No está en condiciones de conducir.

Ares apretó el pañuelo entre sus manos. ¿Y si confesara que él era el culpable? Sin esperar más. Confesar quién era y lo que había hecho. Volvió a sentir nauseas y se retiró de nuevo a la cuneta.

-¿Quiere que le acompañe a su casa?

Ares estiró el brazo para evitar que el policía se acercara. Las nauseas se las provocaba su propia cobardía, el asco que sentía hacia sí mismo.

-No. Ya me encuentro mejor -contestó-. ¿Puedo quedarme unos

minutos en el coche?

-Tenga cuidado con el tráfico -contestó el policía solamente.

Le saludó, tocándose la gorra ligeramente y regresó al lugar del accidente.

Ares entró en el coche. En ese momento el Bentley de su padre apareció remontando la curva y pasó delante de él sin detenerse. Ares vio que dentro viajaban su padre, su madre y Fedra. Ares se quedó allí, viendo cómo se alejaban. La carretera volvió a quedar desierta. Un tramo recto y despejado se perdía en la distancia hasta una lejana curva. Ares se sentía paralizado, anulado. ¿Qué más podía hacer? ¿Qué vileza sería la siguiente en la lista?

Por el espejo retrovisor observó cómo los operarios subían el amasijo en la grúa, las sirenas anaranjadas de la policía giraban sobre sí mismas con efecto de urgencia, unas nubes oscuras se acercaban por el oeste. Esto es lo que él hacía: Causar desastres, accidentes, muertes, dolor. Caos. Estaba perfectamente equipado para hacer su tarea y la hacía mejor que nadie.

A lo lejos se escuchó el retumbar de un trueno y pensó en las palabras de Andrea. ¿Hasta qué punto le pertenecían su odio y su fanatismo? ¿Dónde estaba él en lo que hacía? ¿Por qué no podía simplemente hacerlo sin tener que juzgarse a sí mismo? Luchaba contra sí mismo. ¿No quería decir eso que en el fondo él no era así? ¿Y si Andrea tenía razón y era posible cambiar? Si sólo pudiera alejarse de Trisífone y tener cerca a Andrea. Pero aquello era pasar de unas manos a otras. ¿Por qué tenía que depender de lo que los otros le dijeran? ¿Por qué no poseía él una voz interior que le guiara? ¿Una voz que supiera qué era lo mejor para él? Era terrible vivir de prestado, siendo para otros, actuando para otros, no reconocerse en lo que se hace, no poder confiar en los propios actos ni en los propios pensamientos. ¿Cuánta gente viviría así? Se preguntó, ¿creyendo que pensaban por sí mismos cuando en realidad respiraban y se movían a partir de las necesidades y frustraciones de otros? Estaba seguro de que no era el único pero que hubiera más como él no le consolaba. Al contrario, le hacía sentir más débil y mediocre. ¿Por qué no podía ser él como Andrea? Ella no había tenido nada de lo que él poseía y sin embargo respiraba un aire de autosuficiencia y confianza que envidiaba más que nada. ¿Era precisamente el hecho de no haber tenido una familia lo que la libraba de haber sido influida? No. Había crecido en un convento, rodeada de reglas y seguramente todas aquellas monjitas habían tratado de llenarla la cabeza con sus ideas religiosas y devotas. También ella había tenido influencias, como todo el mundo. Era simplemente que había sabido escoger lo que le interesaba y desechar lo que no le correspondía. Pero él, él estaba encadenado, preso de las circunstancias que le rodeaban. Si pudiera pedir un deseo, sólo un deseo, sería no estar sujeto a la causalidad. No depender de lo previo para ser. No ser el efecto de una causa, el resultado de un motivo precedente y ajeno.

Pero ¿y ese *daimon* del que hablaba su padre? ¿No debía tenerlo en consideración? ¿Y si su *daimon*, lo incontrolable, lo que estaba más allá de su poder, era precisamente ese carácter que detestaba? ¿Podía echar marcha atrás y localizar cuándo había comenzado todo? ¿A partir de qué momento había dejado de soñar con ser bombero? ¿Era posible reconocer cómo, a partir de qué y con qué materiales se había creado?

No tenía fuerzas para resistir a Trisífone y lo sabía. ¿Qué podía hacer? Mientras ella viviera estaría atrapado...

Entonces una idea surgió en su mente ¿Por qué no cometer un último crimen? Un acto atroz que sin embargo y por primera vez, desempeñaría una función provechosa: su liberación. ¿Por qué no matar para no tener que volver a hacerlo, para evitar más dolor y sufrimiento? Sabía que su tía no se detendría ante nada, que quería destruir a su padre y que estaba a punto de conseguirlo. Si ella desapareciera, se abriría una oportunidad para él, para todos. Mientas ella siguiera con vida no tendría posibilidades de cambiar. Entonces, el látigo de un resplandor atizó el aire con violencia. Ares alzó la cabeza, asustado y avergonzado a la vez de sus propios pensamientos. Tuvo la sensación de que alguien estaba escuchando lo que pensaba. Las nubes oscurecían el cielo y había comenzado a llover. Miró alrededor con una sensación confusa. Detrás del aire electrizado presintió una mirada. Se sintió visto, traspasado por unos ojos invisibles. Un escalofrío le atravesó la espalda. La tormenta se desató entonces con fuerza descomunal. Ares permaneció sentado en el coche unos minutos calibrando su decisión.

Después de un rato puso el motor en marcha y se dirigió a la casa. En esos momentos sólo estaban Homara, Herminia y Trisífone, pensó. Seguramente Andrea se habría marchado a la capilla. Tenía la casa para él solo. Sí. Eso era lo que tenía que hacer. Acabar con la raíz del problema. Por primera vez iba a hacer algo que había surgido de su interior. Un sentimiento de euforia le invadió. Iba a tomar las riendas de su destino. Iba a darse una oportunidad y demostrarse a sí mismo que podía actuar por sí solo.

La lluvia arreciaba a medida que avanzaba y en pocos segundos una espesa cortina de agua borró la carretera frente a él. Apenas podía ver por dónde iba pero conocía el camino. Pisó el acelerador lleno de confianza, preguntándose por qué habría tardado tanto en darse cuenta de que esa era la única solución. Encendió los faros pero no sirvió de nada, apenas podía distinguir un par de metros delante suya. El agua ya bajaba a raudales por la carretera. Tomó una curva a toda velocidad, invadiendo el carril contrario y entonces vio los faros del camión. Justo enfrente. Su semblante quedó transfigurado por el pánico. La intensa luz aplastó los relieves y su aterrada figura quedó convertida en una lámina sobreexpuesta. Ante él se desplegó entonces la pregunta de por qué ese camión, con el que tantas veces había querido encontrarse, llegaba justo en el momento en que no deseaba morir. El sonido del claxon desgarró el aire y dando un volantazo Ares se metió en su carril. El coche patinó hacia el arcén, las ruedas se enderezaron, volvieron a resbalar y dos segundos más tarde estaba de nuevo en su carril, sano y salvo. El camión continuó su trayecto y Ares, aún con el estómago en la garganta, sonrió mientras reducía la velocidad. Respiró hondo y segundos más tarde la sonrisa se convirtió en una carcajada eufórica.

La tormenta zarandeaba sin piedad La Villa cuando alcanzó sus límites. Ascendió la montaña esquivando los enmarañados regueros de vegetación muerta. Hacía mucho tiempo que no se encontraba tan bien. Aún no sabía qué iba a hacer con su tía pero estaba seguro que se le ocurriría algo en cuanto estuviera en la casa. Quizá una buena dosis del mismo veneno que estaba utilizando con su padre o… la incineradora… ¿Iba a ser capaz de hacerlo? Tenía que ser capaz, se dijo. Demasiadas cosas dependían de que fuera capaz o no.

Aparcó el coche delante del palazzo y corrió bajo el aguacero hasta la entrada. El amplio recibidor estaba vacío, las luces apagadas. A través de los ventanales que daban a la piscina, irrumpía la blancura espectral de los relámpagos, borrando las formas tras un impenetrable telón de claridad. El viento batía las cortinas, ondulaban horizontalmente como si la casa entera estuviera surcando el cielo a toda velocidad. Después de cada resplandor el recibidor reaparecía vibrando bajo la sacudida de los truenos. Ares aguzó el oído. La casa parecía desierta. ¿Dónde estaban? Subió despacio las escaleras. Sus pasos se perdían bajo el estruendo de la tormenta. Acercó la oreja a la puerta de la habitación de Trisífone. No se escuchaban voces. Entró despacio, sin encender la luz. El cuarto era un completo caos: los cajones estaban fuera de la cómoda, su contenido revuelto, los armarios abiertos de par en par, la ropa esparcida por el suelo. Un joyero vacío descansaba sobre la cama. Ares avanzó sorprendido, esperando encontrar a su tía en la habitación de Homara. Cruzó la puerta que comunicaba sus cuartos. También allí la luz estaba apagada. Un relámpago iluminó el níveo rostro de Homara sentada en un sillón cara al ventanal. Sus ojos estaban muy abiertos, sus facciones parecían congeladas por el miedo.

-¿Quién? -dijo Homara, girando la cabeza cuando sintió que

alguien entraba.

-Soy yo, tía -dijo Ares, acercándose y cogiéndola de la mano.

-¡Ares! -dijo sollozando y se abrazó a su cintura con desesperación-. Algo horrible está ocurriendo.

Ares miró alrededor y vio que aquel cuarto también estaba desordenado. También su joyero estaba en el suelo, vacío.

-¿Qué ha pasado?

-Trisífone ha ido a matar a Andrea -dijo, cogiéndole las manos-. Se ha llevado las joyas para que parezca que nos ha robado y se ha marchado con ellas. Pero no sabe que es ella la que está en peligro… Tienes que impedir que algo terrible suceda. ¡Ve! -dijo, empujándole.

-¿Dónde? -contestó Ares confundido.

-¡A la capilla! Andrea estará allí. ¡Corre! -dijo con los ojos derritiéndose bajo las lágrimas.

Ares bajó corriendo las escaleras y salió al jardín. La tormenta era menos violenta, pero seguía batiendo el paisaje. Ascendió el sendero de los dioses, inmutables ante la tempestad, mientras se cubría el rostro con las manos. Al final de la empinada cuesta vio la capilla entre los árboles. Andrea estaba en el suelo. Al verla, el corazón comenzó a latirle en los oídos. Miró alrededor buscando a su tía pero no la vio. Se acercó hasta Andrea y se colocó a sus pies. Su piel había perdido el tono bronceado y resplandecía blanca como el mármol. Sus ojos estaban cerrados. Sin el brillo de esos ojos presidiendo su rostro la impresión que producían sus rasgos era distinta. Era un rostro perfecto, atemporal. Se arrodilló junto a ella. Nunca la había tocado y al estirar la mano dudó un momento. Tenía la impresión de estar a punto de profanar un objeto sagrado. Con las puntas de los dedos rozó su rostro. Andrea estaba fría, sus mejillas duras como piedras. Ares le tomó el pulso y comprobó que su corazón no latía. Horrorizado soltó su mano y arrodillado comenzó a llorar en silencio. La lluvia descendía oblicua batiendo sus cuerpos con rachas violentas y discontinuas. Con cada relámpago el rostro de Andrea parecía más blanco, más remoto. Ares la miró incrédulo. No era posible. No podía estar muerta. Ella era la única persona que creía que podía cambiar. La necesitaba. Necesitaba sus palabras. Necesitaba su ayuda para convencer a su padre de que estaba dispuesto a intentarlo. Contaba con ella, con su intransigencia e integridad, con su convicción y firmeza. Contaba con su presencia porque desde que ella había llegado él había comenzado a sentir claramente que lo que suponía una parte menor de sí mismo estaba luchando por hacerse un hueco en su persona. Porque sentía que ese ojo enorme que le observaba y en el que se veía reflejado, estaba relacionado con ella. Desde que había llegado a la casa era como si lo oculto se hubiera puesto de manifiesto, como si nada esencial pudiera permanecer oculto. No, no podía estar muerta. No podía estar muerta porque la amaba.

Ares se inclinó y sin pensar acercó sus labios a los de ella. Al sentir el tacto de su piel tuvo un escalofrío. Colocó la mano debajo de su nuca y le abrió ligeramente la boca. Respiró dentro de ella, dejando que el aire que entraba en sus pulmones y daba vida a su cuerpo penetrara en el de ella. Lo había visto hacer muchas veces pero no sabía cómo se hacía exactamente. Aún así no se detuvo. Cruzó las manos y colocándolas sobre su pecho lo golpeó con movimientos precisos. Volvió a darle aire, a golpearle el torso. Hizo aquello varias veces, cada vez con más furia, hasta que comenzó a sentirse mareado.

Después de varios intentos se dejó caer a su lado, desalentado. Aquello no servía de nada. Se restregó la cara con las manos para apartar el agua y cuando volvió a mirar, Andrea estaba soltando una exhalación de aire húmedo. Su corazón había comenzado a latir de nuevo. Ares se puso en pie y se alejó dos pasos. Andrea resopló entrecortadamente, abrió los ojos y trató de enderezarse. Con el cuerpo apoyado sobre el muro de la capilla aspiró hondo hasta que su respiración se normalizó. Se pasó las manos por la cara, retirando los mechones de pelo que chorreaban agua sobre su frente y giró la cabeza hacia Ares. Al ver los ojos de Andrea un calor intenso le invadió el pecho, le temblaron las piernas y el corazón se le subió a la garganta. Tuvo ganas de hincarse de rodillas en el suelo pero se quedó inmóvil, paralizado.

Andrea se puso en pie. Comenzó a sacudirse la ropa pero estaba demasiado empapada y sucia como para que aquello tuviera algún sentido y se detuvo. Miró alrededor. Delante de ella había un árbol parcialmente carbonizado del que todavía quedaba un pequeño rescoldo entre las ramas. Andrea se ajustó el revólver en la espalda y avanzó hasta el árbol despacio. Lo observó largamente y recordó todo lo que había sucedido desde que salió del castillo.

No estaba muerta.

-¿Qué haces aquí? -preguntó entonces girándose hacia Ares.

-Yo... -dijo Ares sin poder dejar de temblar.

Andrea le miró con curiosidad.

-¿Por qué tiemblas? -preguntó.

-No... No sé -contestó.

Andrea avanzó despacio hacia él y le miró de cerca.

-Ha ocurrido algo -dijo.

-Lo sé -contestó Ares.

-¿Lo sabes?

-Quizá... sólo parte... -pudo decir.

-He tenido un sueño -dijo Andrea, sentándose en el suelo.

-¿Un sueño? -preguntó Ares sentándose junto a ella.

-Uno de esos sueños… que ordenan cosas.

-Sí, sé cuáles son -contestó Ares.

-¿Me has tocado? -preguntó.

-No -contestó Ares.

-Te dije que no te acercaras a mí -dijo poniéndose en pie.

Ares también lo hizo.

-Sí, y no lo he hecho.

Andrea sonrió y miró hacia el cielo. La tormenta se había disipado y el sol de poniente coloreaba el bosque con una luz anaranjada. El verde se hizo muy intenso. La tierra húmeda exhalaba un calor vivificante. Ares estaba confuso. Lo que Andrea destilaba en esos momentos estaba más allá de lo que él podía comprender.

-¿Y mi tía? -preguntó entonces.

Andrea le miró pero no contestó. Comenzó a escurrirse la camiseta pero desistió. Estaba empapada.

-Espérame aquí -dijo entrando en la capilla.

Se cambió de ropa y salió vestida con sus pantalones y chaqueta vaqueros y una camiseta negra limpia. El pelo mojado, peinado hacia atrás. Su cara estaba despejada, su rostro poseía una certeza inquebrantable.

-Iba a matarte… Mi tía -dijo Ares-. Me lo ha dicho Homara. Por eso vine hasta aquí.

-¿Para impedirlo o para ayudarla? -preguntó.

-Supongo que no me creerías… -comenzó a decir.

-Te sorprendería saber lo que creo -dijo, dándole la espalda y alejándose por el sendero.

Ares la observó descender hacia el palazzo sin saber qué había querido decir. ¿Le había salvado él la vida? ¿Lo sabía ella? Ares la siguió en silencio, sin atreverse a elaborar una explicación para lo que había ocurrido.

XXXI

SILENCIO

"Nadie me ve cambiar. Pero
¿Quién me ve?
Yo soy mi escondite."
Joë Bousquet.
La neige d'un autre âge

Andrea llamó a la puerta de la habitación de Homara mientras Ares se duchaba. Hacía casi media hora que Constanza había llamado para decir que regresaban porque Visconti no se encontraba bien. También les habían confirmado que Paolo no tenía daños internos y que aunque estaba grave su vida no corría peligro.

Andrea entró en silencio y se sentó frente a Homara sobre un canapé, con los antebrazos apoyados en las piernas. Homara supo que era ella por el sonido que sus botas hacían en el suelo de madera, por su paso relajado y sobre todo por su silencio. También supo que su hermana había muerto.

-Sabía que era ella la que estaba en peligro -dijo con lágrimas en los ojos. Con un pañuelo que ya estaba arrugado y húmedo se restregó la cara y se sonó la nariz.

Andrea no dijo nada. Cruzó las manos y continuó mirándola.

-Le dije que no fuera a buscarla pero no me escuchó -continuó mientras reprimía un sollozo-. Estaba cegada de odio. Creía saberlo todo. La muy...

Andrea se rascó el cuello con un dedo sin demasiado énfasis.

-Estaba convencida de que iba a ser muy fácil -dijo Homara apretando los dientes-. Llevaba un veneno mortal que pensaba inyectarla...

-Lo hizo -la interrumpió Andrea en voz baja.

Homara guardó silencio un segundo.

-¿Qué quiere decir?

-Que logró inyectármelo. Pero por alguna razón no estoy muerta -dijo Andrea.

Homara captó un cambio en su tono de voz, como si por primera vez no tuviera reparos en hablar con ella.

-¿Qué ha pasado? -preguntó la anciana.

-Me atacó por la espalda y le disparé -explicó escuetamente-. Lo habría hecho aunque no me hubiera atacado.

-¿Dónde?

-En el castillo.

-¿Y por qué no está muerta?

-No lo sé. Sólo quería decirle que no había otra opción.

-Lo sé -contestó con tristeza-. ¿Dónde en el castillo? -preguntó.

-En un pasadizo. Nadie la encontrará.

-Nadie debe encontrarla. Por lo que a mí respecta nos ha robado las joyas y se ha marchado. Es la única forma de que su muerte tenga sentido. Ares merece una oportunidad y mi hermano también. Que Dios me perdone pero… era la única opción. No es un pensamiento muy cristiano…

-No, no es muy cristiano. Pero es cierto que no había otra solución. Nunca a la hay.

-¿Nunca? … ¿Cuántas veces…?

Andrea la miró pero no contestó.

-Lo sabía desde que llegó. Es usted una pastora y nunca dejará de serlo. Lo supe desde el primer momento en que llegó -dijo, apretando los puños-. Ha nacido usted para defender al rebaño.

-No me interesa el rebaño… -dijo Andrea alzando la cabeza-. Sólo deseo regresar al convento.

-Pero tiene usted una misión...

-Mi única misión es poseer la valentía y el coraje necesarios para ser quien deseo ser. La misión a la que se refiere es simplemente una consecuencia de eso. No puedo dar la espalda a lo que me concierne.

-Y si no me equivoco ya ha averiguado quién es. ¿No es cierto? -preguntó Homara con curiosidad.

Andrea miró a la anciana en silencio. Sólo dijo:

-No importa demasiado lo que sé, sólo lo que soy. Pero he descubierto que he cometido el más típico de los errores y hecho gala de la más mediocre de las carencias -contestó Andrea.

-Déjeme adivinar: ¿Hibris?

-Así es.

-Muy heroico por su parte… ¿Hibris y…?

-Y falta de imaginación.

-No es tan terrible.

-Sí que lo es. La mayoría de las veces nos equivocamos por falta de imaginación. No concebimos posibilidades grandiosas, no las nutrimos ni las dejamos crecer, ni formar parte de nuestra realidad y nos limitamos a escoger las respuestas de nuestra vida dentro de un limitado número de opciones. No podemos imaginar la grandeza que nos sustenta y sólo por eso nos hacemos sarcásticos y escépticos. No vemos. Miramos, pero no vemos.

-No creo que usted tenga ese problema. Usted ve, y no con los ojos precisamente.

-Créame, sé de lo que estoy hablando. Mi *daimon* lo sabe.

-¡Ahhhh! ¿Es eso? Su tesis... Su vida en realidad, ¿no es cierto? Llámelo como quiera: Daimon, Dios, fuerza divina. Yo no tengo reparos en llamar a las cosas por su nombre y pensé que usted tampoco lo tenía...

-Pensó mal. Soy más estúpida de lo que parezco.

-Pero no menos exigente.

-No, imagino que no.

-¿Qué le ha ocurrido? ¿Por qué no está muerta? -preguntó con tiento.

Andrea guardó silencio. Dejó que ese silencio creciera en el cuarto durante unos segundos hasta que se hizo palpable, adquiriendo presencia y significado. Andrea miraba a Homara con intensidad mientras lo sostenía y alimentaba. La anciana soltó una exclamación y se llevó la mano a la boca sorprendida por su descubrimiento.

-Se aferra usted al silencio con una elegancia asombrosa -dijo entonces Homara-. Nunca antes pensé que tuviera tanta importancia. Pero tiene razón. Quizá ese silencio de Dios en el que usted se mueve con tanta libertad sea también el secreto que hemos perdido. Hoy en día lo hablamos todo, lo contamos todo, a los otros y a nosotros mismos. No dejamos que el silencio tenga un lugar en nuestra vida. Creo que nos da miedo. Por eso hay esa obsesión por ver y ser visto. Pero usted vive y crece en el silencio. Usted no necesita ser vista para ser. Perdone que le haya preguntado tantas cosas. Hace bien en mantenerse en su sitio. Sí, ahora entiendo. Ni siquiera se lo cuenta a usted misma, con que, ¿qué derecho tengo yo a preguntarle?

-El silencio sostiene lo esencial.

-Tiene razón. No es higiénico desmenuzar lo invisible, traducirlo. Con ello sólo logramos bajarlo a la tierra, ensuciarlo... y usted no quiere tocar el suelo. El silencio son sus alas... Usted -dijo Homara como si estuviera recibiendo un mensaje-, está sostenida por el silencio.

Se quedaron calladas un momento.

-¿Qué piensa hacer? -preguntó Homara.

-Tenía usted razón. Ares no es más que una víctima, una especie de chivo expiatorio que han utilizado como instrumento. Es él quien más ayuda necesita y me temo que su padre no puede dársela. Visconti está en un momento peligroso. Una inflexión en su trayectoria. No puedo marcharme hasta que todo termine.

-¿Pero? Trisífone está muerta. Usted le ha abierto los ojos a Ares… Visconti está a salvo… -dijo.

-Está a salvo de otros, pero no de sí mismo.

-¿A qué se refiere?

-Su hermano ha perdido la confianza en sí mismo, en su vida y en sus ideales. No hay nada más peligroso que un dios enfrentado a su propio declive.

-Pero… Cuando sepa lo que ocurría… Ya no tengo miedo de hablar. Gracias a usted me he hecho fuerte de nuevo -dijo con entusiasmo-. En cuanto vuelva a ser él mismo y sepa todo lo que estaba ocurriendo… querrá que usted se quede y le siga ayudando con sus memorias.

-No creo que eso sea posible

-¿Por qué?

-Porque su hermano ya no es… -comenzó a decir-. Ya no necesito acabar mi tesis -dijo Andrea solamente.

-Sé que le ha decepcionado, pero todavía puede aprender mucho de él.

-Sí, puedo aprender mucha teoría, pero eso no me interesa. Para eso tengo los libros.

-Entiendo. Ha comprendido algo… -dijo sonriendo-. ¡Qué ironía! Pensó que venía a encontrarse con el dios del Olimpo, que iba a acceder al morada de los dioses y ha resultado que no somos más que una pandilla de seres mezquinos, fanáticos y avariciosos…

-Los dioses del Olimpo eran una pandilla de seres mezquinos, fanáticos y avariciosos- contestó Andrea sonriendo también -. Pero al menos eran dioses y sólo por ser eternos tenían la posibilidad de mostrar que también sabían ser divinos. Quizá baste con la inmortalidad para convertirnos en dioses.

-Y quizá su sitio esté en el convento después de todo. Lo crea o no y a pesar de su fortaleza y de lo que ha tenido que vivir, no está hecha para este mundo, o mejor, este mundo no está hecho para usted. Puede que sea falta de imaginación como dice pero… No la imagino en una oficina, en una universidad, casada o siendo madre de familia… De hecho no la imagino relacionada con nada de lo que pueda imaginar

-dijo. No la imagino ni siquiera queriendo nada de lo que se pueda desear. Dígame. ¿No hay nada material que pueda satisfacerla?

-No crea que soy tan espartana. Claro que hay algo… -Andrea se calló unos segundos-: Un caballo.

-¡Ah! Un caballo. ¿Ve usted? No es esa la materialidad a la que me refería.

-Pero cuesta dinero.

-Sí, eso sí.

Ares entró recién duchado y con ropa limpia en la habitación. Miró a Andrea aún con cierta turbación y dijo:

-Ya están aquí.

XXXII

REVÓLVER

The hero can and must do what
the society should but cannot.
The rules and institutions of society
are weak and insufficient
while the independent individual
is strong and able.
Will Wright
Sixguns and society.
A structural study of the Western.

(El héroe puede y debe hacer lo que la sociedad
debería pero no puede. Las reglas e instituciones de la
sociedad son débiles e insuficientes, mientras que el
individuo independiente es fuerte y capaz.-Revólveres y
sociedad. Un estudio estructural sobre el Western)

Andrea salió a la terraza y se asomó desde la balconada cuando escucharon el sonido de las ruedas del coche pisando la gravilla de la entrada. Visconti descendió del coche con aire fatigado. Ares había seguido a Andrea y ambos miraban desde la terraza cómo se aproximaban a la casa. Visconti levantó la cabeza y les vio. ¿Qué hacía aquella muchacha en la casa? ¿Qué hacía junto a Ares? No le apetecía hablar con nadie, tener que discutir, que imponerse... Regresaba más hundido de lo que se había marchado. Ver a Paolo en ese estado le había dejado destrozado. Pensar que podía haber muerto... Sentía unos remordimientos terribles de haberle hablado como lo había hecho, de haberle herido a propósito y de querer quitárselo de encima a toda costa. Se sentía además culpable de su accidente, de la exigua atención que le había dedicado desde niño y del poco esfuerzo que había hecho nunca para que el resto de la familia le aceptase. Toda su vida parecía desmoronarse como un castillo de naipes desde que esa chica había llegado a su casa, pensó.

Entraron en el recibidor y antes de que pudieran dispersarse Ares les llamó desde el primer piso.

-Papá, mamá, tenemos que hablar… ¡Ahora! -su voz sonó clara y magnificada desde lo alto de las escaleras.

-¿No puedes esperar a que descansemos unos minutos? -dijo su madre-. Tu padre está agotado. Hemos tenido que volvernos porque no puede con su alma.

-¿Ni siquiera te interesa saber cómo está tu hermano? -dijo Visconti con malhumor.

-Ya sé que está bien. Homara me ha contado lo que ha dicho el doctor.

-Sí, siempre lo sabes todo. Si no te importa voy a descansar un rato antes de la cena. No me encuentro bien -dijo Visconti, yendo hacia el ascensor con paso lento.

-Eso es porque te estábamos envenenando -dijo entonces Ares elevando la voz, aferrado a la barandilla con ambas manos.

Visconti se detuvo paralizado a medio camino. Constanza, que le acompañaba del brazo, sintió que la respiración se le cortaba. Fedra les seguía de cerca y al oír aquello sintió la sangre arder en sus mejillas.

Ares descendió los escalones seguido de Andrea.

-Sentaos un momento -pidió Ares nervioso.

Ares tuvo que hacer un esfuerzo para enfrentarse a la mirada de odio de su padre y la de consternación de su madre.

-Por favor -pidió.

Visconti miró a Constanza y ambos se sentaron en un sofá frente al ventanal.

-Fedra ¿puedes ir a buscar a Homara? -le pidió Ares.

-Desde luego -contestó Fedra, aliviada de poder librarse de aquella violenta situación al menos durante unos segundos.

Andrea se quedó varios pasos más allá, detrás de los sofás. Ares se sentó despacio, haciendo tiempo para que Homara bajara. Entonces escucharon a Fedra con la voz quebrada desde el piso superior. "No, no puede ser", fue cuanto escucharon. Visconti y Constanza se giraron ligeramente en sus asientos. Homara bajaba sola por la escalera y Andrea fue a ayudarla. La acompañó hasta el sillón y segundos después Fedra bajó llorando con un ataque de nervios.

-¡No puede ser! -gritó frente a Homara-. ¿Dónde está mi madre?

-Ya te lo he dicho -contestó Homara con calma-. Ha cogido todas nuestras joyas y se ha marchado.

-¿Qué? -preguntó Constanza, poniéndose en pie.

-Francesco, tu hermana te estaba envenenando. Ares lo sabía -dijo Homara con gravedad-. Cuando os marchasteis esta tarde la amenacé con contarlo. Se ha marchado con las joyas -dijo entonces Homara-. Tu cansancio es un efecto del veneno.

-No puedes hablar en serio -dijo Constanza.

-Papá -dijo Ares-. Yo soy el culpable de todo lo que está pasando en esta casa. Incluso... del accidente de Paolo -dijo tragando saliva-. Yo "toqué" sus frenos hace dos días.

Visconti crispó las manos sobre sus muslos en un mudo arrebato de ira e impotencia. Fue cerrando los puños sobre sus piernas despacio como si le costara un gran esfuerzo. Su cara estaba pálida, congestionada. Constanza miraba a Ares con expresión espantada.

-Dime que no es verdad -masculló, estúpidamente.

-Claro que es verdad mamá -contestó Ares irritado-. ¿Crees que es una broma?

-¿Y mi madre? -repitió Fedra excitada.

-Se ha ido -contestó Homara, secamente.

-¡Eso es imposible! -chilló Fedra histérica.

-¡Fedra, por favor! ¡Cállate! -gritó Constanza, aturdida, a punto de echarse a llorar.

-¿Dónde está? -preguntó entonces Visconti-. ¿Dónde está esa bruja?

-Ya no la volveremos a ver -contestó Homara-. Pero es mejor así. Durante años no ha hecho más que envenenarnos a todos. Creedme, es mejor así. Francesco, tu hijo está tratando de sincerarse contigo. Está arrepentido de lo que ha hecho. Necesita que le escuches.

-Ya he escuchado todo lo que tenía que escuchar. Medioli, el inmigrante, su hermano y ahora su propio padre. ¿No te detienes ante nada, verdad?

Ares tenía el estómago en la garganta. Había creído que podría dominar la situación pero estaba aterrado. ¿Dónde estaba su tía? Miró a Andrea alejada del grupo, apoyada en una columna, observándoles. No respondió a su padre.

-¿Medioli? -preguntó Constanza, cubriéndose la boca-. ¿Entonces es verdad?

-Sí, mamá -contestó Ares-. Le he matado.

Constanza sintió como si la sangre se le congelara y se rompiera en mil pedazos a sus pies.

-No puede ser -dijo y comenzó a llorar.

-No hay marcha atrás, lo sé...pero...no puedo seguir así -dijo

Ares, tratando de mantenerse entero.

-¿Y mi madre? -volvió a insistir Fedra, segura de que no se había marchado.

Conocía a su madre y sabía que jamás se marcharía sin decirle algo. Además ¿Dónde iba a ir a su edad? Es cierto que era capaz de cualquier cosa pero no de algo tan sórdido y bajo. Sus ojos, enrojecidos por las lágrimas trataban de encontrar alguna respuesta en sus rostros. Miró a los presentes uno por uno. Al reparar en Andrea tuvo una corazonada.

-¡Tú! -gritó señalándola con el dedo-. Has sido tú. Desde que has llegado a esta casa todo está patas arriba -dijo, caminando hacia ella con los brazos extendidos y amenazantes. Sus uñas rojas y acusadoras brillaban delante de su cara. Se abalanzó sobre Andrea como una fiera, con los ojos fuera de las órbitas y una expresión que arruinaba cualquier rastro de belleza, pero nada más sentir sus brazos sobre ella Andrea la cogió de los hombros y la empujó hacia atrás. Fedra voló literalmente varios metros hasta el otro extremo del salón donde cayó de espaldas sobre una alfombra. Todos miraron a Andrea sin parpadear. Ares avanzó unos pasos pero al ver volar a su prima, se quedó paralizado en medio del salón, sin saber qué hacer, si ayudar a Fedra, o regresar con sus padres...

Entonces Andrea se adelantó unos pasos y les miró con determinación. Pero antes de que pudiera decir algo el inspector de policía Massimo Verga estaba llamando a la puerta.

En ese instante nadie supo que era la policía. Sólo Ares recordó al escuchar el timbre que iban a pasarse esa misma noche. Herminia salió como un ratón de la cocina y avanzó por el salón mirando a Constanza con una interrogación en su rostro. Constanza hizo un gesto leve que significaba que fuera a abrir. Fedra se levantó aturdida del suelo con la ayuda de Ares. Su semblante estaba plano, como si la ira se le hubiera espantado con el golpe y arreglándose la ropa fue a sentarse con Constanza.

Herminia regresó del recibidor con la cara descompuesta.

-Es la policía -dijo con tono de disculpa.

Todos se miraron. Homara estaba sentada muy recta en un sillón con orejeras. Constanza ahogó sus lágrimas. Visconti la abrazó sin fuerzas y Ares retrocedió dos pasos. Entonces Andrea se acercó a ellos y dijo:

-Depende de ustedes. Yo no diré nada que incrimine a Ares.

-Estamos así, consternados, por lo que le ha ocurrido a Paolo -dijo, rápidamente Homara con autoridad.

-Hágale pasar, Herminia -dijo Visconti.

El inspector Massimo Verga entró en el salón siguiendo a Herminia.

-Buenas noches -dijo, deteniéndose ante ellos. Una mirada le bastó para saber que había interrumpido una situación delicada.

-Buenas noches inspector -dijo Visconti, poniéndose en pie y estrechándole la mano-. Siéntese por favor. ¿Desea tomar algo?

-No, muchas gracias -dijo el inspector viendo a Andrea por primera vez.

La rápida mirada que lanzó a aquella figura, discretamente apartada del resto, le produjo cierta turbación. Pasando por alto sus rasgos y sus ojos, el inspector intuyó en su postura y en su semblante algo decididamente indomable. Massimo Verga tenía una capacidad personal de la que se sentía orgulloso, algo con lo que había nacido, como sus ojos marrones o su nariz ancha, pero que a diferencia de sus demás rasgos había determinado su profesión. Era un talento que con secreta rimbombancia él definía como, "magnitud de incidencias". Massimo había descubierto muy joven que con sólo una mirada podía reconocer hasta dónde era capaz de llegar una persona. Su primera evidencia la había tenido al mirar a Lorenzo Parisi, el preso que había acabado con la vida de su padre en la playa. Los ojos de aquel hombre, su rostro, sus manos, la mueca de sus labios, el movimiento de sus ojos, eran pistas. Aquella primera certeza fue muy obvia, pero fue a partir de ese incidente cuando se dio cuenta de que le era fácil señalar ese hasta "dónde". El cuerpo de los hombres hablaba, los ojos hablaban, la postura de los hombros hablaba, pero era algo más. Era la suma de todo eso y el resultado que se obtenía lo que hablaba. Él sabía escuchar.

Esa capacidad era muy útil porque le libraba de muchas horas de trabajo improductivo. Pocas veces se equivocaba. Su talento no alcanzaba a identificar desgraciadamente de qué era capaz esa persona, pero conocer el "hasta dónde" era ya una información tremendamente valiosa. Lo que presintió al ver a Andrea le sorprendió bastante. Atizó su curiosidad y su mente comenzó a trabajar por su cuenta.

-Sólo he venido a decirles que continuamos investigando la desaparición de Stefano Medioli... y por supuesto el incidente de la plaza Navona -dijo, mirando a Ares-. Mario Furino se ha retractado de la confesión que hizo alegando que estaba borracho y que en ella había influido su relación con Ares...

-¿Entonces no tienen ningún cargo contra mi hijo? -preguntó Visconti.

-No por el momento... -contestó Massimo-. Pero ahora también estamos analizando el desafortunado accidente de su hijo Paolo... -dijo, paseando delante de ellos mientras apretaba su dedo pulgar contra la palma de la otra mano-. He de confesar que con los incidentes relacionados con ustedes tenemos trabajando a medio departamento.

Nadie dijo nada. Visconti trataba de aparentar que se encontraba bien pero sentía la cabeza ligera y el estómago pesado. Massimo miró directamente a Andrea y al ver que nadie les presentaba se acercó donde estaba y estrechó su mano.

-No recuerdo que no nos hayan presentado.

-Es mi ayudante -dijo entonces Visconti, poniéndose en pie cuando Constanza le apretó el brazo nerviosa-. Andrea Glaukopis. Ha venido a ayudarme con mis memorias -dijo, tratando de sonreír.

-Encantado -dijo Massimo, respondiendo a su apretón de manos-. ¿Cuándo ha llegado usted? ¿Estaba en la casa el otro día cuando vine?

-Sí. Llegó el… -comenzó a decir Visconti.

-Gracias profesor Visconti -dijo Massimo con educación pero con firmeza-. Seguro que su ayudante puede contestar a mis preguntas.

-Llegué el día anterior, el sábado -contestó Andrea, tranquilamente.

-¿No es de por aquí, verdad? -dijo, tratando de descifrar sus maneras.

Andrea sabía que era una forma amable de interrogarla, de preguntar: ¿De dónde es?

-No. Soy de Rossalino, un pueblo de Sicilia.

-¿De veras? -contestó como si aquello fuera sorprendente-. ¿Es estudiante?

-Acabo de terminar la carrera y estoy preparando la tesis.

-¡Ah! La tesis. ¿Dónde ha estudiado?

-En Catania.

-Catania -dijo-. Yo soy de Catania. Se giró y dijo-: Como les decía, siento molestarles en un momento así pero creo que tienen que saber que estamos barajando la posibilidad de que los frenos del coche de su hijo hayan sido manipulados.

Sus rostros se endurecieron pero nadie dijo nada.

-No parece sorprenderles mucho -dijo, mirándoles por turnos.

-Perdone, inspector. Estamos desolados -dijo Visconti, tratando de aparentar normalidad. La cabeza le ardía-. ¿Qué quiere decir manipulados?

-Sencillamente, que alguien puede haber agujereado el sistema hidráulico.

-¿Es esa la única explicación? -dijo Visconti-. Ha podido ser accidental. Los caminos en La Villa están cubiertos de piedras. Más de una vez mi chófer ha tenido que llevar el coche al taller por ese motivo.

-Y además ¿Quién querría hacer semejante cosa? -preguntó Constanza.

-Eso es lo que queremos saber -dijo, lanzando una mirada a Ares-. Quizá sea alguien que nunca haya terminado de aceptar la presencia del hijo de otra mujer en la familia.

-Siempre le hemos tratado como si fuera de la familia -dijo Constanza, rápidamente.

-¿Ve? A eso me refiero. "Como si fuera..." -señaló Massimo-. Porque por supuesto no "es" de la familia. ¿Es eso lo que quiere decir?

-No...yo... -respondió Constanza, mirando a Visconti rendida, con desesperación.

-Inspector estamos muy afectados por el accidente. Si tiene algo que decir, dígalo, si no le agradeceríamos que se marchara -dijo Homara con suave firmeza.

-Sí, claro -contestó Massimo-. El coche de Paolo está aparcado fuera normalmente ¿verdad?

-Sí -contestó Visconti-. Los chicos los dejan en el lateral de la casa.

-¿Les importa que vaya a echar una mirada? -preguntó, aunque se tratara de una afirmación.

-Haga lo que tenga que hacer -dijo Visconti.

El inspector se disponía a irse, pero se detuvo. Los Visconti contuvieron la respiración.

-Acabo de recordar que un hombre que fue encontrado sin vida hace unos días en un teatro abandonado en Catania era de Rossalino. -dijo mirando a Andrea. Ésta permaneció en silencio-. Pietro... no recuerdo el apellido...Fullone. Rossalino es un pueblo muy pequeño. ¿Se conocían por casualidad?

-No por casualidad. Fuimos amigos de la niñez.

-¿De veras? ¿Y sabe qué estaba haciendo en Catania?

-No. No sabía que estuviera en Catania, ni que estuviera muerto -contestó Andrea.

-¡Oh! Siento que se haya enterado de esta forma.

-No se preocupe. No tenía contacto con él desde hace años.

-¿Puedo saber dónde se alojaba usted en Catania?

-En el convento franciscano de las hermanas Clarisas.

-Ese convento no está más que a unos metros del teatro donde fue hallado su cuerpo... -añadió Massimo cada vez más interesado en las coincidencias. -¿Entonces no se vieron?

-Ya le he dicho que no sabía que estuviera allí.

-Sí. Qué casualidad ¿No cree? ¿Qué se conocieran quiero decir?

-No. No es casualidad que nos conociéramos -contestó Andrea con tranquilidad-. Lo que es casualidad es que apareciera muerto a sólo unos metros de donde yo me alojaba, que los dos viniéramos del mismo pueblo y... finalmente, que nos conociéramos.

-Sí, eso quería decir -dijo Massimo, mirando a Andrea con más curiosidad aún-. Quizá iba a visitarla al convento y alguien le asaltó. Esas cosas pasan cada vez con más frecuencia -se detuvo-. Pero estamos bastante confundidos porque la munición pertenece a un arma rara, a un revólver antiguo. Lo sabemos por las balas. Tengo cierto conocimiento en balística y aunque no es mi jurisdicción comencé allí mi carrera -dijo con humildad. En realidad Massimo era uno de los mayores expertos de Italia en balística-. Hace unos días me enviaron la bala que se encontró en la cabeza de Pietro. Una bala muy peculiar.

Ares, que estaba encendiendo un cigarrillo, levantó la cabeza y sintió un hormigueo en el estómago. Andrea no se inmutó.

-Curiosamente hemos descubierto que esa bala es del mismo calibre y tiene las mismas marcas y restos que las balas que se encontraron hace años en los cuerpos de tres individuos que se dedicaban a secuestrar chicas, drogarlas y prostituirlas en un burdel a las afueras de Nápoles. Nunca dimos con el responsable de aquellas muertes. Vivimos en un país complicado. Cuando no es la Mafia, es un ajuste de cuentas o una guerra entre familias... -dijo tratando de descifrar alguna emoción en el rostro de Andrea. Nada. -No es que esos bastardos no lo merecieran... -. Nada tampoco.

Ares miró al policía con la boca seca y el corazón acelerado. Sabía que en ese momento Andrea llevaba el revólver en la espalda. Se adelantó un par de pasos y la miró atentamente. Andrea giró ligeramente los ojos y sus miradas se encontraron. También él tenía su vida en sus manos. Apagó el cigarro y se dio cuenta que estaba sudando. El rostro de Homara también se tensó al escuchar aquello. Ya no le quedaban dudas acerca de Andrea.

-En fin... -dijo el inspector, viendo que sus palabras no lograban arrancar ninguna emoción en Andrea -Seguiremos investigando...

El tenso silencio que se respiraba en la casa le retuvo un momento más. Miró alrededor. Massimo sabía que escondían algo o quizá un montón de "algos".

-Les dejo con... sus cosas. Les mantendremos informados... Voy al aparcamiento –dijo, señalando fuera.

-Gracias inspector -dijo Visconti con la frente perlada de sudor.

-¿Se encuentra bien? -preguntó entonces el inspector.

-Sí, estoy algo cansado. Nada más.

-No tiene buena cara.

-Ha sido un día difícil. Una buena cena y una noche de sueño es lo que necesito -dijo sonriendo.

-Buenas noches -dijo el inspector.

-Buenas noches -contestaron.

Herminia le acompañó a la puerta y cuando se hubo marchado el silencio continuó suspendido todavía durante unos minutos, hasta que escucharon el motor del coche alejarse por el camino. Entonces, los lloros de Constanza y Fedra regresaron ahogados bajo los pañuelos. Ares, atónito, sin poder apartar de su cabeza lo que acababa de descubrir encendió nervioso otro cigarro y regresó al sofá frente a sus padres para confesar todos sus crímenes.

Después de escuchar aquella historia de horror, Visconti se desplomó envuelto en sudores y escalofríos. Entre Constanza y Ares le ayudaron acomodarse en su cuarto. La familia entera se trasladó allí sin que a Andrea le fuera permitido el paso a pesar de las protestas de Ares y Homara. Allí discutieron la situación hasta altas horas de la noche. Cenaron sopa caliente que Herminia subió en bandejas y que sorbieron casi sin ganas, repartidos por los sofás, el escritorio y el tocador. Todos rodeando el lecho de Visconti como si pretendieran demostrarse a sí mismos que eran una familia unida, pero sospechando en secreto que lo que verdaderamente temían era separarse, quedarse a solas con sus sospechas y temores.

Andrea cruzó el recibidor y antes de salir de la casa miró hacia arriba, hacia el cuarto donde se habían retirado. Cerró la puerta tras ella y salió al jardín. La oscuridad la envolvió y el frescor silente que subía del suelo aguzó sus sentidos. Avanzó unos pasos y fue a sentarse en los escalones que conducían al sendero de los dioses. Se sentó allí, observando delante suya el rectángulo de luz anaranjada que surgía del cuarto de Visconti, contemplando a través de las blancas cortinas las siluetas de la familia. A su espalda, la imperturbable familia de Olímpicos sostenía otra clase de diálogo perpetuo con la eternidad. Sólo ella permanecía en silencio.

Estuvo allí un buen rato, pendiendo entre dos mundos, ajena a cualquiera de ellos. Después de un largo intervalo aspiró el aire húmedo y se puso en pie. Sus botas dejaron un surco uniforme en la gravilla del sendero. Su pequeña figura se perdió entre la arboleda, saliendo definitivamente de la vista de cualquier ser, humano o inmortal.

Se desvistió y se tendió sobre la manta en el suelo junto al altar. El tejado de la capilla estaba esa noche demasiado mojado para dormir fuera. La vela que había encendido junto a la cruz sacudía el techo abovedado. Se tumbó sobre su espalda, con los brazos cruzados bajo la cabeza, contemplando la incesante volatilidad de sombras y luces. Su soledad le pertenecía. Era dueña de su silencio. Hoy había muerto y había vuelto a la vida. Cerró los ojos plácidamente, como si nada pudiera perturbar su sueño, como si estuviera más allá del alcance de lo circunstancial y todo estuviera aconteciendo según sus planes.

Se quedó dormida, pero la vela continuó encendida, alerta, sacudiéndose las sombras hasta que el alba asomó entre los cristales emplomados. Con el primer rayo de luz, Andrea abrió los ojos y se puso a trabajar en el tejado.

XXXIII

IMAGINACIÓN

Hay en el héroe -quizá es lo que principalmente
le constituye como tal- una sublevación contra la ley
de la especie y la impersonalidad
biológica que la reproducción impone.
Fernando Savater
La tarea del héroe

Andrea se detuvo en el borde del tejado a respirar el enigmático aire que empapaba la aurora. Se estiró, los brazos extendidos sobre su cabeza como si intentara alcanzar el cielo. Miró a su alrededor con deleite, como si todo aquello le perteneciera. Las formas se estaban definiendo y desde aquella altura el bosque parecía emerger de un sueño. A esas horas, más que en ningún otro momento del día, el silencio era profundo y estaba lleno de significados. El mundo era más misterioso. La luz se estaba cristalizando y las siluetas pendían expectantes, aferradas a su propio sentido, como un actor que reconstruye su papel detrás del telón justo antes de entrar en escena. El azul contenía una profundidad abismal. Detrás del color, todavía emergente, presentía mundos que superaban cualquier intuición. Pero sabía que cuando la luz se asentara y el día se hiciera patente, todo lo que había comprendido en los últimos días tomaría el control, y su lugar en el mundo, y el de los demás quedaría definido.

Le confortaban las certezas, y en los últimos días había descubierto varias que habían modificado radicalmente sus ideas y creencias. Pero también le producía un inmenso placer, una grata sensación de alivio, descubrir en qué se equivocaba. Casi tanto como conocer aquello en lo que tenía razón. Después de un par de horas de trabajo, alrededor de las siete de la mañana, bajó al río y se lavó en el agua fría y cristalina que bajaba de la montaña. Se restregó la piel para eliminar la suciedad y las espinosas limaduras de cal que la teñían de blanco. Su cuerpo, atlético y nervudo, fue adquiriendo brillo bajó la luz matinal. Parecía una estatua que hubiera tomado vida y se estuviera quitando de encima los últimos restos de material inorgánico. Más allá de sus torneadas piernas y sus fibrosos dorsales, la vitalidad y la salud exhalaban por sus poros como otro rasgo más de su fisonomía. Envuelta por el húmedo verdor del bosque, arropada por la exuberante vegetación y lejos de las miradas de los hombres, se tumbó en el lecho del río, dejando que la fría pureza del agua estimulara sus músculos. Su cuerpo ondulaba bajo el agua con una serenidad relajante. Cruzó los brazos detrás de su cabeza y observó con deleite las copas de los árboles meciéndose bajo el cielo azul. Los pájaros intercambiaban gorjeos, información cifrada hecha de canto y sueño. La luz navegaba cálida, tiñendo de matices la mañana veraniega.

Se incorporó al poco tiempo con la carne de gallina. El agua bajaba realmente fría. Sacudió la toalla y se secó enérgicamente, sin prestar atención a aquella parte de su cuerpo que tanta admiración y temor causaba y que para ella era tan natural y corriente como su brazo o su pie. Allí donde el misterio comenzaba y nacía nada estaba definido. Por eso podía ser lo que quisiera. Las formas eran visibles, simultaneas y palpables ¿pero qué más daba si eran masculinas o femeninas? No tenía sentido perderse, como hacían Sor Agnes y las hermanas, en elucubraciones y diálogos filosóficos sobre el sexo de los ángeles, porque aquello no conducía a nada. No lamentaba no ser como los demás porque nunca le había preocupado ser como los demás, sino sólo ella misma. Lo único importante era el carácter, Ser. No según las reglas humanas, sociales o de género sino según ese destino que habíamos elegido cumplir.

Se vistió y bajó al palazzo. Sabía que Visconti se levantaba pronto y aunque aún estaba convaleciente era probable que a esas horas se encontrara ya en su despacho. Necesitaba hablar con él porque ya no estaba segura de que Visconti estuviera en condiciones de ayudar a nadie. Lo que había presenciado los últimos días no era el actuar de ese maestro que ella creía conocer sino los desatinos de un viejo orgulloso, incapaz de ayudarse siquiera a sí mismo. Visconti estaba atravesando una crisis y Ares estaba al borde del abismo. Ambos necesitaban ayuda pero quizá era Ares quien más requería un empujón, un cambio. No podía pasar de manos de una bruja frustrada a las de un dios agonizante. Necesitaba energía y coraje, esperanza y determinación. Cuando estaban en el bosque había llegado a atisbar su desesperación y sabía que la idea del suicidio le rondaba la cabeza. Su vida pendía de un hilo. Era un malcriado y un arrogante, un esnob y cuando bebía era capaz de los peores crímenes, y aún así, todo aquello era el resultado de una condena. En su caso la sentencia había sido dictada antes del juicio, antes del crimen. Estaba viviendo de los pecados de otros. No era su fortaleza lo que le convertía en un ser violento y odioso, sino su debilidad, su necesidad de ser visto y amado.

Entró por la cocina donde Herminia ya estaba organizando sus quehaceres y después de coger unas galletas y sorber un poco de té caliente, subió los escalones de dos en dos sin hacer ruido hasta el último piso. Llamó a la puerta y Visconti respondió con aire fatigado. Andrea entró en aquel espacio como si atravesara las puertas de las ruinas de Troya, con la misma sensación de estar contemplando el pasado. Al verla, Visconti se retrepó en su asiento tratando de adquirir un aire más digno. Andrea se acercó despacio hasta colocarse delante de su mesa. Le miró a los ojos. Ambos se miraron en silencio. La transformación era fascinante, pensó Andrea. Se diría que se trataba de hombres distintos. Andrea percibió en sus ojos un miedo atroz y un rechazo visceral hacia su persona.

-¿Qué es lo que quiere? -preguntó Visconti con tono severo.

-¿Qué le está pasando? -preguntó Andrea con sincera curiosidad.

Visconti cruzó las manos sobre la mesa y la miró malhumorado.

-No tengo porqué contestar a ninguna de sus preguntas. Le he dicho mil veces que se marche de mi casa. No tiene nada que hacer aquí. ¿Qué es lo que quiere? ¿Dinero? ¿Una carta de recomendación para una universidad? Le daré lo que quiera pero márchese.

Visconti sabía que lo justo era darle las gracias por haberle salvado la vida, por haber conseguido que Ares reconociera sus errores... Y ¿Quién sabía? Puede que hasta le debieran la desaparición de Trisífone. Pero por alguna razón o quizá precisamente por todo eso, ante ella se sentía expuesto.

-Llevo varios días queriendo hablar con usted pero ha sido imposible.

-Usted y yo no tenemos nada que hablar. Diga qué quiere y márchese -contestó obstinado.

Andrea sabía por qué Visconti la rechazaba de aquel modo tan visceral. Sabía que ella ponía de manifiesto todo lo que él creía haber perdido. La juventud, el coraje, la independencia, la salud...Sabía que haberse mostrado débil ante ella, su más destacada pupila y admiradora, le producía una vergüenza y una humillación insoportables. Pero no podía dejar que su maestro cayera víctima del más viejo de los errores. No podía permitir que creyera que ella quería sustituirle, que existía entre ellos alguna clase de rivalidad. Era absurdo. Ella había llegado hasta allí para ayudarle con sus memorias y eso era lo que trataba de hacer en esos momentos.

-Sabe que no quiero su dinero, ni sus influencias... -contestó Andrea-. Sabe que le agradezco todo lo que me ha enseñado y que puede contar conmigo para lo que necesite. No tiene que sentirse incómodo conmigo porque yo estoy de su parte. Además, yo no soy nadie. Mañana me habré ido y lo que yo piense o no de usted no tiene que importarle. Es su hijo quien necesita su ayuda. Y usted la suya. Durante años usted ha cambiando la vida de personas que no conoce, ahora es su hijo quien necesita su ayuda más que nadie. Cuando se encuentre bien reconocerá que todo esto ha sido sólo un incidente sin importancia.

-¿Qué la haya abofeteado no tiene importancia? ¿Qué la haya echado de mi casa e insultado no tiene importancia?

-No, no la tiene. Estaba usted enfermo.

-Ahora no estoy enfermo y deseo que se marche. ¡Márchese!

-Me voy a marchar no se preocupe, pero antes quiero asegurarme de que recuerda quién es. Usted me llamó para que le ayudara con eso. Vine a hacer un trabajo y no pienso marcharme sin haberlo realizado.

-Ya no necesito su ayuda. ¿Cuánto quiere por sus servicios?

-¿Qué?

-Le pagaré el doble de lo que acordamos y usted olvidará lo que ha ocurrido en esta casa. Incluido lo que sabe sobre mi hijo.

Andrea le miró con tristeza. Se dio cuenta de que Visconti estaba perdido. Bajo la excusa de que ella era una amenaza trataba de justificar su crueldad y egoísmo.

-No lo entiende -dijo Andrea-. Nunca haría nada que pudiera destruir su trabajo porque en él hay más esperanza y belleza de la que podemos asimilar. Es usted quien me preocupa que lo destruya.

-¿Yo?

-Tenga cuidado con lo que hace, Visconti. Es responsable de todos esos hijos que como yo jamás ha conocido pero que sin saberlo ha ayudado a crecer. Esos hijos le necesitan. Y le necesitarán en las generaciones venideras más que nunca porque lo heroico es un ideal que agoniza junto con la idea de Hombre. En sus libros está contenida la esencia de una raza que no debería morir.

Visconti la miró desconcertado, incapaz de interpretar sus palabras. Estaba aferrado a la idea de que era una amenaza. Estancado en la vergüenza de su orgullo herido.

Andrea salió del despacho y regresó a la capilla. En esos momentos ya no quedaba nada en Visconti que pudiera, no sólo ayudarla a ella, sino a Ares. Lo que tenía que evitar era que él mismo se destruyera y que al hacerlo se llevara por delante toda una vida de trabajo. Visconti no encontraba el vínculo con esa energía que le había ayudado a construir su carácter porque los errores de su vida habían comenzado a salirle al paso y en vez de hacerles frente se había dejado intimidar por fantasmas como la muerte, la soledad y la vejez. No se daba cuenta de que todo eso tenía el poder que él quisiera entregarle. Se podían tener 30 años y ser un viejo prematuro, diez años y estar enfermo, vivir rodeado de gente y sentirse solo. Lo que él temía eran estados de ser, no problemas reales. Un problema real era su hijo y de él parecía no querer saber nada. Quizá porque se veía incapaz de prestarle ayuda. Andrea sabía que el valor de lo que había creado era más importante que las razones y las carencias por las que su universo había tenido lugar. Su *daimon* le había abandonado. En esos momentos aquel lugar era una tumba y de las tumbas sólo emergía podredumbre. Si Ares se quedaba allí probablemente acabaría muerto.

Andrea le esperó en la capilla porque sabía que después de lo que había descubierto sobre ella la noche pasada, Ares subiría a verla. No se equivocaba. Alrededor de mediodía le vio desde el tejado, subía con paso cansino, tambaleándose cuesta arriba. Andrea sentía una lástima infinita por aquel muchacho pero admiraba la necesidad que tenía de salir de sí mismo y el desprecio sin compasión que sentía hacia su persona. Sin eso era imposible cambiar. Él y Homara eran los únicos de la casa que deseaban hacerlo. Su situación tenía un origen común. Los destinos de ambos se habían definido a raíz del asesinato del padre de Visconti. Sus vidas habían quedado marcadas por ese hecho. Ares había crecido siendo el instrumento de una venganza y por eso, a no ser que hiciera un esfuerzo sobrehumano nunca llegaría a convertirse en un Hombre. Andrea no sabía si estaba preparado para ello porque ser el origen de nuestros actos tenía como consecuencia la más absoluta soledad y responsabilidad sobre ellos. Ares necesitaba independizarse de su pasado. Nada le fastidiaba más a Andrea que ver a alguien preso de las decisiones y errores de otros.

Andrea se sacudió el polvo de los vaqueros y entró por la ventana en la capilla.

-¿Puedo? -dijo Ares desde la puerta.

Estaba borracho, cansado porque apenas había dormido y se sentía solo y perdido. No tenía fuerzas para hacer frente al horror y la sensación de fracaso que había ocasionado a sus padres. No sabía qué hacer con el abismo que se había abierto en la casa, con el mutismo y la desesperación que flotaban en el ambiente. Quería cambiar, pero ¿cómo hacerlo? Medioli seguiría muerto, Paolo estaba en el hospital… la policía estaba investigando… sus amigos le llamarían tarde o temprano para saber qué pasaba con él. Las consecuencias de sus actos acechaban por todas partes.

-Entra -contestó Andrea.

Ares subió la estrecha escalera de caracol y al ver a Andrea se detuvo. Estaba junto al altar con la espátula en la mano, el pelo teñido de virutas de cal. Se miraron un momento.

-¿A cuanta gente has matado con ese revólver? -preguntó Ares mientras ascendía los dos últimos escalones con torpeza.

Andrea no contestó. Dejó la espátula sobre un banco y se sentó.

-¿Por qué te desvías de lo importante? ¿Qué te han dicho tus padres?

-No quieren saber nada de mí. ¿Qué pensabas? No sé lo que harán. Mi madre no quiere entregarme a la policía y mi padre ya lo habría hecho si quisiera, así es que supongo que por el momento no corro peligro.

-¿Peligro? ¿Tu única preocupación es que no te coja la policía?

Ares se sentó en otro banco dos filas más allá de Andrea.

-¿Es que a ti no te preocupa? —preguntó con sarcasmo.

-No.

-Pues por lo que me enteré ayer, debería preocuparte —dijo, señalándola con el dedo.

-No sabes nada -contestó Andrea.

-Parece ser que tú y yo estamos uno en manos del otro. ¿No es curioso?

-Sólo estoy aquí porque creo que mereces una oportunidad, así es que no hagas que me arrepienta.

-¿Qué crees que puedes hacer por mí? -dijo con aspereza-. Estoy con el agua al cuello. Antes o después tendré que pagar por lo que he hecho.

-Por supuesto. Y de ti depende cómo.

Ares la miró confundido.

-¿Cuál debería ser mi única preocupación según tú?-preguntó.

-Librarte de todas las capas de basura que llevas encima y atreverte a mirar a quien sea que esté bajo lo prestado.

Ares agachó la cabeza y sonrió sin ganas.

-¿Sólo eso, eh? No sé si me apetece ponerme a escarbar.

-¿Y qué vas a hacer sino? ¿A qué otra cosa más importante puedes dedicar tu tiempo?

-¿A estar contigo? —dijo sin levantar la cabeza.

-No digas tonterías.

-¿No te das cuenta? Estamos hechos el uno para el otro -dijo, poniéndose en pie y mirando a Andrea con solicitud-. Tú eres la única persona que he conocido que no quiere que sea de una forma o de otra sino sólo yo mismo. La única que ha confiado en que puedo ser mejor. ¿No es eso verdadero amor?

Andrea sonrió.

-Y además... ¿No te parecen demasiadas casualidades? ¿No hay demasiadas cosas... -titubeó buscando la palabra-, ...alucinantes en todo esto? Los dos tenemos la vida del otro en sus manos, los dos hemos... matado a alguien, los dos nos hemos alejado de nuestros maestros... Y... yo podía haberte dejado muerta bajo la lluvia y... Estabas muerta- masculló acercándose.- No tenías pulso... Y yo te resucité... ¿Verdad?

Andrea sabía que eran demasiadas coincidencias.

-¿Y según tú, eso quiere decir que estamos destinados a estar juntos? -preguntó impasible.

-¿Qué sino?

Andrea sonrió mientras negaba con la cabeza.

-Los Oráculos y las señales significan aquello que queremos que signifiquen.

-Salvarte la vida es lo único importante que he hecho en mi vida. Y lo hice sin estar borracho.

-No es para tanto.

-No bromees. Dime en serio que no te gusto.

-No me gustas.

-Dime que me desprecias.

-Te desprecio -dijo Andrea en tono cansado.

-¿Lo dices en serio? -dijo, acercándose hasta ella. La cogió de los hombros y trató de besarla.

Andrea sacó el revólver de su espalda y se lo puso en la cabeza.

-¿Lo dudas?

Ares se encogió de hombros y cerró los ojos.

-Estás completamente loca.

Andrea le apartó dándole un empujón.

-¿Es que no tienes sentimientos? -dijo Ares-. ¿Cómo se puede querer ayudar a alguien a quien se desprecia? ¿Cómo se puede matar a alguien a quien no se odia? ¿Qué clase de persona eres? No te entiendo -dijo rojo de vergüenza, inflamado de pasión-. Me vas a volver loco. ¿Qué es lo que quieres de mi? ¿Qué haces aquí?

Andrea se apoyó en la pared con el revólver en la mano. El amor más extraño del mundo, pensó.

-Sólo tienes dos opciones -señaló Andrea-. Una es entregarte a la policía, confesar el asesinato de Medioli, que agrediste al hombre que dormía en la calle, que "tocaste" los frenos del coche de Paolo y pasar lo que te queda de vida en la cárcel. Es decir, asumir la responsabilidad de tus actos y pagar por lo que has hecho con el precio que pone la ley. La otra es asumir la responsabilidad de lo que quieres ser y alejarte de aquí, marcharte lo más lejos posible para comenzar de nuevo.

-¿Marcharme de aquí? ¿Dónde?

-Da igual dónde. Donde sea. Lejos de aquí, de la fuente. Necesitas saber quién eres y eso sólo es posible lejos de todo este… ruido.

-Todo esto es mío -dijo con obstinación.

-Todo esto está acabando contigo -le recordó Andrea-. Todo esto es lo que ha hecho que estés atrapado en un infierno. ¿De qué te sirve sino puedes mirarte al espejo con dignidad?

-No he trabajado nunca.

-¡Santo Dios! -dijo Andrea, sonriendo-. Pero cuánto miedo tenéis en esta familia a arremangaos y poneros a trabajar. ¿Crees que más fácil matar a alguien que servir una mesa?

-No tendría que servir una mesa -dijo orgulloso-. Puedo trabajar en una empresa de algún amigo de mi padre…

-¡No! Estarías en la misma situación. Lo que necesitas es irte a un sitio donde nadie te conozca, un lugar donde puedas empezar a ser tú. Da igual que tengas que trabajar limpiando piscinas, que arreglando motores, cuanto más lejos de lo que haces ahora mejor. Lo importante es estar solo, lejos de tu padre y de tu madre, de esta casa y de la idea absurda que te han metido en la cabeza de que eres un príncipe con derechos.

-¿Irme? -caviló Ares. Aquella idea jamás se le había pasado por la cabeza. Una vida fuera de lo que conocía, lejos de todo… Sintió que algo se expandía en su pecho. -Pero… -dijo mirándola con solicitud-. Yo quiero estar contigo -repitió en voz baja, como un niño pequeño que sabe se va a llevar un bofetón.

-No. Tú no sabes quién soy. No me conoces. No me necesitas. No necesitas a nadie.

-Nunca he estado solo.

-Eso es lo que crees. Todos estamos solos en lo que concierne a nuestro carácter.

Ares pensó que tenía razón. No había nadie más solo que él.

-¿Un sitio donde nadie me conozca? -preguntó Ares casi para sí-. Siempre he sido un líder entre mis amigos…

-¿Ser el líder de cuatro anormales como tú? ¿Eso es lo que te hace sentir importante? -dijo Andrea, poniendo todo su empeño en hacerle comprender-. Los líderes son esclavos porque dependen y necesitan de los demás. Sin seguidores no son nada.

-Ya ¿Y qué hay de los héroes…? -respondió avergonzado.

-Los héroes no necesitan a nadie. El héroe prefiere ser dueño de sí mismo antes que dominar el destino de mil palurdos. El héroe tiene el valor de marcharse y hacerse a medida de sus aspiraciones. No espera recompensas ni teme castigos del mundo. Ser él mismo es todo el premio al que aspira.

-Ya, pero todo eso es teoría -dijo resentido-. Y la conozco bien. Viene de los libros de mi padre…

-Tu padre no ha creado al héroe -contestó-. Sólo lo estudia. Es muy distinto.

-No eres tan impasible como crees -le recriminó Ares-. A ti también te preocupan los demás. ¿Qué hay de esos bastardos de los que hablaba el inspector, esos que secuestraban chicas para prostituirlas y que aparecieron muertos? ¿No es eso arriesgarse por los demás?

-No había ningún riesgo -contestó Andrea con calma.

-¿Por qué?

-Estaban sentenciados -dijo Andrea, mirando muy seria el revólver.

-¿Sentenciados? ¿Por quién?

Andrea le dio la espalda y miró por la ventana.

-Por su falta de imaginación.

-¿Imaginación?

-No podían imaginar… me.

Ares la miró desconcertado.

-¿Puedo preguntarte una cosa? Necesito saberlo -dijo Ares, casi pensando en alto.

-No.

-¿Te has acostado alguna vez con un hombre? -preguntó atormentado.

Andrea no se giró, ni se molestó en contestar.

-¿Nunca has pensado en casarte y tener una familia?

Por supuesto que no. No y no, se dijo Andrea. El único Hombre que había amado estaba muerto. Y cuando se ha conocido lo que amamos es imposible olvidarlo y amar otra cosa. Los demás hombres eran sucedáneos de ese Hombre. Los demás hombres eran niños.

Y sobre tener una familia, pensó sonriendo. Nada le parecía menos autosuficiente que eso. Como buena guerrera, Andrea opinaba que una cosa era invadir y otra muy distinta ser invadido, penetrar y ser penetrado. Ser útil desde el punto de vista genético significaba perder autonomía. Si una mujer accedía a ser madre estaba perdida como individualidad trascendente. Porque desde el mismo momento en que un espermatozoide penetra la barrera y toma posiciones, la mujer está "tomada", sitiada, por el imparable e imbatible ejercito de hormonas que desde ese momento dominarán todo su ser para el resto de sus días. Ser madre podía ser fascinante o no, pero desde el punto de vista guerrero era un acto de rendición. No le interesaba ser poseída por aquella maravillosa satisfacción, por esa sensación de amor infinito que embarazaba a las embarazadas. No deseaba dejar descendencia ni descender de nadie, sólo ser "causa sui": Una ruptura en la continuidad del tiempo, un Kairós, un instante en el que la relación causa-efecto queda suspendida. Deseaba brotar de su propia cabeza, ser padre y madre de sí misma. Crearse a imagen y semejanza de su propia imaginación. Nada más.

-Yo... me iría contigo. Adonde fuera. ¿Por qué no nos vamos juntos? -insistió Ares.

Andrea se giró y le miró en silencio. Ares comprendió.

-¿No tengo ninguna posibilidad verdad? -preguntó Ares casi en tono de súplica, incapaz de imaginar qué pasaba en esos momentos por su cabeza.

Andrea fue hacia su bolsa y sacó algo. Se acercó a Ares y puso un libro en sus manos.

-Lo he cogido del despacho de tu padre -dijo-. Es el libro que descubrí en el restaurante, el que me ayudó a saber quién era. Lo necesitarás.

Ares lo miró con ojos brillantes.

-¿Un libro de mi padre? -preguntó sonriendo sin ganas.

-A simple vista es un libro... Pero en realidad es un tesoro -dijo Andrea con media sonrisa.

-Si me estoy planteando irme es precisamente porque él no puede ayudarme -dijo estirando la mano.

Ares rozó la mano de Andrea al coger el libro y ella no la retiró como esperaba que hiciera. Sus dedos se tocaron sobre el libro, como si su superficie fuera un terreno neutral, como si sólo sobre aquel reducido rectángulo pudieran encontrarse. Durante unos segundos Ares apretó la punta de sus dedos entre los suyos con desesperación, pero no se atrevió a moverse porque temía romper aquel instante. Andrea levantó la cabeza y le miró. Ares supo entonces que eso sería todo lo cerca que lograría estar de ella.

-Yo también me marcho -dijo Andrea-. Recuerda. Lo más lejos posible. Y pase lo que pase, jamás te eches atrás.

-Lo recordaré.

-Necesito que me hagas un favor -dijo Andrea.

-Lo que sea -contestó Ares.

XXXIV

CONSTANZA

La llevaré a un lugar
donde no existan huellas humanas
Y allí la encerraré viva
En una gruta rocosa,
ofreciéndole sólo la mínima cantidad de comida
que la religión exige para que la ciudad
entera se sustraiga a una mácula pecaminosa.
[...] Has arrojado abajo a una persona
propiedad de los dioses de arriba y
has enterrado su vida indignamente
dentro de un sepulcro
Sófocles
Antígona

Ares y Andrea bajaron juntos de la capilla. Ares regresó a su cuarto sacudido por una nueva perspectiva. Andrea había puesto en sus manos una opción tan sencilla y a simple vista tan obvia que no podía comprender cómo jamás se le había ocurrido antes. Algo estaba cambiando en su interior. Hasta ese momento había vivido su vida sin perspectiva, limitado a las elecciones que proveía el reducido contexto familiar. De pronto estaba fuera, observándose. Andrea le había ofrecido el fruto prohibido del conocimiento y se encontraba en una dimensión desde la que era capaz de verse, de juzgar y evaluar su propia vida. La opción de abandonar el Paraíso, en este caso el Infierno, era sin duda la única salida. Tenía que alejarse de todo lo que le había sido entregado y adentrarse en un mundo donde pudiera hacerse cargo de su persona. Tenía que librarse del pecado original, en su caso su herencia familiar, que le arrastraba y condenaba a vivir sin conciencia ni decisiones propias.

Una sensación desconocida le invadía. Aspiró el aire y lo encontró lleno de matices que hasta ese momento no había percibido. Lo que iba a hacer era difícil y requería esfuerzo, compromiso, voluntad y coraje, pero eso era justo lo que necesitaba. Una oportunidad para ser, para demostrarse a sí mismo que no tenía porque aceptar el papel que hasta entonces había interpretado para él y para el resto. Había pecado, cometido errores terribles para los que no había perdón posible y lo sabía, pero no quería pasarse la vida lamentándolos, que eso fuera todo lo que quedara de él. Andrea lo había expuesto con claridad. Tenía dos opciones, quedarse y entregarse a la policía, confesar sus crímenes y pagar por lo que había hecho con la cárcel, o marcharse y tratar de convertirse en la persona que podía haber sido de no haber nacido rodeado de sus circunstancias, aferrado a su estupidez y debilidad.

La idea de pagar por lo que había hecho, de pasar su vida en la cárcel era desde la perspectiva de la ley y la justicia social la que merecía. Pero por otro lado no iba a beneficiar a nadie porque el mal estaba hecho, y meterle en la cárcel no iba a devolver la vida a Medioli ni sanaba los huesos de Paolo ni del inmigrante. Puede que fuera lo más justo, pero si pudiera hablar con ese juez que decidiría su destino en caso de ser juzgado por los hombres, imaginando que ese juez pudiera acceder a todas las circunstancias, sucesos y detalles que habían coincidido para que su vida fuera lo que era, y asumiendo que ese juez pudiera mirar dentro de su alma y observar la necesidad que tenía de cambiar y hacer algo positivo con su vida, suponiendo que ese juez pudiera sentir el dolor y el arrepentimiento que le recomía y cómo en esos momentos la crudeza de la visión no sólo de lo que había hecho sino pensado y sentido le horrorizaba… Si todo eso fuera posible, le preguntaría si no consideraba que darle la oportunidad de tratar de enmendarse en la vida, de tratar de cambiar y luchar contra lo que había aprendido, de permitirle hacer trabajos forzados consigo mismo, no era mejor que encerrarle en una celda donde desde luego, merecía estar, pero donde no podría más que dejarse morir sin oportunidad de luchar… Ares se restregó la cara. Merecía ser castigado, ¿pero? pensó, ¿se podía pagar con sufrimiento el sufrimiento de los otros? Si esa era la única forma de pagar ¿no había sufrido él por anticipado con el desprecio que sentía hacia sí mismo y sus actos, con la desesperación que le producía ser testigo del odio y la crueldad que sin saber por qué le movían? ¿No había experimentado ya en su impotencia y mezquindad los terrores del infierno?

Ares metió en una bolsa de viaje todo lo que tenía algún valor económico: los papeles de su Ferrari, su reloj de oro, su pitillera de plata, una cadena de oro, un horrible anillo de oro con incrustaciones de diamantes, varios gemelos de oro blanco y plata, una maleta y un neceser de piel de cocodrilo... Mañana por la mañana iría a vender todo aquello y a liquidar el dinero que tenía en su cuenta bancaria particular. Se quedaría sólo con lo suficiente para comprar un billete de avión y poder sobrevivir un par de semanas. Todo lo demás se lo entregaría de forma anónima a Salvatore, el inmigrante que había golpeado en la calle y a su familia. No era demasiado pero era todo lo que poseía.

Tenía que coger su pasaporte del piso de Roma, ir a la agencia de viajes y hacer una maleta ligera con lo básico, algo con lo que pudiera tirar de un lado para otro sin que fuera un fastidio. Miró su armario repleto de prendas de marca, todas demasiado chillonas y ordinarias para la vida que le esperaba. Cogió un par de vaqueros, un par de camisas blancas, y pensando en Andrea, varias camisetas de algodón blancas y negras. Unas botas todoterreno, una cazadora de piel marrón, calcetines, calzoncillos... Del baño se guardó sólo los útiles de afeitado. El resto, todo eso que hacía sólo unas horas le parecía tan imprescindible, lo dejó allí con la placentera sensación de tirar lastre.

Guardó la maleta preparada en su armario y salió de casa. No le diría nada a sus padres hasta que tuviera el billete y todo estuviera listo. Sabía que tratarían de detenerle, sobre todo su madre. Pero ya había tomado la decisión. Regresaría con todo solucionado y él y Andrea saldrían de la casa. No juntos. Sólo habían quedado en que él la dejaría en el tren en Roma, pero ¿por que no confesarlo? Aún tenía esperanzas.

Cuando puso el coche en marcha, Constanza se asomó desde la habitación de Fedra, donde estaban hablando en voz baja.

-Ares sale. Habrá quedado en Roma -dijo Constanza con voz queda.- Mejor así.

Hacía sólo un rato que Andrea había bajado de la capilla para decirles que se marchaba y al principio, Constanza había sentido un alivio tremendo. Pero después, no sabía si porque había presentido algo en sus palabras o en su actitud, se había sentido inquieta. ¿Por qué se iba de pronto? No comprendía aquel cambio repentino. Constanza no dejaba de darle vueltas a la cabeza.

-Mi madre no puede haberse marchado así como así, sin sus cosas, con lo puesto. No es su estilo y lo sabes -dijo Fedra sentada en la cama de su cuarto con los ojos enrojecidos y vidriosos, el cutis apagado y marchito. Tampoco ella podía dejar de darle vueltas a la repentina desaparición de Trisífone.

-No podemos hacer nada más que esperar -respondió Constanza, sentándose de nuevo sobre el diván.

-¿Esperar a qué? —dijo, levantando los brazos con impaciencia y volviéndolos a posar sin ganas sobre las piernas.

-No lo sé. A que regrese quizá.

-No se ha marchado. Estoy segura de que le ha pasado algo. ¿Le has preguntado a Ares...?

-¿Qué quieres decir? -dijo Constanza, mirándola con suspicacia.

-No sé... quizá él sepa algo -dijo Fedra midiendo sus palabras.

-Ya ha dicho que no sabe nada.

-¡Tenemos que saber la verdad! -lloriqueó con obstinación-. Homara sabe algo pero no quiere decirlo. Si ha dicho que no esperemos que vuelva es porque sabe que le ha ocurrido algo y sabe quién lo ha hecho. Ella ha hablado varias veces con Andrea... a solas.

-¿Por qué crees que Andrea querría hacerle algo a tu madre?

-No lo sé. Pero tampoco entiendo qué hace aquí después de que mi tío la haya echado y por qué ahora dice que se va.

-Sí, eso es lo que más me preocupa. No confío en ella. No sé qué quiere, ni lo que pretende. Puede que esté loca. Si ha hecho desaparecer a tu madre como dices... bien puede hacernos desaparecer a todos.

-Homara sabe algo sobre ella. Dice que es peligrosa y que tengamos cuidado con lo que hacemos. Algo querrá decir con eso.

-Ya sabes que Homara vive en otro mundo -respondió Constanza, frotándose las manos nerviosa-. No podemos tomar en serio todo lo que dice -añadió sin mucha convicción.

-No, pero ella ve cosas... acuérdate... mil cosas... -dijo, tratando de recordar una.

-Sí. Lo sé. Antes me preocupaba que Andrea estuviera en la casa, pero pensándolo mejor lo que en realidad es un peligro es que se marche con todo lo que sabe sobre Ares -dijo Constanza-. Ayer subí a limpiar la incineradora de arriba abajo, por si la policía viene a investigar, pero todo lo demás... ¿Quién la echaría de menos? -preguntó entonces, bajando la voz.

Fedra la miró espantada, en silencio.

-Sabe demasiado -añadió Constanza fatigada, con la mirada perdida en un futuro que cada vez adivinaba más oscuro-. Si se marcha jamás podremos estar tranquilos. Ares dice que no le delatará, ¿pero él que sabe? Es sólo un estúpido enamoradizo. Podría aparecer en cualquier momento para chantajearnos. Y yo no tengo fuerzas para vivir así...

-Pero... -balbució Fedra-. ¿Qué estás diciendo?

-Ya lo sabes.

Fedra se cubrió la boca.

-¿Tu no sabías que tu madre estaba envenenando a tu tío? -preguntó Constanza.

-Ya te he dicho que no mil veces.

-Eso es lo que dices, pero ¿cómo sé que es cierto?

-No puedes creer que yo...

-Sabías lo del dinero, lo del partido, lo de Medioli... ¿Quién me dice que no sabías todo lo demás? ¿Qué mas escondes?

-Nada. Nada más. Lo juro -contestó, tratando de parecer ofendida.

-Sin tu madre aquí es difícil probarlo, pero te conozco. Quieres tener todo sin ensuciarte las manos. Recriminas los actos de los demás pero te beneficias de ellos. Si quieres quedarte en esta casa tendrás que ayudarme.

-Yo también podría llamar a la policía y contarles lo que sé. ¿No lo has pensado?

-Sí, pero no lo harás porque valoras más tu comodidad.

-¿Pero y mi madre? ¿No vamos a hacer nada?

-No sabemos qué ha pasado y no podemos llamar a la policía. ¿Qué quieres? ¿Qué se pongan a investigarnos a todos? ¿Quieres darles más motivos para sospechar de nosotros? Ya oíste lo que dijo el policía. Hay demasiados incidentes relacionados con esta casa... Medioli, el inmigrante, el accidente de Paolo...Y además ¿para decirle qué, qué han desaparecido nuestras joyas y ella? Lo que faltaba.

-¿Qué quieres hacer con Andrea?-preguntó con miedo.- ¿Vas a matarla?

-No -contestó con aprensión, agarrándose la garganta-. Matarla no. Pero... La dejaremos encerrada en el cuarto secreto. Allí no la encontrará nadie -dijo y guardó silencio unos segundos-. No pienso permitir que arruine nuestras vidas.

-¿Vas a dejarla allí... encerrada?

-Sí.

-¿Hasta cuándo?

-Hasta... que se muera ella sola... de sed y de hambre -dijo, apretando los dientes.

Constanza cerró los ojos y sacudió la cabeza como si sus propios pensamientos la horrorizaran. Como si estuviera haciendo un esfuerzo por seguir los dictados de su miedo. Aquel miedo sabía mejor que ella lo que era necesario. No podía ser débil y dejarse vencer por la compasión. Tenía que defender lo que era suyo. ¿Qué clase de madre era si no estaba dispuesta a hacer lo imposible por su hijo? Miró el reloj con nerviosismo.

-Tengo que hablar con Francesco antes de la comida. Luego

seguiremos hablando.

-Sí- contestó Fedra sumisa.

En su despacho, Visconti no lograba recuperarse de su cansancio. Se sentía abatido y sin fuerzas, pero era su propio veneno el que le recomía en esos momentos. No habían llamado a ningún médico porque se exponían a sus preguntas y ¿qué podían decir?

De todas maneras estaba acabado y lo sabía. Lo sabía porque tenía el miedo agarrado al estómago y porque detrás de cada problema no descubría ya una oportunidad para luchar y demostrar su valor, sino que con cada tropiezo se hacía más y más pequeño. ¿Le había abandonado su *daimon* o era él quien le había desatendido? ¿Por qué ya no tenía fuerzas para imponerse, para luchar? ¿Dónde estaba todo ese coraje sobre el que había escrito libros? ¿Es que no había aprendido nada después de tantos años?

Quizá estaba equivocado y esa limadura de las pasiones, de las euforias y de los extremos que se alcanzaba con la edad no eran más que un pretexto. Quizá lo único verdaderamente heroico era luchar contra los genes y el tiempo y mantener intacta nuestra fuerza y nuestro coraje. Quizá esa comprensión y docilidad de las que se hacía gala a cierta edad, no fueran más que consecuencias orgánicas que la naturaleza impone cuando nuestro cuerpo deja de poseer el arranque necesario para defendernos. No era sabiduría sino prudencia lo que había ganado. Había envejecido de golpe y se había hecho consciente de sus errores de golpe. Y en esa trayectoria había arrastrado a su familia con él. Ares llevaría sobre su espalda crímenes difíciles de olvidar, Constanza estaría siempre temiendo que Andrea apareciera para chantajearles, en cualquier momento podía aparecer Trisífone, muerta, o mucho peor, viva y, arrebatada de odio, informar a la policía sobre Ares y contar lo que realmente le había sucedido a su padre.

Visconti se restregó la cara con las manos. No, ya no podían regresar a ese tiempo en el que la felicidad era una posibilidad, ese tiempo en el que se sentían orgullosos de sus vidas y de su trabajo. Todo era mentira. Incluso si la policía no descubría nada, si Andrea se marchaba sin más y no volvían a saber de ella, si Trisífone desaparecía para siempre, si Paolo se recuperaba sin complicaciones…Incluso así, ¿Qué clase de familia serían? Había demasiados secretos, demasiados recelos, demasiada vergüenza. ¿Qué daría sentido a sus vidas? Tenían lo que merecían, eso no podía negarlo, pero… Quizá todo podría haber ocurrido de otra forma. ¿O no? ¿Podía haber evitado que su hijo quedara en manos de una bruja? Claro que sí. Se lo había entregado a Trisífone a sabiendas. Él había destrozado la vida de Trisífone separándola de su marido y, sin que nadie le reclamara ni defendiera, Ares había sido sacrificado por esa causa. Sólo Trisífone sospechaba que en la muerte de su padre se escondían más motivos que los altruistas. Renunciando a Ares y dejándolo en sus manos de forma tácita, Trisífone había confirmado sus sospechas. Ese crimen primordial que él había cometido asesinando a su padre había dejado una mácula, una miasma que había envenenado el futuro de todos los relacionados con él.

Desde un hipotético juicio histórico había hecho lo correcto porque matándole había salvado muchas vidas. Pero en el recóndito universo de las verdaderas razones, ese del que sólo nosotros somos jueces, él era un asesino y lo sabía.

Visconti se levantó incómodo de su mesa y fue hacia los ventanales. El sol brillaba soberano en un cielo inmaculado, despejado de nubes. Ninguna amenaza se cernía sobre el astro, tampoco sobre él. Y sin embargo, no podía apartar de sí una sensación incómoda que tenía que ver con Andrea. Una sensación que no le dejaba en paz. Una vez más se repitió que a nadie le importaba lo que pensara de él esa desconocida. Se lo repitió con obstinación una y otra vez, con demasiada obstinación, se dijo asustado. Algo le quemaba la sangre. Era como si sólo el conocimiento de su existencia hiciera imposible cualquier posibilidad de rehacer su vida. Sabía que su actuación de los últimos días sería olvidada o perdonada, incluso comprendida por su familia, pero la marca que había dejado en Andrea era como una cicatriz en su propio rostro, como si un espejo fantasma le siguiera a todas partes. Ella había "visto" y su mirada era imposible de obviar. Si hubiera alguna forma de que aquellos ojos desaparecieran... Que se marchara no era suficiente, pensó torturado. Se horrorizó de sus propios pensamientos.

Para alejarse de aquel suplicio trató de pensar en otra cosa. Tenía que llamar al hospital para preguntar por Paolo. Sí, se dijo. Mañana irían a verle. El médico había dicho que se encontraba mejor.

En ese momento Constanza entró en el despacho y mirándole con aire solemne dijo:

-Tenemos que hablar.

Visconti supo que le iba a proponer algo terrible, pero ya no podía luchar contra ella.

-Hablemos- dijo solamente.

Constanza se dijo entonces que le tenía en sus manos, que haría lo que le pidiera.

XXXV

LO ESENCIAL

> De todos modos, sabía lo que dice Homero: que la
> madre de Aquiles era una diosa; que fue despojado y
> menospreciado por un monarca, a quien derrotó; que
> tenía un camarada al que amaba como a su vida,
> y que estaba furioso.
> Mary Renault
> *Alejandro Magno*

Eran casi las cinco y Visconti estaba sentado en un sofá cubriéndose la cara con las manos. Era difícil señalar si su gesto denotaba vergüenza, tristeza, o ambas cosas. Levantó los ojos y su mujer y él se miraron en silencio. La conversación que habían tenido antes de la comida había quedado inacabada pero la semilla ya estaba plantada. Ahora era cuestión de poner en marcha el plan y ultimar los detalles.

-¿Está cargado el rifle? -preguntó Constanza.

Visconti no contestó. Se levantó del sofá, fue hacia la chimenea y descolgó el arma.

-Nos arrepentiremos toda nuestra vida -dijo, solamente.

-Me arrepentiré si a mi hijo le pasa algo. Piensa en esto como en una guerra. Es en legítima defensa.

-¿Legítima?

-Mataste decenas de hombres en la guerra. ¿Por qué ahora es diferente? Está vez estás defendiendo a tu hijo. ¿Por qué iba a ser más legítimo hacerlo por tu país que por tu hijo?

-Mi hijo no tiene defensa posible. Está condenado como lo estamos nosotros -dijo con desgana.

Sabía que estaba siendo egoísta. Se había rendido y ya no le importaba arrastrar a todos con él. Y aunque podía verse, aunque era consciente de su sordidez, en esos momentos odiaba al mundo entero y especialmente a aquellos a quien tenía más cerca. Se odiaba a sí mismo.

-Quizá deberíamos utilizarla con nosotros mismos -añadió, mirando el arma.

-No digas tonterías -exclamó Constanza arrebatándosela-. Eres un egoísta ¿No quieres darle una oportunidad a Ares? Piensa en el futuro, en su futuro. Puede rehacer su vida, casarse, tener hijos. Nietos, Francesco, nietos... La vida es muy larga, piensa en el futuro. Todavía podemos ser felices.

-No... -dijo, negando con obstinación.

-Ahora estás metido en un pozo y no ves con claridad, pero yo sí, yo veo todo con una claridad deslumbrante y sé que es posible recuperar nuestra vida.

Visconti se dejó caer en el sofá sin energía. Sí. Él mejor que nadie sabía que estaban cayendo. Sabía que estaba dejándose arrastrar al abismo más oscuro y espeluznante que el hombre conocía. Estaba siendo arrastrado por el poderoso influjo de los dioses primigenios. Él había escrito sobre ello y sabía que existía una explicación mitológica para todas y cada una de nuestras disposiciones psicológicas. Si tuviera que plasmar lo que les ocurría, como si él mismo fuera un personaje de una de sus novelas, diría que Caos y toda su descendencia estaban sitiándoles, infiltrándose en su mente, tomando el control sobre sus personas. Pero que lo supiera no cambiaba nada. La fuerza de su resentimiento y la profundidad de su humillación eran más fuertes. Así eran los dioses primigenios: insobornables, imperturbables, inconmovibles... No cambiaba nada que pudiera ver con claridad lo que estaba haciendo. Cuando la ira y la destrucción tomaban posesión de nuestra persona toda la sabiduría y el sentido común desaparecían como si nunca hubieran existido. Una vez que la puerta estaba abierta era casi imposible cerrarla.

-Toda la vida has sido tú quien ha cuidado de esta familia, quien se ha ocupado de sus necesidades -dijo Constanza arrodillándose junto a él y cogiéndole del antebrazo-. Déjame que sea ahora yo quien lo haga. Has estado a punto de morir y estás cansado, enfermo todavía. Pero ya verás, te pondrás bien y todo será como antes.

Visconti sabía que aquello no era una demostración de amor sino un ultimátum. Le estaba diciendo que no había sabido hacer su trabajo, que había tenido su oportunidad y que ahora era su turno. La miró muy serio. Nunca imaginó que su mujer tuviera tanto arrojo, que semejante brutalidad pudiera ser justificada apelando a un intachable sentido del deber.

-Iremos todos a la cárcel -dijo Visconti con indiferencia.

-No. Confía en mí. Tu no tienes que involucrarte. Lo haré yo todo. Fedra me ayudará.

-¡Ay, Dios! -dijo con desesperación-. ¿Qué sabéis vosotras dos?

-Te lo voy a demostrar -dijo, saliendo del despacho con el rifle oculto bajo su bata.

Constanza cruzó el pasillo con rapidez y entró en la habitación de Fedra.

-Ponte algo de ropa -dijo mostrándole el arma.

Fedra estaba leyendo una revista en camisón y al verla se puso en pie con gran estruendo.

-No seas estúpida y acompáñame -repitió Constanza.

Fedra se vistió rápidamente, se calzó unos zapatos y mecánicamente se acercó al espejo del tocador y cogió un pintalabios.

-¡Deja eso ahora! -masculló Constanza con rabia.

Fedra soltó el pintalabios como si fuera a ella a quien amenazara con el arma.

-Saldremos por la puerta delantera.

El recibidor estaba envuelto en una luz incandescente, como de rescoldo. Las dos mujeres bajaron sin hacer ruido por la escalera. Constanza con el arma oculta bajo su larga bata. Fedra aturdida como un ratón atrapado en una caja, temblando de pies a cabeza.

-¡Os matará! -dijo una voz detrás de ellas cuando cruzaban el recibidor.- Nos matará a todos.

-¡Schssssss! -dijo Constanza, girando sobre sus pies.

Homara estaba en lo alto de las escaleras con el pelo revuelto y la ropa desarreglada.

-¿Quieres hacer el favor de irte a tu cuarto y callarte? -masculló Constanza.

-¿Dónde creéis que vais par de infelices? No tenéis ni idea de a quien os estáis enfrentando.

-¿Quieres bajar la voz? -dijo Constanza desde abajo.

-Pero si aquí no hay nadie más que nosotros -dijo Homara-. No se os ocurra ir... -dijo estirando el brazo con la palma de la mano abierta hacia abajo como si estuviera invocando una fuerza sobrenatural -... Os matará.

-No sabes lo que dices. Déjanos en paz -dijo Constanza regresando a la puerta.

-Sois como dos corderos que van a meterse en la boca del lobo. Aunque en este caso el lobo es quien viste de blanco.

-Estás loca -dijo Constanza.

-Constanza… -comenzó a decir Fedra muy bajo.

-¿Qué? ¿Constanza qué? -gritó fuera de sí.

-Que no creo que…

-¿No crees qué? A nadie le importa lo que creas. Limítate a hacer lo que te diga. Y tú -dijo mirando hacia arriba-, vuelve a tu cuarto y deja de decir estupideces.

-No tienes que preocuparte por ella -dijo Homara-. No dirá nada. Créeme. Lo que vas a hacer no tiene sentido. No es necesario…

-No podemos arriesgarnos -contestó Constanza enajenada-. Alguien tiene que acabar con ella.

-No serás tú, te lo aseguro -dijo Homara con impotencia y tristeza.

-Vamos -dijo Constanza, abriendo la puerta.

Desde el tejado de la capilla, donde se apuraba por terminar los arreglos, Andrea vio cómo Constanza y Fedra subían el repecho con paso nervioso, el rifle escurriéndose bajo la bata de Constanza. Andrea soltó la espátula, se limpió las manos con un trapo y entró en la capilla. Junto a la ventana estaba su revólver. Se lo guardó en la espalda y se puso la chaqueta para cubrirlo. Se miró los pantalones cubiertos de cal y se los sacudió con el trapo. Después apoyó una pierna sobre el asiento del banco y aguardó a que subieran.

Las mujeres ascendieron despacio los escalones de la capilla, deteniéndose a cada paso para aguzar el oído. Cuando alcanzaron el piso superior y vieron a Andrea observándolas desde el fondo se detuvieron. Constanza empuñó el arma y la miró con seriedad.

-Levanta los brazos. Recoge tus cosas. Vas a venir con nosotras.

-Si levanto los brazos no puedo recoger mis cosas-. contestó Andrea.

-Pues… recógelas… con los brazos… -dijo Constanza nerviosa.

Andrea las miró con curiosidad. Metió las cuatro cosas que tenía fuera en la maleta y decidió seguirles el juego. Ver hasta donde eran capaces de llegar.

-Baja -ordenó Constanza.

Andrea descendió los escalones y cuando estuvieron abajo Constanza le pidió que caminara hacia la casa por un camino angosto cubierto de hierbas crecidas y despeinadas. Por lo que había sido un sendero alcanzaron la parte trasera del palazzo. En un recodo, unas escaleras estrechas descendían hasta una puerta herrumbrosa. Fedra cogió las llaves que Constanza le alargó y entraron en un sótano húmedo y oscuro lleno trastos viejos: lienzos cuarteados, un cabecero oxidado, maceteros agujereados, un carrito de bebé sin una rueda, muñecos sin brazos ni piernas, con ojos vacíos o vidriosos, trenes de juguete, maletas viejas, lámparas rotas… Fedra encendió la luz y despejó con esfuerzo algunos trastos de delante de una pared cubierta de estanterías, mirándose las uñas a cada paso y resoplando con teatralidad. Después introdujo una llave en la cerradura que quedó al descubierto tras un panel y la estantería se abrió dejando un hueco oscuro tras ella. Era una cámara secreta que se había usado durante la guerra para esconder partisanos y judíos.

-Entra -dijo Constanza.

Andrea entró en la pieza despacio, lista para enfrentarse a ellas en caso de que la cerradura fuera complicada. Pero cuando franqueó la puerta vio que se trataba de una cerradura vieja, simple y fácil de abrir y dejó que la encerraran. La estupidez y torpeza de aquellas mujeres no tenía límites, pensó. Cerraron la puerta tras ella. Andrea escuchó que echaban la llave y cuando salieron del sótano volvieron a cerrar con llave. Andrea encendió la linterna que llevaba en el bolsillo e inspeccionó el lugar. Tiró de la cuerda que colgaba de la bombilla en el techo pero no se encendió. La habitación olía a humedad, una humedad rancia y estancada. Había una cama pequeña contra la pared, una mesa y una silla pegadas al muro opuesto. En otro rincón, tras un biombo apolillado había un inodoro y un lavabo renegridos. Cogió la silla por el respaldo y la giró. Se sentó en el centro del cuarto, jugando con la linterna entre sus manos. Después de un momento la apagó y se quedó a oscuras. Pensando.

Después de varias horas se puso de pie, encendió la linterna y sacó de la maleta un broche del que colgaba una medalla de la Virgen Milagrosa que Sor Agnes le había dado hacía años y que siempre llevaba prendido por dentro de un jersey. Se guardó la medalla en el bolsillo y estiró y retorció el alambre hasta convertirlo en una fina ganzúa. La puerta cedió inmediatamente.

Debía ser tarde y todo estaba en silencio. La luz de la cocina estaba apagada. Tampoco había luz en el salón. Andrea caminó envuelta en sombras azuladas hasta la terraza que daba a la piscina. Miró hacia arriba y vio que el despacho de Visconti también estaba a oscuras. Trepó con agilidad por los contrafuertes cubiertos de hiedra y alcanzó la terraza del que había sido su cuarto. Como siempre, los ventanales estaban abiertos de par en par. Accedió al rellano de la escalera sin hacer ruido. Todo estaba en silencio. Andrea atravesó el pasillo y entró en el cuarto de Homara.

La mujer descansaba sobre su espalda con las manos cruzadas sobre el pecho. Andrea le tapó la boca y la sacudió ligeramente. La anciana despertó dando un respingo.

-No se asuste. Soy yo -dijo Andrea.

-No me asusto, no se preocupe -dijo, cogiendo sus manos con

firmeza-. Sabía que vendría. ¿Qué ha pasado?

-Me han encerrado en una sala que hay en el sótano.

-¡Ah! La sala secreta -dijo-. Constanza está enloquecida. Las vi salir esta tarde… Las pobres no saben lo que hacen -dijo como si eso fuera un atenuante.

-Claro que lo saben.

-No las mate, por amor de Dios. Se lo ruego -suplicó en voz baja.

-¿Por quién me ha tomado? -preguntó Andrea-. Usted sabe qué planean hacer conmigo ¿Verdad?

Homara calló un momento.

-Simplemente, márchese. Ahora. Váyase, por favor -dijo Homara.

-No puedo -contestó Andrea.

-¿Por qué?

-Porque tengo que saber hasta dónde son capaces de llegar.

-Yo le diré hasta dónde son capaces. Constanza quiere dejarla morir allí dentro. No tiene agallas para matarla, pero sí para dejar que se pudra en ese agujero.

-¿Lo sabe Visconti?

Homara calló de nuevo.

-Trisífone ha conseguido lo que quería. Ha acabado con mi hermano -dijo entonces la anciana. Le apretó las manos y poniendo todo su empeño y sentido dijo-: Sé que tiene muchas razones para estar enfurecida, que son crueles, egoístas y débiles, pero verá usted, es que son humanos. Quizá superan al resto por sus agallas y perversidad, quizá sus pasiones y motivaciones están más a flor de piel y por su educación y circunstancias están más dispuestos a luchar por lo que quieren sin considerar las consecuencias, pero el mundo entero es así. Sólo tratan de defender lo que es suyo. Puede matarles pero no acabará con la mezquindad -dijo entonces-. Por mucho que se esfuerce nunca terminará con todo aquello que merece ser eliminado de nuestro imperfecto mundo.

Andrea la miró muy seria.

-Es usted una idealista y simplemente por eso no es compatible con este mundo -dijo Homara palmeándole las manos-. Y no quiero decir con esto que no tenga razón. Es el mundo el que está equivocado, pero el mundo lleva siendo así desde el principio de los tiempos y sólo gracias al reconocimiento de su imperfección es posible la vida. Todos necesitamos de los otros a la hora de expiar nuestros errores. La compasión y la comprensión son mecanismos necesarios para la convivencia. El mundo necesita del mundo pero a usted le basta con sus ideales, y por eso no hay comunicación posible, porque hablan idiomas distintos. Es usted de una intransigencia imposible y sólo por eso nadie tendrá jamás su aprobación.

-Se equivoca. A mí me han criado personas reales. Un hombre y treinta mujeres. Y le puedo asegurar que todos ellos son fuertes e inteligentes, generosos y alegres.

-Eso es a lo que me refiero. Usted es imposible. Su historia es imposible. Sus orígenes, su educación, sus metas, el misterio de su propio carácter son demasiado particulares como para ser tenidos en cuenta. Su excepcionalidad es inconcebible. Y sin embargo existe. Y es necesario que exista. Sólo Dios sabe cuánto. Pero este mundo es demasiado imperfecto y está demasiado acomodado a sus errores como para que pueda satisfacerla. -dijo Homara

-No todo en este mundo es debilidad y estupidez -dijo Andrea-. Hay personas valerosas y alegres, personas que saben reconocer lo esencial y que actúan anteponiendo sus ideales. Personas que no se amparan en la autocompasión y que creen en sí mismas y en el poder de sus propios actos. Personas que luchan por ser mejores y que no tienen miedo de ver sus defectos, personas dispuestas a hacer el mejor uso de sus capacidades…

-No lo dudo, pero… ¿Cuánta gente así conoce?

-No demasiada, pero existen.

-Lo que trato de decirle es que estoy preocupada por mi familia -reconoció Homara-. Ha llegado usted a esta casa y ha puesto a cada uno en su sitio, incluida a mí. Y en cierta forma se lo agradezco. Pero ahora sé que usted tenía razón y que esto no ha terminado… Sé que sigue aquí porque quiere ayudar a Ares y porque quiere saber hasta dónde pueden llegar pero… Es usted más inteligente y más fuerte. Si pudiera perdonarles su fragilidad y estupidez…

-¿Perdonar? -dijo Andrea-. ¿De qué serviría que Visconti o Trisífone le pidieran perdón a Ares? Incluso aunque lo hicieran de corazón, siendo conscientes de la magnitud de lo que han hecho, ¿quién puede devolverle a Ares su pasado? Hay cosas que no se pueden perdonar, Homara. El perdón es un beneficio para quien lo solicita, no para la víctima, porque hay injusticias que son irreparables. Y es cierto que acabar con la vida del criminal no devuelve la vida del asesinado -dijo, pensando en Giovanni-, pero restaura un equilibrio cósmico. Si son realmente pecados no se pueden, no se deben perdonar, porque se pasa por encima de la idea de justicia, y es una afrenta al ofendido. El perdón es como esa comprensión de la que hablaba hace un momento: sólo un acuerdo entre las partes. Se pueden perdonar los arrebatos, las cosas que no tienen importancia esencial. Pero lo verdaderamente importante es imperdonable. Yo he visto a niñas drogadas y golpeadas, encerradas en cuartos inmundos donde los hombres iban a satisfacer sus deseos más repugnantes. Por mucho que esos cerdos hayan tenido su merecido, ¿quién puede restaurar la inocencia de esas criaturas? Aunque alguno hubiera vivido lo suficiente como para darse cuenta de su monstruosidad y arrepentirse ¿De qué le serviría a esas niñas? Dígamelo. Ya les han arrebatado lo esencial. No me hable de perdón.

Homara guardó silencio unos segundos.

-¿Qué puedo decir? De nuevo tiene usted razón -dijo con tono grave-. Habla usted desde un lugar que está más allá de mis competencias. Usted sabe lo que hay que hacer y no tiene miedo de hacerlo porque pertenece en cuerpo y alma a una época que ya no existe, una época heroica donde la compasión y el perdón instaurados por el cristianismo aún no existían. Pero esa época era demasiado dura, usted lo sabe. Era una edad de hierro donde no había lugar para consensos ni políticas sociales. Es cierto que ahora somos más blandos, más hipócritas y menos exigentes con nosotros mismos, pero si todo el mundo fuera como usted, no existiríamos.

-¿Sería eso tan horrible?

-No lo sé-. Homara regresó al tema que le preocupaba-. ¿Hasta dónde está dispuesta a llegar para saber hasta dónde están dispuestos a llegar? -preguntó con tiento.

-Hasta el final.

-¿El final de quién?

-Del que menos fuerza e inteligencia tenga.

-Sabe que usted es mucho más fuerte y mucho más inteligente.

-Pero ellos no lo saben -dijo Andrea con un tono de voz que Homara nunca había percibido en nadie. Más que un tono fue una vibración del aire, algo indefinible que penetró no sólo sus oídos sino su entendimiento. Homara sintió entonces verdadero miedo de la presencia que tenía delante. El silencio que quedó suspendido entre ellas adquirió una consistencia de luz. Homara no podía verla pero supo que Andrea estaba en esos momentos mostrando su verdadera naturaleza, revelándole un secreto.

Con la misma potencia pero acariciando sus arrugadas manos Andrea dijo:

-Somos indestructibles.

Andrea salió de la casa como había entrado, sin hacer ruido, como un fantasma. Homara no supo lo que había querido decir con aquello. Si se refería a que la justicia y los ideales siempre permanecerían inmutables, o que ella era consciente de su propia inmortalidad. A fin de cuentas lo lógico era que estuviera muerta. Por qué no lo estaba era algo inexplicable, algo a lo que Andrea parecía no darle demasiadas vueltas. Homara pensó que aquella muchacha aceptaba lo más extraordinario con una serenidad y una entereza impasibles, como si en el fondo sospechara que era precisamente toda esa excepcionalidad lo que la definía. Su vínculo con lo prodigioso era tan habitual para ella como el ideal desde el que se relacionaba con el mundo.

No podía negar que gracias a ella y después de mucho años se sentía despierta, realmente viva. Homara se dijo que tenía que hablar con Constanza y con su hermano. Tenía que hacerles entrar en razón. Debían saber a lo que se exponían, lo que estaban colocando sobre sus hombros. No era una de esas ocasiones en que podemos permitirnos actuar arbitrariamente, desligados de las repercusiones de nuestros actos. En esos momentos estaban dentro de la mirada de Andrea y eso tenía un significado especial. Estaban contenidos en un tiempo y un espacio concluyentes e inevitables donde nada pasaba desapercibido. Uno de esos momentos definitorios que deciden destinos, originan principios y dan lugar a finales.

Homara se dijo que habían alcanzado un status cósmico. Sus actos habían entrado a formar parte de una Teogonía y el universo entero estaba pendiente de lo que ocurría en la casa.

XXXVI

REDENCIÓN

Behold! I am doing a new thing,
even now it is springing to light.
Do you perceive it?
Isaiah, 43:18
(¡Contemplad! Estoy haciendo algo nuevo, ahora
mismo está brotando hacia la luz. ¿Podéis verlo?)

Cuando llegó a media tarde de Roma, con su billete de avión en el bolsillo y liberado de todo lo que le anclaba a su infierno particular, Ares lo hacía como un hombre nuevo. Había vendido su Ferrari en un concesionario de coches usados por un valor menor del que le habrían dado en la casa Ferrari, pero había podido hacerlo rápidamente. Había enviado una carta al despacho de abogados de su padre en la que decía que renunciaba a cualquier herencia que le correspondiera, había pasado por el hospital donde estaba Paolo para hablar con él y despedirse, y había entregado a la enfermera que se hacía cargo de Salvatore, el inmigrante, un paquete con una nota en la que anónimamente expresaba su preocupación y manifestaba su confianza en que aquel incidente no le despojara de la posibilidad de ser feliz. Le recordaba a Salvatore que el mundo no estaba representado por la pandilla de niñatos descerebrados e inútiles que le habían golpeado. Deseaba ayudarle a superar las dificultades e impedimentos que imaginaba estaban sufriendo él y su familia en esos momentos, y esperaba que el dinero que le entregaba pudiera al menos atenuar los aprietos económicos por los que estaban pasando.

La mujer de Salvatore, que se había trasladado desde Agrigento para estar con su marido, abrió el paquete sobre la cama después de leerle la carta a su marido y sin poder contener las lágrimas le mostró a Salvatore los fajos de billetes. La enfermera se acercó atónita, con la bandeja de la comida olvidada en sus manos. Lucia, la mujer de Salvatore contó los montones y se cubrió la boca con las manos.

-Debe haber al menos doscientos millones de liras -dijo la enfermera sin poder salir de su asombro.

Salvatore se dejó abrazar por su mujer, que lloró sobre sus piernas con una mezcla de alegría y desconcierto, y su magullado rostro se contrajo de emoción. Sujetó torpemente la nota con los dedos que sobresalían de la escayola y sintió que algo se recomponía en su alma. El simple conocimiento de que su suerte pudiera interesarle a alguien le hizo estremecer. Los tiempos eran difíciles y que un desconocido se preocupara por un inmigrante siciliano era algo excepcional, un milagro casi. Así es como les llamaban, inmigrantes, porque les consideraban extranjeros, intrusos en un país que también era el suyo. Aquel era el suceso más extraordinario que había vivido y significaba para él mucho más que la paliza. Porque de la maldad del mundo él, como todos, ya sabía algo. Pero ser testigo de semejante muestra de generosidad no se veía todos los días. Aquel detalle le devolvía la esperanza y la confianza en el ser humano. Pero le asombraba pensar que el mundo pudiera estar lleno de semejantes extremos: Un desconocido le daba una paliza en la calle sin ningún motivo concreto y otro desconocido ponía en sus manos una fortuna que le permitiría regresar a su pueblo y rehacer su vida junto a su familia.

Salvatore sintió un ligero estremecimiento al que no pudo encontrar explicación. Una sensación de impotencia que contenía a partes iguales agradecimiento e ira. Él no había hecho nada para ganarse aquella paliza, ni tampoco para recibir el dinero. La suerte o la fortuna había transformado su vida y la de su familia y a partir de ese momento nada sería igual.

Dejó que su mujer descargara el llanto que llevaba conteniendo varios días y sonrió con humildad e incomprensión al ver todo aquel dinero extendido a sus pies.

Ares se dirigió después al hospital donde estaba Paolo. Entró en la habitación sin hacer ruido. Paolo tenía los ojos cerrados. Al verle allí tumbado, solo, escayolado e inmóvil, el estómago se le subió a la garganta. No tenía a nadie. En la casa estaban demasiado ocupados con él y los problemas que causaba. Y como siempre, Paolo tenía que conformarse con las migajas que sobraban. Por primera vez Ares intuyó lo que debía de haber sufrido durante años con sus desplantes y desprecios. Imaginó lo que debía haber sido para él perder a su madre de aquella forma, vivir en una casa donde le trataban como a un extraño, siempre temiendo que le expulsaran de allí, siempre tratando de no llamar la atención, siempre buscando la aprobación de su padre. Ares entró y cerró la puerta tras de sí. Avanzó hasta la cama y se colocó a sus pies. El rostro de Paolo estaba amoratado e hinchado. Ares se cubrió la boca para ahogar un sollozo. Podía haberle matado. ¿Cómo podía haber hecho algo así? Al escuchar el sollozo Paolo abrió los ojos y se desperezó. Los analgésicos y sedantes que le estaban dando le dejaban insensible pero en esos momentos era mejor así, prefería no sentir nada. Parpadeó desorientado y tras unos segundos fijó los ojos en una figura que había a los pies de su cama. Al ver que era Ares su mirada se endureció. Ares trató de tragar el nudo que tenía en la garganta y entonces Paolo se fijó en la expresión de su rostro. Nunca había visto aquella expresión en Ares y le impresionó.

-¿Cómo estás?- preguntó Ares.

-Cansado de tanta diversión -contestó.

-Te he traído esto -dijo Ares, acercándose.

Era una bolsa de caramelos de chocolate. Sabía que eran sus preferidos y no sabía si Paolo lo recordaba, pero cuando pensó en qué llevarle, la decisión había sido inmediata, porque él sí recordaba que hacía años le había robado una bolsa que su padre le había regalado por su once cumpleaños. Como siempre ocurría Paolo no se había quejado a nadie por miedo. Porque le preocupaba más que le echaran, que le mandaran a un colegio interno y le apartaran de su padre, que quedarse sin unos caramelos. Ares entonces no sabía cuáles eran las verdaderas razones de su mutismo y en su estupidez pensaba que Paolo era un cobarde y que era de él de quien tenía miedo.

-De chocolate... -dijo Paolo, tratando de sonreír.

Ares respiró hondo, tratando de ocultar sus sentimientos, pero su cara se puso roja y los ojos se le inundaron de lágrimas. Se cubrió la cara con las manos y lloró como hacía mucho tiempo que no lo hacía. Paolo trató de estirar el brazo que no tenía escayolado pero apenas pudo moverlo, le dolía demasiado. Después de unos segundos Ares se restregó la cara y le miró apretando los labios, haciendo un esfuerzo inútil por controlar el llanto. Se arrodilló junto a la cama de su hermano y le cogió la mano. Paolo sintió que su pecho se inundaba de emoción y no hizo esfuerzos por contener sus lágrimas. Durante unos minutos estuvieron así, en silencio, apretándose las manos. Ares levantó la cabeza y trató de hablar.

-No creo que puedas perdonarme nunca, pero quiero que sepas que sé todo lo que has sufrido por mi culpa. No sé por qué, pero lo recuerdo todo con una claridad terrorífica. He sido... - dijo tragándose el llanto-. He sido un monstruo.

Paolo le miró con compasión y pensó con cuidado sus palabras.

-Yo también te he dado lo tuyo… -dijo Paolo con media sonrisa.

-¿Tu?

-Tu me quitabas los caramelos pero yo sabía donde los escondías y me los comía sin que te dieras cuenta… ¿Te acuerdas cuando perdiste el jersey del colegio y tu madre te castigó dos fines de semana?

Ares asintió y Paolo le miró con ojos cómplices. Ares sonrió con incredulidad.

-¿Y cuando estabas aprendiendo a montar en bici y te caíste porque las ruedas de atrás se soltaron? –dijo Paolo, recordando con satisfacción.

Ares le apretó la mano con más fuerza.

-Podíamos haber sido buenos amigos. Podíamos haberlo pasado bien… -dijo Ares

-Hubo buenos momentos -dijo Paolo.

-Venía a despedirme pero antes necesito decirte algo –dijo, poniéndose en pie-. Haré lo que tú decidas.

-¿Sobre qué?

Ares se cubrió la boca con la mano.

-Yo soy el culpable de tu accidente Paolo. Hice un agujero en un tubo del sistema hidráulico.

Paolo le miró con incredulidad, casi con curiosidad. Ares se acercó a la cama.

-Estás así por mi culpa -dijo Ares.

Paolo bajó los ojos y miró las sábanas con concentración.

-Quiero marcharme -dijo Ares-. No puedo seguir aquí. Necesito alejarme de todo el caos que he causado, de todo lo que me ancla a este "yo" que detesto -dijo-. Pero si quieres denunciarme tomaré la responsabilidad por lo que he hecho.

Paolo levantó los ojos y vio aquel rostro desconocido, lleno de expectación y arrepentimiento.

-¿Y Medioli? -preguntó Paolo.

Ares le miró y no contestó.

-¡Medioli! -exclamó Paolo desconcertado.

-Lo sé, es… -Ares se cubrió los ojos con una mano, arrebatado de vergüenza y desprecio por sí mismo.

Paolo le oyó sollozar allí dentro.

-Tienes que irte -dijo Paolo entonces-. Tienes que alejarte de Trisífone. Si no lo haces acabará contigo.

Ares le miró atónito.

-¿Tan obvio es? –preguntó.

-Siempre me ha horrorizado esa mujer. Y cuando más te odiaba más pensaba que te merecías ser un juguete de sus ideas fascistas -dijo Paolo-. Podía haberte ayudado. Habértelo hecho notar y no lo hice.

-No, Paolo. Yo soy el único culpable.

-No- contesto Paolo muy serio -Yo también lo soy. Y nuestro padre también tiene la culpa. Nunca entendí por que te dejaba en sus manos... pero no iba a ser yo quien le dijera nada. Suficiente tenía con mis problemas.

-¿Nuestro padre? -dijo Ares.

-Él podía haber luchado por ti en vez de permitir que ella te educara.

-Pero nuestro padre siempre ha sido un buen padre...

-Podía haber sido mejor -contestó Paolo.

Ares le miró sorprendido. Siempre había pensado que Paolo admiraba ciegamente a su padre.

-No podemos negar lo que es un hecho -dijo Paolo-. Si él se hubiera esforzado algo más yo podría haber estado más integrado, dependía más que nada de él. Tu y yo podíamos haber estado más unidos, y si no te hubiera dejado por imposible puede que Medioli estuviera vivo...

Ares se sentó en la silla que había junto a la cama mirando a Paolo con los ojos agrandados por la sorpresa.

-Yo siempre creí...

-No eres ningún santo, pero no has tenido muchas oportunidades de salir de la telaraña en que Trisífone te tenía atrapado.

Ares le miró con más amor del que nunca había pensado podía sentir. ¿Cómo había podido desaprovechar la oportunidad de crecer cerca de alguien tan generoso y sensato? Se había pasado toda la vida peleando con él sin saber qué clase de persona era.

-Creo que irte es una buena idea -dijo Paolo.

-Tengo miedo de no saber ser otra persona -confesó Ares-. Es como si llevara dentro un demonio, algo que no sé si sabré controlar.

-No es un demonio, es una marioneta. En cuanto cortes las cuerdas verás de lo que eres capaz.

Ares volvió a sentir que no podía contener las lágrimas. Pensó que uno de los mayores horrores de la maldad y el odio era la imposibilidad de reconocer la bondad y la generosidad, quedarse ciego en lo que se refiere a las cosas más obvias y sencillas. Se había pasado la vida odiando. Odiando a su padre, odiando a Paolo, odiando a los inmigrantes, odiando a la gente pobre, odiando a los que eran distintos y sobre todo, odiándose a sí mismo... Y en el fondo ¿Qué sabía de todos ellos? No sabía siquiera quién era su hermano. Ni siquiera había sospechado lo que tenía dentro de sí mismo.

-Tienes mi bendición -dijo Paolo bromeando, tratando de estirar su brazo.- Lárgate.

Ares le miró sonriendo.

-Puede que ahora que te vas nuestro padre sepa que existo -dijo Paolo con ojos risueños-. Sí, vete. Seré hijo único y me aprovecharé de ello.

-Si alguna vez vas por Arizona, ven a visitarme.

-¿Arizona? -preguntó Paolo-. ¿Por qué Arizona?

-No lo sé -contestó-. Cuando me puse a pensar donde quería ir recordé las películas de cowboys que veíamos de pequeños. Esos paisajes imposibles de Monument Valley donde no hay nada a lo que agarrarse. Esa figura solitaria a caballo...-añadió sonriendo- Puede que sea porque es lo contrario a toda la exuberancia a la que estamos acostumbrados. Necesito un paisaje así, lleno de nada, esencial.

-¿Pero cuando piensas volver? -preguntó Paolo.

-No lo sé. Puede que nunca- contestó mirándole.

-Nunca es mucho tiempo.

-Sí. Pero eso es justo lo que yo necesito para poder expiar mis pecados, mucho tiempo. De cualquier forma, si alguna vez te hartas de todos ellos, Andrea tendrá mi dirección. Es la única con la que quiero seguir en contacto.

-Andrea... -dijo Paolo pensativo.

-Ni lo sueñes. Ya lo he intentado. Es inexpugnable. Pero sin ella no habría llegado hasta aquí -dijo con cierta tristeza-. Si puedes guardar un secreto te diré que estoy enamorado de ella.

Paolo le miró sonriendo.

-¿Tu también? –preguntó Ares.

-No tenemos la más mínima oportunidad, hermano -dijo Paolo-. Está a miles de kilómetros de lo que sea que podemos ofrecerla.

-¿Qué busca? -preguntó Ares con anhelo.

-Creo que lo curioso en ella es precisamente que no busca, encuentra. Y lo que ella encuentra es algo que no podemos siquiera imaginar y por tanto ¿Qué darle?

-No había contado con encontrar un hermano. Quería irme sin echar nada de menos.

-No te preocupes, volveremos a vernos.

-Espero que cuando volvamos a vernos yo sea otra persona -dijo Ares con humildad.

-Ya eres otra persona -contestó Paolo con generosidad.

Ares no le dijo a Paolo que legalmente él era desde esa mañana el único heredero de la familia porque él había renunciado a todo. Los dos hermanos se miraron a los ojos durante unos segundos. Después Ares apretó su mano y salió del hospital.

XXXVII

TELARAÑA

-¡Oh, mamá! – dijo- Mamaita querida,
no me hagas la vida demasiado dura.
Tengo que realizar mi tarea,
tengo que descubrir mi tarea.
H. G. Wells
La investigación sublime

Cuando Ares entró en el palazzo fue directamente a buscar a su madre. La encontró sentada en la terraza leyendo una revista. Se acercó a ella y la besó con efusividad, como no lo había hecho desde que era un niño. Algo se había despejado en su mirada. Sus movimientos eran relajados y sueltos, como si un nudo se hubiera desatado dentro de él. Constanza ocultó su sorpresa y sus nervios bajo una sonrisa y le miró con curiosidad. Cuando le vio salir con la maleta de cocodrilo había pensado que se marchaba a Roma para varios días. Su regreso no sólo ponía en peligro sus planes acerca de Andrea, si descubría que la había encerrado, la opinión que su hijo tenía de ella se vería seriamente perjudicada. Constanza creía que ella representaba para Ares todo lo cálido y amoroso que había en su vida. Ella había sido siempre un refugio para su hijo. Desterrado del amor y la atención de su padre, ella había permanecido siempre a su lado. Quizá no todo lo cerca ni todo lo pendiente que hubiera debido, pensó, porque de haber sido así, Trisífone no habría tenido oportunidad de embaucarle con su retorcida mentalidad y su odio, pero no podía permitir que descubriera lo que estaba haciendo, ni siquiera sabiendo que lo hacía para protegerle.

Ella sabía que a pesar de todo lo que había hecho, Ares era débil, que necesitaba de los demás. No sabía pensar ni actuar por sí mismo. Era un niño perdido al que había que cuidar. Ella lo haría. A partir de ese momento estaba dispuesta a mimarle más que nunca. Cuando terminara el verano se irían a Roma y allí le obligaría a retomar sus estudios y cambiar de amistades. Organizaría cenas con gente que ella escogería, amigos con hijas de su misma edad y si todo salía bien y él se dejaba aconsejar, dentro de poco olvidaría lo ocurrido y estaría encauzado y prometido con alguna muchacha de buena familia. A fin de cuentas era el heredero y todo lo que poseían le pertenecía. Tenía que aprender a ser un Visconti.

Ares pidió a Constanza que le acompañara al despacho de su padre. Pese a la insistencia de Constanza, Ares no dijo nada hasta que los tres estuvieron dentro, con la puerta cerrada. Justo cuando Constanza y él entraban en el despacho, Visconti entraba por puerta de la terraza.

-¿De quién es el coche que está abajo? ¿Qué ha pasado con el tuyo? -preguntó Visconti que temía complicaciones en todo nuevo evento que se presentara.

-Mamá, Papá- dijo Ares -Me marcho.

Los dos miraron a Ares sin entender una palabra. Se miraron entre sí y Constanza preguntó:

-¿Dónde?

-A Estados Unidos -contestó Ares.

-¿Estados... Unidos? -repitió Constanza confundida -¿A qué?

-A... ser yo -contestó Ares.

-¿Pero... cuanto tiempo? -preguntó Constanza.

-No lo sé... Puede que para siempre -dijo, acuclillándose junto a ella y mirándola con ternura-. No puedo seguir aquí, mamá. Debería haberme dado cuenta antes de lo que estaba haciendo, pero no lo hice. Necesito irme y descubrir quién soy lejos de aquí, antes de que sea demasiado tarde.

-¿Qué tonterías son esas? -dijo Visconti con desprecio y el ceño fruncido.

Ares se incorporó y se acercó a su padre.

-He sido una persona odiosa y un hijo pésimo. Lo sé -dijo Ares con una franqueza que era nueva para ellos-. Ni yo mismo me soportaba, créeme. Tenías razón, papá, los puestos en la vida hay que ganárselos. No tengo derecho a exigir nada. Por eso tengo que aprender a vivir sin todo lo que creo me pertenece o me define: mi apellido, mi herencia, mis mansiones, mi coche... Tengo que tratar de averiguar quién soy. No quiero que nada de lo que tengo pueda definirme. No quiero ser para siempre un asesino que es lo que soy ahora, un insoportable niño mimado, el hijo inútil de alguien ilustre... Quiero ser yo. Sea lo que sea lo que eso signifique. Y si viera que es imposible cambiar, si por alguna razón me fuera imposible… -dijo con determinación-. Volvería para entregarme a la policía porque el único motivo por el que puedo justificar no ir a la cárcel, es un deseo genuino de recomponer mi vida.

Visconti y Constanza apenas parpadeaban. Las palabras y la energía que emanaban su hijo eran algo para lo que no estaban preparados. Casi les sorprendía más aquella decisión que saber que había asesinado a Medioli.

-¿Para siempre…? -fue cuanto Constanza fijó en su mente. Las dos opciones que Ares planteaba eran igual de terribles. El exilio o la cárcel. Con cualquiera de las dos ella le perdería. Era un modo de decirles que no tenían forma de detenerle. Se había soltado de su mano y caminaba solo, pensó con horror.

-Mamá, mamá -dijo, arrodillándose junto a ella-. Tengo que irme. Sabes que te quiero. Siempre te querré. Pero no puedo seguir aquí.

Constanza le miró con desprecio y retiró la mano que Ares le cogía.

-Tú no quieres a nadie -dijo con los ojos llorosos y la voz temblorosa-. No piensas en nadie más que en ti mismo.

-Puede que tengas razón. Pero necesito pensar en mi mismo. Necesito saber quién es ese yo mismo.

-Vas por la vida haciendo tu voluntad. Nada te importa hacer daño. Eres cruel, cruel e insensible.

Constanza se puso en pie y fue a colocarse junto a Visconti. Éste la cogió de la mano y ambos le miraron con frialdad.

-No sólo es cruel -dijo Visconti sin apartar su mirada de él, mientras palmeaba la mano de Constanza-. Es un inútil y un ser estúpido que no sabe dónde están sus limitaciones. ¿Te has creído que es tan fácil cambiar? ¿Librarse de errores como los que tú has cometido?

Ares se puso en pie despacio y se sentó estupefacto sobre el brazo del sofá.

-¿Dónde crees que puedes ir? No tienes ni idea de lo duro que es el mundo. No sabes nada porque siempre has vivido entre algodones, como un príncipe. Deja que se marche -dijo Visconti mirando a Constanza-. Estará de vuelta en menos de un mes. Te lo aseguro.

Ares sintió que algo se desmoronaba dentro de sí. Un ligero temor amenazó con aferrarse a su estómago. La idea de que todo era una locura cruzó por su mente y se preguntó si en realidad no era un estúpido y un inútil, y nada más que un asesino.

-No puedes marcharte -dijo su madre llorando-. ¿Vas a abandonarnos? Ahora que nos hacemos mayores. Cuándo más te necesitamos.

Ares se restregó la frente y les miró. Sintió un dolor intenso en el pecho.

-Tengo que… -dijo, apretando los dientes. Pensó en Andrea y trató de aferrarse a la energía y la seguridad que ella le proporcionaba. No era una locura querer cambiar. Podía hacerlo. Sabía que podía hacerlo. También sabía que iba a ser difícil, que para empezar no iban a dejarle marchar así como así. Pero no podía, no quería echarse atrás.

-Luego seguiremos hablando. Tengo que…voy a ver a Andrea -dijo entonces.

Sus padres se tensaron y adelantándose Constanza dijo:

-Andrea se ha marchado.

-¿Marchado? -preguntó sorprendido.

-Ayer. Después de irte tú.

-No es posible, habíamos planeado irnos juntos -dijo Ares.

-¿Juntos? No sé qué interés puedes tener en una desconocida que lo único que puede hacer es arruinarte la vida.

Ares la miró con tristeza.

-No tienes ni idea de quién es -dijo Ares.

-¡Ah! Tú eres el que no lo sabes. Eres un enamoradizo y un ingenuo si crees que le importas lo más mínimo a esa chica -gruñó Constanza-. ¿Sabes qué hizo ayer después de que te marcharas? Nos amenazó con contar todo lo que sabía sobre ti sino le dábamos dinero. Tuvimos que hacerlo. Y aún así nunca estaremos seguros de que no volverá para chantajearnos.

-Es imposible -dijo Ares.

-¿Qué es imposible?- preguntó entonces Visconti después de que Constanza le hiciera una seña para que la ayudara.

-No lo entendéis. Ella ha sido quien me ha ayudado a darme cuenta de lo que tengo que hacer. Gracias a ella he despertado de esta… pesadilla. Quería ayudarme.

-¿Pero cómo puedes ser tan tonto? -se mofó Visconti tratando de ocultar la ira que aquel descubrimiento le producía-. ¿Ayudarte? Lo único que le interesaba era nuestro dinero. Y por supuesto se lo dimos porque para nosotros no hay nada más importante que tú.

Ares se levantó y se dirigió a la puerta.

-¿Dónde vas? -dijo Constanza angustiada.

-A dar una vuelta -dijo Ares muy bajo.

Salió al pasillo y cerró la puerta tras de sí. Entonces escuchó que alguien le siseaba. Levantó la cabeza y vio a Homara escondida detrás de una maceta.

-Tía ¿Qué haces ahí? -preguntó, acercándose.

-Vamos a mi cuarto -dijo la anciana caminando delante de él con decisión, como si sus ojos la guiaran.

Entraron en la habitación y Homara le atrajo hacia sí y le dio un abrazo. Andrea había acordado con Homara no decirle a Ares que sus padres la habían encerrado. Era mejor que Ares creyera que se había marchado sin despedirse y estaba segura de que esa información iba a coincidir con la explicación de sus padres.

-Tienes que irte. No dejes que te engañen -dijo Homara con determinación-. Andrea se ha marchado, es verdad. Pero no les pidió nada antes de irse. Eso es mentira. Se marchó y me dijo que te dijera que estaba segura de que lograrás encontrarte a ti mismo. Y… Esto no debería decírtelo pero… me dijo que se sentía orgullosa de que te marcharas. Dijo que estaba segura de que llegarás a ser un hombre de verdad.

-¿Eso dijo? -preguntó Ares sonriendo.

-Sí -dijo Homara acariciando sus manos-. Y yo también lo creo. Serás un hombre de verdad. Ahora recoge tus cosas y márchate. Hazme caso. Antes de que logren enredarte en su telaraña.

Ares acarició la cara de su tía. Sabía que era muy posible que no volvieran a verse.

-¿No debería despedirme? -preguntó Ares.

-¡No! Hazme caso. Esta vez ser maleducado es la mejor decisión. Tus padres no están bien… -dijo Homara desconfiando de la cordura de su hermano y de los nervios de Constanza. Había tratado de hablar con ellos esa misma mañana y no sólo la habían tachado de loca sino que habían amenazado con internarla en una residencia. Su hermano estaba irreconocible. Había sido grosero y brutal. La había llamado vieja inútil y se había mofado de sus consejos, de la opinión que le merecía Andrea. Homara había tratado de convencerlos de que no era un peligro, de que no tenía intención de delatar a Ares, pero ellos no querían escuchar. Estaban poseídos por su miedo y se aferraban a sus errores como si en ello les fuera la vida. Puede que ella fuera la ciega, les había dicho, pero eran ellos los que no veían.

Ares abrazó a Homara como nunca antes lo había hecho porque por primera vez en su vida creía saber quién quería ayudarle y quién quería manipularle. Fue hasta su cuarto sin hacer ruido y cogió la maleta que ya estaba preparada de su armario. Antes de salir miró alrededor con una mezcla de tristeza y esperanza. Había crecido en aquel cuarto. Cerró la puerta y bajó las escaleras despacio, aspirando el olor de la casa, ese olor característico que no encontraría en ninguna otra parte del mundo. Su mente recorrió los espacios que habían llenado los momentos de su vida. No sabía cuándo volvería a ver el palazzo, ni si quiera si volvería a verlo. Pero ya pertenecía a su pasado.

Ares fue a dejar la maleta en el coche y regresó sobre sus pasos. Antes de marcharse quería pasar por un lugar. Ascendió el sendero de los dioses y mientras caminaba entre las estatuas tuvo un estremecimiento. Presintió que sus ojos inmutables y eternos se volvían a examinarle. Y en sus miradas no apreció rechazo ni recriminación, sólo una especie de comprensión y empatía. Ellos también tenían crímenes a sus espaldas pero el tiempo era su aliado. Sí, era tiempo lo que necesitaba. Tiempo y coraje para enmendar el pasado, para dejarlo atrás y hacerse un hueco en el presente.

Llegó a la capilla y abrió la puerta con cuidado. El pequeño santuario estaba limpio y olía a pintura y barniz. Tres paredes estaban ya pintadas y su blancura hacía resplandecer a la cuarta. En el suelo estaban las herramientas que Andrea había utilizado para arreglarla. Subió la estrecha escalera de caracol y respiró el olor a nuevo que impregnaba el aire. El piso superior estaba ordenado, irreconocible. Se arrodilló en uno de los bancos frente al altar y aunque hacía siglos que no rezaba juntó sus manos delante de su cara y cerró los ojos. No podía pedir perdón a todas las personas a las que había herido durante su vida, decirles cuánto lamentaba haber sido tan malvado y brutal. Ni siquiera creía que fuera justo hacerlo. Sólo se atrevió a rogarle a Dios, que si lo consideraba pertinente, le diera una oportunidad para estar orgulloso de sí mismo, de hacer las cosas bien. Después pensó en Andrea. Abrió los ojos y contempló los cambios que había introducido no sólo en el santuario, sino en él mismo y en su familia. Cerró los ojos y también le agradeció a ella, estuviera donde estuviera, su ayuda.

Al incorporarse se fijó que en el altar había una lata de pintura ennegrecida y algo brillante junto a ella. Se acercó y miró dentro. Su camisa ensangrentada estaba quemada dentro de la lata. Supo que era su camisa porque Andrea había dejado al lado los gemelos que llevaba puestos esa noche. Ares los miró con ojos brillantes.

No sabía qué iba a ser de él, pero de algo estaba seguro: Nunca encontraría a nadie como ella. No sólo debería aprender a vivir consigo mismo, sino a aceptar su ausencia. Apretó en su mano los gemelos como si fueran un amuleto. Cogió la lata, se guardó los gemelos en el bolsillo y salió de la capilla.

Mientras descendía hasta el coche recorrió con la mirada ávida y el aliento contenido toda aquella belleza, todo aquel verdor que durante años había pasado por alto. Levantó los ojos y giró en redondo. Sobre la montaña vio el siniestro castillo. No sabía que el cuerpo de su tía Trisífone estaba allí sepultado, pero al contemplarlo tuvo un escalofrío.

Dejó la lata con su camisa quemada frente a la puerta y rebuscó en su maleta algo donde escribir unas líneas. Pero no encontró nada. Cogió el libro que Andrea le había dado, arrancó la primera página, esa donde sólo figura el título y el nombre del autor y con satisfacción escribió debajo: ¿Quién tenía razón?

Se metió en el coche y descendió el camino sin mirar por el retrovisor. Cruzó la gran puerta de hierro sin pasar por alto su afilados barrotes que apuntaban al cielo. Contempló el inmenso muro que custodiaba la finca, una demarcación que dividía dos mundos y sintió que dejaba atrás su pasado. Un lugar necesario, tan maldito como sagrado, del que siempre era obligatorio alejarse.

XXXVIII

HIBRIS

Who is it that can tell me who I am?
William Shakespeare
King Lear
(¿Quién puede decirme quién soy?)

Cuando escucharon el motor del coche salieron a la terraza y vieron que Ares se alejaba por el camino. Visconti consoló a Constanza diciéndole que volvería pronto. La consoló con palabras vacías, palabras que no sentía y que sabía no cambiarían la realidad, ni modificarían su dolor. Ya no había lugar para las palabras. No había razones para mentir ni para decir la verdad. Todo estaba dicho, todo estaba hecho. Todo estaba perdido. Visconti miró alrededor mientras sostenía a Constanza entre sus brazos. Casi podía palpar el vacío que desprendía todo lo que les rodeaba. La presencia de todos aquellos libros, especialmente los que él había escrito, le revolvía el estómago. ¿De qué le servían ahora todas esas ideas? Su hijo se había marchado y su mujer nunca se lo perdonaría. Constanza lloraba sobre su pecho porque era la única persona que tenía cerca, por inercia, porque hasta hacía poco él había sido un muro sobre el que uno podía apoyarse. Pero sabía que eso se había terminado. Ya no podía ofrecerle ningún consuelo. Trataba de mantenerse erguido, pero tenía la sensación de encontrarse en un barco que hacía aguas, a punto de hundirse bajo el peso de un océano encrespado. Allí estaban, abrazados, esperando que las aguas les engulleran y fueran borrados de la faz de la tierra. ¿Qué serían a partir de ese momento sus días? ¿Qué harían después? ¿y mañana? ¿y el día después? Ya no existía un centro, un motivo, un orden. Todo se había hundido en el Caos más absoluto y la culpable era Andrea. Había llegado a la casa y había puesto todo del revés. Incluso les había arrebatado a su hijo. Investida de las ideas y los ideales que había hecho suyos a través de la lectura de sus propios libros, había logrado transformar a Ares, sirviéndose únicamente de los valores sobre los que él llevaba escribiendo durante años: la independencia, la voluntad, el coraje, la posibilidad de convertirnos en aquello que deseábamos ser. Había ocurrido un milagro: su hijo había comenzado a creer. Lo que él no había logrado en años, Andrea lo había conseguido en días. Y lo había hecho sin imponerse, sin malos modos, sin castigos, simplemente siendo ella misma, demostrando con su persona que todo eso no eran ideas pasadas de moda sino lo que marcaba la diferencia entre la mediocridad y el heroísmo. Andrea le había descubierto la posibilidad de ser libre y por eso le habían perdido. Le había humillado en su propia casa, delante de su familia.

Constanza tembló entre sus brazos y fueron a sentarse en el sofá. Allí permanecieron abrazados varias horas, como si estuvieran esperando su ejecución. Constanza mascullaba de cuando en cuando palabras sin sentido, reproches y excusas. Estaba acabada y lo sabía. ¿Qué iba a hacer sin su hijo? No era de esas madres que asumen que un día sus retoños volarán del nido. Para ella el nido era su mundo. Ares lo había abandonado y su partida era un acontecimiento tan trágico como su muerte. Ya no tenía hijo. A su desesperación se unía el miedo. Habían cometido un error terrible al encerrar a Andrea... La situación se le había ido de las manos. Su familia se hundía y no podían hacer nada para evitarlo. Ya eran pasado. Constanza contempló con los ojos cuajados de horror cómo la vida quedaba atrás, como los sueños se le escapaban, como las fuerzas la abandonaban. Estaban al borde del abismo, ese que desde tiempos inmemoriales se había tragado civilizaciones enteras, dinastías y generaciones laureadas de honores y méritos formidables, estirpes inspiradas por sueños y lucros imposibles.

La luz se debilitó y el despacho quedó envuelto en un crepúsculo violáceo.

-Tienes que detenerle -sollozó Constanza, levantando la cabeza del regazo de Visconti con un tono exigente y lleno de reproche.

-¿Qué quieres que haga? No podemos obligarle.

-Es culpa tuya -dijo incorporándose-. Tú le abandonaste. Nos abandonaste a todos para entregarte a tu trabajo... ¿De qué te sirven ahora todos estos libros? ¿De qué te sirven todas estas ideas? No eres nada. Eres un fraude -se ensañó Constanza mirando la librería con odio.

Fue hacia las estanterías y llena de rabia comenzó a lanzar al suelo las novelas y ensayos de su marido. Visconti no se inmutó. En otro momento se habría levantado y tratado de detenerla pero estaba haciendo algo que a él mismo le habría gustado hacer. Era la mejor idea que Constanza había tenido últimamente. Sí, eso era lo que debía hacer. Prender fuego a toda aquella sarta de estupideces. Acabar con todo de una vez.

Se levantó y con calma fue cerrando una por una todas las puertas que daban a la terraza. De un armarito junto a la chimenea sacó un encendedor y una lata de alcohol de quemar. Se acercó al montón de libros que Constanza continuaba arrojando frenética y los apiló con el pie mientras vertía el alcohol sobre ellos. Al verle, Constanza se detuvo y como si hubiera recuperado el sentido se abalanzó sobre él para detenerle. Pero Visconti ya había lanzado el encendedor sobre ellos y la pila de libros estaba ardiendo. Cuando Constanza trató de quitarle el frasco, Visconti la apartó de un empujón. Fue hacia la mesa, dejó la lata de alcohol y con ambas manos cogió la impresionante edición de La Ilíada, esa que Andrea había ojeado llena de admiración hacía sólo unos días y con todas sus fuerzas golpeó a Constanza con ella en la cara. El cuerpo de Constanza giró en redondo haciendo una pirueta grotesca y se desplomó en el suelo. Sin prestarle atención, Visconti volvió a por la lata. Quería asegurarse de que su biblioteca se convertiría en cenizas. Después cogió el rifle y salió del despacho cerrando la puerta con llave. Mientras bajaba las escaleras fue derramando tras él lo que quedaba de alcohol.

En esos momentos, Fedra estaba en la terraza, junto a la piscina, con el tocadiscos puesto, tomando un cóctel a la luz de una rueda de luna que azulaba los contornos. Estaba borracha y quería llorar pero no tenía fuerzas. Homara dormía en su cuarto. Era la tarde libre de Herminia y ésta se había retirado a su habitación, adyacente a la cocina, y dormitaba frente al televisor.

La silueta de Visconti apenas se definía entre las sombras. La puerta principal estaba cerrada. Tras ella estaba la lata de pintura con la camisa quemada de Ares y su nota. Si Visconti hubiera salido por esa puerta la habría visto, pero tenía que ir a la cocina. De un cajón junto a la puerta trasera, Visconti cogió el manojo de llaves del sótano y salió con el arma bajo el brazo. Pasaron varios segundos hasta que encontró la llave adecuada. Una vez dentro del sótano, rodeado de trastos inservibles, rebuscó bajo la tenue bombilla el hueco donde estaba escondida la cerradura. Hacía muchos años que no entraba en aquel lugar.

Al otro lado de la pared, Andrea estaba acomodada en el suelo sobre la manta que Herminia le había dado. Tenía su maleta bajo la cabeza y se iluminaba con la lámpara que había traído de la capilla. Estaba leyendo su novela preferida de Visconti, la que siempre llevaba consigo, esa que había encontrado en el restaurante y que había entregado a Ares. Ya no le quedaba más que esperar a que Ares estuviera lejos. Había pensado permanecer allí hasta la mañana siguiente y marcharse cuando él estuviera subido en el avión, lejos de todos ellos. Pero antes de irse le daría un regalo a Visconti. Algo que le ayudaría a recordar quién era.

Al escuchar ruido al otro lado de la puerta, Andrea recogió la manta del suelo, apagó la lámpara, retiró la maleta y se arrimó a la pared. En la cama, sobre el colchón mohoso, había colocado la almohada bajo la colcha, como si fuera un cuerpo acurrucado.

Visconti abrió la puerta empuñando el arma. La luz que entraba desde el sótano iluminaba tenuemente la sala secreta. Visconti avanzó dos pasos y vio el bulto sobre la cama.

-¡Yo le cerraré esos ojos! -dijo fuera de sí.

Apoyó el rifle en su hombro y disparó sobre el fardo. Una explosión de plumas inundó el aire estancado. Visconti se acercó despacio, sin dejar de apuntar. Su propio cuerpo cubría la poca luz que entraba del sótano. Retiró la colcha y otra tanda de plumas se elevó en el aire con ligereza, como una legión de ángeles diminutos. Visconti se giró sorprendido y horrorizado. Andrea estaba detrás de él, apuntándole con el revólver. Bajó ligeramente el rifle y la miró con los ojos inyectados de odio y enajenación.

-Profesor -dijo entonces Andrea. Se dio cuenta de que su corazón latía con fuerza. Podía sentirlo en sus sienes. Visconti, su héroe, acababa de dispararla. Había venido a matarla. Andrea sintió que por primera vez en su vida la mano con la que sostenía el revólver estaba temblando.

-Profesor -dijo con autoridad-. No todo está perdido. Despierte, profesor. Tiene que estar orgulloso de quien es.

-Miente.

Visconti estaba frente a ella con los ojos inyectados de sangre, los hombros vencidos. La mano que sostenía el rifle también le temblaba. Estaba calculando cual de los dos sería más rápido.

-Usted dice eso para salvar la situación -dijo Visconti agotado-, pero en realidad piensa que soy un fraude.

-¿Qué más le da lo que yo piense? -dijo Andrea con sinceridad-. Yo no soy nadie. Es lo que trato de decirle. Es usted quien importa, su trabajo.

-Usted me ha robado mi puesto, mi lugar, a mi hijo. Antes de que usted llegara yo era el centro del mundo.

-No. Yo vine ayudarle -dijo Andrea sin dejar de apuntarle-. Usted sigue siendo el centro.

-Yo… ya no soy -dijo, inmovilizando el rifle como si estuviera a punto de levantarlo.

-Recuerde lo que me dijo hace unos días. Dijo que no quería comerse a sus hijos -señaló Andrea con los ojos brillantes, presintiendo lo que estaba por llegar. Ambos estaban pendientes de sus manos.

-Usted no es hija de nadie -dijo Visconti.

Con un movimiento rápido Visconti levantó el rifle. Se lo apoyó a la altura del estómago y sosteniéndolo con la otra mano por el cañón disparó sobre Andrea. Para entonces Andrea ya había calculado las posibilidades y tomado una decisión. Bajó el revólver y con más agilidad de la que Visconti esperaba saltó hacia un lado. La bala entró y salió limpiamente por su costado. Andrea cayó de lado, pero no sabía si en el rifle quedaban balas y se incorporó.

Supo que no tenía de qué preocuparse cuando Visconti soltó el arma con incredulidad, como si estuviera preguntándose por qué aún estaba viva. Su consternación fue seguida de un arrebato de ira. Visconti crispó las manos delante de su cara y avanzó hacia ella expulsando aire con un rugido que hizo vibrar las paredes del sótano. Andrea se quitó de encima su imponente corpachón arremetiendo contra él con todas sus fuerzas. Su gruñido estaba cargado de cólera y reivindicación.

Del sótano surgía un estruendo que parecía llegar del fondo de la tierra, como si dos titanes estuvieran luchando en el inframundo por su parte del universo. Visconti cayó de espaldas sobre la cama y se incorporó berreando, poseído por una fuerza demoníaca. Trató de golpear a Andrea pero ésta se deshizo de su puño con un veloz movimiento de cabeza. Visconti se estampó por su propio impulso contra la pared y cuando estaba girándose su rostro se contrajo atravesado por una mueca de pánico. De pronto, su cuerpo se tensó, curvándose hacia atrás ligeramente. Respiró ahogadamente, se llevó la mano al pecho y como si quisiera lanzar un grito abrió la boca y cerró los ojos. Pero ningún sonido emergió de sus labios. Se derrumbó a los pies de Andrea. Al golpear el suelo, los muros del sótano retumbaron con gravedad.

Andrea se detuvo estupefacta, la energía que la atizaba quedó en suspenso. Ese estado de tensión crítica en el que estaban inmersos su cuerpo y su mente se desvanecieron al ver a Visconti desplomarse. Se arrodilló a su lado y buscó su pulso en el cuello. Su corazón no latía. Sin perder un segundo, Andrea le abrió la camisa, entrelazó sus manos y le golpeó el pecho. Se agachó e introdujo aire en sus pulmones. Volvió a golpearle con fuerza casi con rabia, como si la lucha no hubiera terminado, como si quisiera liberarle del demonio que tenía dentro y estuviera recomponiendo su alma a base de golpes. El corpachón de

Visconti yacía inerte en el suelo, silencioso y solemne como un tótem. Andrea entrelazó de nuevo las manos y le golpeó el pecho con todas sus fuerzas. Se acercó a su boca y le insufló su propio aliento. Visconti no respiraba. Andrea le miró un segundo y se dijo que no podía morir así. Su maestro no podía morir de un ataque al corazón después de tratar de matarla. Andrea le masajeó el pecho con energía mientras continuaba dándole aire. Lo hizo con furia, con un énfasis iracundo y osado porque se lo estaba arrebatando a la misma muerte. Luchó sin pausa, hasta que le tomó el pulso en el cuello una vez más, y entonces sintió que su corazón volvía a latir débilmente.

Cuando notó la sutil cadencia bajo su piel Andrea cogió el libro del suelo y le abanicó con él para que tomara aire. Durante casi un minuto le masajeó el pecho con golpes precisos y sistemáticos para que su corazón pudiera recordar aquel ritmo personal que lo definía, para que no volviera a olvidar cómo latir. Cuando la respiración de Visconti se normalizó y su corazón recuperó el compás, Andrea se dejó caer de rodillas. Estaba sudando. El esfuerzo había estimulado también su corazón y tenía la camiseta viscosa de sangre y los vaqueros teñidos de rojo oscuro.

Andrea bajó la cabeza, colocó las manos sobre sus piernas y sentada sobre sus botas respiró hondo. No le dio tiempo a recuperar el aliento. A lo lejos escuchó unos gritos enloquecidos. Se guardó el revólver en la espalda, se ató la chaqueta a la cintura para cubrir la herida y salió del sótano. Rodeó la parte trasera del palazzo y al llegar a la piscina vio que el edificio estaba en llamas. Sin perder un segundo regresó al sótano para sacar a Visconti. Le arrastró hasta las escaleras por los pies y una vez allí le cogió por debajo de los brazos y tiró de él hacia arriba. Los músculos de su espalda y de sus brazos se tensaron y el intenso dolor del costado se hizo sordo, agudo como un mordisco. Pero como si un entendimiento superior hubiera ordenado las prioridades y descartado como secundaria cualquier distracción, el dolor perdió protagonismo. Conteniendo el aliento en cada escalón, Andrea logró sacar a Visconti al exterior.

El aire estaba impregnado de humo, de gritos y horror. Mientras arrastraba a Visconti lejos de la casa recordó las palabras de Giovanni. Hacía ya muchos años la había aleccionado sobre lo importante que era tener un cuerpo fuerte. Había veces que los corderos se caían en zanjas o se enredaban en alambradas y había que sacarlos a pulso. El pastor, le había dicho entonces, es responsable de su rebaño.

XXXIX

LA TAREA DEL HÉROE

«Los libros son la riqueza atesorada del mundo
y la adecuada herencia de generaciones y naciones.
Sus autores son la aristocracia natural e irresistible de
cualquier sociedad y ejercen en la humanidad
una influencia mayor que la de los reyes o
emperadores.»
Henry David Thoreau
Walden

Andrea arrastró a Visconti hasta un árbol, lo colocó medio incorporado y dobló sus rodillas como sabía debía hacerse en esos casos. Se aseguró de que su corazón latía rítmicamente y corrió hacia el lugar desde donde llegaban los gritos. A cierta distancia vio que Fedra y Herminia estaban en la terraza del jardín que daba a la piscina, mirando hacia arriba. Constanza estaba atrapada en la terraza del despacho de Visconti. Andrea retrocedió, se quitó la chaqueta de la cintura, envolvió el revólver con ella y escondiéndolo detrás de un árbol se aproximó a la terraza. Al verla llegar, las dos mujeres se abalanzaron sobre ella llorando.

-No se puede subir -dijo Herminia-. La escalera esta en llamas... La señora no puede bajar.

-Hemos cerrado los ventanales pero el fuego alcanzará en seguida el piso inferior. -dijo Fedra histérica.

-¿Han llamado a la policía o los bomberos? -preguntó Andrea.

Las mujeres se miraron nerviosas y negaron con la cabeza.

-Herminia venga conmigo. Fedra, espera aquí. En seguida vuelvo -dijo Andrea.

Rodearon el palazzo y le explicó a Herminia que Visconti había sufrido un ataque al corazón. Le pidió que se quedara junto a él y después se dirigió a la cocina. Desde la puerta que conectaba con el pasillo vio que las llamas ya invadían el piso inferior. El humo era espeso y asfixiante. Andrea descolgó el teléfono y llamó a los bomberos. Les pidió que mandaran también una ambulancia. Después rebuscó en los armarios hasta encontrar un bote de aspirinas. Cuando salió le dijo a Herminia que le hiciera tragar varias a Visconti.

Cuando regresó a la terraza, vio que a través de los ventanales del despacho de Visconti manaban grandes y violentas llamaradas. Andrea trepó por el contrafuerte y una vez arriba preguntó a Constanza por Homara. Constanza tenía el rostro desencajado, los ojos arrasados de miedo, temblaba de pies a cabeza. La parte izquierda de su cara estaba enrojecida.

-¡Francesco! Mi marido está dentro -gritó.

-No -contestó Andrea-. Está abajo. Está a salvo. ¿Dónde está Homara?

-No lo sé. En su cuarto. ¿Mi marido está abajo? ¿Dónde abajo? No puede ser.

Andrea cogió a Constanza de los hombros.

-Visconti está en el jardín. Está a salvo. ¿Puede bajar?

Constanza miró aterrorizada la larga columna.

-No puedo, no -contestó nerviosa.

-Es muy fácil.

-Me romperé la cabeza -sollozó, ofuscada.

-Está bien. Yo la guiaré. Pero antes tengo que ayudar a Homara. Apártese -dijo, conduciéndola hasta los contrafuertes-. Aquí estará a salvo. Cuando regrese, la ayudaré a bajar. No es mucha altura, ya lo verá.

El fuego devoraba el despacho de Visconti y era imposible cruzarlo para ir hasta la habitación de Homara. La puerta que Visconti había cerrado con llave estaba en llamas, la cristalera que coloreaba la parte superior había estallado y el fuego estaba arrasando el techo. Andrea corrió hasta el borde de la terraza.

-Ve a coger las colchonetas de la piscina, los cojines de los asientos... -gritó desde arriba a Fedra-, todo lo que encuentres y llévalo bajo la terraza de Homara

Fedra asintió y corrió a hacer acopio de las cosas.

Las cuatro terrazas que rodeaban el palazzo eran independientes. Cada una recorría su fachada y terminaba a un metro de distancia de la esquina del edificio. El espacio donde terminaba la barandilla, cruzando la esquina hasta la siguiente barandilla, estaba decorado con un recargado ornamento en mármol de luchas mitológicas y batallas célebres. Andrea se subió al borde de la baranda y estirándose se agarró al escudo de Aquiles para avanzar hasta la otra terraza. El filo de la espada de Héctor la ayudó a poner el pie al otro lado. Atravesó la terraza que daba a los cuartos de Fedra, Ares y el que ella había utilizado caminando sobre la ancha balaustrada de piedra. Esa terraza era más estrecha que la del despacho y que la del comedor y las llamas ya azotaban los ventanales. La cama en la que había dormido y su dosel recargado de figuras mitológicas se deshacía bajo las llamas. Homara estaba en camisón en la terraza de su cuarto.

-Homara -gritó Andrea mientras volvía a cruzar una escena de lucha entre las dos terrazas, pasando sobre escudos y lanzas, apoyándose en cascos y armaduras.

Homara estaba petrificada por el pánico, quieta como un pajarillo en la terraza. Al escuchar la voz de Andrea se aproximó hacia ella. Caminaba de lado, dando la espalda a los ventanales, arrastrando su manos sobre la barandilla.

-No tenga miedo -dijo Andrea cuando de un salto alcanzó la terraza. Cogió a la anciana de las manos para tranquilizarla-. Estaremos abajo en un minuto -dijo, mirando alrededor-. Espere aquí.

Andrea entró en el cuarto de Homara. El humo se escapaba por los ventanales abiertos y la puerta y parte del techo ya estaban en llamas. Abrió un armario y escogió el abrigo más grueso que encontró. Se había fijado que Homara estaba descalza y cogió unos zapatos. Arrancó las gruesas presillas que sujetaban las cortinas, las sábanas de la cama y después entró en la habitación de Trisífone e hizo lo mismo.

Salió a la terraza con todo y allí ató las presillas, retorció las sábanas y las ató también.

-Sólo tiene que seguir mis instrucciones. Es muy fácil. Lo peor son los nervios.

-Sí -contestó la anciana con la voz temblorosa.

-Póngase este abrigo y los zapatos. El abrigo evitará que se raspe contra la fachada. Voy a atarle esto a la cintura y la descolgaré desde la barandilla.

-¡No, no! -negó asustada con el abrigo de pieles puesto.

-No le pasará nada. Un rasguño tal vez. Nada -dijo Andrea.

-¡Me caeré! -sollozó Homara.

-Homara -dijo Andrea, colocándose delante y sujetándola por los hombros -No la dejaré caer. Se lo prometo.

La anciana sintió las manos fuertes de Andrea sobre sus brazos.

-Tiene razón. Lo peor son los nervios -dijo haciendo un esfuerzo-. Sí, sólo eso.

Andrea se asomó desde la terraza y señaló a Fedra dónde debía apilar las colchonetas.

-Abajo está Fedra. Ha hecho una cama muy cómoda con colchonetas y cojines. Levante los brazos.

Homara se dejó hacer.

-Ahora pasaré la cuerda que he hecho alrededor de una de las columnatas y me la ataré a mi cintura. Suba a la baranda. Ponga el pie aquí. La mano aquí -indicó despacio, como si se tratara de un juego. Su voz relajada y sus seguras instrucciones calmaron a Homara-. Ahora siéntese y mientras yo tenso la cuerda déjese caer.

-Un salto al vacío. Un salto de fe -bromeó Homara desde su absoluta negrura.

-No, no salte, sólo deslícese.

Andrea apoyó los pies contra la balaustrada y fue soltando cuerda. Sintió un dolor intenso en el costado cuando la presilla estranguló su cintura. La sangre empapó la cuerda y a medida que Homara descendía, las sabanas se fueron tiñendo con su sangre.

Desde abajo, Fedra sujetó a Homara por los pies y en un minuto la mujer estaba a salvo. Andrea ató el extremo de la cuerda que sostenía a la columnata de piedra y se deslizó como un gato hasta el suelo.

-Ayúdame con esto. Hay que ir a por Constanza -dijo, agachándose a recoger los cojines -. El fuego debe haber alcanzado el piso inferior.

Fedra vio que la sangre le empapaba el costado izquierdo. Su pantalón tenía un color morado oscuro. Una de sus botas era azul. Andrea trepó hasta la terraza y con paciencia pero con voz firme guió a Constanza por el contrafuerte. Cuando la mujer puso los pies en el suelo, se dejó caer sin fuerzas. Fedra se acercó a consolarla y en ese momento la llamas hicieron estallar los cristales del recibidor. Se apartaron hasta la piscina, viendo como el palazzo se consumía.

-¿Dónde está mi marido? -preguntó entonces Constanza.

-Por aquí. -dijo Andrea, rodeando la casa.

Visconti estaba tumbado bajo el árbol como si fuera un gigante que ha decidido echarse una siesta. Herminia estaba junto él tomándole el pulso.

-¡Francesco! -dijo Constanza, palmeándole la cara-. Está muerto.

-No, no está muerto -dijo Andrea, arrodillándose junto a él-. Ha tenido un ataque al corazón. He llamado a los bomberos y una ambulancia está en camino.

Visconti parpadeó, tenía los ojos enrojecidos. Constanza se abrazó a él llorando, y él la miró como si no supiera qué ocurría. Entonces levantó la cabeza y vio el palazzo en llamas. Su rostro se contrajo anegado de horror cuando recordó los últimos minutos. Constanza estaba abrazada a sus piernas. Le acarició la cabeza con devoción, como si aún no pudiera comprender lo que había pasado.

Hubo un instante de silencio, un instante en el que el fuego hizo resplandecer sus semblantes absortos. Sus ojos brillaron mientras contemplaban ensimismados cómo las llamas se comían el edificio, como las esculturas y las cornisas quedaban envueltas por un humo oscuro e impenetrable que se elevaba hacia la aún más enigmática negrura del cielo despejado.

Andrea miró hacia el sótano y vio que las llamas aún no lo habían alcanzado. Se levantó y corrió hacia el palazzo.

-¿Dónde va? -gritó Herminia con voz quebrada.

-¿Qué ocurre? -preguntó Homara.

Andrea bajó las escaleras y se asomó al sótano. Parte del techo estaba ya en llamas y un humo negro y espeso se filtraba por las paredes oscureciendo las esquinas, pero la sala secreta permanecía intacta. Entró sin dudar, con el antebrazo pegado a la nariz, agachada y esquivando trastos. Cogió el libro de Visconti del suelo y dejó la maleta y todo lo demás allí. El revólver y la armónica de Giovanni estaban a salvo con su chaqueta, fuera, junto a un árbol.

Regresaba sobre sus pasos con el libro en una mano y la otra sobre la cara cuando una viga del techo cayó sobre las escaleras hundiendo los cuatro primeros peldaños. Andrea se colocó el libro de Visconti en la espalda, donde siempre llevaba su revolver. Dio un salto para apoyarse en el pasamanos y subir hasta el escalón, que sobresalía intacto a más de un metro del suelo. El esfuerzo la obligó a coger aire y sintió un dolor seco en los pulmones que la hizo toser. Los ojos le ardían. Se encaramó con una agilidad reducida en el escalón y al doblar la pierna el libro se escurrió de la cintura de su pantalón y cayó al suelo. Se hundió en el hueco estrecho que habían formado la viga y los escalones derribados. El libro estaba cerrado, ceñido al espacio que le rodeaba como si aquella oquedad hubiera sido construida alrededor de él. Andrea lo miró un segundo.

El humo era cada vez más espeso y sus ojos estaban cada vez más enrojecidos. Dio un salto al suelo y tumbándose sobre la viga metió el brazo en el hueco con la cara pegada a la madera. Sus dedos rozaron el lomo del libro. Desde donde estaba era imposible alcanzarlo. Una llamarada se extendió por el techo y el sótano comenzó a arder hacia abajo. Las llamas avanzaban como una lluvia de fuego, comiéndose todo el festín de muebles viejos y objetos inútiles que se apiñaban unos sobre otros. Andrea se dio cuenta de que si no actuaba con rapidez perdería el libro. Se colocó junto al extremo de la viga y en cuclillas metió las manos bajo la tosca madera. Tomó una bocanada de aire negro y viciado y arrastró la viga para separarla de los escalones. El grueso bloque de madera cedió sólo unos centímetros, lo suficiente para que el entramado se desmoronara y liberara al libro de aquella prisión improvisada. Andrea apartó los tablones y cogió el libro ya sin impedimentos. Lo lanzó hacia la puerta y después, justo antes de que otra viga cayera sobre el resto de la escalera, dio un salto y subió al descansillo.

Salió tosiendo del sótano, avanzó hasta el árbol y se sentó junto a Visconti.

Cuando Visconti vio lo que había ido a salvar se le llenaron los ojos de lágrimas. Desde la nube de medio consciencia en la que se encontraba, el rostro de Andrea se le mostró en todo su impenetrable esplendor como una revelación. Contempló su respiración entrecortada, la sangre empapando su pierna. Tenía una mancha oscura y pegajosa en su camiseta. Entre sus manos, aferrada a él como si fuera un salvavidas, sostenía su libro, ese que un cliente había olvidado en el restaurante, ese que había cambiado su vida. Aquella muestra de coraje causó en Visconti una impresión profunda y desgarradora. Un latigazo de lucidez le asaltó de pronto y pensó en lo afortunado que era. Tal vez estaba a punto de morir y lo último que iba a contemplar era una persona aferrada a uno de sus libros. No una persona cualquiera, sino una que había sabido sacar más partido y más verdad que nadie de su contenido. Si moría en esos momentos, moriría sabiendo que aunque su vida hubiera sido imperfecta y sus decisiones equivocadas, su trabajo celebraba y reivindicaba todo aquello que era valioso e imperecedero. Eso sería lo único que permanecería. Su orgullo y sus errores, sus pecados y sus miedos pasarían a la historia, se perderían en el olvido. Cuando él muriera nadie podría decir que habían existido. Pero sus libros, como los ideales, vivirían para siempre.

Andrea levantó los ojos y se restregó la cara con la mano. Giró la cabeza y sorprendió a Visconti mirándola con los ojos húmedos y el rostro devastado. El estómago se le contrajo y ambos se miraron durante unos segundos sin decir nada. ¿Qué podían decir? Visconti se frotó los ojos y trató de hablar.

-Necesita un médico -susurró sin fuerzas.

-Es sólo un rasguño -contestó Andrea.

-Ha perdido mucha sangre.

-No, no tanta.

Andrea se miró las botas y vio que estaban muy sucias. Por dentro, una de ellas estaba además pegajosa.

-No sé qué podría decir que... - articuló Visconti.

Si iba a morir no quería hacerlo sin pedirle disculpas a Andrea. Su mente trataba de encontrar algo coherente que decirle, algo que no sonara vacío, a disculpa, o estúpida e inútilmente sentimental. Había tratado de matarla por Dios Santo, se dijo.

Andrea se acercó a él.

-No tiene nada que decir. Sólo prométame que leerá este libro -dijo Andrea, dejándolo en sus manos.

Incapaz de hablar, Visconti sonrió. Tenía el pecho oprimido por un sentimiento que le desbordaba, pero de pronto se sintió súbitamente aliviado por las palabras de Andrea. ¿Acaso sabía ella que no iba a morir ahí? Sujetó el libro con las dos manos y lo miró como si fuera un amuleto.

-La tarea del héroe por Francesco Visconti -leyó él con voz temblorosa. Levantó los ojos y la miró conmovido-. ¿No se da usted nunca por vencida?

-Jamás -contestó Andrea sonriendo.

XL

MASSIMO

He is the most realistic character in the play,
being a emissary from a world of reality
that we were somehow set apart from.
Tennessee Williams
The glass menagerie
(Él es el personaje más realista de la obra, siendo el
emisario de un mundo de realidad del que de alguna
forma nos hemos apartado- El zoo de cristal)

El atrio del palazzo había actuado como el tiro de una chimenea, suministrando oxigeno al fuego y precipitando las llamas hacia el techo de madera, que se había desmoronado dejando al descubierto el área central. Como en un campo de batalla arrasado después de la contienda, la ennegrecida estructura del palazzo humeaba asolada, mostrando restos de escudos y espadas, de cascos y guerreros derrotados. Los bomberos llegaron cuarenta minutos después de que Andrea llamara, cuando ya no quedaba demasiado que salvar. La estación de bomberos más cercana se encontraba en un pueblo a veinte minutos de La Villa, pero habían tardado otros veinte en las maniobras de subida por el estrecho camino de ascenso hasta el palazzo.

Constanza explicó a los bomberos lo que entre todos habían acordado decir minutos antes: "Que Visconti había tratado de quemar unos papeles en la chimenea con alcohol de prender y que torpemente había derramado el alcohol fuera. Una llamarada había subido hasta su mano y había soltado la lata asustado. Al caer al suelo el alcohol había prendido con violencia y ya no había podido hacer nada. Los cuadernos y los libros habían ardido muy rápido".

Debió parecerles una explicación convincente porque no habían hecho más preguntas. Era difícil imaginar que alguien quisiera quemar deliberadamente una casa tan hermosa, tan llena de objetos valiosos.

La ambulancia llegó poco antes que los bomberos. Acomodaron a Visconti en la camilla y antes de salir hacia el hospital, ya estaba conectado al electrocardiógrafo. Preguntaron si alguien conocía qué síntomas había tenido y Andrea explicó que creía que su corazón había dejado latir y que le había reanimado con masaje cardiaco y respiración boca a boca, y que le había dado un par de aspirinas. El enfermero señaló sonriente que probablemente aquella rápida reacción le había salvado la vida. Al escuchar aquello, Constanza miró de reojo a Andrea. El rostro de la mujer estaba demacrado, sus ojos enrojecidos e inflamados por el humo. En esos momentos, la capacidad de discernir entre el amasijo de emociones que la embargaban estaba menguada, casi extinta. Al odio y la rabia que sentía hacia Andrea, por ser la causa de que su hijo se hubiera marchado, se unía el hecho evidente de que les había salvado la vida. Sabía que era imposible enmendar lo que le habían hecho o agradecerle de forma alguna que les hubiera salvado. Había situaciones en las que las palabras no servían de nada. Situaciones que estaban más allá del odio, del perdón o del agradecimiento. Lo que más le costaba comprender, desde la resignación y la derrota que en esos momentos sentía, era el alcance de lo que había estado dispuesta a hacer, el estado de ceguera y desesperación de los últimos días. Todo lo ocurrido eran retazos de una pesadilla, fútiles intentos por vencer algo que estaba por encima de sus posibilidades.

Antes de marcharse, el enfermero le preguntó a Andrea si quería que le mirara la herida del costado. En tono despreocupado, Andrea contestó que se había arañado con una rama al tratar de trepar por la terraza. Era un rasguño y ya había dejado de sangrar. La ambulancia se llevó a Visconti y Constanza al hospital de Roma.

Fedra, Homara, Herminia y Andrea rodearon los restos del palazzo con paso taciturno mientras los bomberos se esforzaban en apagar el incendio. Al pasar por delante de la puerta principal, renegrida y humeante, se detuvieron. Nadie se fijó en la lata carbonizada que había entre los escombros. Los chorros a presión de las mangueras trazaban enormes arcos anaranjados en el aire, que se fueron tiñendo de negro a medida que las llamas se extinguían. Del corazón calcinado de palazzo comenzaron a surgir espesas nubes de humo negro y mefítico, exhalaciones que parecían albergar el último resuello de un monstruo subterráneo.

Antes de entrar en el coche, Andrea se volvió hacia el sendero de los dioses. Las esculturas estaban envueltas en humo, rodeadas de indefinición, como si se estuvieran retirando, regresando a esa dimensión inaccesible a la que pertenecían. Se fijó en la diosa Atenea y recordó lo que había "escuchado" hacía unos días cuando pasó frente a ella: Caos se acerca. Esas habían sido sus palabras. Entonces no había podido siquiera imaginar que iba a ser Visconti quien descendiera a aquel estado primigenio y salvaje, obcecado y plagado de confusión. Como siempre, el Oráculo había sido interpretado según las expectativas del oyente y en el momento de oírlo, Andrea sólo podía imaginar a Visconti como víctima. No contaba con que el caótico vaticinio pudiera referirse al proceso de desintegración de su alma.

Se montaron en el Bentley y Fedra condujo hasta la casa de Roma mientras la luz azulada de un alba inminente comenzaba a bosquejar las pétreas montañas. Nadie habló durante el trayecto. Sólo Homara, sentada en el asiento trasero junto a Andrea, a quien cogía las manos con fuerza, rompió el silencio para darle las gracias.

Andrea no contestó, sonrió a la anciana y con la sien apoyada sobre la ventanilla, contempló cómo la luz de un nuevo día iba arrancándole perfiles a la oscuridad. Estaba cansada pero se encontraba perfectamente. No había perdido tanta sangre como para tener que ir a un hospital. Nunca había estado en uno porque jamás había estado enferma, y no iba a dejar que aquel rasguño pusiera en peligro a Visconti.

Llegaron al piso de Roma cuando la ciudad aún estaba dormida y desierta. El día iba a ser caluroso.

El palazzo que los Visconti poseían en Roma era un edificio de cinco niveles que se alzaba frente a las ruinas del Palatinado, en la Vía del Colosseo. Había sido reformado y distribuido en amplios pisos, cada uno de los cuales ocupaba una planta entera. El que habitaban Visconti, Constanza, Ares y Paolo era el piso superior. Fedra, Trisífone y Homara vivían una planta más abajo. El resto estaba alquilado.

Las mujeres llegaron desaseadas, físicamente exhaustas y mentalmente abatidas. El portero les abrió la puerta y procedieron a ventilar la casa mientras las ruinas del Foro iban adquiriendo relieves. Herminia condujo a Andrea a la habitación de invitados, un cuarto amplio y elegante desde el que podía contemplarse el Coliseo, las ruinas del Senado, los rojizos muros de la colina del Palatinado, la Piazza Venecia…

Cuando la madrugadora tienda de comestibles de la Vía Cavour abrió, Fedra bajó a comprar algo para el desayuno mientras Herminia se aseaba y ayudaba a Homara. Después de ducharse, mientras su ropa se lavaba y secaba, Andrea se puso una camiseta y unos vaqueros que Fedra tenía olvidados en el fondo de un altillo. Y a pesar de que habría preferido hacerlo ella misma, accedió a que fueran las mujeres quienes le desinfectaran y curaran la herida y envolvieran su costado con gasa. Nadie preguntó a Andrea por el origen de la lesión y ella tampoco hizo ningún comentario al respecto.

Cuando terminaron de desayunar, todas menos Andrea, se fueron a dormir hasta la hora de la comida. Andrea salió a la terraza y se sentó en una hamaca a limpiar la sangre de sus botas. Cuando hubo terminado, se apoyó en la barandilla de la magnífica terraza con el pecho henchido de admiración ante el espectáculo que se desplegaba ante ella. El sol brillaba radiante. En el aire flameaban elegantes partículas de polvo dorado, diminutas briznas de luz candente. El azul del cielo era jubiloso, brillante. Las ruinas de Roma se extendían a sus pies rezumando bocanadas de inmortalidad. Andrea pensó en Ares. No sabía donde había pasado la noche y por un momento había temido que estuviera en el piso y se cruzaran con él. Pero su viaje había comenzado ya y a esas horas estaría de camino a su nuevo destino.

Sobre de las dos y media las mujeres se reunieron alrededor de la mesa del comedor, contando las ausencias en silencio. Las cosas habían cambiado y nunca volverían a ser igual. Habían combatido en una guerra y eran las supervivientes. Como en toda guerra había habido vencedores y vencidos, las jerarquías se habían reorganizado y el poder había pasado de manos. Visconti estaba en el hospital, pero ya sabían que gracias a la rápida intervención de Andrea, las consecuencias de su infarto eran mínimas. Era posible que en un par de días estuviera en casa.

Después de comer fueron a verle al hospital y a relevar a Constanza, que lucía en su rostro las marcas del golpe que Visconti le había propinado con la voluminosa edición de La Ilíada. Constanza no quería separarse de él. Aún no había tenido tiempo de asimilar lo ocurrido ni de ordenar sus emociones, pero algo le decía que habían sido afortunados de sobrevivir a su propia enajenación.

Meditabundo y cansado, Visconti yacía en una habitación de paredes blancas, espaciosa y diáfana. Él no había tenido tampoco más remedio que aceptar las condiciones de su derrota. La limpieza que había tenido lugar en su casa, ese Orden que se había generado a partir del Caos, era nuevo, y todos, él el primero, tenían que aprender a vivir con sus condiciones, aprender a vivir sin los que ya no estaban, y también asumir quiénes eran los que se habían quedado. Andrea era la única que parecía la misma. Pero era sólo apariencia. Los verdaderos rasgos de su interioridad habían sido percibidos únicamente por Ares y Homara. Sólo ellos habían tenido indicios de sus descubrimientos y revelaciones, sólo ellos habían sido testigos del por qué de sus silencios y la profundidad de sus compromisos. Sólo ellos veían.

Andrea entró un momento en la habitación para despedirse. Al día siguiente estaría de vuelta en su convento. Volvía para quedarse.

Cuando entró en la habitación su intención era que aquel trago no les fuera demasiado oneroso a los Visconti. ¿Qué podían decirle? ¿Qué podía decirles ella que no les pusiera en evidencia, que no reavivara el dolor y la vergüenza?

Sin darles tiempo para que se sintieran incómodos, Andrea les comunicó que se marchaba. No tenía sentido enredarse en excusas ni tratar de determinar los motivos ni las razones. Todos sabían muy bien lo que había ocurrido y entre ellos quedaba sellado un pacto de silencio. Andrea vio en los ojos de Visconti un dolor y una vergüenza que ya no estaban teñidos de orgullo ni irritación. Eran dolor y vergüenza genuinos. Ojos tristes, sumergidos en una impotencia que asumía con estoicismo. Andrea no quería minimizar o restar importancia a lo que había ocurrido, pero se aseguró de que Visconti percibía su sinceridad cuando le afirmó que para ella su trabajo conservaba intacto todo su valor. Él había influido en su carácter y por tanto formaba parte de su destino. Seguir siendo Visconti era una responsabilidad a la que no debía renunciar.

Se marchaba con su tesis concluida. Lo que se suponía iba a llevarle meses, lo había logrado en días. No habían vivido un proceso sino una revolución. Puede que Visconti ya no fuera Visconti pero ella era mucho más sí misma.

Homara era quien más sentía su marcha. Salió con ella al pasillo y allí la anciana y Andrea compartieron unos minutos de complicidad. Homara le agradeció que le hubiera devuelto la "vista" y Andrea le dijo que no imaginó que fuera a encontrar a alguien con una mirada tan penetrante, que hiciera un uso tan sabio y práctico de sus amplia cultura y memoria, y sobre todo, que poseyera una bravura tan jovial para renovarse.

A Andrea sólo le quedaba una cosa por hacer. En su bolsillo llevaba un trozo de papel que Ares le había dado antes de marcharse con el nombre y la dirección del médico que Trisífone iba a pagar para que rematara a Visconti. Ese era el favor que le había pedido a Ares. Su nombre y dirección. Y que antes de abandonar Italia se reuniera con el doctor y en una pequeña grabadora consiguiera toda la información posible acerca de sus actividades, lo suficiente para estar segura de que aquel hombre, tal y como le había dicho Ares, había utilizado más de una vez los privilegios de su profesión para envenenar a pacientes que confiaban en su asistencia. Si conseguía pruebas de su monstruosidad, Ares mandaría la cinta al convento.

El inspector de policía, Massimo Verga, llegó al hospital azotado por una sensación ambigua, mezcla de impotencia y curiosidad. En toda su carrera no se había encontrado con nada parecido a lo que en esos momentos tenía entre manos. Lo que más le desconcertaba no era el número de investigaciones que de una forma u otra tenían que ver con los Visconti, sino que todas ellas parecían desvanecerse, hacerse humo delante de sus ojos. Se sentía incapaz de desentrañar los secretos de aquella familia. Era como si lo que ocurría entre ellos estuviera más allá de su jurisdicción, como si no le fuera permitido contemplar el mapa entero y tuviera que conformarse con atisbar un territorio apenas delineado.

Para empezar, Salvatore, el hombre que había sido apaleado en la Piazza Navona, había renunciado a presentar cargos y a implicarse en la investigación. Quería regresar a su pueblo y no le importaba que la policía atrapara o no a su agresor. Quería olvidar, comenzar una nueva vida con el dinero que un benefactor anónimo les había entregado. Esa persona había colocado en sus manos un nuevo destino y de nada servía, decía Salvatore, estancarse en el odio y el pasado cuando la vida les estaba poniendo un futuro lleno de posibilidades delante.

Mario Furino, el amigo de Ares, había retirado la acusación que le implicaba en el incidente, alegando que en ella habían influido razones personales, que en esos momentos estaba borracho y que no sabía lo que decía. Sin esa única pista no había pruebas suficientes para inculpar a Ares.

La investigación sobre Medioli estaba estancada. Nadie sabía dónde se dirigía el día de su desaparición. Era un hombre triste y solitario, sin familiares ni relaciones estrechas. Quizá simplemente se había marchado sin decir nada, harto de su vida, como muchas veces ocurría en desapariciones similares, o quizá le habían asesinado. El caso es que no encontraban motivos ni pistas que pudieran incriminar a nadie.

Los frenos del coche de Paolo podían haber sido manipulados, pero las pruebas tampoco eran concluyentes. Era cierto que las piedras de La Villa podían haber causado los daños en el sistema hidráulico.

Massimo se sentó en un sofá frente a la cama de Visconti, sabiendo que el incendio del palazzo era sólo la punta del iceberg. Se había encontrado con Andrea en la puerta del hospital, justo cuando ésta se marchaba y le había pedido que regresara con él arriba porque tenía que hablar con ella. Andrea estaba apoyada junto a la ventana, contemplando las ruinas del arco Dolabella. Las copas de los cipreses señalaban en su vaivén un punto incierto en el vasto cielo romano.

-No están ustedes en su mejor momento -dijo Massimo para romper el hielo.

Visconti sonrió sin ganas.

-Siempre se dice que las desgracias vienen todas juntas. En nuestro caso no se puede negar -dijo flemático.

-Al menos están vivos -dijo el inspector, analizando sus miradas y sus gestos.

-Eso es cierto -contestó Visconti, tratando de parecer espontáneo.

Massimo podía sentir en la atmósfera que les rodeaba, en el aire mismo que respiraban, un ambiente enrarecido. Como si los verdaderos acontecimientos pendieran intangibles al otro lado de un cristal. Como si lo ocurrido hubiera acontecido en sueños, donde nada podía probarse, donde todo se desvanecía a medida que pasaban los minutos y las horas. La incertidumbre que asediaba a Massimo tenía tintes personales. Había cientos, miles de casos que quedaban sin resolver, pero nunca antes había tenido la impresión de que su resolución estuviera fuera del círculo de sus posibilidades. Presentía que no era más que un mensajero, un correo que trae y lleva información entre dos mundos. Les preguntó por el incendio y Visconti relató la misma historia que Constanza había contado a los bomberos, haciendo hincapié en su torpeza.

-Ese palazzo pertenecía a mi familia desde hacía generaciones -dijo Visconti, realmente apesadumbrado.

Massimo les informó sobre las investigaciones que tenían abiertas. Al escuchar sus palabras Constanza respiró más tranquila. Visconti también se relajó, y se habría alegrado de escuchar aquello si no hubiera sido porque Medioli estaba muerto y porque sabía que su hijo era el culpable.

Massimo terminó su entrevista con la familia y después se giró hacia Andrea, que como la vez anterior permanecía discretamente apartada del círculo familiar.

Lo que había descubierto sobre ella a raíz de su encuentro en el palazzo era verdaderamente sorprendente. El hecho de que las balas encontradas en los cuerpos de los proxenetas y de Pietro Fullone coincidieran, le había permitido investigar el caso de Pietro sin despertar sospechas. Massimo había expresado su interés por el caso y sus colegas, agradecidos de tenerle en la investigación, le habían puesto al corriente de todos los detalles. Había visitado incluso Rossalino, el pueblo de Andrea y Pietro, y allí, había podido comprobar que su intuición sobre Andrea no estaba equivocada. Como con los Visconti, no podía demostrar nada. Pero lo que más preocupaba a Massimo era que no sabía si quería seguir con la investigación. Las muertes de los proxenetas hacía años y de Pietro en el teatro de Catania eran asesinatos que investigaba porque era su obligación, pero que en el fondo y secretamente, no representaban una prioridad en su lista. Simplemente no había tiempo ni recursos suficientes para hacer justicia. Si tenía que escoger, prefería dedicar sus días a encontrar al violador de un niño o al asesino de una joven que al ajusticiador de tres proxenetas.

Cuando su trabajo daba frutos no había nada que pudiera igualarse con esa satisfacción, pero sabía que había muchos crímenes que jamás se resolverían, injusticias tremendas que nunca lograrían rectificarse. La ley estaba sujeta a mecanismos imperfectos y vulnerables. Él mismo había sido testigo muchas veces, y cómplice en una ocasión, de esas deficiencias. Sabía que era posible manipular los hechos, que la ley y la justicia a veces transitaban caminos distintos.

En su recta y exitosa carrera había un caso que siempre retornaba a su mente. Hacía ya muchos años había tenido en sus manos el destino de un hombre cuya hija había sido asesinada. El asesino había mutilado a la niña, le había rebanado la piel con una cuchilla, le había aplastado la cabeza con un mazo y después de muerta, la había violado. El asesino era un vecino, pero sólo el padre lo sabía. Lo sabía, pero no podía probarlo. Habían desaparecido pruebas misteriosamente y otras se habían presentado fuera de tiempo y se habían descartado. No había nada que pudiera ser utilizado legalmente para inculpar al vecino. Y sin embargo, las pruebas existían, estaban allí, intocables, como si formaran parte de otra realidad. Legalmente era la palabra de un hombre contra la de otro.

En su desesperación, el padre había llegado a golpear al vecino y éste había aprovechado aquel arrebato a su favor. El resultado fue un arresto bajo fianza y una orden de alejamiento para el padre. Caso cerrado. No para el progenitor, por supuesto. El vecino apareció muerto dos meses más tarde y, de nuevo, nadie pudo probar quién había sido el asesino. Sólo Massimo había descubierto en una conversación que había mantenido a solas con él, que aquel hombre desesperado había utilizado las mismas maniobras que el asesino para hacer justicia, su justicia. Esas sospechas que nadie podía probar, se habían confirmado en un desliz durante una conversación. Pero Massimo no había hecho nada. Salió de aquella casa desolada, donde ya no quedaba rastro de alegría ni de vida, permitiendo que aquel hombre siguiera creyendo que era posible hacer justicia.

Ahora estaba ante los casos de Pietro Fullone y los proxenetas y la incómoda posición de saber algo sobre lo que no deseaba tomar medidas volvía a hostigarle. En la versión oficial, las muchachas secuestradas en el chalé de las afueras de Nápoles por los proxenetas, habían sido liberadas por un joven de ojos azules, no por una mujer. Eso era lo único que sabían porque las chicas se habían negado a hablar. Nadie podía identificar de dónde había salido ese muchacho ni quién era, pero los hechos habían ocurrido más o menos de la siguiente manera: El lugar donde los proxenetas tenían encerradas a las chicas era un chalé de dos plantas en una parcela rodeada de bosque de algo menos de diez mil metros cuadrados. Se accedía a la finca por un camino de tierra que conectaba con la carretera comarcal. El chico había entrado en el chalé por la noche, había atrancado las puertas y disparado a los proxenetas utilizado cojines para reducir el ruido de las detonaciones y no poner sobre aviso a los clientes en el piso de arriba. Después de eliminar en la planta baja a los tres criminales, se había dirigido al piso superior, a las habitaciones que estaban ocupadas, que eran cuatro de las seis que había en el chalé. Con ayuda de las chicas, el muchacho había reunido en una habitación a la asidua escoria de clientes, uno de los cuales era un alto cargo de la policía local. Les habían atado y amordazado y después había pedido a las chicas que se marcharan. Sólo una de ellas estaba en condiciones de conducir. Le entregó las llaves del coche del jefe de policía y también su cartera para que no hubiera dudas de que estaba allí y les pidió que se dirigieran a la comisaría de Morzano y preguntaran por el inspector Gabrielli.

Cuando se quedó a solas con los clientes, el muchacho cogió una barra de hierro y sin atender ni a sus súplicas ni a sus amenazas, les golpeó en los genitales hasta que perdieron el sentido. Después procedió a rebanárselos desde la raíz con un machete afilado. Les abandonó medio muertos y casi desangrados sobre sus propios vómitos y evacuaciones…

-¿Puedo hablar con usted a solas? -preguntó Massimo a Andrea-. Son sólo unas preguntas sobre su amigo de la infancia. Estamos investigando y quizá recuerde algo que pueda sernos de ayuda.

A Massimo no se le escapó la mirada de preocupación que Constanza lanzó a Visconti.

-Desde luego -contestó Andrea-. Podemos subir a la terraza de la cafetería si quiere.

Massimo observó a Andrea mientras caminaba junto a ella y pensó que con ciertos cambios aquella muchacha bien podía parecer un chico.

-¿Se acuerda de esos proxenetas de los que le hablé hace unos días? -preguntó Massimo cuando ambos estuvieron acodados en un extremo de la barandilla.

-Sí, los que aparecieron muertos... - contestó Andrea.

-Las chicas nunca quisieron hablar, pero parece ser que fue un muchacho joven, de ojos azules...

Andrea le miró pero no dijo nada.

-¿Tiene usted hermanos? -preguntó, sabiendo quién era Andrea, dónde se había criado y casi todo lo que se podía saber sobre ella.

-No -contestó con tranquilidad-. ¿Por qué me cuenta esto? ¿Cree que tengo algo que ver?

Massimo no contestó. Continuó hablando como si no hubiera escuchado la pregunta.

-Como le dije hace unos días, la bala que encontramos en la cabeza de Pietro Fullone pertenecía al mismo revólver que se utilizó con los proxenetas... Investigando en su pueblo sobre Pietro hemos descubierto que era un hombre con pocos amigos. Nadie pareció demasiado afectado de saber que le habían asesinado. No era lo que se dice un buen tipo.

-No, no lo era -contestó Andrea mirando hacia las ruinas.

-Indagando sobre Pietro, como le decía, hemos descubierto que hace años hubo un suceso en su pueblo en el que aparece el mismo revólver. Fue la muerte, unos dicen que se suicidó, otros que le asesinaron, de un hombre que usted conocía bien, Giovanni Amato.

-Él me crió -dijo Andrea mirando al inspector fijamente.

-Las balas que acabaron con su vida y la de su caballo salieron de ese revólver. Hemos averiguado que le pertenecía. Era un revólver antiguo que al parecer heredó de su padre -dijo analizando su reacción-. Hay algo muy personal y carismático en las armas de esa época, el Colt, el mítico Smith & Wesson que utilizaron Jesse James, Pat Garret o Billy, el Niño...

Andrea no contestó.

-¿Giovanni era medio apache no es cierto?

-Sí. Su madre lo era.

-Siempre he sentido mucha curiosidad por los indios de América, en general por el Viejo Oeste. Al parecer los apaches eran una tribu guerrera muy violenta...

-¿Violenta? -le interrumpió Andrea. Se detuvo. Sabía que el inspector estaba esperando cogerla en un descuido. Massimo continuó hablando como si su interés en aquella conversación fuera anecdótico.

-Se dice que el nombre "apachu" se lo pusieron los españoles y que significa enemigo. Usted debe saber bastante más que yo acerca de ellos. Parece ser que eran unos estrategas magníficos. Fueron los últimos nativos en rendirse. Les costó someterse a la ley del hombre blanco...

-¿Por qué habrían de hacerlo?

-Porque era la Ley... con mayúscula -dijo Massimo. Aquel era el punto que le interesaba.

-La mayúscula la pone usted. Ellos tenían "su ley" antes de que llegara el hombre blanco.

-Bueno, en cualquier caso era la Ley y ellos se la saltaban.

-Simplemente reaccionaron ante la injusticia. Eran guerreros y un guerrero está dispuesto a matar y morir por aquello en lo que cree. Me parece que usted sabe bastante sobre ellos, así es que no perderé el tiempo tratando de convencerlo de nada porque los hechos hablan por sí mismos.

-Los hechos dicen que no aceptaban la Ley, que no se sometían ante lo que los otros juzgaban como legítimo -insistió Massimo-. Es muy peligroso tener un sistema de creencias semejante ¿no cree?

-¿Peligroso para quién? -dijo Andrea.

-Si cada cual estableciera su propia idea de justicia esto sería un Caos. ¿No cree?

-No existe una idea subjetiva de justicia, sólo Justicia. De lo que usted habla es de venganza o retribución. De todas maneras pregúnteles su opinión a las chicas que secuestraron y obligaban a prostituirse.

-¿Me está diciendo que ve bien que alguien se tome la justicia por su mano y se dedique a matar criminales?

Andrea no contestó.

-Dígame. ¿Usted cree que Giovanni se suicidó?

-No.

-¿Cree que le mataron?

-Sí.

-Ese revólver... desapareció -señaló Massimo-. Alguien lo cogió de la escena del crimen y nadie sabe dónde puede estar. Las monjas del convento tampoco saben qué fue de él, pero en el pueblo se comenta que todo lo que Giovanni tenía se lo dejó a usted...

-Así es. Pero no sé nada del revólver -dijo, sintiendo su fría dureza en la espalda.

-¿No sabe dónde puede estar? ¿Quién lo pudo coger de la escena del crimen?

-No.

-Dígame una cosa -señaló el inspector-. ¿Cree usted que Pietro merecía morir?

-Sí.

-¿Cree que los proxenetas merecían morir?

Andrea le miró arqueando las cejas con vehemencia.

-Tiene razón, es una pregunta estúpida -dijo Massimo. Se calló un momento y miró hacia el paisaje romano, después la miró de reojo, con curiosidad, como si quisiera convencerse de que estaba haciendo lo correcto-. Probablemente no descubramos nunca quien asesinó a Pietro, ni a los proxenetas...-dijo-. Tampoco podremos probar si Giovanni se suicidó o si fue asesinado. Pero estamos en ello. Lo que quiero decirle es... que la justicia hace lo que puede. Que yo hago lo que puedo.

-No lo dudo -contestó Andrea.

-Quizá no es suficiente... - dijo con énfasis-. Pero somos humanos y... cometemos errores.

-¿Qué está tratando de decirme inspector? -Andrea ya sabía lo que estaba ocurriendo. Sabía que Massimo estaba dudando. Sus gestos y sus palabras revelaban un conflicto, no con ella, sino consigo mismo.

Massimo la miró confundido un segundo. ¿Qué estaba tratando de decirle?

-No lo sé. No sé qué trato de decirle -contestó, sonriendo ruborizado-. Discúlpeme.

-Yo se lo diré -dijo entonces Andrea-. Quiere aligerar su conciencia. Tiene miedo de encontrarse al otro lado de la línea, aún cuando sabe mejor que nadie que la ley es muchas veces un impedimento para hacer justicia. Cree que ese muchacho hizo lo que había que hacer, pero no sabe quién es, y piensa que si tuvo el valor de matar a esos criminales él solo, debe ser una persona peligrosa, y que cualquier día podría emplear ese valor para su propio beneficio. Cree que matar es una palabra genérica y que una vez que se empieza uno puede acostumbrarse a ello. Pero no ha pensado en algo -dijo Andrea mirándole con intensidad-. No ha pensado en que las personas que hacen eso, las que se toman la justicia por su mano, probablemente están, como usted mismo, cumpliendo con su deber. Tampoco se le ha ocurrido pensar que quizá ese chico investigó todas las posibilidades legales antes de llegar a la conclusión de que nadie estaba dispuesto a hacer nada para liberar a aquellas chicas -dijo Andrea-. Lo que sí sabe es que esos criminales merecían morir. Y lo sabe porque dentro de todos nosotros existe un juez que sabe lo que está bien y lo que está mal. Ese juez no es partidista, ni emocional, ni siquiera bondadoso, pero nos dice sin lugar a dudas cuándo debemos actuar. Y si no actuamos, si nos encontramos ante una injusticia que sabemos podemos reparar y no hacemos nada, entonces somos nosotros los que erramos, los que pecamos, si me permite emplear un verbo tan obsoleto. También sabe que hay veces que por estar dentro de la ley damos la espalda a la justicia.

Andrea apartó la mirada y apoyó las manos en la barandilla.

Massimo la miraba atento, sin parpadear. Entonces, Andrea bajó la voz hasta hacerse casi inaudible y dijo:

-De todas maneras, lo que ese muchacho sabe, lo que usted y yo sabemos, es que en el fondo es imposible hacer justicia, porque nada devolverá la vida a los muertos ni la alegría a los que han sufrido.

-Pero detiene al criminal y la posibilidad de que haga más daño -señaló Massimo, también en voz baja, sin apartar los ojos de Andrea.

De pronto se dio cuenta de que esa necesidad de saber más sobre ella nacía de una parte esencial de su persona. Aquel rostro enigmático escondía secretos que él ansiaba conocer. Pero algo le impedía preguntar, como si presintiera que era una falta de respeto indagar en su misterio. En esos momentos ella no era una sospechosa y él el policía a cargo de la investigación, se dijo sorprendido. Había algo más profundo en todo aquello. La observó en silencio y tuvo una revelación sorprendente. Supo que lo que en realidad estaba haciendo era rendir cuentas ante Andrea. Y como si su mente hubiera alcanzado con esa conclusión un estado de consciencia más elevado o amplio, su punto de observación se trasladó a un lugar más allá de su cuerpo y se vio desde arriba. Vio su figura y la figura compacta y fibrosa de Andrea suspendidas en el borde de la terraza. Una terraza que no era la que pisaban, porque la calle no estaba cuatro pisos más abajo. A sus pies se abría un abismo sin fondo. Vio que estaban rodeados de ruinas y vegetación, de responsabilidades y tiempo. Y que dos llamas anaranjadas ardían en los omoplatos de Andrea, y dos de color rosa, más tenues, surgían de los suyos. Massimo se restregó los ojos y su visión volvió a colocarle en el suelo. Había sido sólo un instante, un lapsus incompresible. No acostumbraba a soñar despierto y aquel vertiginoso resplandor le dejó desorientado unos segundos. Andrea le miraba con curiosidad.

-¿Se encuentra bien? -le preguntó Andrea.

-Sí -contestó Massimo.

No sabía qué había podido originar aquel pequeño desplazamiento, pero lo que había dejado a su paso, era aún más sorprendente que la experiencia. Sintió que entre sus piernas crecía un deseo descomunal, un deseo que no era sólo sensual sino que ansiaba poseer algo más, un deseo como nunca antes había sentido. Se giró y apoyó los brazos sobre la balaustrada para ocultarlo.

-¿Puedo ayudarle con alguna otra cosa? -preguntó Andrea, como si estuviera cansada de aquella conversación.

-¡No, no! -contestó Massimo tratando de relajarse. No podía mirarla. ¿Qué podía decir? ¿Qué se suponía que debía decir?-. ¿Piensa quedarse mucho tiempo en Roma? -preguntó, tratando de darle un tono profesional a su voz.

-No. Lo más seguro es que me vaya hoy mismo. Pero si necesita hablar conmigo estaré en el convento de Santa Fe -contestó Andrea sin vacilar, y sin decir nada más, dejó a Massimo en la terraza y se marchó a comprar su billete de tren.

XLI

ANDREA

A saint may be defined as a person of heroic virtue
whose private judgment is privileged.
George Bernard Shaw
Preface to Saint Joan of Arc

Héroe es quien logra ejemplificar con su acción la
virtud como fuerza y excelencia.
Fernando Savater
La tarea del héroe
(Un santo puede ser definido como una persona de
virtud heroica cuyo juicio personal es privilegiado.
-Prefacio a Santa Juana de Arco)

Andrea descendió del tren en la estación de su pueblo a media tarde. No llevaba equipaje. Sólo la chaqueta atada a su cintura que cubría el revólver en su espalda, el agujero de bala en su camiseta negra y la herida de su costado. En uno de los bolsillos llevaba la armónica y algo de dinero.

El calor seco y abrasador que se alzaba del suelo hacía ondular el andén y los tejados de la estación. Avanzó por la plataforma mirando atentamente cuanto la rodeaba. Todo permanecía igual que cuando se marchó y, sin embargo, todo parecía distinto. Pero sabía que era su mirada, su apreciación de las cosas lo único que había cambiado. Cuando se marchó de allí, hacía ya muchos años, lo había hecho arrebatada de odio y dolor, con una necesidad apremiante de anular su conciencia, de redimir la tristeza que la consumía. Marcharse había sido una decisión dolorosa pero necesaria. Se había desterrado a sí misma casi como un castigo autoimpuesto. Un castigo que no merecía porque ella no podía haber evitado que Pietro matara a Giovanni.

Andrea salió a la plazoleta que se abría delante de la estación. Se detuvo en los escalones polvorientos y pasó los ojos sobre aquel pequeño reducto de vida. El ayuntamiento, un edificio modesto de color arena, se levantaba en un extremo. Una farmacia, un restaurante y un par de bares, el puesto de correos y un viejo teatro delimitaban el espacio de la plaza. Más allá, a varios kilómetros del pueblo, oculto entre los bosques que se extendían detrás de las montañas, estaba su convento.

Andrea respondió con una inclinación de cabeza al saludo de una anciana que la había reconocido. La mujer la examinó de arriba abajo con curiosidad, se metió en una tienda y salió acompañada de la dependienta. Ambas la observaron desde la distancia mientras otras personas se giraban para saludarla. Andrea descendió los escalones y caminó unos pasos hasta la parada de taxi. Entró en el coche y el conductor dejó su periódico y se giró sorprendido.

-¿Ha vuelto?

-He vuelto.

-¿Para quedarse?

-Sí.

-¿No trae equipaje? –preguntó el taxista.

-No -contestó Andrea, acomodándose en el asiento.

-Cuando se marchó llevaba una maleta al menos.

-Pesaba demasiado -contestó Andrea con una sonrisa escueta.

El hombre se giró hacia el volante, puso el coche en marcha y rodeó la plaza.

-La policía estuvo aquí hace unos días. Nos enteramos de lo de Pietro… -dijo con tono esquivo, mirando por el retrovisor. Andrea no contestó, contemplaba las estrechas calles empedradas, las casas humildes con sus balcones herrumbrosos y sus fachadas envejecidas por el calor y los cambios bruscos de temperatura.

-Supongo que sabe que le asesinaron en Catania… -señaló mientras ascendían por la calle que conducía al convento.

-Sí, lo sé -contestó Andrea mirando los ojos curiosos del taxista a través del espejo.

-Hicieron muchas preguntas. Sobre todo acerca de usted… Nadie dijo nada… -añadió rápidamente-. Imagino que no habrá tenido problemas con la policía…

-¿Por qué iba a tenerlos? -preguntó Andrea adelantándose en el asiento ligeramente.

-No está muy distinta usted después de tantos años -dijo sonriendo y cambiando de tema-. ¿Qué tal el mundo?

-Nada por lo que merezca la pena regresar -contestó mirando por la ventanilla.

-¿Ha visitado muchos sitios?

-Unos cuantos.

-Pero nada que merezca su aprobación ¿No es cierto?

-El mundo no necesita mi aprobación.

-¡Menos mal! -dijo casi pensando en alto-. Quiero decir...- comenzó a decir tratando de arreglarlo. Andrea sonrió y para librarle del bochorno preguntó:

-¿Qué tal está su hijo? Carlo.

-Ya está trabajando. En la carnicería de Demetrio. No le conocería de lo alto que está. Muy contento. Se ha echado novia.

-Me alegro.

-Sí... Después de lo que pasamos... Sí -dijo con satisfacción-. Estamos contentos de que haya recuperado la alegría, de que haya olvidado...- Carlo había sido uno de los niños de los que Antonino había abusado hacía años-. Nunca tuvimos la oportunidad de... -se detuvo.

Andrea le miró con calma desde el asiento trasero.

-Me alegro que esté de vuelta -declaró simplemente el hombre.

-Gracias. Tenía ganas de regresar -dijo entonces Andrea sonriendo.

El hombre se relajó y también sonrió.

-Sor Agnes y las hermanas estarán contentas de tenerla de nuevo con ellas.

-No sé si tanto como yo.

El taxi se adentró en un camino estrecho y empinado. La vegetación se espesó y Andrea se arrimó a la ventanilla para respirar el aire seco de los pinos y las encinas, de los olivos y el tomillo. Después de varios kilómetros, al final de un camino polvoriento, distinguió los muros de piedra del convento y la torre de la iglesia. El taxista se detuvo delante del portón y se giró hacia Andrea.

-Bienvenida a casa -dijo sonriendo.

-Gracias Tomasi -contestó Andrea, apretando su brazo. Cuando comenzó a buscar el dinero en su bolsillo Tomasi la detuvo.

-¡Ah, ah, ah! -contestó agitando la mano-. Mi mujer se alegrará de saber que está de vuelta. Baje algún día a comer con nosotros, así podrá ver a Carlo.

-Lo haré -contestó Andrea.

Salió del coche y esperó a que Tomasi se alejara y regresara el silencio para girar en redondo y contemplar desde aquella explanada de tierra el bosque que rodeaba el convento. Dos cuervos que volaban muy juntos pasaron cerca de su cabeza y se perdieron al otro lado del muro. Las chicharras crujían entre los matorrales. Andrea se agachó y cogió una hoja de pino seca y puntiaguda. En cuclillas, posó la palma de su mano sobre la tierra. Cerró los ojos y aspiró el aire. Dejó que aquel aroma inconfundible que llevaba dentro volviera a penetrarla. Aquel espacio era su espacio, el que llevaba inscrito en su memoria y en su sangre. Su horizonte no se agotaba en los contornos externos porque en aquel paisaje estaba configurada su propia alma.

Había visto muchos sitios hermosos durante su destierro, lugares mucho más ricos y espectaculares, pero aquella tierra era suya. Nada se podía comparar a la riqueza que poseía cada peñasco, a la belleza que rebosaba en cada recodo, a los recuerdos inscritos en cada elevación y hondonada, en cada árbol y sendero. Aquel era su lugar. El sol ardía con despiadada magnificencia sobre su cabeza, quemando la tierra, dándole su fuerza y su carácter. Los peñascos chispeaban, abrasados por un calor que se sostenía en el aire como un rabioso grito de júbilo.

Andrea se incorporó, se sacudió las manos y avanzó hasta el portón. Tiró de la cuerda que colgaba de la campana y al poco escuchó unos pasos al otro lado del muro, unos pasos prestos a los que se unieron otros y después otros más. Hubo correteos y cuchicheos, unos segundos de espera, nuevos pasos se acercaron. Después, todos se detuvieron al otro lado del muro. Un "otro lado" que era tan indiscutible y axiomático como los límites que separan nuestro propio cuerpo del resto del mundo. Aquel muro era para Andrea la piel de Dios. Al otro lado de esas piedras estaba Su interior. Aquella muralla contenía, al igual que el sagrario contiene el cuerpo de Cristo, toda la esencia de su idea de lo sagrado. Lo más primordial de su persona residía y descansaba dentro de aquel reducto.

Sonrió mientras se apoyaba sobre la piedra contigua a la puerta. El cerrojo crujió al deslizarse por el pasador. Sor Agnes apareció detrás de la puerta con los ojos brillantes y una sonrisa de plenitud en su rostro. El resto de las hermanas estaban detrás de ella, formando un semicírculo, sus caras llenas de expectación, sus miradas atentas, colmadas de un entusiasmo infantil. Cuando la puerta quedó abierta, Andrea sonrió como no lo había hecho desde hacía años. Sonrió con sus labios y con los ojos, y todo su semblante se iluminó, como si el aire que salía de aquel fortín estuviera incendiado de la gracia de Dios.

Cruzó la puerta y las monjas se abalanzaron sobre ella. Quedó oculta durante unos segundos por la impenetrable negrura de sus hábitos y cuando se retiraron, Andrea resplandecía como el sol de mediodía. Los abrazos y los besos, los saludos de bienvenida, las tímidas sonrisas se asemejaban a los gorjeos de los pájaros. Andrea besó la mano de la Madre Superiora con devoción, respirando unos segundos el perfume de su conquistada armonía y autoridad e intercambiaron miradas de mutuo entusiasmo. Las monjas acariciaban sus ropas y su pelo, su rostro bronceado y sus brazos como si se tratara de una reliquia sagrada, como si aquel cuerpo pequeño encerrara en su compacta insignificancia secretos que sólo podían anhelarse, nunca pronunciarse, escribirse o ser leídos. Sólo ellas sabían quién era. Sólo ellas habían sido testigos de su epifanía y misterio, sólo ellas podían hablar de lo que nunca sería contado.

Andrea caminó rodeada por su séquito hasta el perfumado centro del claustro, donde los limoneros crecían ajenos a cualquier revelación o presencia. Se detuvo en el centro, junto a la fuente y aspiró aquel aire que tanto había extrañado durante sus años de destierro, cuando sus pasos recorrían ciudades devastadas por el sinsentido. Levantó una mano y las monjas recuperaron para ella ese silencio que la había alimentado durante su viaje. Ahí estaba. El murmullo del agua de la fuente era una voz cuya modulación podría haber reconocido entre mil. Andrea se agachó y agarrándose a los bordes de la fuente metió la cabeza bajo el chorro de agua. Habían pasado años desde la última vez que lo había hecho. Una de las cosas que más había echado de menos, mientras había estado fuera, era la sensación que le producía sumergir la cabeza en aquella agua bendita. La dejó correr sobre su nuca, como un bautismo improvisado, como si ese agua pudiera lavar sus pecados y devolverle la inocencia. El agua corrió por sus pómulos y sus labios, su frente y su barbilla tal y como lo había hecho cientos de veces desde que era pequeña. Abrió la boca y saboreó con avidez su gusto argentino y refrescante.

Se incorporó y sacudió la cabeza con energía. La llovizna salpicó a las monjas, que fingieron azorarse con agrado, como si aquella vieja travesura les pillara por sorpresa. Andrea se pasó las manos por el pelo empapado, lo peinó hacia atrás y se sentó en el borde de la fuente, donde respondió a las preguntas de sus madres con confiada y alegre sinceridad.

Después de un rato la Madre Superiora dio dos palmadas.

-¡Qué gallinero! -dijo sonriendo.

-Un día es un día, madre -dijo Sor Daniella.

-Esta noche continuaremos. Después de Vísperas, durante la cena, Andrea nos contará más cosas. Ha vuelto para quedarse. Tenemos todo el tiempo del mundo -dijo mirando a Andrea.

-Así es. Señoras… -dijo Andrea quitándose la chaqueta de la cintura. Las monjas le hicieron un pasillo, y sin prisa, Andrea atravesó las vetustas piedras del claustro mientras dejaba un rastro de agua bendita a su paso. La plata de su revólver también brilló en su espalda, bajo el sol anaranjado de media tarde. Las hermanas se santiguaron y susurraron una jaculatoria cuando se alejaba.

Avanzó sola hasta la capilla y cuando abrió las puertas y respiró el olor de los cirios otra sensación reconfortante volvió a incorporarse a su memoria. Cerró las puertas tras de sí y la íntima oscuridad que se había escapado al penetrar la luz volvió a restablecerse. En el altar, la vela roja del sagrario parpadeaba trémula. Caminó entre los bancos vacíos, bajo la mirada benévola de los santos y se arrodilló en un reclinatorio, frente al altar. Sacó el revólver de su espalda y lo colocó sobre el terciopelo granate. Cruzó las manos delante de su cara y cerró los ojos. Durante unos segundos sólo se dedicó a escuchar el silencio. Lo dejó crecer y ocupar los espacios de su alma que se habían contaminado de ruido. Ya estaba de vuelta. Había regresado de sus batallas, de luchar contra villanos y brujas, de salvar príncipes y matar dragones. Se había ganado aquel silencio. La paz y la gloria de aquella fracción de Paraíso eran suyas por fin. Había cumplido su misión, una misión necesaria y dolorosa que la prepararía para otras misiones, porque la lucha no había terminado. Pero aquel tiempo la había definido, había perfilado sus contornos y le había proporcionado certezas de valor incalculable.

Había interactuado con el mundo y sus leyes, con los hombres y sus costumbres. Había comido en las mesas de la aristocracia y servido las comidas de los más pobres. Había conocido sus secretos deseos y seccionado sus deformidades. Había alimentado el coraje de los que estaban perdidos y devuelto la vista a los que no veían. Había aprendido de sus errores y se había hecho grande con sus fortalezas. Ahora sabía qué la sostenía y lo que era capaz de sostener. Había roto corazones y había mandado vidas al otro mundo. Se había consagrado a su misión con toda la perfección y entrega de las que había sido capaz y, sólo por eso, por haber arriesgado su vida y puesto a prueba sus habilidades, por haber sobrevivido a ese tiempo misterioso y siempre lleno que rompe con los límites de lo cotidiano, en esos momentos sabía quién era y quién no era, y podía contestar a las preguntas con las que había salido debajo del brazo.

Andrea abrió los ojos y miró la imagen del Cristo en la cruz. Se incorporó e hizo una inclinación de cabeza, como si estuviera saludando a un viejo amigo, alguien con quien las palabras no son necesarias. No podía pedir perdón por lo que había hecho porque no se arrepentía. Cogió el revólver, pero no se lo guardó en la espalda. Salió de la iglesia con él en la mano. Abrió las puertas de par en par, se arrodilló en el umbral y se santiguó.

Las hermanas se habían retirado para dejar a Sor Agnes a solas con

Andrea. La abadesa la esperaba junto a la fuente con una sonrisa en los labios. Andrea avanzó hasta ella con el revólver en la mano. Se detuvo junto a la fuente, levantó la cabeza, guiñó los ojos y dejó que el sol abrasador le quemara el rostro.

-Ya no lo necesitaré -dijo entonces Andrea, entregándole el revólver a la monja.

Sor Agnes lo recogió haciendo un lecho con las manos, con respeto y cierta aprensión.

-¿Has pensado en la carta que te leí? -preguntó Sor Agnes, mirándola con curiosidad.

Andrea abrió los ojos y poniendo una mano de visera la miró sonriendo.

-Pues no -contestó.

-Eres el colmo.

-¿Qué quieres oír? ¿Qué creo que mi padre es el dios de la tormenta?

-Caray, dicho de esa manera parece tan absurdo...

-Es que es absurdo -contestó Andrea.

-El misterio siempre lo es -dijo Sor Agnes-. Magníficamente absurdo. Más absurdo cuanto más magnífico...

Andrea se sentó en el escalón que rodeaba la fuente. Sor Agnes se sentó junto a ella tratando de descifrar lo que pasaba por su mente, tratando de encontrar respuestas a sus propias dudas en aquel rostro reservado. Ella la había criado, la había visto crecer y cambiar, permanecer y reafirmarse, y sin embargo, cada vez que la observaba tenía la sensación de estar contemplando un enigma. La conocía tanto como para poner la mano en el fuego por ella, tanto como para arriesgar su propia salvación. Creía en ella como se cree en el sol, la luna y las estrellas; con una certidumbre y una veneración que no necesitaban acortar distancias. Sabía que ansiar una aproximación era un sueño vano e imposible. Confiaba en ella y la luz que la sostenía porque conocía todos sus secretos y misterios, sus pensamientos y motivaciones. Aún así, la distancia que las separaba sólo podía ser medida en términos de eternidad. Porque nunca se dejaba contemplar del todo. Era imposible una apreciación completa, estar seguro de haber comprendido. Todo lo que se agregaba a su persona era esencial e inexplicable, como si ella hubiera sabido desde niña que había nacido para confirmar con su existencia que todo era posible. Lo más sorprendente y prodigioso lo aceptaba con desenvuelta naturalidad, con sobrio respeto.

Sor Agnes recordaba con emoción cuando la vio por primera vez, un pedacito de carne envuelto en una manta a la puerta del convento. Recordaba aquella sonrisa agradecida y gozosa, llena de esperanza, carente de miedo o incomodidad. Nunca la había oído quejarse de nada, nunca había exigido nada. Todo le había sido dado sin que ella pareciera necesitarlo. Incluso el alimento parecía a veces más una formalidad que una necesidad real.

Su silencio, que Andrea creía pertenecía al convento, era en realidad una cualidad de su persona. A diferencia del silencio común, el suyo era un silencio vital, resplandeciente. Un silencio que, si el que estaba en frente sabía escuchar, conectaba con lo sublime y abría espacios a los que no se podía llegar de ninguna otra forma. Un silencio que revelaba emociones y certezas imposibles de expresar en ningún idioma o lenguaje.

Ahora que la tenía cerca de nuevo, percibía un cambio significativo en su persona. Algo descomunal la sostenía. Un vigor revestido de certeza rebosaba en sus gestos, en su mirada. Sabía que Andrea jamás hablaría de ello, que guardaría lo esencial donde fuera que atesorara el secreto de su peculiar interioridad. Pero algo grande había ocurrido. Ahora que estaba allí, a su lado, la sentía latir en el aire y en la luz del sol, en el gorjeo de los pájaros y en la frescura del agua. Estaba en lo esencial como cualidad y detalle, dando sentido con su mirada a lo que no podía ser expresado.

-No puedo creer que esté aquí -dijo Andrea, mirando alrededor.

-Todo sigue igual -dijo Sor Agnes, contemplando con agrado el luminoso claustro.

-No -contestó Andrea-. Todo es mucho mejor de lo que recordaba. Más real y mucho más hermoso.

-Es hermoso… -dijo Sor Agnes mirándola. Le retiró un mechón de pelo húmedo que le caía sobre la frente con cariño.

-No es posible abandonar un sitio como este -dijo Andrea-. No es posible abandonar el espacio que nos corresponde llenar.

Sor Agnes sabía que no se refería al convento.

-Antes o después tenemos que regresar, porque el hueco que dejamos al marcharnos nos acompaña donde vayamos. No podemos abandonar nuestra… tarea. -dijo mirando a Sor Agnes-. Ella es la que marca la diferencia entre la vida y la muerte, la paz y la guerra, el ser y la nada.

-No. No se puede -dijo Sor Agnes-. Hay que ser, esforzarse en ser.

-Hay miedo de ser ahí fuera -dijo Andrea-. Miedo a no ser respondidos. Por eso se ha dejado de hacer preguntas. Se asume que el silencio es indiferencia… -dijo asintiendo-. Y el ruido, no imaginas… es ensordecedor. Nadie escucha. No por malicia, sino porque han perdido la capacidad… Y a perder ciertas facultades le llaman progreso.

-¿Qué facultades?

-Temen la soledad y el silencio más que ninguna otra cosa. ¡Ah! Y aburrirse.

-¿Aburrirse?

-Miles de distracciones. Distracciones y entretenimiento. Todo antes que quedarse a solas con su interioridad.

-¿No habrá interioridad quizá?

-Qué sé yo -dijo Andrea, poniéndose en pie-. Que cada uno haga con su vida lo que quiera. Estamos chapadas a la antigua, hermana.

-No. Chapadas a la eternidad- dijo Sor Agnes riendo.

-Pues que no nos deschapen -contestó Andrea, ayudándola a levantarse.

-¿Quieres ir a ver a los animales?

-Y el huerto.

Pasaron los días y se convirtieron en eternidad. Andrea tomó posesión de la caseta de Giovanni, al principio con un sentimiento de triste añoranza y después con orgullo y gratitud. Volvió a hacerse cargo del convento y de los animales. Se levantaba temprano para hacer ejercicio, para correr por el bosque hasta perder el aliento, para atender el huerto, alimentar a los cerdos y las gallinas. Con la escopeta al hombro, subía al monte y se sentaba en una piedra a tocar la armónica bajo el aguacero o la solana. A veces, con las manos aún sucias de tierra y las rodilleras húmedas y renegridas, se acercaba desde el huerto a la capilla para escuchar los cantos de las hermanas. Se quedaba allí, apoyada en el marco de la puerta, escuchando cómo sus voces se alzaban hacia Dios, participando de ese estado de Gracia en que transcurrían sus días.

Sin hacer preguntas, Sor Agnes había guardado el revólver en un escondite secreto detrás del sagrario. La luz roja de la vela custodiaba el peligro y lo sagrado. A veces tan cercanos, a veces tan distantes.

Dos semanas después de su llegada, cuando el mundo y sus problemas eran ya un recuerdo, la eternidad quedó interrumpida por un paquete que llegó al convento. Era la grabadora de Ares. En ella estaba recogida la conversación que había mantenido con el doctor que les había proporcionado el veneno para acabar con Visconti. Al coger el paquete, Andrea lo miró como si fuera un meteorito, un pedazo de materia llegada de otro planeta. Se encerró en su caseta y escuchó la grabación con el estómago revuelto. Aquel hombre no sólo era un asesino, era un sádico. No sólo cobraba por asesinar, disfrutaba con ello. No sólo suministraba veneno para acabar con la vida de ancianos molestos y adinerados que no acababan de morirse, también utilizaba narcóticos para anestesiar a niños, jóvenes o mujeres que se resistían a complacer las perversiones de familiares o conocidos sin escrúpulos. Ares había hecho un buen trabajo, había emborrachado al doctor, con quien más de una vez había compartido confidencias y asumiendo que Ares seguía siendo Ares, el doctor había conversado sin miramientos. En la grabación había algunos nombres y detalles, pero sobre todo jactancia acerca de sus métodos.

Andrea se quedó sentada sobre la cama de su celda después de escuchar la cinta. La información era lo suficientemente comprometedora como para mandar a la cárcel al doctor y a algunos de sus clientes. Hizo una copia de la cinta y el original se lo envió al inspector Massimo Verga con todos los detalles y una nota. "Si la Ley puede hacer justicia a usted le corresponde esta tarea" No dijo más. Sabía que Massimo entendería lo que significaban sus palabras. Si la ley fallaba, ella estaría dispuesta a hacer justicia. Tenía que permitir, como había hecho otras veces, que los trámites legales triunfaran o se agotaran antes de actuar. Aunque a decir verdad lo que más le habría gustado era coger una espada y cercenar las cabezas de todos aquellos miserables. Ese doctor era un asesino a sueldo que satisfacía la avaricia y la depravación de sus clientes. No hacerlo casi le parecía obsceno, pero era cierto que uno no podía tomarse la justicia por su mano. Mientras existieran personas como Massimo, y había muchas como él, la ley tenía una oportunidad.

Una tarde, tres días después de la llegada del paquete con la grabadora, Sor Angélica llegó corriendo hasta el huerto para decirle a Andrea que habían traído algo para ella. Andrea soltó la azada y se secó el sudor de la frente con el borde de la camisa. Se restregó las manos en los vaqueros, sucios de verde y barro, y con curiosidad se dirigió a la puerta. Cuando llegó, Sor Daniella estaba hablando con un hombre al otro lado del muro. Andrea salió y vio una furgoneta con un remolque.

-¿Andrea Glaukopis? -preguntó el hombre.
-Sí -contestó mirándole con extrañeza.
-Tengo algo para usted- dijo sacando una carta de su carpeta.
Andrea cogió el sobre y leyó la carta.

"Querida Andrea,
Aunque no hay forma de agradecerle lo que ha hecho por mí y por mi familia, especialmente por Ares, espero que este pequeño detalle pueda al menos suavizar el terrible recuerdo que seguramente hemos dejado en su memoria. Sepa que no hay día en que no le agradezca su visita. Todos hemos sido liberados, sanados o sacudidos por su presencia. Unos más que otros...

Espero que me haga el favor de aceptar lo que le envío. Mi único interés reside en expresarle mi cariño y admiración, mi agradecimiento y ¿por qué no?, mi deseo de hacer justicia.

Usted sabe algo de eso, así es que espero que disfrute de lo que le pertenece por derecho propio.

Un abrazo,

Homara"

Andrea levantó la cabeza y vio el pelaje negro y lustroso de un caballo pura sangre descendiendo del remolque. El caballo pateó la tierra y agitó la cabeza asintiendo. El hombre le entregó las bridas a Andrea.

-Es suyo. Si puede firmar aquí para justificar que lo ha recibido.

Con las bridas en una mano Andrea escribió su nombre sin poder salir de su asombro.

-Estos papeles se los queda usted -dijo el hombre.

Sor Daniella los cogió y se los llevó al pecho. Andrea se acercó al caballo y le acarició la cabeza. En la brillante superficie de sus ojos, Andrea vio reflejado su rostro. El animal pateó la tierra y exhaló otra afirmación. Andrea sostuvo las correas y cuando el hombre se alejó por el camino, miró de frente al caballo con una sonrisa. Sor Agnes y las hermanas salieron al rellano.

-¿Quién lo envía? -preguntó Sor Agnes.

-Homara -contestó Andrea, palmeando el costado del animal.

-¿Tiene nombre? -preguntó Sor Lucia.

Andrea se alejó unos pasos para contemplar la imponente belleza del pura sangre.

-Sí, claro que lo tiene -contestó-. Se llama Giovanni.

Le palmeó el pecho, se agarró a la crin y subió a horcajadas. Las monjas se retiraron abriendo un espacio a su alrededor.

-Te romperás la cabeza montando a pelo -dijo Sor Daniella.

-No -añadió Sor Agnes, sonriendo-. ¡Qué se va a romper nada!

Andrea hizo girar el caballo varias veces, tirando de las riendas para tantear cómo se comportaba y después metió los tacones de sus botas, dio media vuelta y salió galopando hacia el bosque. Las monjas contemplaron su enérgica figura mientras se alejaba adelantada sobre el lomo.

Andrea se perdió en el bosque por los senderos que había conocido de mano de Giovanni. Su rostro fluctuaba entre sombras y luces, pintado de verdor o resplandeciendo bajo el sol bruñido. Esa era su imagen recurrente, la única que alcanzaba a vislumbrar de sí misma desde que podía recordar: Ella sobre un caballo negro. Ese era el momento, el instante. No era un final, era un principio. Lo supo mientras avanzaba entre los árboles. La plenitud inundaba su ser.

Ascendió la ladera sintiendo el cuerpo caliente del caballo resollar entre sus piernas. Cuando alcanzaba el acceso a un camino más ancho que conducía a la cima, una víbora se cruzó delante de ellos. El caballo se encabritó, taconeando sobre las patas traseras, asustado. Andrea se aferró a él con el cuerpo y se agarró a la crin para no caer hacia atrás. Cuando el caballo retrocedió de lado, Andrea miró hacia el suelo e instintivamente fue a coger el revólver de su espalda para ahuyentar a la víbora. Pero recordó que se lo había entregado a Sor Agnes. Andrea estiró entonces el brazo y colocó el dedo índice como si fuera su arma. Apuntó a la víbora, que se arrastraba desafiante hacia ellos y dijo: ¡Bang!

La punta de la cola del reptil estalló junto con un mordisco de tierra y el animal se escabulló apresuradamente entre los matorrales. Andrea miró su mano con curiosidad, pero no demasiado sorprendida. Analizó su dedo índice, su pulgar, que hacía las veces de gatillo y lentamente desplegó la mano. La extendió delante de su cara, contemplándola al trasluz. Con la palma extendida, golpeó cariñosamente el costado del caballo. Sonriendo para sí le susurró algo en la oreja y metiendo los tacones de sus botas, continuó el ascenso.

Alcanzó el claro que dominaba la cumbre y respiró con deleite la salvaje libertad de aquella vieja sensación. Desde allí arriba se alcanzaban a ver muchos kilómetros a la redonda, valles y laderas salpicadas de olivos, pinos y encinas.

Andrea tiró de las riendas y se colocó de espaldas al sol para divisar el panorama que se extendía a sus pies. Su silueta y la del caballo se perfilaron en el seco terruño. Andrea levantó los ojos y su mirada se perdió en la exultante belleza del cálido día de verano.

Un jinete solitario erguido sobre la cima del mundo.

FIN

Samantha Devin
Londres, 4 de Octubre de 2016